幻想私塾志

——中华德目关键字

第一部

黄卫星　季芳　著

東方出版社

责任编辑：洪　琼
版式设计：顾杰珍

图书在版编目（CIP）数据

幻想私塾志：中华德目关键字／黄卫星，季芳 著．—北京：东方出版社，2018.10
ISBN 978－7－5060－8897－8

Ⅰ.①幻…　Ⅱ.①黄…②季…　Ⅲ.①章回小说－中国－当代　Ⅳ.①I247.4

中国版本图书馆 CIP 数据核字（2018）第 121146 号

幻想私塾志
HUANXIANG SISHU ZHI
——中华德目关键字

黄卫星　季芳　著

東方出版社 出版发行
（100706　北京市东城区隆福寺街 99 号）

北京中科印刷有限公司印刷　新华书店经销

2018 年 10 月第 1 版　2018 年 10 月北京第 1 次印刷
开本：880 毫米 ×1230 毫米 1/32　印张：16
字数：360 千字　彩插：8

ISBN 978－7－5060－8897－8　定价：79.00 元（全两部）

邮购地址 100706　北京市东城区隆福寺街 99 号
人民东方图书销售中心　电话（010）65250042　65289539

许思远

沈千若

上官澈

郑阿福

张必行

许唯

肖潺

凌小小

我們都愛毛秀才

雜役出租

说　明

1. 内容简介

六七百年前，一座保持正统却洋溢着标新立异空气的明代书院里，一群充满奇思妙想的翩翩少年，充满幻想、精灵古怪且勇于冒险；朝气蓬勃、率性而为但又性格迥异。他们会聚在书院中学习生活，上演了一幕又一幕妙趣横生的剧目——青春的梦想、激情和尝试，伴随着地心突奔的涌动暗流，犹如骑行单车般地追风，上演出汪洋恣肆的青春剧情。这些独立成章但又前后勾连的故事，似一圈圈春色的涟漪，使古色古香的书院荡漾着生机盎然的春意，芳香新鲜。

书院中发生的种种故事，贯通神秘未知世界的大胆幻想和假设、生命中美好事物的尽情赞美、纯净少年情怀的无限遐想、人生终极问题的严肃思考。剧中的人物具有强烈漫画风格，符合青少年典型审美特点：追求唯美、特别及强烈的个性色彩，正如书中色彩鲜明的人物肖像插图一样，寥寥数笔，白描勾勒，但个性活脱，跃然纸上。

私塾中的每个人物来自不相同的社会背景和家庭环境。和所有不同时代的少年一样，故事的主人公们充满了强烈的好奇心和天马行空的想象力；当然也带有青春期的一些特点：叛逆、质疑、桀骜不驯、漠视权威、反感说教等。本书并未站在旧时代“卫道士”或保守主义的立场，把青少年的困惑和迷失当做“天理难容”的严重问题，而是从其天然心性出发，通过“日常生活”和“社会实践”这两位大师来引导和启发他们去面对、感受、思考和处理问题。从日常生活触碰到的具体问题，引申到形而上的层面乃至终极问题。

本书每个章节所发生的故事围绕着中华道德条目的某个关键字作为主题来展开情节（本书先推出第一部和第二部，涉及的中华德目关键字依次是：谦、仁、义、诚、智、信、忠、名、礼、孝、节、敬），并且在每一个章节末尾部分，以一个超越时空的少年许思远“日记”体的形式，“直播”和评论这一关键字的内涵和外延。

许思远日志是引发更多人思考乃至重新界定“中华道德条目”的一个起点、一个靶子，而绝非探讨的结论。从许思远的眼睛和心智中流露出来的这些关切，更多是“未完成的对话”，需要越来越多的青少年乃至成年人一起来继续对话和交流，一起重新思考和建立中华基本道德观。

踏着时代的浪潮，中华德目将不断吸收有益的思想，日趋丰富、开放和完善。笔者多么希望她像一只诺亚方舟，载着人类驶向更加美好、广阔、和平的未来！

2. 创新点

（1）以章回体为此长篇小说的结构，每个章节以中华道德条目某个关键字为中心 / 主题展开故事情节。私塾中的这群少年在生动有趣的日常生活中经历、观察、体验和思考，逐渐领悟关于德行的价值和生命的意义；

(2) 每个章节在末尾处专辟日记体的形式，对某个中华道德关键字，以一个穿越时空的少年视角，解说、分析和探讨。该日记体文字，凝聚主旨，深化主题，实现哲学启蒙和道德教化的目的；

(3) 重建中华传统优秀文化在当代青少年心中的影响力和吸引力；

(4) 展现博大宽仁、开放包容的人生观；

(5) 探讨健康、积极的生活态度；

(6) 设定跨时空的少年许思远这一角色，把古代和当代、东方和西方的不同价值和价值观念进行平等的、良性的对话；本着开放多元的原则和精神，除继续传播和弘扬中华传统核心道德价值外，尽可能兼容并包和学习借鉴其他民族的优秀文化元素，展示多样化的视野和多元化的思想资源。

3. 基本要素交代

时间：七百年前，明代初年。

地点：一个保持优秀传统但有不乏标新立异的书院。

人物：一群充满想象力和好奇心的翩翩少年。

事件：自然展开的书院日常生活。

人物画像（配画）说明：

许思远：一名当代少年，单纯、善良、自信，有理想，充满幻想，渴望成功但缺乏毅力，自制力和行动力不足，有些许叛逆。曾有一段随其高知母亲出访美国的经历。一次偶然机会得到太赫兹芯片后欣喜若狂，捣鼓和自制造梦学习机，期望能够在睡梦中大脑自然进行学习，并随意控制学习的内容和时间。未想首次在尝试设定造梦学习机的程序时，带着之前生活的记忆，进入了明代初期某个书院，经历了许多令人啼笑皆非又妙趣横生的事件。

沈千若：知府大人的远房侄女，其真实身份是当朝宰相的女儿。聪明大度，淑女风范，从小饱读诗书，见多识广。因出身显赫，不免有些娇小姐习气。

上官澈：天资聪颖，相貌俊秀，是私塾里优等生，以书香门第、文化人自居。但是小气、自恋，自私自利。父亲是隐居的赫赫有名的画家，母亲是精明小气的富贾之女。

郑阿福：体形肥胖，从小爱吃，喜欢讨好女孩子，嬉皮笑脸，城里第一大酒馆的掌柜郑大之子，为人很讲义气。

张必行：武林游侠之子，学得一点拳脚功夫，好卖弄花拳绣腿，敢“路见不平，拔刀相助”。常常为自己是大侠张无忌的后代而扬扬自得，实际上是母亲因看多了武侠小说而编出这个故事来哄骗他。他的最高理想是：光大武当派，考中武状元。

许唯：许思远古代的哥哥，祥叔的亲生子。性格懦弱、悲观，被母亲娇生惯养，看做家里一块宝，并收养许思远来保护他。

肖潺：沈千若的伴读婢女，自小跟着读书。忠心耿耿，心灵手巧，会点小武功，也有时偷懒、爱耍小聪明，对男生易反感和粗暴。

凌小小：算命先生之女，是私塾里的“包打听”和“小长舌”，任何八卦黑幕小道消息都逃不过她的耳朵。尖酸伶俐，活泼机智，特别喜欢给人算命，对易经星座紫微斗数津津乐道。

目录

第一部

序 一

十三岁生日那天，许思远瞒天过海，偷偷许下一个“天理难容”的愿望。

并不是考上重点高中，而是一个更美妙更宏伟的愿望：“科学科学，请今年保佑我！瞬间搞定作业，愉快地玩手机、打游戏！”

“呼”，灭烛！

许思远可不是一个自私的人，这个愿望是为了造福全国、全世界备受煎熬的青少年；许思远更不是一个异想天开的人，也许，就在今天，美梦瞬间成真，难题迎刃而解……哈哈哈！

从清华附中附近的公交站台挤进来，如罐头里的金枪鱼夹杂在拥挤的人潮和闷热的空气中，伸展一下胳膊似乎都要承受伤筋动骨般的痛苦。

十三岁半的许思远，后背上鼓囊囊的书包像砖头一样一点点沉重地往下坠，既难以也懒得挺直腰杆、耸直肩膀，干脆顺势佝偻着背，更像一只猴子了。

公交车像一头超负荷的老牛，喘着粗气哼哧一下猛地停下来，许思远前仆后仰地晃了两下，终于站稳脚跟，朝着哐啷一声的车门冲过去，跃到路边上。

眼前，是妈妈所在的国家研究机构。许思远不由抬头仰望这栋雄伟的建筑物，浑身镶嵌着宝蓝色的玻璃，闪着夺目的光芒直插云霄，右边黝黑平滑的大理石墙面上，赫然写着“自动化大厦”几个方正遒劲的大字。

在这座全国著名的大楼里，妈妈的科学家同事们正在紧张地开展“脑科学与类脑智能”的研究。半年前，许思远曾非常好奇地问妈妈这到底是一项什么研究？妈妈只是极为抽象地回答是一项关于人类大脑奥秘的研究，并说具体的研发内容涉密，等有朝一日研发成功并可以公布于众后再告诉他……妈妈说时，目光悠远，嘴角上扬，流露出似笑非笑的神秘。

这不是折腾人吗？

妈妈神秘莫测的表情和草草打发的片言只语，越发鼓动着火山岩浆般勃勃涌动的好奇心。

绝不善罢甘休！马上百度“脑科学”！

三百万个网页扑面而来，这对许思远并非好事儿，他可没那么多耐心一篇篇阅读，“要是有一篇文章直接把答案告诉我，该有多好啊！”

随意点击了十来篇文章快速浏览后，自恃天资聪颖的他，大致认为了解了脑科学究竟是个什么玩意儿了，尤其《世界前沿科技——太赫兹的博客》这篇文章牢牢抓住了他的眼球。虽然文章的逻辑并不严密，但散文似的谋篇布局中，似乎充盈着巫祝的神奇力量，一个来自天外的神秘声音在清脆地敲击着许思远的大脑神经：

“神给予人类昏迷的心，看不见的眼睛，听不到的耳朵，直至今日。”

“人的脑子是像电脑一样的东西，不是主动思考，而是被程序控制，可以储存和接收无限信息。”

“心灵感应是切实可行的。美国五角大楼主导进行的心灵感应实验中，接收方的超能力在无意识状态下实验成功了。”

“美国研发出太赫兹芯片，可以探测和干预大脑高频信号。”

……

脑洞大开，醍醐灌顶！许思远剧烈地左右来回摇晃着小脑袋，凌乱了刻意留着的时髦发型，好让大脑经过震荡后更加灵动……

几秒钟后，他猛地拍了下大腿，嘿的一声，径直从椅子上跳了起来，一个箭步冲到镜子前，右腿摆出弓箭步，右手构成V形，手臂从眼前伸展画出一个大大的弧形后，固定在额头边，夸张地摆出鲜花绽放的笑容，毫不遮掩地展示出平时刻意抿着的交错犬牙。

“我的学习造梦机，欧耶！”

这一刻将永远定格在记忆簿里！因为从此时即刻开始，他灵感突发，发现了前所未有的创意，一定惊世骇俗！这个伟大创举很快就会实现，并且一定会实现！

我要发明一个学习造梦机！这可不是白日梦。只要把想学习的内容拷到一个太赫兹芯片中，然后插到手机里，夜里睡觉时将手机放在枕边，太赫兹波将会对脑电波进行干预，将信息和知识源源不断地输入大脑，这样，岂不是在梦中还在照样学习？不费吹灰之力，省下白天的时间，就能肆无忌惮玩手机了！

注意：关键是自己不觉得这是梦！也绝对不是醒来就忘！这样，每天累趴的日子将一去不复返啦。

太棒了，我真是天才！妈妈知道了一定非常高兴。

妈妈是别人口中的“女强人”，常常被称赞和艳羡，但是在面对自己时，常常是手下败将。妈妈软硬兼施，各种手段无所不用其极，但面对“承诺的巨人，行动的矮子”的思远时，常常束手无策。

现在呢，优化人生的时刻到来了！

古人云，天时地利人和，成功之道也。唯一美中不足的是万事俱备，只欠机会。许思远的心突突直跳，脸颊发烫。

天时，是科学原理已经具备——科学界已证实了大脑可受外界信号和信息的控制和干预；地利——妈妈所在的国家级科研机构正在集体攻关脑科学核心技术，应该有实质性进展了；人和——自己可以相对自由地出入妈妈的办公室，说不定哪天掉下了个太赫兹芯片馅饼呢。

太赫兹芯片！现在关键是弄到太赫兹芯片！

思远怔怔地仰望着眼前的大厦，思绪猛地回到当下，摸了摸裤子口袋里的手机，内心又是一番波涛卷涌、酸甜苦辣……

妈妈半年前到美国一所大学做访问学者，自己寒假一结束就被安排着去了美国，不过只待了一个月便回来了。妈妈不在身边的这段空当时光，把自己托付给了同事们来辅导作业。

他像往常一样敲了敲办公室的门，继续那份神圣而隐秘的任务——留意太赫兹芯片，也许宝物就冷不丁地待在身边呢。

办公室里没人，各处一如既然，都上了锁，看来今天的探宝行动又没戏了。他本想打手机跟妈妈联系，但随即喝止了这个想法。主动暴露手机，无疑在妈妈面前暴露了一个深藏的炸弹。

妈妈赴美之前，因为自己沉溺于玩手机游戏，一怒之下将其没收了。

但是，这根本无法遏制他对手机游戏念念不忘的情怀，相反，对手机的向往像春天野地里的草儿一样疯长，恣意纵横。

前段日子他早餐不吃，中餐尽量节省，不到两个月，直到昨天中午北京时间 12 点整，他终于艰苦卓绝地偷偷节流下来一个月的生活费，除了购买更牛的游戏装备外，正式将多次徘徊顾盼、流连忘返的新款手机，收入囊中。

抚摸着清凉的、光滑的手机壳，仿佛抚摸着哈利波特手里的魔杖——玩最火爆游戏、聊微信，全比学习轻松愉快！

妈妈的同事还没有来，许思远有点无聊地四处打量。

突然一个手指头般大小的、金黄色手机卡模样的东西映入眼帘，它正斜插在垃圾桶旁边散开书籍的纸缝里，眨巴着金色的眼睛。

那是什么？任何人此时的直觉，肯定感觉是一枚手机卡，这种样式在生活中太常见了，任何人即使偶然看到都会视而不见，心想它一定是被主人废弃的。可是对太赫兹芯片一直念兹在兹的思远可不这么想，他呆呆地望着这张卡，一个念头闪过脑海，“踏破铁鞋无觅处，得来全不费工夫”？管他呢，死马当活马医，不尝试不实践，怎么有机会？

他拾起了这张卡片，迅速插到了自己的手机上。

这是有生以来首个高科技实验！本次小长假的作业尤其烦琐、枯燥、老古董：背诵多篇国学经典文章，解读中华道德条目。

若是实验成功，这点东西怕个啥？

他通过 WIFI 在一个知名的国学网下载了中国古代诸子百

家经典选集，甚至琴棋书画典籍。睡觉前，郑重地把手机放置在枕头旁边，与右脑的太阳穴保持平行方向。为了防止手机半夜停机，还特意提前一小时充满了电。

他满怀憧憬地闭上眼睛，调整呼吸，抚平心绪。

一夜有眠。

一夜无梦。

序　二

思远早上醒来，摸了摸头，摩挲了下手机，什么也想不起来，没有任何学习经历和记忆，甚至连个短暂的梦境也没有。心里嘀咕着，初始实验失败了。不过，乐观的他立马安慰自己：失败是成功他爹。

“探宝行动”暂且搁置，下次再探，趁爸爸也不在家，赶紧痛快玩手机。

思远雀跃着跑进卫生间，蹲在马桶上，连解大便的时间也不想丝毫浪费，虽然臭味弥漫，但思远的鼻子此刻有了真空储藏性能，丝毫觉察不到难闻的异味儿，相反，钢琴家样的手指灵活、欢欣拨弄着手机屏幕。

“思远，你在家吗？”几声敲门声后，传来阿姨熟悉的叫唤声。

思远匆忙草草收拾下，打开门。

“咦，哪来的新手机？上次你妈不是收缴了吗？”阿姨惊讶道，眼光落在他来不及遮掩的手上。

“我，唔……我刚买的。”思远一下子没想好怎么编谎话，只好随口说了。

“你自己买了一部新手机？”阿姨尖声叫，气氛被调动起来。

“怎么啦？我用自己的钱买的怎么啦？”思远涨红了脸，用怒目圆睁的形象隐藏内心的虚弱。

阿姨气呼呼拨号码，很快，拿着手机的手伸到他面前。“你妈的电话。”

“喂，思远，你自己擅自买了部手机？从伙食费中抠下来的？你又用手机玩游戏了？你的瘾怎么那么大？上次因为你玩游戏把手机收缴了，怎么一点教训也记不住？你马上升初三了，还不紧张不刻苦？现在，立即把手机主动交给阿姨，由她替你保管，中考结束取得好成绩后再还给你。”简直是一串机关炮，向来说话语速较快的妈妈这次也不例外，急促严厉，炮炮击中要害。

“为什么呀？我不再玩游戏了，行不？有手机多方便，便于与家人联系。”思远辩解、抗争。

“不要找借口了，我现在命令你，什么话也别说了，你直接把手机交给阿姨保管！你听到了吗？”妈妈语气坚决，火药味从手机那一端迸发出来。

“哦……那好吧。”思远嗫嚅着，内心相当不甘心，迫于妈妈的威严，极不情愿地把手机递给了阿姨。

阿姨干脆利落地接了，二话不说，直接把它锁到了思远卧室的一个抽屉里。

从拯救世界的伟大兴奋的云端一下子跌到了谷底冰点。

所谓大起大落、大喜大悲……思远的脑袋嗡嗡作响，被千万只蜜蜂轰鸣。好不容易省吃俭用，就连在食堂看到最喜欢吃的烤鸡翅都强忍着咽下口水，好不容易煎熬两个月攒下钱，刚买了属于自己的新手机，还没玩两下就没了。游戏玩不了，微信用不了，尤其是造福人类和自己的宏伟的造梦机计划……完了！一切都完了！

熊熊大火，在思远脑门燃烧成一团。他一个箭步冲到阿姨面前，“你必须把手机还给我！”

“不行，你妈妈说要没收的。”阿姨语气坚决。

“给不给我？”思远声嘶力竭，一股血流往脑门子上冲，心跳加速，呼吸紧促，一股闷气憋在胸口，上也上不去，下也下不来，蘑菇云一样越滚越大，热浪翻涌到头顶，烧得灼热。他的右手像被电击中似的，不由蜷缩起拳头，负荷着强大的动力，冲过去，猛地砸向锁着手机的桌面上。

砰的一声巨响，木板的断裂声悲壮地哀嚎。

拳头穿越破裂的桌板，恰巧重重地砸在了手机屏幕上，他顺势抓起了这部具有摄人心魄魔力的手机。手木木的，没有任何感觉。突然，手腕上有两三朵绽放的红花，仔细一看，是皮开肉绽的伤口。

血在汩汩地流，朝手臂上铺散开来。一股刺骨的疼痛感从伤口的深幽处升腾开来，并越发剧烈。许思远的心抽紧起来，不由得倒吸了几口冷气。“完了，如果伤及了动脉，血流不止甚至喷射起来，那我就……挂了。”

第一次亲身感受到了死亡的恐惧，一种令人心颤的哆嗦。

惊呆的阿姨沉寂了十几秒钟，惊叫着慌忙用手纸包裹着伤口，殷红的鲜血依旧奔腾着渗透过一层又一层的白纸，恣意描画出各种白底红线的图案出来。

“司机，快，麻烦您带我们到中关村医院。”

……

“医生，麻烦您帮忙看看伤口。”

……

“司机，麻烦您抄近路带我们到北京市儿童医院。”

……

因为未满十四岁，好容易赶到中关村医院，因晚上医院儿科不工作而被拒，转而赶往儿童医院。一路颠簸，伤口撕裂般的疼，血流不止，思远惊吓得紧张不已。“完了，我要挂了”，“这下我要死掉了。”他顿时后悔不迭，痛恨自己当初为什么要那么冲动。冲动真是魔鬼啊！

终于等到急诊的医生，以缝 12 针结束了这次惊心动魄的历程。

回到家里时，几近夜半，沮丧的思远倒头便睡。

手机仍旧胡乱地扔在一边。漆黑的夜色里，那被重拳击中的手机，难以察觉地滋滋几声，隐隐发出幽蓝的光，一圈又一圈……

仿佛在梦中，妈妈急切的声音竟然从那只被砸坏的手机中传过来，余音绕梁，划破寂静隐秘的夜色。

“思远，思远，今天的事，妈妈很心疼，又非常伤心，你是个本性善良的孩子，但今天发生的一切，暴露了你好多问题，无法克服……也许，回到一个没有手机、电脑、游戏的世界，会帮助你走出虚幻，冷却浮躁，重新用心灵思考。希望你通过此次经历，真正有效地完成自己的作业，阅读国学经典，解读中华道德条目，沉淀、体味和思考，以此感悟人生、记录成长！……”

第一部

一　秀才讲学（谦）

明代的天空清湛、明澈、水镜儿一般，仿佛映得出地上万物的倒影。正是初春季节，没有尘霾、没有拥挤，没有莫名其妙的哐当作响。绿野寂静，草长莺飞，阳光明媚，青草油亮。

古代的少年许思远青衿皂巾、布履白袜，独自坐在一处倾斜的山坡上。脑海里竟是一片虚空，然后竟然少有地跳出了宋代晏殊的词句：池上碧苔三四点，叶底黄鹂一两声，日长飞絮轻。

放眼远望，一个大大的匾额“上上书院”悬在古色古香的建筑物上。目光越过院墙，古木苍郁，神秘整肃，好像是一幅亦真亦幻的古画：蕴藉的讲堂、馆舍，幽静的庭院、回廊、花苑……

这么漂亮？这是手机游戏里的世界吗？不是，太幽静、没音乐、没积分牌、没进度条，这是真正的古代。

几天前来到这里的许思远，很快弄明白了这里是明朝溪州镇人尽皆知的上上书院，所谓“上上书院”，顾名思义就是要做“人上之人”之意。

因为本朝翰林院大学士林尚文曾在此读过书，更因其做过皇上的老师而闻名。书院现设院长和教主各一名。院长姓尤，温文尔雅、慈眉善目；教主就是主要授课的蒋先生，威严凶悍，严传经史子集。

难道妈妈的实验歪打正着地成功了？还是太赫兹芯片的作用？许思远一时摸不着头脑。可令他惊讶的是，几天下来，刻骨铭心的手机瘾，竟真的一天一天烟消云散。

许思远不甘心，正想继续怀念下网游，却听一阵叽叽喳喳从书院里传过来，各种古代新同学目不暇接，从不同的方向跑到宽阔的庭院里。整幅凝固的美丽古画立即活跃、动荡，热闹非凡。

“包打听”凌小小一马当先，跟着是公认的“胖子”郑阿福、自封的“才子”上官澈，自封的“大侠”张必行，许思远的哥哥许唯。

“大家一定要保密！据本人打探，今天最后一个到的沈千若啊，她表面上是知府大人的远房侄女，实际上据说是当今皇上，或者什么宰相的女儿哩。”凌小小拿着食指竖对着嘴巴，做出“嘘”的姿态，可其极为尖细的音质，细铁丝一样直插云霄，穿刺到书院的每一处角落。

“哦哦，我表面上是张必行，实际上是武当派掌门大侠张无忌的孙子。”张必行讪诮地呵呵笑，被凌小小踢了一脚。

“你们就吹吧，有什么了不起？我弟弟许思远，表面上是我老爹的养子，实际上好像是来自另一个很奇怪的世界……”许唯眯缝着眼，诡异地东张西望。

回到了前世？许思远狠命掐自己大腿，记不清这是第几十回的动作。没错，确实不是做梦，他真真切切地生活在这样的时空里——明代前期的书院。

见到许唯欲说还休的样子，思远内心七上八下，既想告诉别人他的确来自人类21世纪，是太赫兹现代科技让他穿越时空；同时又绝不想让人知道他之前的身份和经历，想以一个和他们完全一样的身份融入到古代生活中。

不知道发生了什么超自然反应，现在每个人都认为他是祥叔的养子，和哥哥许唯一道念书，并奉命保护他。

大家吹牛的声音此起彼伏，比赛正酣，院子里的鸣钟传来五下庄严的敲击声，众人一哄而散。许思远也紧张地跳起来，朝着学堂跑去。

不一会儿，所有人齐聚学堂，各就各位，肃揖就座。

“哄”的一声，蒋先生破门而入，脸色铁青，龇牙瞪眼，极端愤怒，“啪！”的一声，一叠卷册摔到讲桌上。

“你们！是不是想联合起来气死我？虽然为师对你们这一批弟子早有心理准备，但是还是超出了想象的极限！不可饶恕！”

讲堂里，鸦雀无声，浸染着被强行镇压却不敢发的气氛。许思远实在忍不住，想大声发表几句关于“体罚违法”“师生平等”之类的言论，摸了摸痛了两天的屁股，倒吸了一口冷气，终于作罢。

蒋先生恼怒地拾起一篇文章。

“这篇文章叫做《论修身》：‘大道泛兮，其可左右，人生道路，充满坎坷，关键时刻，怎能感冒？锻炼身体，你好，我也好……’，引用《三字经》更是不堪：‘人之初，性本善。性相近，习相远。狗不叫，喵喵喵……’许思远，这叫什么文？简直荒谬！”

各位同门瞧着许思远的窘态，想笑又不敢。

许思远耷拉着脑袋，耳根发热，恨不得找个地缝继续穿越，但是内心有个微弱的声音在告诉自己：你已经很棒了，至少能用珍稀的文言文写上好几句了……

“啪”的一声，蒋先生狠狠摔下卷册，又抄起一篇。

“以上还算是自己写的。请看这篇《读千字文感》：‘回首往昔，吾首次读此佳作是在三十年前，研究此问题已越二十载’……抄袭，也要看清楚一点！”

“啪啪啪！……”十几声清脆的巨响之后，许思远和许唯眼泪汪汪，回到座位上。

旧伤不愈，新伤又来，许思远摸摸屁股，又摸手掌，苦闷的咂咂嘴巴。想妈妈、想小姨，这儿哪还有说服教育……一天两顿打，无人同情，无可辩驳！

蒋先生咬牙切齿，从衣袋中抽出一张小条。

“为师一直反省自己，是不是留的课业太多，导致粗制滥造……这是上午缴获的一封陈情书，应该是发乎内心，精心制作：‘吾每次见你，吾心在佛腾’，嗯，为师看得出是‘沸腾’，‘就如看见狗不理大热包子，垂未淌下来’，‘垂未’是什么？”

“是唾沫，先生……”郑阿福答道。

全班憋不住，终于哄堂大笑起来。许思远的沮丧终于借机释放，喷向热乎乎的空气，也哈哈哈地大笑几声。

蒋先生倒退两步，一手捧心，一手扶墙。

“罢了，罢了，调教、修理了你们几日，为师也有极大的责任。也许是为师过于严厉，方法不当。为了尽快提高大家的文化素养，了解修身之道；同时正值每年大会贤明之士的时节，为师决定：不日将邀请邻镇著名学者毛秀才来为大家讲学，以虚心求益……”

“耶！耶！”凌小小忍不住尖叫着欢呼起来，女生们一阵骚动。

明朝以前，书院作为府、州、县各级政府的教育与学术中心，平时出入讲学、授课的都是有名望的缙绅，最不济的也是个士大夫儒生。随着平民儒者的出现和平民教育的开展，一些有影响的书生也出现于讲堂之上，为书院注入了新鲜、活泼的气息。

茂盛的香椿树下，门监汤师傅磨磨蹭蹭半天，终于敲响了下课的铃铛。

各位女同门飞快地聚到庭院的太阳底下，兴高采烈，兴奋无比。大家情绪高潮的原点正是“毛秀才”，不要说在本乡本县，据说在京城的文人圈子里，毛秀才都是备受推崇的名士。

“毛秀才，那可是饮水镇著名的美男学者，京城也少见的帅哥，听说又博学又英俊哦！毛公子之气度也，陌上人如玉，公子世无双；毛哥之为人也，岩岩若孤松之独立，轩轩如朝霞举！”沈千若神采飞扬，诗兴大发。

“是啊是啊，好紧张，好紧张！终于可以见到他了，听说他从十五岁开始应试，一直考了十五年，从前朝一直考到咱大明朝，终于考上了秀才，这样屡败屡战的男神学霸，真叫人佩服也！况且还是那么那么地俊俏！”凌小小眉飞色舞，挤眉弄眼。

郑阿福嘟噜着嘴，不满地凑过来：“切，不过就是个秀才嘛，我们书院还……”

肖潺赶鸡一样，往一边驱赶郑阿福：“去去去……你懂什么？再插嘴，小心我用闪电神掌劈死你！九阴白骨爪捏死你！”

郑阿福吐吐舌头跑了。沈千若牵着衣服忸怩不安，左顾右盼。

“哎哎……这种衣服怎么能见毛哥，得穿什么衣服去见他呢？”

“就穿那件翠羽白狐金缕衣，最漂亮了！白狐皮毛，翠鸟翎羽镶边，金线缝制啊……哎，要是我和小小也有就好了。”肖潺羡慕道。

“潺潺，没事儿，明天咱俩就上山抓几只翠鸟，白狐嘛……暂时没有，那就再抓几只白兔子，拔毛做衣服，一起迎接毛秀才去！”

太阳的影子已经挪移到墙根外。书院的墙根下，许唯、许思远、上官澈等几名男生倚靠着院墙，聚拢在一起，揉着屁股、呵着手心，气恨恨的极为郁闷。

馆舍的走廊里，沈千若等人仍在“毛哥长、毛哥短”，嘻嘻哈哈，轮番着试穿翠羽白狐金缕衣。只见金光闪闪，五彩斑斓，招摇多姿，花蝴蝶似的翻飞。

“这些女生都疯了！”许唯气愤道。

“就是，什么穷酸秀才？抢走了我们所有的女生！”上官澈十分不满，拉过帽带子，咬了一口。

“女生们竟全是毛秀才的铁杆粉丝！”许思远叹道，回忆着班上的追星族。

“什么粉？什么丝？你太好吃了，这个节骨眼上，还流着哈喇子。”张必行唰唰唰，狠狠对着墙壁打了几掌。“哼！还想让我用神功给他们逮飞禽走兽呢，抓鸟、打兔子就只为你们做衣裳？想我堂堂武当派传人会如此没有气节吗？哼、哈……”

“就是！想想咱是什么人？什么背景？什么头脑？要不是蒋先生太凶残太狠毒，下手太黑，谁会把个破秀才放在眼里？”上官澈若有所思。

“阿澈，你的意思是……咱们教训教训这个酸腐秀才？”郑阿福鼓着胖脸，眯着眼睛，眼珠滴溜溜转，凑过来试探道。

“欧耶，正是！”

“对！弟兄们，现在大敌当前，我们一定要放下从前的偏见紧密团结起来！酸秀才要是敢来，打得他趴地上做乌龟。”张必行亮出几把太极招式，跃跃欲试。

“做乌龟算什么？蒋先生不是说让他教咱们文化素养、德行之道吗？咱们更要在精神上彻底击败他、赶走他。”上官澈一字一顿地说。

“击掌！”

大家一致赞成。五个人赶紧商量对策，进行详细的策划和分工。

“大家一定要保持‘三气’，即怒气、杀气、傲气，全力筹备、深入调查、鞠躬尽瘁、死而后已。出发！”

上官澈领着众人，气冲霄汉，悲壮地离开了。

几天时间哗哗啦啦淌过去，讲学的日子很快到了。天才蒙蒙亮，书院布置得喜气洋洋，花环、彩带、横幅一簇簇、一行行，连哈巴狗王小绿也被扎上了小辫子、戴上了红头花。

门监兼厨师的汤师傅正忙不迭地指挥着郑阿福、许思远去井边洗水果。

“啊哈哈，呵呵呵……”沈千若身着五彩斑斓的翠羽白狐金缕衣，凌小小、肖潺身着鸟羽兔毛金线衣搔首弄姿、连蹦带跳，挥着小彩旗跑了出来。

三人华丽丽地就要跑到门口去。忽然被人拦住去路。却见蒋先生怒发冲冠，揣着戒尺挡在面前。

“沈千若！凌小小！肖潺！快把衣服换掉，从今往后，再也不许穿这等花哨衣服！”

三个女生吓得一哆嗦，面面相觑，有些莫名其妙。几名男生听见，幸灾乐祸，特意赶过来，上上下下地瞧着。

“可是，先生……”沈千若试着想反驳。

“只要你们做过本院弟子，就永远不许穿这种衣服！伸手出来！”蒋先生喝道。三人瑟缩地伸出手。

“先生你要打打我吧，我家小姐，不，沈千若姐可是知府大人的远方侄女……”肖潺急道。

“啪啦！”戒尺不容置疑地打在沈千若的手掌心，沈千若痛得龇牙咧嘴。

没等肖潺反应过来，一戒尺落在肖潺的手掌心。肖潺强忍疼痛，着急地压低声音。“先生！先生，实际上，我家沈千若……姐是当今宰相的女儿。在京城……”

“啪！”又是一戒尺打在沈千若的手上。肖潺吓得把后半句咽了回去。

“若是这样，就更该打！上行下效，身为京城官宦、权贵眷属，这般奢华、招摇，必然引起诸多市井人等仿效！为了这种并无必要的奢侈，还不知道有多少飞禽走兽等生灵白遭涂炭！若是这般风气无休止地蔓延，必然放任成灾，近则淆乱天地，远则损毁天道！”

剩下的一个人也在劫难逃，只得咬牙忍受“酷刑”。

三个美女泪汪汪、灰溜溜地回到宿舍换衣服。许唯、张必行高兴地鼓起掌来，跑到蒋先生身边。

“打得好！打得妙！先生英明！先生威武！”张必行乐道。

“这些女同门就是爱慕虚荣，哪儿像我们为了迎接毛秀才，每天闭门苦读经书，研究四书五经、诗词歌赋，琴棋书画……”

“同门受罚，不知顾惜，竟兀自欢喜？这等品格，不可张扬，罚你二人挑水十日！快去！”蒋先生转而怒目相向。

二人顿时傻了，像泄了气的皮球，满脸挂起霜打的茄子，灰溜溜地退下。

一切准备就绪。辰时就要到了，一行人来到书院门口。蒋先生一边看着门边日晷的刻度，一边急切地张望。忽然，许思远惊慌失措地跑来，伤心欲哭。

“蒋先生，不得了啦！许唯快死了！”

蒋先生吓一大跳，“怎么回事？”

“正挑水呢，忽然半身不遂，好像是中风了！”

“胡说！小小年纪中什么风？你快叫汤师傅备车，我带他去看病！”

一行人急急忙忙，把许唯抬到马车上。蒋先生驾着车，带着许唯飞奔，消失在众人的视野中。四个男生欣喜地跳起来。

“煞星终于滚蛋咯！酸秀才就要倒霉咯！”

张必行得意地举起自己的一根手指，边欣赏边啧啧不已，阿福尾随其后。

“老张，看来你娘教你的无忌点穴功还真不赖！不愧是大侠张无忌的后代！……点中了许唯，支走了先生。牛，真牛，大牛。”

“哎，可惜，火候不够，无法控制，我本来点的是许思远，不知道为什么半身不遂的竟然是许唯？”张必行疑惑道。

阿福害怕地往后缩。“啊！原来是这样！幸亏我不姓许。”

许思远得意地做出胯下运球和三步投栏的动作，把刚才躲避张必行毒指的动作，现场演示了一遍。

“啊！我正要问你，这是哪个门派的绝密武功？快快招来！”张必行好奇地问道。

“这个嘛，是沾不死神功，来自西山摁比诶门派，”许思远随口胡诌，心里却暗自发笑，他既不会太极武功，又没学过散打，情急之下作出美国NBA篮球明星的招牌动作，幸好他之前反复练习过。

“好悬啊！”思远心里庆幸不已，“看来任何学习的东西都不会白学。”

“只怕老张的神指功力保持时间不够长，我们必须赶快行动！”上官澈急道。

书院的大门口，毛秀才如约出席。步履温文尔雅，举止谦虚谨慎，一步三鞠躬四拱手。

“毛秀才，毛秀才欢迎你！毛秀才毛秀才喜欢你！”女生们挥舞着红桃花、迎春花、各色彩旗迎到院子里。连院长尤子谦的孙女尤香也过来加入欢迎的列队，一改从前遗世独立、清高孤傲的冷艳风格。

庭院里，献花、求签名、送礼物……空气热度颇高，大伙不亦乐乎。

不远处，书馆讲堂的几处窗口，几个男生没精打采地望着院子里的热闹场面。除了嫉妒和恨，没有羡慕。

“可恶！酸秀才的心花都要怒放了。”

“等下有个娘娘腔好看！叫他原形毕露！”

“就是，头顶一棵白菜，腰系一条海带，你以为你是东方不败，原来你是衰神二代！”

一阵沸沸扬扬的欢迎、相识之后，大家终于会聚到讲堂里，各就各位。女生们仍艳羡无比地仰望着秀气、斯文的毛秀才。那真是一个帅啊！色若春晓，清雅出尘。身躯凛凛，相貌堂堂。一双眼光寒射星，两弯眉峰如刷漆。八尺形骸有风仪，九州倜傥最风流。

女生们个个目不转睛，眼珠子恨不得凝固起来；男生们弓着头，互相递着眼色，冷不丁做个鬼脸，假装十分恭敬的样子。

毛秀才作揖了一番，有些害羞地坐在了讲席上，小心地翘着修长的兰花指，极度爱惜地夹出几本书，轻轻翻开一本册子。

“嗯，不好意思！各位学子，大家来听我的讲课，鄙人不胜荣幸！本人才疏学浅，实在因蒋先生的盛情相邀，恭敬不如从命，惶恐至此。”

毛秀才小心翼翼地拧起放在讲台上的毛笔，轻轻蘸下墨汁，抚了抚右袖，翘着小指头，开始在宣纸上写字，漂亮、流畅的柳体，行云流水地铺散开来。

沈千若等人瞪大眼睛，生怕漏掉一个细节。

“啧啧，咱毛哥的脾气多好，举止温柔、优雅，书法多妙，样子好帅，声音好好听！”凌小小小声道。

“而且十分简朴，连墨汁都爱惜、节省，幸亏咱们没有穿翠羽狐皮，要不毛哥肯定不高兴，看来这顿打挨得值！”沈千若高兴道。

毛秀才将写好的宣纸挂在墙面的木板上，上书三行字：

“一、易学源起。阴阳二元之说及推演。二、道家。无，名天地之始也；有，名万物之母也。大象无形。三、儒学与修身。”

“不好意思，各位，在下受蒋先生所托，觉得还是从一些重要的传统典籍讲起……大家，也不要太谦虚，有什么问题，随时可以提，千万不要客气，我也希望与你们交流，向你们请教……”毛秀才羞涩道，微微含笑，笑不露齿。

“对呀对呀，平等交流，我们最喜欢这样的先生！”郑阿福夸张地赞道。

“您放心，我们一定提问题，一定不会客气。”上官澈狡黠地向两边眨眨眼。

“过奖、有劳……”毛秀才谦虚地拱手，恭敬地坐正，缓缓启动朱唇。

“各位，大家知道所有学问的开始，都必须先解释一个问题：世界是如何产生的？有人说是盘古开天辟地，女娲抟土造人。不过，这都不是形而上的回答。佛家认为，万物的本原是空，所谓四大皆空。而更早，中国的道家认为，万物的本原是虚无的道，无中可以生有。关于道家，首先是以道为中心派生天下万物的宇宙生成论。老子曰：无，名天地之始也；有，名万物之母也，无，是最高的境界，天下万物生于有，而有生于无，道是‘无’和‘有’的统一，无规定、无限定，没有具体形象，所谓大象无形……”

张必行眼皮打架，快要睡着了。脚背被上官澈猛踩了下，痛得叫起来。

“哎哟！噢！哦……哦……毛秀才，您讲的都太简单了，我们早就会啦。”张必行睡眼蒙眬，瞪着毛秀才，突兀地说道。

“哦？真的吗，那么是在下……献丑了。”毛秀才不好意思地低下头。

“毛先生，别听他们乱讲，蒋先生根本没有讲过！”凌小小反驳。

上官澈拿出一本《老子》、一本《论语》。

“蒋先生给我们几个讲了，当时，你们三个跑到后山抓兔子，打翠鸟，做衣服去了。”上官澈模仿沈千若试衣服的臭美动作。

“你……”沈千若又羞又急，紧张地望着毛秀才。

毛秀才赶紧站起身。“大家别吵，千万别伤和气。既然如此，我们改变一下学习的方式，大家可以提出问题，在下，不，大家一同探讨。”

“哦，我有一个问题！”郑阿福立刻举手，指指上官。“他叫上官澈，刚才画了一幅画，我说丑死了，他偏偏说自己好。我们想请毛秀才评价一下，看是不是有他自夸的那么好。阿澈，把那母鸡抓出来的画拿出来！”

郑阿福不屑地瞟了一眼上官澈。

“拿就拿！”上官澈说罢，从课桌下抽出一幅青绿山水图。

画幅上墨色还未干透，却见大河横前，青山悠远，深林杳然之处，小桥、行旅点缀，人物、风景远近错落有致，意境空寂淡远。

如此美景，一下子吸引了所有人的目光。

“毛秀才博学多才，我们请您当场画一幅，把上官澈的鬼画符比下去。”郑阿福深吸一口气，忍住笑。

张必行赶紧奉上画笺、颜料，放到毛秀才面前。

毛秀才的脸羞得通红。“此画，此画乃百年一遇的上层之作……果然英雄出少年！上官学子卓越非凡，学识广博！在下比不过，甘拜下风。”毛秀才握着双拳作揖。

上官澈埋头躲到许思远身后，抽筋似的忍住笑，顺势推了一把张必行和许思远。张必行假装惊讶，赶紧接茬。

“啊！真的这么好啊？我朝书画一体，若是好画，就应该配两句诗。方才，我们书院的许思远配了两句歪诗，笑死人了，快说出来，给毛先生好好批评一下。”

“对，不好就请毛先生另作一首。”郑阿福冲着许思远大声道。“快念！平时脸皮比城墙还厚，还有什么不好意思的？”

许思远闭上眼睛，鼓鼓劲，心想今天被这帮坏小子带坏了，终于心一横，“念就念：一水涨喧人语外，青山绿到马蹄前。”

毛秀才眼珠都快瞪出来了。“好句！好句！浑然天成，诗画俱妙！不愧上上书院弟子。这两句诗……”

“先生还有更好的句子吗？”上官澈一脸纯真，假装诚恳地请教。

毛秀才原本白净的脸红了个透亮，忙不迭地拱手作揖，“在下不能更好，甘愿受教。”

凌小小终于看不下去，柳眉倒竖，站起来。“毛先生！他们根本不可能这么有才，一定在捣鬼！”

“小小同窗，说话要有证据啊！”上官澈扮了个鬼脸。

沈千若冷笑着哼了一声。“好啊！许思远既然这么能作诗，那么我就当场命题，让你作一首！”

“这个……当然……当然……”四个男生僵住，大眼瞪小眼，掩盖措手不及状。许思远吓得汗毛倒竖。上官澈咬咬牙，躲到许思远背后，拧了他一把。

“思远，顶住，全靠你小子了！”

“这下要班门弄斧，自曝其短了。跑到明朝跟一帮之乎者也的古人们来比赛诗词，这是哪儿跟哪儿呀。”思远心里一阵嘀咕，一阵发怵。

沈千若环顾讲堂，看到后墙上挂着的一幅北国长城雪景图，来了主意。

“许思远，就以这幅画为题，写一首诗吧。咱们都看它这么久了，作为一个大诗人，你不会一点想法也没有吧？”

沈千若笑盈盈地盯着许思远，恨不得逼出思远内心的虚弱来。凌小小，肖潺相互使了个眼色。许思远汗流浃背，热气蒸腾。“你们真让我念吗？我……就念了啊……”

“洗耳恭听。”

许思远绞尽脑汁，搜肠刮肚，终于回忆起十天前初中语文课本中的一首词。

“北国风光，千里冰封，万里雪飘，望长城内外，惟余莽莽，大河上下，顿失滔滔。然后……山舞银蛇，原驰蜡象，欲与天公试比高……”

毛秀才、沈千若一党、张必行一行呆若木鸡，全被震惊了！传说中的曹子建七步成诗啊？许思远使劲想后面句子，却死活记不起来了。紧急时刻，幸亏被沈千若打断。

“好，算你……狠。算你平时准备好，我即兴再出一题。咱们就以上次朝廷讨伐、平定魔教东方不败西蜀叛乱为题，写一首颂扬我大明劲旅的诗来。”

“我……说好，最最后一首，再不、不写了啊。”许思远抖得快变成结巴了。沈千若笑嘻嘻地点点头。

“红军……不，明军不怕远征难，万水千山只等闲。五岭逶迤腾细浪，乌……什么蒙磅礴走泥丸。金沙水拍云崖暖，桥……什么桥横铁索寒。更喜岷山千里雪，三军过后……三军过后尽开颜！”

许思远结结巴巴，牙齿相撞，豁出命来，嗫嚅着，总算挤出了一首算是完整的诗。毛秀才又是惶恐，又是惊讶，又是佩服。

“我朝……我朝还没见过如此大气磅礴的七律！虽然还不完整，在下，在下已是甘拜下风，上官学子、许学子堪称少年英杰，在下文才方面的确没有什么可以教大家的了。在下惭愧，改日再上门请教。”

毛秀才擦擦汗，点着头，哈着腰，收拾书册，准备离开。被上官澈、张必行拦住。上官澈拿出一本《论语》，一本笔记。

“毛先生，请您别走。前面只是吟诗作画，其实不算什么。在道德修身方面，我们差得很远。蒋先生说这本书是儒家修身的宝典，我们有很多地方看不懂，还想向您请教。”

上官澈奉上书册，一脸虔诚。

“哦？”毛秀才见状，又退回座位，坐了下来。

“这上面说：孔子十五而有志于学……一个人十五岁才想学习啊！他怎么能这样！那之前他在干什么？”上官澈问到。

“这个……”

“一定是玩泥巴、过家家、打架咯。”郑阿福笑道。

毛秀才一愣。“这个……这个……是有可能的。不过后来到七十岁的时候，他已经能够‘随心所欲不逾距’，就是随便做，怎么都不会超出一定的规范……”

郑阿福大惊。“啊？七十岁？那么老了，女孩子也追不了，牙也咬不动了，已经没有什么可以挑选的了，当然不逾距、不犯规啦！孔子是骗你的，你信他？”

毛秀才再次语塞。“这个……这个……我确实没想过。学子思虑骀荡，别具一格！容我想想，下次解答。”

许思远脑子里蹦出了一个由来已久的疑问，他也趁机问道：“《论语·子路》中记载，叶公语孔子曰：‘吾党有直躬者，其父攘养，而子证之。’孔子曰：‘吾党之直异于是，父为子隐，子为父隐，直在其中矣。’亲亲相隐，社会主义法制社会应该是法不容情，而不是情大于法，由此可见，这是否是封建糟粕？”

毛秀才小声支吾着，“社会……主义？”即刻被淹没到喧闹声中。

上官澈侧过头，偷眼看了看沈千若三人，又翻了一页笔记。

“毛先生，我觉得女生们都非常优秀非常可爱，孔子却一点也不懂得怜香惜玉。他说过一句什么话来着？真是要气死天下女人了，什么……唯女子与什么人难养来着？糟糕，我竟然忘了。”

上官澈痛苦回忆，做焦急状。

“别急，别急！孔子说的是唯女子与小人为难养也……”毛秀才补充道。

上官澈、郑阿福、张必行似乎无比震惊，同时转向女同门。“淑女们、闺密们，你们听听，这是什么话？孔子骂你们是小人！”

凌小小不相信地转向毛秀才。“毛先生，孔子是这样说的吗？”

毛秀才摇摇头，然后还是点了点头。肖潺、凌小小、沈千若大为不满。

“毛先生！孔子，还有你，真是太叫我们失望了……”肖潺气愤地捶桌子。

“淑女们、淑女们……我们从来都没这么想，还是崇拜我们吧！”郑阿福喜滋滋地劝解。

上官澈得意扬扬，继续翻书。

“这大概只是小节吧。《论语》上面说：孔子的主要思想有两个，一个是仁，仁爱；一个是礼，礼仪。对吧？”

“是的。”毛秀才的脸红成了大灯笼。

“那么，要是孔子的嫂子掉到水里，怎么办嘛？不拉她，不仁爱；拉她，哦哦哦……非礼呀……”

毛秀才愣住了，半晌无语。郑阿福、张必行终于忍耐不住，哈哈大笑起来。

沈千若再也看不下去了。

“毛先生，别听他们胡说八道！他们嫉妒你长得比他们帅，故意刁难你！”

“哎哟！很帅吗？据我饮水镇的表姑妈说呀，有个人因为长得俊，学问差，被斥为‘奶油娘娘腔’，多年抬不起头来，现在奶油变成了奶酪，才敢出来在江湖上行走。嗯……还是奶酪比较好吃。”郑阿福咂咂嘴。

“我呸！就是你那个卖酱油开当铺、尖酸作怪的表姑妈吗？说得出什么好话？呸呸！”凌小小朝郑阿福、张必行一人吐了一口唾沫。

张必行勃然大怒。

“表姑妈怎么啦？你们知道你们仰慕的毛秀才是个什么人吗？为什么提到‘非礼嫂子’他就哑巴啦？告诉你们，根据我们调查，毛秀才就是一个道德败坏的伪君子！”

“对！我表姑妈的朋友王婆也这么说。这个人当初和他的嫂子不清不楚，不明不白，把他哥都气死了，老妈气病了，差点一命呜呼！据说有一次，毛秀才被他嫂子追得满街跑，躲进深山吃野菜，半年不敢出来，呵呵呵……”郑阿福夸张地捧着肚子，故意做出笑得前俯后仰的动作来。

“哎哟！这简直太狗血太惊悚了！可以出一部戏剧啊。”上官澈怪叫道。

整个讲堂吵吵嚷嚷一片，毛秀才的脸由红灯笼变成了白灯笼，头恨不得卑微到埋到地上的尘埃里，慌乱之下，只得仓促、草草地收拾起东西，含着泪水匆匆离开了。

“喂！怎么走了？我还有问题要问呢……”几个男生假装追赶，跑到院子里，击掌相庆，笑弯了腰。

“原来如此不堪一击！我还没出手呢！”张必行遗憾地望着自己的手指。

“还以为他是东方不败呢，连我卖酱油的表姑妈都打不败。”郑阿福冲着门口做怪相，竖起小指头。

几个人正在讲堂里继续庆祝、嬉笑、回味，忽然被“啊、啊”的两声惨叫打断。只见窗外，蒋先生手握马鞭、杀气腾腾，拧着许唯的耳朵回来了。

沈千若三人在旁边一边告状，一边跟着蒋先生朝讲堂走过来。

全场顿时鸦雀无声，蒋先生一把将许唯摁到座位上，将马鞭绕成粗粗的一圈狠狠握住，把讲桌打得啪啪响。几名男生缩在桌子后，吓得眼睛都不敢眨巴。

“无耻的东西！竟敢骗我！你们看毛先生性子好、修养好，好欺负是不是？看来你们是一天不打，上房揭瓦！老实交代，你们是怎么欺骗毛秀才的？”

女生们满腔怒火，仇恨地瞪着男生们。郑阿福伸出一根胖手指，指了指上官澈。

“上官澈，你的画呢？”蒋先生喝道。

上官澈哆嗦着，把画呈上来。蒋先生一把扔回去。

“这个根本不是你画的！定是你父亲的好友倪先生的新作，被你偷出来，描了几笔。”

“是，先生……我错了。”

上官澈捧着画，抖抖地退回去。蒋先生的目光利刃一般，逐个刷刷扫描了一遍，此刻切换到许思远身上。“听说你写了一首七言律诗？”

“嗯嗯嗯……是……”许思远语无伦次。

“说！什么叫七言律诗？是用的哪一种格律？”

“我……不知道，先生。”

“不知道平仄格式，还写什么七律？就连那两句题画的诗，也断不是你等之辈写出来的！”

上官澈、许思远羞得几乎钻到抽屉里去。沈千若、凌小小、肖潺毫不客气，继续鄙视地瞪着他们。郑阿福看着同伙的可怜样，有些于心不忍。

“先生，弟子……弟子斗胆问一句，您怎么这么肯定他们全在作弊？万一屈打成招，万一有的没作弊呢？您有证据吗？”郑阿福不解地问道。

“证据？证据就在你们一窍不通的这几行字里。”蒋先生指了指墙上毛秀才留下来的几行墨迹。“只要你们说实话，毛秀才就能答复你们！你们鸡鸣狗盗，大放厥词，目无尊长，一群不知道天高地厚的东西！一个个一无是处还自以为是，不学无术还狂妄自大！你们自己做下的事，自己去挽回！许思远、许唯、上官澈、张必行、郑阿福，赶快去给毛先生道歉，务必请他回来，要是请不回来，哼？”

“轰隆！”沉甸甸的马鞭子霸气地砸到桌面上。

心惊胆战、惴惴不安地吃过午饭，五人垂头丧气，唉声叹气，在郑阿福的指引下，推推搡搡，一道出发。

饮水镇居然还挺远。五人一路跋山涉水、穿林过涧，走了半天也没见饮水镇的影子，越走越气愤。

“呸、呸……这个死秀才，真是不经吓，竟然逃跑了，害得我们被先生骂。”上官澈累得直哼哼，找了根树枝作拐杖。

“还平等交流呢！想和我们平等，再练十年也不够。”许唯道。

思远心想，你们已经够平等了，还能如此戏弄老师，要是换到了 21 世纪的中国，看你们个个不被校规、班规惩罚个体无完肤。不过，思远深知，此时唱反调，无异于自绝于团队，所以还是以大局为重，顺应潮流吧。

“要不，我们骗他出来，试试我的无忌点穴功，他一定怕得要死，一定乖乖地答应我们的要求，包揽所有的罪过，跪求蒋先生原谅我们。”

“嗯！好主意，正该如此。”许唯、郑阿福赞道。

终于来到表姑妈的家，在表姑妈的指点下，又终于来到毛秀才的家。

毛秀才的宅院在镇子的北郊，四周竟然是一片密密匝匝的杏树林，一直延伸到邻近的山脚下。“压架藤花重，团枝杏子稠”，漫山遍野的杏子眼看就要成熟，一颗一颗圆溜溜、黄澄澄，颇为馋人。

“房子竟然造在密林里？姑妈，毛秀才还有什么可耻的秘密？”郑阿福诡异地询问。

表姑妈“哼”了一声，支支吾吾，不肯说。众人更是大为好奇。郑阿福一番撒娇央求，许唯许诺买一瓶酱油之后，表姑妈终于开口。

“这个啦……其实并不是毛秀才种的，被假惺惺地叫做‘感恩林’。其实毛秀才这个人虽然一无是处，医术还算高明，凡是重症的病人……都假惺惺不收费。被治好的重症病人，为了假惺惺地感谢他，就在他家的附近，假惺惺地种上五棵杏树，日子一久，就漫山遍野了。”

“表姑妈，你改买醋啦？怎么酸溜溜的啊？”郑阿福抽了抽鼻子。表姑妈闻言，恼怒拧了郑阿福的胖脸颊一把。

“吃里爬外的小糊涂！那个死秀才，每次杏子一熟，他就在林子里围起一个粮仓，用杏子换成粮食，假惺惺地周济那些穷人。害得你表姑爷当铺的生意一落千丈！要不是他后来知道了我的损失，假惺惺拿了一点儿礼物来弥补，那就不是被骂得狗血淋头、身败名裂，而是地基冒火、祖坟开裂了！”

表姑妈激动地一顿噼里啪啦，唾沫星子四溅，喷得五人云里雾里、面面相觑。

正喷呢，忽然，毛家宅院的大门打开了一条缝。表姑妈赶忙推说有事，泥鳅一般溜掉了。

天色已晚，太阳掉到山坳下。上官澈打头，领着众人来到宅院的栅栏门前。

“咱们见机行事。”上官小声交代。张必行暗自运气，将功力集中到手指上。

才接近门口，一阵浓浓的药味熏得众人几乎呛出来。门背后蹩出来一个乡下妇人，没精打采、首如飞蓬，伸着懒腰，哈欠连天，极不耐烦地瞟了众人一眼。

上官澈忙走上前。

“大娘，请问，毛先生在家吗？”

“不在，死到外面去了。”

“哪里去了？”上官澈窃喜，这样就不必费劲引蛇出洞。

“镇外、山下、河边。”妇人闭着眼睛，昏昏欲睡。

“难道酸秀才想不开，想要投河自杀？”上官澈转过身，悄声对着郑阿福等人调笑，众人都捂着嘴笑。

上官澈再次询问，“请问大娘，秀才去河边，干什么？”

妇人仍旧闭着眼：“比武。”

五个人笑抽了，简直停不下来，回忆着毛秀才的忸怩作态和羞涩神态，“还比武呢！”

"和谁比武?"张必行忍不住好奇。

"东方不败。"

门砰的一声关上。

"喂，你们信吗？毛秀才弱不禁风的一个白面书生，怎和惊世大魔头比武？不会是和一个长得像东方不败的小女子约会去了吧?"上官澈看着呆若木鸡的一群人，率先提出严重质疑。

"毛秀才是闷骚型的，想必此时应是良辰好景，有千种风情，正与娘子说。"郑阿福翘起兰花指，做占卜状。大家捂着肚子哈哈笑。

"毛秀才和东方不败是基友不成?"许思远问道。

"鸡友？毛秀才是鸡毛，拿鸡毛当令箭；东方不败是鸡头，日月神教的鸡头。总之都跟鸡有关，思远的比喻真秒，哈哈……"

众人笑喷，笑声震荡在山谷，伴和着猫头鹰的鸣叫声，很快被清幽的夜抽走了热量，留下孤寂凄冷的凉度在夜色中飘荡。

他们突然意识到不知何时，夜幕完全拉下来。山谷里冷风嗖嗖，兽吼鸟啼，树影幢幢，阴森鬼魅。五个人说笑话的兴趣顿时冷却，停停走走，推推搡搡，脊背发寒，哆哆嗦嗦，两腿发抖，心跳加速。

"东方教主不是被朝廷剿灭了吗？横行苗疆、西蜀多年的大魔头，竟然出现在这里……"许唯害怕地故意落到队伍的末尾。

"她会不会拿我们来练九阴白骨爪……葵花宝典?"张必行扫了下四面八方的黑影，紧张得牙齿咯吱响。

"据我老爹说，这次招降十分神秘，一向霸道的东方不败不知道为什么，接受了朝廷的招安，和平解散了部众，但是她宣称：

她本人不会接受朝廷的调遣，会一直住在山里，过闲云野鹤的自在日子。”上官澈道。

“还别说，这位苗族首领还真有志气、有魄力。”许思远赞道。

又是一阵阴风袭来，冰冷刺骨，五个人吓得纷纷躲进一个土坑里。还没冒头，只听一阵更加强劲的疾风由远而近，河面上传来过招打斗的声音。

四周的月光忽明忽暗，树林、野草萧萧作响。不断有沙尘、落叶飞到五个人藏身的土坑里，五个人大气不敢出。

大约疾风骤雨般的数十次过招之后，忽听“啊！”的一声，泥浆四溅，一个人“啪”地落到了一个泥巴坑里。

“不好意思！不好意思！在下不知道这儿还有一个泥巴坑，以为全干了。”竟然是毛秀才那熟悉的羞涩声音！

原以为毛秀才早被揍成一团烂泥，躲在一边的五个人再次惊讶得快要昏过去。掉进泥巴坑的竟然是东方不败！

“呜呜呜……”东方不败嘤嘤哭了起来。

“对不住、对不住！在下一定帮您洗干净，不，买件新的衣裳送给您。”毛秀才惊慌失措。

“呜呜……死秀才，你有钱吗？赔得起吗？还不够你老妈看病吃药的！假惺惺的死秀才！你当年就是带着你那治不好、老不死的疯老妈求医访药，才假装一直考不上秀才！”

“不是的……东方教主过奖了，在下不敢。”毛秀才作揖又拱手。

“你有什么不敢？想我东方不败风云一时，其实是被你打败才解散部众的，想想我，一代大师级的魔头，缔结合约时被你在朝廷三军统帅面前描述得那么清高、飘逸，好像一个深明大义、与世无争的义士一样，我呸！”

“不是、不是！东方教主本就深明大义、宅心仁厚。在下……”

“你妈才宅心仁厚！本教主今天又被你打败了，又是三年不能杀人，呜呜呜……今天，你还存心气我是不是？竟然被一群小娃子问得哑口无言，要不是怕你生气，本教主真想冲上去，把他们的脑袋一个个剁下来，串成冰糖葫芦！”

草丛里的五个人吓得瘫软在地，就像被点了穴般无法动弹。各自回忆起上午得意扬扬的时分，本以为指点江山、激扬文字，粪土才俊毛秀才。原来脑袋都差点变成糖葫芦上的山楂果了！

“千万别！别！”毛秀才万分紧张，结结巴巴。

“死秀才，你真相信那些诗和画是他们创作的？你连我这么难的问题都能解决，真回答不了那些问题？”

“我信，为什么要无端怀疑他人、否定他人？而且，孩子提出的问题才是最难的问题。”

“不就是‘随心所欲不逾矩’吗？十几岁的小屁孩哪里懂？只有我们这种大师级的才能领略到那种境界，现在讲是白讲。”

“可是孔子怎么会说‘唯女子与小人为难养也’？表现为：接近他们，他们就不尊敬你；远离他们，他们又怨恨你。女子与小人怎么相似？”

“任何人由于他生活的时代和社会地位的特殊性，都会对问题的认识有一定的局限性。人毕竟还是人，不是神，即使是奉为圣人的孔子。我站在女人的角度说句公道话，其实女子和小人表现相似，实际不同，小人是因为想利用人、害人，而女人，只是想爱人，或者想让人更爱她。而且孔子当年出身贵族家庭，对妻室和奴仆的关系，都得保持一定的距离，而这种距离实际上并不好把握。”

“东方教主，高见啊！我明白了。可是第三个问题，嫂子掉到水里……”

“明明什么事没有，那群蠢猪怎么老拿你嫂子说事？弄得你处处防范，如履薄冰，还不得不找个粗鄙的丑妇照顾你妈。我算是明白了，多行仁义必自毙，一个好人在一群庸人的包围当中是过不好的！这样吧，我去把你嫂子杀了，一了百了，也就不存在这个问题了。”

“别！教主聪慧过人，请另赐妙法，请别又想杀人，人死了，问题还在，好歹您也是大师级的……”毛秀才手忙脚乱，就差下跪了。

“啊，对不起，习惯了……”

东方不败急忙回礼。二人坐在地上冥思苦想。

朗月西斜，乌鹊南飞，二人终于走向渡口，终于走出一段距离。草丛中的土坑里，上官澈从怀中抽出一条粉红色纱巾。郑阿福看见大惊。

“啊！这是我打算送给沈千若的，怎么会在你这里？”

上官澈一声不吭，快速把纱巾系在郑阿福的头上。

“你要干什么？”

“扮演毛秀才的嫂子。”

郑阿福使劲挣扎。“不要啊！不要啊！我不会游泳……”

山谷中的渡口边，清风徐徐。毛秀才解开柱子上的缆绳，撑开一条小船，为东方不败送行。忽然，张必行十万火急地跑到岸边。

“毛先生，不好啦！你嫂子来找你，不小心掉到河里啦！”

“哪儿？”毛秀才急道。

“那边那边！”张必行指着远处噼里啪啦挣扎的红头巾。

许唯还没反应过来，毛秀才一阵风一样，呼地一下不见了。

第二日，仍是一个大晴天，阳光普照，绿荫满阶。书院中，气氛快活得过节一般，众弟子都举着小彩旗，讲堂一尘不染，讲桌上堆满水果、鲜花、礼物。

东方不败换上了新衣服，混在女弟子一边的后排，保持着高深莫测的微笑，也举着一把小彩旗。讲台前上，除了前次的字迹，另挂上了一张标示着诗词格律之平仄格式的纸幅。

毛秀才仍旧羞涩、文雅地端坐在讲台上。

“各位，以上是各类律诗的固定音调格式，每一首好的律诗都是戴着镣铐在跳舞，是按照约定的平仄关系创作的。”

“那么‘一水潮喧人语外，青山绿到马蹄前。’这一句为什么蒋先生说许思远作不出来呢？”肖潺问道。

“这两句除了合乎平仄，还关联着前面所说的道家‘无’和‘有’的关系。水声属于自然之‘空无’，原本超越于世俗人语之‘有’，二者玄妙呼应，应和宇宙造物之理，正如唐代王维先生的‘山色有无中’，化于禅机，大象无形，迥得天意。”

许思远脸红得就像熟透的番茄。“是的，先生，我都不知道它好在哪里，竟然还能说成是自己写的……”

“你是在哪儿见到这几首佳作的？”凌小小好奇地问。

“我……是在后来……不好意思，妈妈不让我讲。”许思远为难道。

“既然母亲大人有命，大家就不要追究了。”毛秀才赶紧劝阻。

“毛先生，我真服您了！蒋先生批评我们不学无术还自以为是，真是太对了，弟子请您点评下我父亲友人的这幅画吧。”

上官澈奉上昨天的画作。

“上官学子不必自责。您父亲的友人定是当世画圣倪云林，这幅画深含易理数术、道家思想，这幅画的谋篇布局，充满了易学中的演算比例，才能如此和谐；因为源自道家思想的虚实相生，‘无’‘有’参差，才能如此旷远……”

“阿澈，你脸皮真厚，《易经》都背不出一句，竟然还说是自己画的。”郑阿福愤愤不平地插嘴，被蒋先生瞪了一眼。

毛秀才继续循循教导。每一个人侧耳聆听，再不敢有半分马虎。

“在下今天只能初步讲到这么多，学海无涯，学境深远，以后还是要靠大家自己的造化，边学、边悟。”

毛秀才对《易经》、道家的讲解在一片欢呼中结束。

“毛先生，虽然我们还不太懂，但是您让我们知道了自己的局限，懂得了谦卑的意义。”许思远行礼道。

“其实，在这次经历中，大家让我学到了更多。”毛秀才再次拱手还礼。

“呵呵，最重要的是关于嫂子的心结吧。”东方不败笑道。

众人猛然一愣，毛秀才一路讲解太精彩，大家几乎忘记了这位令人闻风丧胆的魔头的存在。毛秀才闻言，罕见地笑了笑，坦然地点点头。

“上官学子昨日提出的问题很好！‘仁’与‘礼’的确有矛盾。不过昨天，就在我的手抓住我‘嫂子’的一刹那，我忽然顿悟了孔子思想的中心：那就是仁、仁爱！”

众人停顿了一下，不由得集体鼓掌。

毛秀才继续发言：“仁爱，没有比这更重要的，仁为里，礼为表，其他的规范都可以随时间和具体情况而改变，该淘汰的淘汰，该更新的更新，只有仁爱这一核心始终不变。”

众人继续鼓掌。

“就是说，关键的时候，我们可以拉嫂子的手咯。”郑阿福似乎不解。

“关键时刻可以拉，但是平时不可以拉！”蒋先生板着脸，呵斥郑阿福。

毛秀才点点头。“蒋先生说得对，符合儒家思想的精髓。礼仪是在特定时期和最大范围内对仁爱的规范和捍卫，应该是社会行为之大爱的表现，否则，失去了仁爱的‘礼’只是空洞乏味甚至虚伪做作的形式。”

“啪啪啪！”一阵功力深厚的掌声震动屋宇，超过了所有人，东方不败大声道，“毛哥，现在我终于知道，为什么你能打败我，是因为仁爱，是因为你心里有别人，有别人才能忘我，忘我才能超越胜负，才能与万物沟通，才能臻于至境，随心所欲不逾矩！”

众人惊赞不已，继续热烈鼓掌！

郑阿福拍手又跺脚，兴高采烈尤甚！上官澈瞟了郑阿福一眼。“切，你又听不懂，鼓什么掌？好像很懂似的。”

“要你管！反正他们是我的偶像！”

"我看你，心又在佛腾，口里又要流出垂未来！"

张必行捅捅上官澈，小声提醒。"阿澈，快鼓掌！东方不败正盯着你看呢！"

上官澈偷眼看去，果不其然！头发顿时根根竖起，拼命鼓掌！

许思远日志

3月5日　天气：晴

妈妈，这里经历的私塾生活，与我以往的生活世界相比，是个完全不同的天地。

这一天发生了好多活色生香的故事，我像观看了一部明朝戏剧，兴趣盎然、感慨万千，可是我明明就是其中的角色啊！体验着比戏剧更富有戏剧化的真实生活，虽然我还不大相信我现在不是在做梦——我已记不住今天一整天我用手指狠狠地掐脸多少次了，更数不清我用脚板重重地跺脚多少回了，就差用上双手"顿胸"来数心跳了。不过，其实我现在偷偷地跟您讲，我已差不多接受这里压根儿不是做梦这个奇幻的现实了，因为我在这儿所经历的一切，都是用真实的五种官能体验——视觉、听觉、触觉、嗅觉、味觉，甚至第六感官也在暗示我——我被某种像魔方一样的高科技玩意儿，带到了这个程序错乱的翻转时空里了。

如今与您相隔将近七百年，相离一万多公里。以前生活在互联网社会中的地球村，并不觉得远在太平洋彼岸的您，离我有多远。现在在时间被拉伸的维度中，空间也随即变得模糊不清、遥不可及了。

于是忍不住开始想您了，尤其想着您在电话里头给我布置作业的威严声音。我想来想去，今天学到了很多，这可不是吹牛。您设想一下这样的一个形象：今天的我几乎整天张大嘴巴瞪着眼睛，简直就是一幅“瞠目结舌”的肖像画……嘻嘻，儿子就不和您逗乐了，总而言之，我被丢到了一个与我以往完全不一样的世界，您说我学到的能少吗？这么下去，我见多识广，100个G的硬盘恐怕也存储不了我的经历和经验啦。

呸呸，我在这里唾弃下自己，我太不谦虚了！切记！切记，凡事不要以自我为中心，多想想他人感受。推己及人、同情之于理解，己所不欲勿施于人。谦和虚心，谨言慎行，善莫大焉！我今天学到的是最重要的中华传统美德“谦”。“谦”字，是我要完成的“中华德目关键字”作业中的第一个字。

书院提倡“讲求圣人当日之学，以开今人学圣之路”。

《礼记》开篇有云，“敖不可长，欲不可从，志不可满，乐不可极”。意思是骄傲不可滋长，欲望不可放纵，志意不可自满，享乐不可至极。骄傲的情绪和意志力，和不可控制的愿望、志意、享乐一样，都是个人意志力的膨胀，是以自我为中心的必然结果。个人意志不受控制、不降低、不中和，不考虑外界和他人因素，就会像一匹脱缰的野马一样，放纵狂奔，后果不堪设想。

谦，指虚心，不自高自大。谦字的字形演变由难到易，很有意思。活脱脱的像一个谨言慎行的美男子。

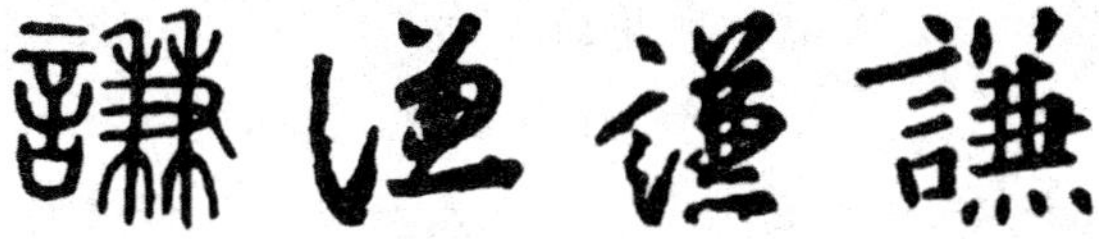

篆书　草书　行书　楷书

从言旁，谦首先是言语上谦和、谦虚。中国自古是礼仪之邦，礼仪最重要的一个体现就是言说表达。古人喜欢谦逊，所以谦词在人们日常交际和书信往来不可或缺。通常，用“拙”、“小”、“薄”“贱”“敝”“鄙”“愚”“忝”“敢”“劳”等字开头来表达谦恭。今天我真是见识了出口成谦的先生们，那些同门小伙伴们也早已耳闻目染，言行举止比我熟络多了，谦逊多了，显得很有文化底蕴。现在我也尝试着活学活用下谦辞的使用和谦虚的表达，示例如下：

小生贱姓胡，敝省在湖北，现有拙作一篇，作为薄礼，敬请笑纳！愚以为，拙作一些鄙见，忝列吾师批注处，还敢情劳神您老拨冗批评！在下感激涕零！没齿不忘！

嗯，上述言辞好低调、好谦虚诶！不过我觉得一味在言辞上埋汰自己，必定都是谦虚吗？想想当年班上那个学霸宋先，经常考试成绩遥遥领先，发下来的成绩本来就是全班第一，他还经常“谦虚”地故意说，“我考得好差，简直没脸见人，丢死人了……”他仰起头、眼光飘忽，似乎无意与人真诚交流。只是言语上抹杀事实、夸大其词和言不由衷，说好听的就是谦虚过度，说不好听的其实就是内心傲娇得花枝乱颤，骄傲得一塌糊涂，还有故意戏弄他人之嫌。

反正我不喜欢言辞谦虚却内心得意的做法，我觉得言语谦虚是虚心的必要条件，但绝不是充分条件，另一个必要条件是态度、礼仪和行为上对人谦让和恭敬。

让人，礼让，态度谦恭，对人恭敬，例如脱帽致敬、鞠躬问好、让路后行等就是谦让的行为。生活中不乏这种富有教养的礼让行为，也充斥着不少倨傲冷漠之举——冷漠的“事不关己高高挂起”、自私的“各人自扫门前雪”、冷酷的“多一事不如少一事”、狭隘的“善小不为恶小为之”。对求助的眼神视而不见，对周遭的美行善德难以感动。

想想自己过去的一些倨傲行为，觉得汗颜：有位老爷爷为我开门并让我先行，我昂首挺胸漠然飘过，连一句“谢谢”也没说；有位金发碧眼的外国女郎，老远就朝我微笑，大方地说“Hello”，我却听若罔闻，没有回应，无动于衷。不可否认，害羞是我的天性，感情内敛，不好意思与陌生人打交道，但是害羞并不是不会谦让和不守礼节的借口。今后唯有突破害羞这一张蜘蛛网，才能冲出狭隘的、保守的束缚。

谦，除了语言、态度、行为、礼节上得以体现之外，最根本的是内心的谦逊。世间，山外有山，人外有人，比我聪明、勤奋、有成就的大有人在，只有无知者才无畏，不知天高地厚、狂妄自大，撞到南墙都不知如何回头。哈哈，我若能如毛秀才一般有傲骨但无傲气，内心高洁而外表谦卑，居于高位而不傲物，这是多么令人神往、追慕的君子风尚啊！

正如陈毅所云，九牛一毛莫自夸，骄傲自满必翻车。历览古今多少事，成由谦逊败由奢。平凡之人应如此，即使位高权重、绝世天才之人，也要“念高危，则思谦冲而自牧；惧满盈，则思江海下百川”。《易》中有言：谦谦君子，卑以自牧。谦虚是改造人心的一棵参天大树，犹如舒婷在《致橡树》一诗中所赞叹的木棉树，红硕的花朵像沉重的叹息，又像英勇的火炬充满能量。它植根于心房，生根发芽，枝繁叶茂，调控着绿色的心理环境，防止心理过度膨胀和自我蒙蔽。

谦虚是人进步的阶梯。“满招损，谦受益”，“谦虚使人进步，骄傲使人落后”。作为一个初学之人，作为一个普通人，谦逊是进步的开始，它不仅仅是一种美德，也永远是正确而必要的品德。谦和、谦卑、谦逊、谦厚。子贡问孔子：“何以谓之文也?”子曰：“敏而好学，不耻下问，是以谓之文也。”聪明并且好学，而且对不懂的东西，勇敢地去咨询和请教，不以为耻，不害羞，这就是谦虚者强大的内心，也因此成就了谦虚者的光辉形象、君子风范。在大自然面前谦逊，不奢侈；在优异善良的人面前谦逊，不浮华；在高华的品质学识面前谦逊，不自负。

内心谦逊之人，总会向书本学习，向实践学习，尤其向比自己贤能的人学习。子曰：“见贤思齐焉，见不贤而内自省也。”看到别人身上的优点，如果不及的，就暗下决心，向他学习。学习永无止境，不仅有看不完的书，不断更新换代的知识，更有一生中遇到许许多多的人，他们身上或多或少有你不足的长处，有值得你感动、效仿和仰慕的地方。

可是，胜不骄，败不馁，永远保持谦虚求教、学习进取的姿态，坚持起来并不容易。正如《左传》所言，“夫宠而不骄，骄而能降，降而不憾，憾而能眕者，鲜矣”。受到宠爱而不骄傲，骄傲而能安于地位下降，地位下降而不怨恨，怨恨还能自重的人，是不多见的。无能何时何地，总能欣然、甘心地把自己看得很低很低，就像沉甸甸的麦穗，满腹成果却身段愈下，在风中弯下沉稳的腰身，传来雄浑的笑声。

谦逊不是保守，更不是退缩，而是“见贤思齐”。

生活中我们“见贤”不一定思齐，第一反应通常是羡慕嫉妒恨，很少能够自觉地把自己和对方比较，寻找差距，并趋于完善。即使能够自省，能够思齐，很难以一种平和积极心态，保持毅力和恒心去不断完善自身，这需要坚持，需要点点滴滴地去学习、尝试、实践，甚至难免遭遇挫败。正如爬山的过程，有时山重回复似无路，有时蜀道难于上青天，雾霭深重宛在水中央……出乎意料的困难远远比我们事先预想的多得多。

不由想起我在美国读书的那一个月，非常羡慕美国同学绝佳的口才，羡慕他们大胆和大方，羡慕他们的领导才华，心里暗想一定要向他们学习，但没想到“见贤思齐”变成实际行动时，会面临怎样的煎熬和考验。

一次参加学校的机器人小组募捐活动，我和一个中国同学Tommy合作，费尽心思做了一张宣传海报，本想到大型超市、公立图书馆、教堂等人流多的地方游说和推介。当我们兴冲冲地来到超市，刚接触到一位顾客，成功地募集到了五美元，心里乐滋滋的。这时，超市服务员走过来告诉我们，这里是营利性的商业区，不允许从事这种募捐活动，让我们离开。

这个是我们没有意料到的。我们认为到公立图书馆这种非营利机构总该可以吧，于是又赶紧冲到公立图书馆门口附近。我们举着牌子，不一会儿，图书馆内走出一个人问我们是否之前得到了管理者的允许或者授权。哦，原来要之前做这些准备和沟通工作？这又是我们始料未及的……

那么到教堂这种有爱心、有慈善色彩的场所应该得到同情和理解吧？对不起，一位教堂的ESL课程老师问我们是否得到了教堂牧师的许可？……一次次碰壁，我俩的热情烈焰一次次被冷水浇灭。出师未捷心蒙阴啊，当妈妈带着我们到自由和开放的大学校园去游说行人的时候，我和 Tommy 无力地拎着募捐告示牌，躲在树旁，看到白、黑、棕、褐、黄等各种肤色行人走过来，赶紧缩着身子，背对着他们，生怕他们看到我们在干什么。

瞅着妈妈和阿姨，正远远地站在我们对面的操场上看着我们，不时用手比画着，还不时脸凑到一起嘀咕着什么，她们一定是失望极了，一定在交流和感叹：我们如此胆怯和害羞，根本不适合在美国的文化环境中读书和生存……

脸颊灼热，耳根轰鸣，脑袋发涨，压力山大，怎么办？我和 Tommy 你推我搡，希望对方能够主动冲到前头与人打招呼。Tommy 总算比我大胆些，他磨蹭着，应该是经过了一番艰苦的思想斗争，终于跨上前去迎上对面的行人，主动打招呼和介绍募捐。我挪开步子，瑟瑟地凑上去，拼尽全力高举宣传牌。谢天谢地，功夫不负有心人，与我们交流的是一位大学生，他很高兴地和我们聊起他对机器人的兴趣，并兴致勃勃地拿起手机向我们展示他刚开发的小飞机三维模型，这让我俩大为庆幸和感动。

之后，我们鼓起勇气，向身边那些热情开朗的美国人学习，见人就面露微笑，大声问候，主动交流。很快，我们共筹集了近五十美元，对我们来说，这可是一个创举和伟业！这一剂强心针，重新激发了我们的自信和乐观——原来，我们华人完全可以冲破“内敛”“保守”“封闭”的厚茧。

看来，见贤思齐是“思”，并不是特别难的一件事情，最富有挑战的是因思而行，持之以恒，行之有效，那才最锻炼人。挑战自我的道路肯定不会一帆风顺，但风雨之后一定会见到彩虹！

二 受骗上当（仁）

青春不息，争论不止……讲堂中再次陷入混战。

“沈千若做学长！”凌小小跳到了桌子上。

“上官澈做学长！”许唯跳到了凳子上。“上官澈机智聪明，老谋深算！”

“反对！沈千若知书达理，公平端正！”

许思远兴趣盎然地观看着这一幕，脑海里浮现出台湾地区国民党和民进党开会打架的场景，蓝绿阵营拉扯、泼水、推挤，一片混乱，多人挂彩……

“嗒嗒嗒”，急促而厚重的脚步声从走廊上传过来，众人立刻偃旗息鼓，乖乖回到各自位置上。蒋先生出现在门口，逼视全场。

“刚才怎么回事？”

沈千若站起来，行执手礼。“先生，同门许思远提出一个意见：本届学长由大家推举产生，他说这种方法叫做‘选举’‘竞选’，比先生直接任命合理。弟子想了想，认为此举的确合乎远古盛世禅让之风、尧舜圣贤推举之法，大家正各抒己见。”

蒋先生沉吟片刻。

“嗯，的确不错。只是乱糟糟、闹哄哄，像要造反。”

张必行起身，行执手礼。“先生，是因为意见不一致，有人支持沈千若、有人支持上官澈，两党倾轧，互不相让。”

“既然是竞选，二位准备一番，明天各自陈述作为学长的职责，大家公开评比便是。”

夜晚的书院，树影幢幢，花香阵阵，虫鸣唧唧，灯火点点。女弟子们居住的馆舍中，沈千若、凌小小、肖潺围着圆桌上的一盏烛火，激动地争执不下。

沈千若一会儿扭左边，一会儿扭右边，羞答答。“蒋先生真是的，一个人怎么可以自己上台发言，说自己要当学长呢，那得有多厚的脸皮啊？”

“这有什么？要不是我怕当了学长就不能打架、欺负男生了，我也去竞选。”凌小小道。

“可惜毛秀才又带着老妈远行求医，不然，他说谁，我们大家都赞成。”肖潺双手撑起下巴，兀自神往起来。

凌小小拿出一个紫微斗盘，拨拨算算一番，面呈喜色，大为高兴。

“千若！千若！从卦象上看，学长非你莫属，赶紧准备，以后书院就是咱们的了，一道支使那帮男生！”

沈千若仍旧矜持脸红，不行动。

凌小小拿出纸和笔，开始奋笔疾书。“好吧，既然是天意，你又拉不下面子，我来帮你写演说词……奉天承运，紫微降仙。臣妾沈千若……知书达理，善解人意，风华正茂，尚未婚配……”

“哎呀，你瞎说什么呀？”沈千若一手捂脸，一手抽过凌小小写的“竞选词”揉成一团。

窗外，郑阿福一边偷听，一边笑成虾米一般。

沈千若沉思片刻，定了定神。“还是我自己写吧。”

“这就对了！你先写，再背下来，咱们打有准备的仗，明天一展绝代风华。”凌小小赶紧送上纸笔。

沈千若一边写，凌小小一边念，一边啧啧称赞。“不愧是大家闺秀，才女佳人……各位师长、同门雅鉴。上上书院，清誉久远，书香圣地。有幸身为弟子，一则心怀潜心向学之志，一则身负维护效力之责。千若不才，若能为师长分忧，为同门尽尊重友善之意，愿担当学长之职，服役学园之任……为同门之尊荣共进，谦卑为是，倾心勠力……”

墙根下，郑阿福笑着笑着，突然沉默了。纠结良久，忽然打了自己一巴掌，偷偷走掉了。

“阿澈，阿澈，你大概比不过沈千若了，她写的演说词，念得我热泪盈眶了。”郑阿福跑回男弟子们居住的馆舍。

“哦？”上官澈环顾四周，悄悄塞给郑阿福一包五香豆。

“不行不行，如果沈千若做了学长，凌小小肯定要垂帘听政，她可是本大侠的死对头。”张必行本在闭目打坐，赶紧跳下床，急忙插话。

“是啊，阿澈，你一向自封书院第一才子，天下英才舍你其谁?！写一篇更棒的自陈书，把沈千若比下去。”许唯道。

上官澈笑了起来：“各位，沉住气，自陈书……已经有了。”

“真的？念来听听！”男生们好奇地围过来。

“暂时保密，明天自然见分晓。”上官澈神秘地一笑，不再理会众人，跳到床上，拉过被子盖住头，几秒后呼噜声一浪盖过一浪。

"天地玄黄，宇宙洪荒。日月盈仄，晨宿列张……"

小鸟们在晨曦的枝叶间欢声叽叽，书院的讲堂里书声琅琅。各位晨读背诵之际，心痒难耐地等待着这场破天荒的"竞选"。

凌小小嘴巴念念有词，抽空冲着张必行、上官澈扮鬼脸，得意地用毛笔杆在座位前排的沈千若的头顶画了一个大大的圆圈，发光的圈。张必行扭过头，横眉冷对凌小小。

蒋先生终于出现在讲台前。

首先，就毛秀才讲学的事件，继续肃清某些人对待先圣经典以偏概全的态度，强调解读圣贤思想，不能不知人论世，从一己之情感亲疏轻率下结论，不得挑个别词句之刺，以掩藏其光辉思想、高尚情操。

众人纷纷点头、心悦诚服，终于进入"竞选"的环节。

"今日的推举竞选，体现了君子当自强不息、厚德载物的精神，本着合理公平、人文日新的原则，二位学子可各陈己见，优胜短长，由诸位公开评定，选贤举能。"

蒋先生话音刚落，却见沈千若率先行礼，急急站了起来。

"先生，弟子请求先作陈述。"

众人的目光齐刷刷汇聚过来。蒋先生点点头。

沈千若快步走上讲台，沉吟片刻。"各位师长、同门，千若恐怕要辜负各位的厚望。千若自认性情愚弱，才疏学浅，不堪担当学长之任。经过深思熟虑，决定退出竞选。上官澈同门才德兼备，能力出众，若能担任本届学长，本人将全力支持。"

沈千若行完拜礼，退到台下。凌小小、肖潺十分惊诧，嘴巴嘟着圆圆的O，失望地盯着沈千若。

"确认退出?"蒋先生询问道。沈千若坚定地点点头。

终于熬到下课，男弟子们呼朋引伴，兴高采烈地肩搭着肩回到馆舍，庆幸“不战而屈人之兵”。

上官澈得意地跳上桌子，坐在一堆书本上。

“哈哈，从此咱们自由自在，不用服那些女生的管束了！郑阿福，帮我倒一杯水过来。”上官澈吩咐道。

“来啦、来啦！”郑阿福赶紧奉上一杯水。

众人恭维、祝贺一番。

许唯正拿着饭碗准备去打饭，上官澈赶紧叫住他。“许唯，帮本学长带碗饭回来……等下让你把那些女生指挥得团团转。”

许唯闻言，忙带上两个饭碗出门去。上官澈又盯着张必行。“老张，今天擦桌子、倒垃圾的事情，就委派给你啦……”

“嗯？阿澈，今天可是轮到你执勤的……”

“本人是学长了，有更重要的事情要做。”

“什么重要的事情？”

“管你们啊！”上官澈从书本上跳下来，举起毛笔开始修改墙上挂的执勤表。

“啊？”张必行愣住了，“我……可以不做吗？”

“不行，反对学长就是反对官吏，反对官吏就是反对朝廷。”

日晷石盘上的投影指向正午。庭院里的树荫下，几名女弟子聚在水井边洗碗，凌小小鄙视地望着颐指气使的上官澈，愤愤不平。

“真是小人得志啊。我说千若，你哪根筋出毛病了？竟然临阵脱逃！”

“是啊，千若姐，看看上官澈，哪有学长的素养？”肖潺不满道。

沈千若收起碗，不吭声。

“究竟怎么回事啊?”凌小小追问。

正说着，许唯、郑阿福拖着几把掉了穗子的扫把走过来。遵照院规，明天是全书院第一次大扫除，上官学长上任的第一件事，就是分配打扫任务。

“三位淑女，上官学长让我们过来传话。”郑阿福道。

“切，他自己怎么不过来?”凌小小白了郑阿福一眼。

“上官大人，他说他有更重要的任务。”许唯一边说，一边拿出几枚铜钱。

肖潺望着铜钱。“嗯? ……他想让我们干什么?”

“想让三位正午时，去镇上买几把扫帚，明天好用。”

肖潺横眉倒竖，“让我们三个漂亮优雅的淑女，扛着扫帚在大街上逛来逛去? 亏你们想得出!”

凌小小意味深长，笑嘻嘻地望着沈千若。“体会到了吧? 这就是你放弃权力的好处……啊啊啊，哎哟……本小姐肚子疼，恕不能奉陪了!”

凌小小促狭地笑着，一会儿跑掉不见了。肖潺见状，扭头也要走。

“别走……”郑阿福急了，“我也觉得不好，我也心疼你们，可是，阿澈他现在是学长了，他说谁反对他就是反对朝廷，所以……我……”

肖潺毫不理睬，仰头开步走。

“拿来吧，我去。”沈千若接过许唯手里的铜钱。

翠柳摇曳，旗幡招展。溪州镇的街道上，熙熙攘攘，车水马龙，正值正午时分，酒家、当铺、店面生意兴隆，喧哗热闹。沈千若走在前面，四面张望。肖潺不情不愿地、慢吞吞地跟在后面。

“小小说得对，你把位子让给人家，人家不仅不感谢，还立刻在咱们头上拉屎拉尿起来。”

沈千若打量着店铺的招牌。“可不能这样讲，既然大家选了上官，就应该遵照他的指示来做。就像国家的法规，一旦制定，即使还不完善，也不可朝令夕改……”

“文绉绉的，我本是个丫鬟，听不懂。”肖潺气得满鼻子哼哼，满肚子憋屈。

一个卖针线、布头、扫帚等日用杂货的店铺出现在眼前。沈千若正要进去，被肖潺拦住。

“我的千金大小姐，还是我来吧。这些人精得很，一见您这种不食人间烟火的仙女下凡，保准亮出宰牛刀，宰个血淋淋、精光光。”

肖潺夺过铜钱，把沈千若往一边推开，老练地迈进店去。

沈千若才退到街角边。忽然前面一阵骚动，只见一家酒店的门外，两个头戴网巾、书生模样的人被赶了出来。二人狼狈地后退着、趔趄着，定下神后，发愁地四处张望。其中一书生见到独自一人四处张望的沈千若，立刻拉着另一人迎了过来。

“这位小姐，小生有礼了。”一书生垂首、躬身，行鞠躬礼。

沈千若连忙还礼。“这位先生不必客气，您有何贵干?”

“在下……在下实在难以启齿，在下和舍弟进京赴考，本来一切顺利，可是昨晚竟然……遭遇了盗贼……”书生欲言又止，十分窘迫。

“啊？盗贼？”沈千若大吃一惊，花容失色。

“回家的盘缠席卷一空，这下回不了家乡了。”个子较矮的弟弟咧嘴嘟囔，咧开嘴马上要哭的样子。

“莫着急！莫着急！”沈千若赶紧安慰，忙在口袋里面四处搜索，取出十几枚铜钱。“你们还没吃午饭吧？”

弟弟书生点点头。哥哥书生赶紧制止。

“怎么说咱们也是读书人，这怎么好意思？”

“哥，也是，一顿饭也只帮得了一时，咱们还是没有办法回家乡。咱妈一定急坏了。”弟弟的眼睛冒出泪花来。

“别哭，别哭，你们家在哪儿啊？”沈千若询问。

“南边，挺远的……快一千里地呢。”

“那需要多少盘缠？”

“少说也得三十两银子……”弟弟书生答道，擦了一把眼泪。哥哥书生生气地拍了他一巴掌，悲哀地垂头叹息。

“你们别急，千万别着急，谁没有个难处呢。你们等着，我现在身上没有这么多银子，你们俩先在前面酒店等我，我这就回去给你们想办法去！”

沈千若将十几文钱塞进弟弟书生的手里，旋风一般，回头往书院赶。

书院坐落在镇子的北郊，并不太远，沈千若铆足了劲，一口气飞奔回书院，进门时没刹住，差点把门口的哈巴狗王小绿一脚踹飞出去。直奔舍馆后，赶紧翻箱倒柜，凌小小正在睡午觉，不解地爬起来。却见沈千若从箱子里取出十两银子。

“不够……小小，你有没有银子？急用！”

“有二两，我爹算命最近生意不太好，没给多的。”

"先借给我。"

沈千若包好银子，跑到庭院里。却见郑阿福正捧着满把的银子，熠熠生辉，闪闪发光，朝着女生馆舍走来。

"阿福，你可真有钱啊！借给我一下，好吧？"

"啊？是千若啊……这……这有什么不行的？你全拿去好啦！"郑阿福赔着笑脸，讨好地打开手心，"只是……"

"一定尽快还你！谢谢啊！"沈千若快速地将银子放进包袱，唯恐耽搁时间，小马驹一样，眨眼跑不见了。

沈千若火急火燎，飞似的跑到酒店附近。两位书生刚吃完饭出来，猛然看见沈千若，甚为惊讶。沈千若擦着满头的汗，快活地朝他们打招呼。

"暂时只凑齐了二十两。"沈千若将包着银子的小包裹递过去。

二人张着嘴，不敢相信，竭力掩饰着惊喜。

"啊？啊？我们还以为你找个借口跑掉了呢……"书生弟弟有点舌头打结，被书生哥哥瞪了一眼。

书生哥哥鞠躬行礼，激动地接过包裹。"我们还从来没有见过像你这么……好的人。"

沈千若摘下耳环、手镯一并放到哥哥的手上。"过奖了，若是银子用完了还没有到家，就用这些东西应应急。"

书生弟弟感动得不知所措，语无伦次。"小姐，你……你心肠真好！我哥刚才说，若是这次考取了功名……或是老天保佑中了状元，一定回镇上向你家里提亲……"

沈千若一愣，羞红了脸，不知如何是好。书生哥哥一巴掌打过去，止住了弟弟，转身曲臂、躬身，朝沈千若行了一个大礼。

“我们二人一定日夜兼程，速回家乡，禀告过父母亲大人以后，一定快马加鞭，不出十天，定将小姐的借款如数奉还！”

互通姓名、住址之后，二人千恩万谢，告辞离去。

却说勤劳的肖潺从店铺里出来，背着六把扫帚七弯八拐，满街寻找沈千若。正满头大汗、摇摇晃晃之际，却见沈千若一边暗自捂嘴笑，一边从驿站边娉娉袅袅而来。

“哎哟！大小姐，鞋子都磨破了……”肖潺喘着粗气。

“不好意思，有事耽误啦。”沈千若笑吟吟，接过三把扫帚扛在肩上。肖潺奇怪地看着她。

“喂喂，千若姐，你的样子好叵测……高兴成这样？难道，是和什么人私订终身啦？”

沈千若一愣，忽然呵呵笑起来。“嗯，……还是个状元呢。”

“不会吧！这么快？”肖潺惊得嘴巴合不拢。

“当然了，不然，我心情怎么这么好？呵呵呵……还有个探花郎呢，以后介绍给你。”

肖潺目瞪口呆，震惊得迈不动脚。沈千若一边逗她，一边扛着扫帚蹦蹦跶跶书院而去。

下午课后，男生的馆舍里，众人一片忙碌。上官澈坐在桌子上，跷起二郎腿，很有大爷范儿地扇着扇子，另一只手拿着从讲堂带出来的黑黢黢的大戒尺，东指西指。

“你，许唯，把地上的灰尘再扫一遍。”

许唯滴拧着抹布，满脸黑灰，从房梁上爬下来。“啊？大人，我才抹过房梁上的灰尘啊……”

“所以地上又有灰了嘛。”

“大人，您下命令之前，是不是先弄清先后。免得……”

“竟敢质疑学长？想造反是不是？”上官澈猛敲戒尺，指指门边的撮箕、扫把。“去去去，扫地去。”

张必行双手拧着一大桶衣服，哼哧哼哧地进来。“阿澈，以后你过冬的棉袄拿回家洗吧，太重了……”

上官澈白了一眼。“拿回家都馊了，谁像你，天天都不洗脚。我们家书香门第，最是讲究干净、整洁，让你洗衣服，是给机会你培养良好的生活习惯和技能！”

“你，许思远，愣在那里干什么？本官日理万机，公务繁忙，腰酸背疼，鞠躬尽瘁死而后已。你还不见事做事？帮本官捶捶背、捏捏肩，按摩按摩？”上官澈努努嘴，朝着思远扬起食指，做了个弯钩的动作。

思远心里感觉着实不爽，从小到大，还从没有人这么颐指气使地对待他，这种场景只是在影视剧的宫斗片见过，那些狗仗人势的太监们最喜欢摆这个谱。不过，俗话说得好，大丈夫能屈能伸，强龙压不过地头蛇。先暂时应付应付。许思远哪里学过按摩手法？当手指触摸到上官澈瘦骨嶙峋的背部时，顿时一激灵，仿佛敲击到了久违的电脑键盘，于是习惯性地敲打起来。

“啊，啊，啊，手法高，妙！继续，继续，让本官好好享受也。”上官澈闭着眼睛，舒服地大叫。

运筹帷幄、调兵遣将、霸气十足的上官澈，让一帮蜂群般的男生嗡嗡嗡地忙得天昏地暗、晕头转向。

春寒料峭中，春眠不觉晓。一大早，肖潺被沈千若拍醒，不情不愿、缓慢地穿衣服。沈千若又去拍凌小小。

“起来啦！劳动呢。”

“哼，我才不去呢。我见不得上官澈嘚瑟的样儿。他那个人呀，小气巴巴，好吃的东西总是藏起来，还上锁，没人的时候偷偷拿出来吃。”凌小小懒洋洋地翻了个身，继续睡觉。

“他要是告诉先生，怎么办？”

“哎哟——哎哟，我肚子疼，哼哼……哈哈哈！”凌小小欢乐地在被子里翻来滚去。

沈千若若有所思，终于下了下决心。“可是……小小，如果你知道了上官澈为什么想当学长，也一定会支持他。”

“啊？什么原因？”凌小小大眼睁得溜圆，从床榻上一骨碌地爬来。

“你得答应，我告诉你以后，你一定要大清扫。”沈千若笑道。凌小小急不可耐，连连点头。肖潺也好奇地凑过来。

三人正讲着悄悄话，忽然“咚”的一声响，门被撞了一声。肖潺生气地冲到门边，“呼”地拉开门，却见郑阿福睡眼惺忪，歪歪斜斜地靠在门口，一个趔趄，差点掉进来。

“各位淑女，早上好……”

“一大早鬼推门的，找抽啊？”肖潺喝道。

郑阿福痛苦伤心地揉了揉眼睛。“哎，早知道，还是选千若做学长好。我们现在快被阿澈整成失心疯了……昨天晚上，叫我出去满大街给他买夜宵，所以，啊啊啊——”

郑阿福打了个长长的哈欠。

“哈哈，活该！”凌小小乐不可支。郑阿福定了定神。

“可不，我现在发现，就应该听你们女孩子的话。张必行比我更惨，昨天晚上，阿澈想上厕所，叫张必行给他掌灯，许思远给他拿鞋。又让张必行……”

“又让张必行替他上厕所是不是？哎哟！上官大人怎么能亲自上厕所呢？”凌小小皱着眉头，假装大惊小怪。郑阿福也呵呵笑起来。

“所以，张必行终于发怒了，现在以他为首，都躺床上呢，不打算干活了。蒋先生下午才回来，他们更是不怕。”

凌小小嘻嘻哈哈地跳起来拍手。“呵呵，太好咯！千若，你看看，这就是你滥好人的结果！……郑阿福，那你起这么早干吗？”

郑阿福有点扭捏，不好意思，瞅了瞅了沈千若。“是，是关于钱的事……”

沈千若闻言，赶紧做了个手势，把郑阿福带到门外边，走开一段。凌小小悄悄探头跟出来，躲在转角听。

“你等等，十天，我保证还你！”沈千若道。

“哦……”郑阿福面露为难之色。“要是我自己的，十年都没事，只是那些钱……是上官大人出的一个新规定，让大家一人多交一两银子，作为本年度全体活动的经费。女同门我还没收呢。昨天给阿澈买馄饨，也是我自己垫的钱。”

沈千若也开始急了，眉头拧起来。“阿福，你怎么不早说？这可是大家的钱，还真不能挪用呢。你等等，我尽快还上。”

“快出来听候吩咐！全院大清扫啦！”

上官澈站在庭院中的花坛上，右手挥着戒尺，左手摇着扇子，冲着男生馆舍高声大喊。屋子里一声不吭，稍后，传来一阵阵夸张的、此起彼伏的呼噜声。

“再不出来，就是反对朝廷，就是造反，知道吗？咳咳！”上官澈官气十足地咳嗽了几声，还是不见一个人。上官澈气呼呼跳下花坛，冲到门口，忽然，一盆洗脸水迎面泼出来，差点被浇了一身。

上官澈气得龇牙。

“啊？阿澈大人，他们还没出来？”郑阿福从女生馆舍方向跑过来。

“哼！等下蒋先生回来，有他们好瞧的！”上官澈怒呵。

“先生啊……”郑阿福揪着胖胖的下巴，沉思了一会儿。“阿澈，你想想……蒋先生回来，看到院子还是这么脏，一定很生气。首当其冲怪罪学长，您说是不是？”

“哦？真的？”

“嗯嗯，说不定还会就地免职、解甲归田、告老还乡。”

上官澈有点震住了，慢慢蹲下坐到台阶上，巴巴地瞧着男生馆舍紧闭的大门，似乎没辙了。

二人正在唏嘘、郁闷、发愁，忽听有人打招呼。却见沈千若、凌小小、肖潺包着头巾拿着扫把、撮箕、抹布、水桶等等，从转角笑呵呵地过来。

“上官学长，我们听候任务来啦！”沈千若率先报告。

“没想到，学长大人还有那么一点点儿良心的哦，实在想不到。”凌小小左看右瞧地打量上官澈。

简直是喜从天降！原以为最难差遣的就是女生，竟然全体积极支持，听候调遣。上官澈顿时乐开了花，欢喜得快爆了！

上官大人重新跳到了花坛上，背着手，故意转向男生馆舍一边，调高音调，高声赞美女同门，灵感乍现，诗兴大发：“我赞那沈千若，纤纤作细步，精妙世无双。质傲清霜色，香含秋露华。皎皎兮似轻云之蔽月，飘飘兮若回风之流雪。我说那凌小小，俊眉修眼，顾盼神飞，文彩精华，见之忘俗。皎若太阳升朝霞，灼若芙渠出鸿波。我道那肖潺，螓首蛾眉，巧笑倩兮。灿如春华，皎如秋月。”

“佩服佩服，才华横溢啊。今后追女孩子有台词了。”许思远不由赞叹道。

上官澈一通赞美之词后，一二三四，指点江山，分配任务。

女生们纷纷欣然领命而去。

郑阿福欣赏、仰慕地瞧着她们，将几颗五香豆塞进嘴巴，梗梗脖子，就要追随而去……却见上官澈坐到树荫下的石凳上，“唰”地甩开绢丝扇子，很潇洒地跷着腿扇风。

“阿澈大人……你什么也不干吗？”

“本大人负责派活、检查、巡视。”上官澈两眼望天，鼻孔喷气。

太阳很快爬到了香椿树梢上。女生们在庭院里挥舞扫把，争先恐后、挥汗如雨。

男生们纷纷从馆舍出来，跟着沈千若等人加入到大扫除中。

沈千若扫地，张必行帮忙洒水；凌小小擦回廊栏杆，许思远挑水；肖潺浇花，许唯跑一边拔草……大家空前默契，你帮我助，井井有条，一派欢快和谐的合作景象。

“哼，还以为你们有多横，还不是乖乖做事。”

只剩下上官澈，独自坐在遥远的树荫下，独自扇着扇子，酸溜溜地白了众人一眼。

可是……很快，更酸更甜的一幕出现了。庭院清理完毕，却见肖潺不知从哪儿搬来了满篮子的枇杷、香瓜、樱桃，洗得亮闪闪、香喷喷。

“这简直！太意外了！”郑阿福目光直视，口水抑制不住地从嘴角淌出来。

所有人愉快地聚到了长廊中的花荫下，吃香瓜、剥枇杷。

水果的清香飘过来，上官澈深吸一口气，收起扇子，迈着方步，向着众人施施然地走过来。

“与民同乐，本大人就不客气了。”

上官澈伸手就要拿篮子的一颗大枇杷，张必行抢先一步，拧起枇杷，整个儿吞掉了。

“上官大人，您还亲自吃水果啊?”许思远故作惊讶状。

“就是，这么粗糙的东西，怎么可以劳动大人起身，千里迢迢地过来，只有天上的仙桃，才配得上大人。”凌小小笑道。

“嗯嗯，也是。”上官澈缩回手，一本正经地东指西指。“嗯嗯，你们听着，可别想着偷懒，下一步的任务是打扫藏书馆。”

沈千若闻言，一时有些犹豫。

“学长，现在打扫讲堂比较好。藏书馆是干净、清净的所在，我们等下午尘埃落定，换身衣服再去吧。”

“质疑学长……”上官澈正想发话，被张必行果断截断。

“又想抢你的位置是不？敢情你的位子是抢来的吗？沈千若说得有理，大家去打扫讲堂咯！”

众人呼啦一下，纷纷起身，朝着讲堂而去。张必行没忘记带走水果篮子。剩下上官澈一个人呆若木鸡，半天回不过神儿来。

暮霭初上，庭院清新，倦鸟归林。任务终于圆满完成。三个女生回到馆舍，跌坐在床榻上喘气儿。肖潺心疼地揉着胳膊、腿儿。凌小小眼瞪着沈千若。

“哎哟，你终于看到了吧，做善事呢，把位子交给了一个啥人啊？要不是咱们顾全大局，今天的打扫就得泡汤。”

肖潺忽然嚷起来。“哎哟！鞋帮都磨破了。千若姐，明天我得上街买鞋。”

“嗯……潺潺，等等行吗？”

“这么大的洞，没法补的。”肖潺为难道。

“我不是这个意思，只是咱们的钱，被我借给别人了，得过几天才能有。”

凌小小顿时惊得一跳三尺高。“还有这等事？我的大小姐，那些男生借了钱，才舍不得还。里面有我的二两，我得找他们要回来。”

说要就要。凌小小急着就要出门，沈千若赶忙拦住了她。“不是的，小小，是我欠了他们钱。”

“啊？你？欠钱？”

“我……全部借给两个没有路费的书生了。”

凌小小惊讶得差点没被空气噎住。“我的亲娘啊！我的善人啊！他们……是不是还说自己进京赶考，还能考上状元啊？”

“嗯，还有一个能考上探花。”肖潺几乎哭了出来。凌小小气岔了，半天指着沈千若说不出话来。

“我……我的大小姐，我爹走南闯北，他早就说了：这是骗子最时髦的伎俩，让咱们以为艳遇金龟婿啦。”

沈千若紧咬嘴唇，沉吟良久，明显不相信。“不会的，我不信人能有那么坏，那个‘探花’他都哭了啦！”

“哭算什么？下回见到他都‘死’了啦！这会儿不定在哪儿花天酒地，大笑你是个超级大笨蛋呢。”凌小小绝望地面对着肖潺，哭笑不得，两手一摊。“得了，潺潺，咱们亲爱的银两啊，只能下辈子说再见了。”

第二天，天气阴沉，滴答着小雨，溪州镇上行人寥寥。沈千若从一家当铺出来，将八两银子交给了尾随的郑阿福。随后，来到街边的廊檐下，将二两银子交给凌小小，二两银子交给肖潺。

郑阿福心有余悸。“千若，这个太吓人了，还好，没把你一起骗走。”

“什么话呀！”肖潺打了郑阿福的胖胳膊一巴掌。“千若姐最有骨气，愿赌服输，把最喜欢穿的衣服都当掉了。”

“好啦！请大家不要说了！”沈千若冲着三人道。“我根本不信你们的话，半月后，他们一定会送回来的。”

沈千若噘着嘴，昂首挺胸，大踏步离开。

早课、晚课、课业、自修……日程满满，按部就班，日子过得很快，一晃一晃，三天过去，五天过去，八天过去，十一天过去。

仍然没有一丁点儿书生的信使要出现的迹象。沈千若表面沉住气，暗地里心里直打鼓，望眼欲穿，急不可耐。约好的十天之期，约好的快马加鞭，全都是幻觉。

可恶的凌小小每天都在计算日子，算得沈千若心烦意乱。男生女生，全体胸有成竹、自信满满，都预言断定沈千若“上当受骗”了。

第十一天的下午，沈千若以蔑视天下的速度，提前一个多时辰完成了课业，率先得到允许，离开讲堂，随后，机智地穿过后门，朝着溪州镇飞奔。

能当的东西全部当了。大街的一角，沈千若从当铺里溜出来，悄悄地数了数包袱里所有的钱，刚好二十两，还差十文。

就差十文了……正不知如何是好，忽然见到一家招聘搬运工的告示。

“搬砖，修城墙，十文钱八百块，本镇西南工地。”

沈千若大喜，花两文钱买了一身粗布衣服，捡了块街边的破抹布包住头发，再躲到暗处，抓了把草丛里的泥巴灰涂脸上，向着镇子西南角狂奔而去。

第十五天的早晨，是个大风的日子，书院四围，林木很有气魄地呜呜作响。上官澈早早起床，两手叉腰，站在屋子中央，喋喋不休教育那些男生。

“你们这些人，竟说沈千若如何能干？鼓动她抢我的位子。现在知道了吧，你们要是选她做了学长，现在还不知道被骗去哪个人口贩子的地窖里，一边开山挖煤，一边哭呢。呵呵！”

上官澈自顾自地笑起来，却没有一个人响应。

大家各忙各，仿佛他是空气一般。上官澈独自站了半晌，犹豫了良久，终于掀开了箱子，再打开一个带着锁的夹层，取出几包糖炒栗子、桂圆干。

“行了、行了，你们别小气巴巴，酸溜溜的。尽释前嫌吧，我请大家吃好东西，以后多多支持本学长。”

上官澈将桂圆干递给张必行，张必行彬彬有礼地摆手。“这么贵重的东西，在下不敢笑纳。”

张必行目不斜视，径直推门出去。上官澈又递给许思远。许思远拱手推辞。“感谢上官大人，本人最近上火，常流鼻血，不敢吃热性食物。”

上官澈又递给许唯。许唯扁扁嘴，十分沮丧。“上官大人还是和从前一样，把别人都不吃的东西给我吃。”

上官澈缩回手，尴尬地环顾四周，目光终于逮到窗外的郑阿福。却见他郑阿福一边吟诗，一边从茅厕走出来。

“啊，好大的风啊——哈哈，好凄凉啊——枯藤、老树、昏鸦，嗯……小桥流水人家，嗯……古道、西风……西风……啊！瘦马！大伙儿快出来看，真的有一匹瘦马啊！书院门口！”

郑阿福兴奋地跳起来。“很可能就是沈千若说的那匹马。”

众人一路逆风小跑，好奇地聚集到书院门口。果然！只见一名小厮模样、青巾蓝布褂的人跳下一匹老马，解下一个包裹，郑重地递给沈千若。

“沈千若小姐，感谢您无私的……什么赠！”小厮道。

沈千若俏皮地一笑，环顾了一下目瞪口呆的众同门。“不用谢，急危救困，理所当然。”

郑阿福、肖潺又惊又喜，抹着感动的泪花。“果然真送回来了！”

“在下快马加鞭，跑了近千里，还是耽搁了……不好意思。请您清点，全数……二十两。”小厮有些结巴。

沈千若谢过，递给他一张收条。小厮接过，朝天愣想了片刻，忽然有些局促地转向众人。

“在下……即刻就回岭南复命。这件事说明……说明世上还是好人多。”

小厮收好收据，再次跨上瘦马。

“喂喂！等等——”张必行挥舞着毛巾，从水井边飞奔过来。“表哥，真是你呀！你去哪儿呀？听我娘说，你这几天都在镇南做工。”

小厮躲闪着，有些慌乱。“这位公子，你认错人了……”

小厮正要打马跑掉，被张必行一把揪住了马尾巴。“表哥，不就是在城南搬砖吗？靠劳动挣钱，修城墙，有什么不好意思的？瞧你这身衣服，还是我妈缝的呢……”

二人还在拉拉扯扯。大家面面相觑，瞧着“表哥”和沈千若。凌小小的神色变得很古怪，上官澈诡异地捂嘴笑了起来。

沈千若神色大变，忽然哭了起来，捂住脸，把包裹摔到一边，扭头朝着女生馆舍的方向跑去。

“怎么啦……这？”张必行有些莫名其妙，瞧着落荒而逃的表哥，又瞧瞧伤心的沈千若。

女生馆舍大门紧闭。里间的床边，沈千若趴在被子上抽泣，哭了很久，仍是止不住。肖潺和凌小小端茶倒水，在一边劝解。

“都是那个可恶的张必行，刚才我狠狠踢了他一脚，给你报仇了！”凌小小余怒未消。

肖潺举着块绣花丝巾，陪着沈千若抹眼泪。“千若姐，你何必苦自己呢？没钱就没钱嘛……又不是学长，咱那么要强干吗？”

“嗯，上官澈倒是肯定不会上这样的当，杀了他也绝不会借给别人一文钱。”凌小小道。

“是的，是我自己笨，上官澈、你们都比我聪明。”沈千若失声痛哭。

“不是姐姐笨，是世界上坏人防不胜防！从今以后，咱们一定小心谨慎，再也不相信这些浑蛋！”

凌小小拧好一条热毛巾，递给沈千若。

沈千若擦擦眼泪，点点头。“是，我再也不会相信了。”

书院的西北角，小草坪的后面，是大家最爱光顾的厨房、饭厅。此时，厨房里热气腾腾，汤师傅和汤婶婶在灶间忙碌，几个男生在外间一边帮忙削土豆，一边埋怨张必行。

“我正洗脸呢，哪儿知道你们什么状况？好久不见表哥，当然要打招呼。”张必行不满道。

“沈千若丢人丢大了，没见过这么好面子的人。竟然让人假扮信使还钱……”许唯摇头叹息。

“不是仅仅面子吧……她是怕咱们对善行丧失信心。”许思远若有所思。

“哈哈，做什么好吃的？”上官澈喜笑颜开，颠颠地跑进来，揭开锅盖，抄起汤勺挑了一勺，尝了一口。“我说你们，做的什么汤这是？一点儿味道也没有，可得改正。”

大家继续聊天，仿佛这人是透明的空气。上官澈又喝了一口。“喂喂，本学长的命令没有听见？”

正喝呢，汤师傅慌慌张张凑过来，一把夺过勺子。“快放下！……这个是刚洗过碗碟、抹布的水。”

上官澈顿时成了一尊雕塑，半天反应不过来，忽然捂着胸口，狼狈地逃了出去。

跑了无数趟茅厕上吐下泻之后，接近放学时分，上官澈终于再次出现在讲堂门口。众男生仍旧偷笑不止。上官澈满脸通红，羞惭欲死。

蒋先生收拾好教本，取出一张邮单。

“本期新的《中华历史》课程就要开讲，新订的书册已经到达镇上的邮驿。下学后学长带着大家去取来，务必尽快。”

“是，一定尽快！”上官澈上前接过邮单，行礼保证。

蒋先生点点头，走出了讲堂。

上官澈举着邮单，正要发号施令，忽然肚子又是一阵咕咕响。众人实在忍俊不禁，哈哈大笑起来，表情千奇百怪。

学长大人正进退两难，窘得不知咋办，沈千若从外面走进来。

“我已经请汤师傅熬了草药，一会喝了就会没事。学长要是身体不适，去镇上领书，我们可以帮你去。”

“嗯……”上官澈着急地皱了皱眉，有些犹豫。

“放心，千若姐是不会抢你位置的！”肖潺讥诮道。

“就是！这叫‘当仁不让’，蒋先生刚刚才讲过呢！你蹲茅厕呢，没听见。”张必行继续补充。

“大人放心，有我护驾，沈千若绝不会再上当的……”郑阿福豪迈地拍着胸脯，冷不丁被凌小小推了个趔趄。

时辰已近黄昏，天色不阴不阳，沉闷异常。郑阿福、张必行、肖潺、沈千若一道朝镇上走去。

一路上，众人四处打量，叽叽歪歪、神神道道，远远地避开一切疑似骗子、乞丐、流民一类的人。不一会儿，路边两名卖花的小孩迎了上来。

“走开走开！”肖潺赶忙往一边驱赶小孩儿。郑阿福、张必行也东躲西藏，如见瘟神一般。

郑阿福则捂着腰间的钱袋子，四处警惕地闪避、张望。“感觉陷入骗子、无赖的汪洋大海一般……”

“嗯嗯……留个心眼，可不能被人看成傻叉！”张必行敏捷地绕开几名外地人模样的行人。

行人们莫名其妙地瞧着这四个人，鄙视地斜睨了几眼。

可惜，世界上的事越是躲，越是躲不掉。镇上的邮驿驿馆前，郑阿福、张必行、肖潺跟着沈千若查过到站的书单。张必行三人随着邮差进到里间拿书，沈千若一个人留在柜台前付款。忽然，一只手拍了拍沈千若的肩膀。

沈千若吓了一跳。回头一看，却是母女二人，衣衫破旧，面泛菜色，失魂落魄。

“姑娘，看你就是个大善人，行个方便……咱们到此处投靠亲友，谁知他们搬家了。”母亲样的人一脸难色。

“干什么？”沈千若快速后退，冷冷地斥道。

“姑娘，能不能……”那妇人鞠躬平腰，看不清面目，只见一头杂草般的乱发。

“什么也没有！你们这些人好无聊！有手有脚，偏要出来骗人、乞讨！玩这般诓骗的把戏！”沈千若气不打一处来，十几天来的失望、怒火全部翻江倒海、喷泻而出。

肖潺闻声，连忙赶出来，一眼瞧见。“哈哈！姐姐，你真是具有吸引骗子的特异功能啊！”

“赶快从我面前消失！”沈千若怒目圆睁，大声吼道。

二人勾着头，匆匆离开。

“不错！有正气！”郑阿福、张必行齐声称赞。

晚饭过后，酝酿了半日的大雨带着疾风，声势猛烈，劈头盖脸地下坠，电闪雷鸣，昏天黑地，一直不消停。

沈千若愣愣地站在窗前，凝视着夜色中密密麻麻的雨线。一阵狂风吹得窗扇噼啪响，夹着雨丝飞进来，凌小小赶紧过来关上窗户。

“千若，睡觉吧。”

“小小，你说骗子为什么骗人？”沈千若愁眉不展。

“那有什么难懂，又懒又想发财呗！”

沈千若的眉头皱得更紧，疑惑地摇摇头。“小小，我觉得……是因为世界上真的有种种为难的事，他们才能利用别人的遭遇和同情心骗人。”

“还不死心，又想滥好人？”肖潺拉过被子，躺到了床上。

“潺潺，你说……如果今天咱们遇到的母女是真的有难，这么恶劣的天气里，她们没有人帮忙，现在会怎么样？”

凌小小赶紧插好门栓，也跳到床上。“别纠结啦！多半是假的，说不定正在哪儿吃大餐呢。院门都锁上了，你就别打什么伟大的傻主意了！”

沈千若定定地坐回到床上，盯着蜡烛发愣，直到蜡烛渐暗、熄灭。

“可是……万一是真的呢？”

大雨过后的街道杂乱、清冷，清晨的驿馆边行人稀疏，车马寥落。

沈千若翘首四顾，惴惴不安，绕着驿馆、街道打听，寻找了四五茬儿，仍旧找不到昨天母女的影子。

许思远、郑阿福、凌小小尾随过来，担心地瞧着满街转的沈千若。许思远正要过去，被凌小小拦住。

“这个滥好人、傻瓜蛋，看来不给她点教训，她不会死心的。”凌小小咬牙道。

“怎么教训？”郑阿福好奇地问。

“跟我来，弄两套衣服。”

天光已大亮，早课的时间就要到了。沈千若一步一回头，无奈地走上通往北郊的小道。

道路上林木掩映，风摆杨柳。行人多了起来，不时有马车经过。沈千若仍不甘心地踮着脚张望，选择看上去厚道老实的行人，询问打听。

一无所获，沈千若失望地转向了通往书院的岔道。正想着心事，路边的矮树丛一阵窸窣作响，躲躲闪闪地钻出了两个蒙着脸面、衣衫褴褛的陌生人。

“小姐，可怜可怜我们吧。可怜可怜麻风病人吧。”男病人的声音奇奇怪怪，不住地哑着嗓子咳嗽。

“小姐，离远点，我哥有一级肺痨。本来我们不该出来影响大家，可是实在是饿得没办法了……”女病人声音哽咽，呜呜地哭起来。

沈千若吓得直想往后缩，终于定定神，原地站好。

“别……别客气，别灰心。”沈千若有些语无伦次，冷静了片刻，有些狐疑地打量着二人。

忽然，男病人慌张地退到一边，蹲在地上呕吐起来。女病人忙跟上去，抽出一条手巾，捂到哥哥嘴上。

“哎呀！哥，你又吐血啦，这可怎么好？你可不能丢下我呀——”女病人握着带血的毛巾，呼天抢地，悲怆地大哭起来。

沈千若被哭得手足无措，慌了神，急忙凑上去。“赶紧去找郎中啊！我这儿有点银子，你们赶紧拿去看病。别耽误了。”

沈千若拿出钱袋，整个儿地塞到了女病人的怀里。

“嘻嘻嘻……”男病人忽然笑了起来。“小小，还是你演戏水平高，我实在……实在憋不住了……”

“可恶！还没有演到把千若也拐走的那一部分呢，你就提前暴露了！”

凌小小气愤地掀开蒙面的头巾，一把揪起郑阿福，扯下他的伪装。“这一下，沈千若还是不会吸取教训，还是会滥好人，吃大亏！”

眼见二人原形毕露，沈千若生气地推了凌小小一把，狠狠瞪着二人。“你们失心疯啊！有病啊！无聊死啦！”

凌小小笑着耸耸肩膀，拧着钱袋，交还沈千若。“你看看，咱们这种临时演员都能演得这么像，以后你可别轻易上骗子的当啦！”

一阵铃声从书院的方向传过来，三人赶紧腿脚上好发条，飞奔而去。

讲堂，清新明亮，众人正摆好笔墨、书册，预备开课。上官澈带着本花花绿绿的画册跑了进来，环视了四周，想了想，忽然换上一副笑脸。

“潺潺，要不要看我新买的图画集？”上官澈把画册递给肖潺。

肖潺礼貌地让到一边。“多谢大人，草民不学无术，看不懂，请收回吧。”

上官澈又讨好地凑到张必行、许唯面前，谁知还没靠近，二人赶紧换了个座位，远远地避开。上官澈嘿嘿地讪笑几声，只得收起画册，悻悻地找了个角落的空位子坐下。

沈千若、凌小小、郑阿福三人刚冲进来坐好，蒋先生随后赶到。

今天讲解的内容仍是《论语》，蒋先生领着弟子们继续解读。

“昨日我们讲到‘当仁不让’一则，意思是遇到应该做的义举，应主动承担、绝不推诿。不过，对于仁德的解说和实施，儒家也常常充满矛盾。儒家提倡‘当仁不让’，提倡‘仁恕之道’；可是同时，孔子也讲过：不能以德报怨，不然，何以报德？主张以正报怨，也就是以公正的方法回报仇怨、不公。同出儒门，主张却如此分歧，大家对此有何看法？……郑阿福！”

郑阿福的瞌睡虫顿时被吓跑，急忙站起来。

“啊？是的先生，儒家……哦，孔子先生因为……因为经常像沈千若一样，想做好事，又傻乎乎地不断上当，所以就纠结了。”

张必行、许唯捂着嘴偷偷笑起来，斜眼打量着沈千若。

沈千若回避着众人视线，沉默地紧盯着桌面。

“沈千若？……出什么事了？”蒋先生严肃地盯着郑阿福，郑阿福紧张地瞅瞅凌小小。

“先生，我来说吧。”凌小小行礼站起来。

凌小小简明扼要，条理清晰地将发生的事情陈述了一遍。为增强视觉感和现场感，向先生展示假装吐过血的手巾。张必行等人看着手巾惊讶地睁大眼，吐舌头。

上官澈更是听得脸上阴晴变幻，一愣一愣。

“所以，我觉得德行、恕道只能纵容那些坏人，所以孔圣人后来后悔了，痛心疾首地提出：可不能滥施德行，以德报怨啊！”凌小小口齿流畅，声情并茂地结束了讲解。

蒋先生沉思片刻，打量着一直低着头的沈千若。

“沈千若，你对此是怎么想的？”

沈千若犹豫地行了个礼，缓缓起立。“先生，我觉得有人利用这样的方式行骗，是因为世上真有这样的事。”

“千若，你真是榆木脑袋啊！枉费我假哭一场，浪费那么多眼泪！”凌小小十分不满。

蒋先生打了个手势，止住凌小小。“那么，以后遇到类似的事件，你还会照做吗？”

沈千若点点头。众人一阵小声喧哗，目光集中到沈千若脸上。

“为什么？”

“先生，昨天晚上，我想了一晚。我们不能因为骗子而失去行善的能力，不能让真正有困难的人失去被襄助的机会。只要有能力，我们赠予的不是他人，而是世间的善行本身。”

整个讲坛一片肃穆。

郑阿福的热泪再次盈眶，头点得小鸟啄食一般。

“可是，也会纵容更多的坏人作恶。”凌小小仍不甘心。

众学子的视线转向凌小小，又转向沈千若，两边摇摆，再次纠结了。蒋先生用戒尺示意各位，允许各抒己见。

“我觉得凌小小对。”许唯小声道。肖潺一边嗯嗯附和。

“沈千若对！”张必行、郑阿福反对。

轮到许思远，许思远发呆半晌，迷茫地摇了摇头。两方正相持不下，却听角落“哗啦”一声巨响，一本厚画册掉在地上，却是被大家遗忘的学长。

上官澈慌乱地捡起书，仍有几分忐忑，最终还是行礼站了起来。

“对不起，我……忽然想发言，不得不说了。我知道大家都讨厌我……这些天以来，我也觉得自己很病态，完全不是从前英俊洒脱的样子了……我实在绷不住了，可以说几句吗？”

所有人再次惊讶地转向上官澈。蒋先生一言不发，点点头。上官澈润了润嗓子。

“自从当了学长，没想到会这么压抑、不开心。这些天总是一个人，原来靠欺骗得到的位子，一点也做不好，一点荣誉感也得不到。”

众人再次一片哗然。

“是的，我和骗子一样，也欺骗了沈千若同门，利用了她的善意。是我让郑阿福告诉沈千若，说我父母关系濒临崩溃，我母亲因为没有文化，常常受气。所以，我必须当学长，为母亲争口气，挽救家庭、改善父母关系。实际上这是假的，常常受气的其实是我父亲……”

众人震惊无比，凌小小一字一字地冲着沈千若做口形。“令——人——发——指！”

上官澈拉下帽子，遮住了一半涨得通红的脸。“虽然这种行为很禽兽，可是……我再也不想禽兽不如了。虽然也是为了让父母开心，可是却把孝心当做了达到目的的工具。沈千若同门仁厚大度，才是真正适合做学长的人选……现在我知道了，假的永远真不了，学长不是一种资本、而是一种德行，不是一种权力，而是一种责任。我自请辞职，请大家原谅我。”

众人气愤、哗然、叹息。上官澈扭头面向墙角，不敢见人。

“支持沈千若当学长！”张必行举起手来。

“支持沈千若！支持好人！”众人纷纷附议。

蒋先生扫视着全场，议论渐渐平息下来。蒋先生凝视着眼前的教本，不禁少有地感叹了一声。

“哎，世上的事情就是如此复杂，从圣哲先贤的时代开始就是这般。当我们满怀仁心最真诚地帮助他人，常常会受骗失望；可是，当我们再也不相信任何人时，世界又会将纯粹的良善展示在我们面前。”

许思远若有所悟，行礼，请求发言。

“先生，我在想前面的问题：孔子先圣是否用这种对立的方式，或者说互相补充和统一的方式提醒大家：要坚持恕道、坚持行善，而涉及原则的问题，则应理性的行善，公正地对待怨憎之事。”

蒋先生慢慢地点点头。

“阿澈还真厚脸皮，要是我肯定不敢承认说谎。”许唯嗫嚅道。

“嗯嗯，千若又受到了一次教训。”凌小小道。

蒋先生挥挥手，示意大家安静。“学长之事再做商议。不过总体上，我赞成沈千若的看法。孔子有云：‘我欲仁，斯仁至矣！’仁德它就是一种信仰，不可能用得失和功利来衡量。”

沈千若感激地朝蒋先生行拜礼。众人纷纷鼓掌支持。

张必行一手朝沈千若竖大拇指，一手朝上官澈翘小拇指。凌小小、肖潺见状，也纷纷藐视地朝上官澈勾起小拇指。

“啪——”蒋先生一拍戒尺，震得上官澈吓了一大跳；众人吓了一小跳，赶忙收拾手脚，正襟危坐。上官澈抖抖地伸出手……

蒋先生再次发言。

“诸位，‘我欲仁，斯仁至矣！’圣贤之言还有一层重要的意思：如果我们想做一个仁义的人，仁德就到来了。所以，本次上官澈不惧非议，勇于认错，也是诚实和智慧的表现。”

蒋先生收敛目光，放下戒尺，继续讲解《论语》。

“阿澈、阿澈……”郑阿福从后面踢踢缩在墙角的上官澈，小声道。“喂，先生没要罚你，还夸你呢。”

“唔唔……”上官澈缩回手，仍旧不敢抬头。

趁先生读教本，上官澈悄悄从书袋子里摸出一包兰花豆，反手递给郑阿福。郑阿福欢天喜地地接过去。

“终于又吃到香豆啦，阿澈！你终于原形毕露，又正常啦！”

许思远日志

3月20日 天气：晴

“仁”，仁心、仁爱、仁慈、仁义、仁厚。仁是中国古代极重要的道德观念，孔子将其作为最高的思想核心、道德标杆与精神高地。

中国哲学史家大都认为，是孔子提出了“仁”的学说，主张“仁者爱人”“我欲仁，斯仁至矣”，以此作为礼、义、智、信、温、良、恭、俭、让等道德学说的理论基础。但经古文字考证，在孔子以前，无疑已有“仁”字的存在。

那么，造“仁”字之初，其字形何指？

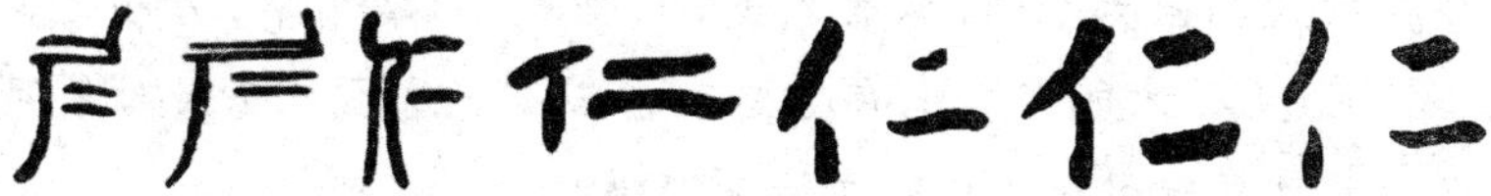

甲骨文 金文 篆书 隶书 草书 楷书 行书

仁，从人从二。表示一个人和另一个人在一起，合二为一。

对此，许慎在《说文解字》中作了简明的解释：“仁，亲也”，从二是兼爱义：既爱自己，也爱别人。我认为，段玉裁在《说文解字注》中作了更好的发挥：“独则无耦，耦则相亲，故其字从人、二。”也就是说，对于一个人来说，他只和自己交往，只关爱自己，只和自己一起生活和劳作，那么，无所谓仁。只有当他面对除他之外的其他人时，人与人之间的亲近关系才能发生。所以，所谓仁，其实就是指的是人与人之间的情感关系、道德关系和伦理关系。

这几天在私塾学习，我更加深切地体味到汉字的奥妙——从汉字的形体状貌可以大体推测和揣摩出该字的含义，并由此窥探到汉字形体演变历程时的人类文化及其变迁轨迹。

在蒋先生的引导下，我学会了对汉字进行知形论义，从汉字形成及其结构来看汉字的文化内涵及其意义。比如从“仁”字的形成及其结构来看，我们的先民创造者对于人与人的关系已经有了深刻的理解，对于人们之间如何能够产生并发扬相亲相爱的感情已经有了独到的主张，因此能够作出正确的解释选择，让“人”与“二”组合起来，从而以字形结构作出了一种意义重大的哲学诠释。蒋先生告诉我们，按照这种诠释，人是群居的人，是社会的人，只有在与他人的休戚与共、同甘共苦之中，人才能产生并发扬相亲相爱的感情。蒋先生的话道出了“仁”存在的人类社会基础，只有人类，只有“宇宙之精华，万物之灵长”的人类，才能存在也有必要存在“仁”，这不就是最难能可贵的并且具有引导作用的道德意识吗？

受到先生和同门对汉字文化学见识的启发，我对“仁”最为深切的感受和思考是：第一，“仁”是人应该具有的一种思想品德，人为万物之灵，才可能具有这种思想品德，所以，“人”“仁”同源，“仁”字从人；第二，独则无耦，无所谓仁，耦则相亲，才可能产生仁，所以“仁”字从二；第三，从“仁”字的形成及其结构来看，其创造者对于人与人的关系已经有了密切的关注和深刻的理解，认识到只有在人与人的关系中才有可能产生仁，因而能够对仁作出正确的解释选择，让“人”与“二”组合起来，从而以字形结构表达出一种意义重大的人类道德哲学。

同时，这段时间与诸位同门朝夕相处，尤其是沈千遭遇的种种经历和其心性品质，让我更加真切和深刻地体味到“仁”不仅是一种道德，而且还是一种信仰，不可能用得失来衡量，也不可能用善恶因果关系来断定。“仁”，也是一种理性，深切关联公平、公正，惠及众生的原则，不能以感情的亲疏、个人的喜好来决定是否施仁，甚至以此来决定仁行的价值。“仁”，更是人类的一种天然心性，人与仁，原本字形同根同源，仁为人心的本质属性和人性的基本内容。正如孟子所说的“四端”：“恻隐之心，仁之端也；羞恶之心，义之端也；辞让之心，礼之端也；是非之心，智之端也。”孟子认为恻隐、羞恶、辞让、是非四种情感是仁义礼智的萌芽，仁义礼智即来自这四种情感，故称四端。

孟子还说，“乃若其情，则可以为善矣，乃所谓善也。若夫为不善，非才之罪也。恻隐之心，人皆有之；羞恶之心，人皆有之；恭敬之心，人皆有之；是非之心，人皆有之。恻隐之心，仁也；羞恶之心，义也；恭敬之心，礼也；是非之心，智也。仁义礼智，非由外铄我也，我固有之也，弗思耳矣。故曰：‘求则得之，舍则失之。’或相倍蓰而无算者，不能尽其才者也”。

的确，“人之初，性本善”，正如孟子所言，仁是人心所本有，不待外求，比之其他德目，仁具有更为根本的地位。相对于义、礼、智等德目而言，仁是体，是人之性，其他德目是用。试想，一个人心险恶、行为伪善的人，能够对朋友讲义气？对他人讲礼节？对事物有智慧吗？非也！因为他首先不仁慈，不仁道，所以他根本就没有爱心去坚守正义、遵行义道，他也没有推己及人的心理和尊重他人的意识，去遵守礼节和待人礼貌，他也因为没有包容之心和奉献之举，而失去了求知和交友的机会，所以往往因小失大、一叶障目，呜呼哀哉，真是愚蠢至极，可惜可叹啊！

而仁本身又自有体用，即既是体，又是用。仁是中华所有德目之根、之魂。从这个角度讲，广义的仁是指人类道德的最高原则和最高境界。“仁”，是古代文化中的精粹、要义，内涵博大精深。所以，来到私塾后，我一定要珍惜这从天而降的玄机，身处这样鲜活的古代私塾，岂能不好好研读和思考？去圆满地完成作业？

此篇日志中，当我将仁义礼智信并列视为中华道德条目时，这时已经将“仁”从狭义的视角进行解读，仁和其他德目一道，启迪着平凡人心中道德觉醒的力量。不过，尤其值得注意的是，作为具体德目之一的仁又具有其他诸德所没有的特殊地位，它是最高的德，而其诸德则分别为仁在不同方面的表现和实现仁德的不同途径。比如，“能行五者（指恭、宽、信、敏、惠）于天下为仁”。仁是其他德目的统帅，如果说仁是身体的大脑，那么义礼智信等其他诸德便是手足。其他德目都离不开仁，并且各自从不同的方面体现、实行仁。

那么，联系到我自身的现实生活，我该怎样实行仁呢？

我想，为仁，最起码的是不作恶，“勿以善小而不为，勿以恶小而为之”（《三国志》），无论恶有多小，都不能随意作恶。因为恶性和恶行，就像燎原的野草、扩散的癌细胞，只要不祛除，就会漫山遍野的疯长在整个身体扩散，正所谓“野火烧不尽，春风吹又生”。“恶之易也，如火之燎于原，不可乡迩，其犹可扑灭？”（《左传》）恶性容易蔓延，就像烈火燎原一样，既无法接近，难道可以扑灭吗？

所以，古代先贤语重心长地告诫：“善不可失，恶不可长。长恶不悛，从自及也。虽欲救之，其将能乎？”（《左传》）为善的想法不可以失去，邪恶的行为不可以助长。滋长了邪恶却又不思悔改，就会自遭祸殃。即使再想去挽救，又怎么可能办得到呢？是的，“多行不义，必自毙”（《左传》）。一个人如果做了许多不仁义的事情，必然会自取灭亡。

不作恶，是为仁的底线，任何一个稍微有理想、有追求的人，都不会对自己的要求仅限于最低标准，至少要达到儒家所认同的基本原则吧？孔子对仁的界定中，最重要的有两条，一是仁者“爱人”，一是“克己复礼为仁”。前者是以仁待人，后者是以仁律己，合起来涵盖了人类道德生活的全部范围，为人类的道德生活提供了最基本的原则。

仁者“爱人”。世上需要我们关心和帮助的人有很多，什么样的仁是首要的，我们该如何做到首仁、大仁？《礼记》云：“仁者，人也，亲亲为大。义者，宜也。尊贤为大。”仁，是人的天性，最大的仁就是关爱自己的亲人。义，就是要做自己应该做的事情，最大的义是尊敬贤者。《礼记》讲的这个道理太对了，的确，仁爱之心，从关心爱护家人开始。试想，一个连自己的孩子不爱护，自己的长辈不孝敬的人，他到底真的有仁慈之心吗？如果此人首先不能做到尊老爱幼、孝敬父母、关爱子女、善待家人，相反却在外人面前或者社会关系中，表现得似乎很仁义，那么他或者要么是假仁假义，虚情假意，要么是居心叵测，另有企图。我们完全可以不用理会这种伪善，我们完全有理由怀疑他的功利性和表演性。

仁者“爱人”，绝不应该是怀有贪欲的爱，也不是自私自利的爱。《礼记》："用人之知，去其诈；用人之勇，去其怒；用人之仁，去其贪。"利用人的智慧而摒弃其虚伪行为，利用人的勇敢而摒弃其愤怒情绪，利用人的仁慈而摒弃其贪欲。与人为善的人，不排除心怀私念与贪欲，为他人的前提已经设好，即是为自己，比如为了成就自己的虚名，为了博得世人的称赞，为了获得物质价值的回馈，为了升官晋爵，为了赎罪甚至为了洗白自己的历史……这种从为己出发的贪欲而施行的仁，是虚假的，也是不长久的，一旦自己的贪欲没有得到满足，仁行就会立刻停止。有所求、有功利性的行为不是真正的善行，更不是真正的德行。

仁者"爱人"，起于"亲亲"，但并不止于"亲亲"，应该进而推己及人，广施仁义，大爱普照。是的，我们通过努力和自律，能够努力做到与我们熟识的、身边的、有直接关系的人施行仁爱之心，却比较难以对一个素昧平生的陌生人，在他们需要帮助的时候施以热情的援手。"事不关己高高挂起""各人自扫门前雪莫管他人瓦上霜""老死不相往来"，是中国保守文化的沉疴，也是中国人情社会的弊端。对与自己有关系的人，(要么是基于血缘关系为延伸的人际关系，包括亲戚关系、同族关系、老乡关系等，要么是基于利益关系为支撑的人际关系，包括同事关系、同学关系、合作关系等)会表现得比较友好和热情，相反，则非常冷漠和麻木。所以，严格意义上讲，中国人情社会这一文化特质，是"人"的社会而不是"情"的社会，是人际关系而非情感生发。中国文化是人在先，情在后。先看人，才决定是否可以产生情感。仁爱之心和友善之情，只是人际关系的附属品和派生结果。

通过跨中美文化体验和观察，我对此深有感触。在中国，走在路上，陌生人之间几乎不会问好，不会微笑，不会相助。每个人的脸上挂着沉重的阴霾，正如北京空中常年飘浮的雾霾，阴冷、灰暗、木然，了无生机，了无情趣。上下车、进出门口、穿行马路，人人都在争先恐后，毫不示弱……在美国，我常常被陌生人发自内心和出于日常习惯的热情和礼节所感染和感动：大老远就迎面一张张热情洋溢的笑脸，一声声问候瞬间融化心田。进出门，总是有人抢先一步开门，拉着门手，让别人通行，无论他之前是走在你的前面还是后边。穿行马上路，无论是否红绿，司机总会停下来……妈妈曾经多次情不自禁地向我抱怨，最怕在中国坐飞机，因为她无论拎着多重的行李，别指望有中国人会主动询问你是否需要帮助，更别做梦有一双陌生但有力的大手，迈过登机的楼梯，直接把你的行李箱拎到飞机上或者行李架上。最让妈妈气愤的是，即使是保安或者服务员，也一样视而不见，无动于衷。

很多人都批评20世纪和21世纪的中国，面临道德滑坡、人心败坏、信仰坍塌的危机。鲁迅，曾一针见血指出中国国民的劣根性，其在1933年《经验》一文中写道："在中国，尤其是在都市里，倘使路上有暴病倒地，或翻车摔伤的人，路人围观或甚至高兴的人尽有，有肯伸手来扶助一下的人却是极少的。"到了21世纪国民的这种劣根性依旧在繁殖，甚至愈来愈盛。究其实，是因为18世纪以来的中国，在经历数次历史风云的翻飞过程中，丢弃了中国传统优秀文化的根基，相反，人性的自私、冷漠和狭隘，在实用主义盛行的现代文化环境中，恶变成一种所谓的国民劣根性。

仁者“爱人”，仁还是宽广的爱、包容的爱。包容他人，包容别人做错事，包容异己的思想和性格。这一点我深有体会，我几乎处在各种团队或者群体组成的圈子里：在班级里，我是一个学生，被分到不同的学习小组中。在校外活动中，我参加了各种兴趣班。作为团队中的一分子，我总是感觉有压力，总是担心自己拖后腿，生怕被同伴们定位成“落后分子”，更害怕背后被人指指点点、冷嘲热讽；另一方面，当我自我感觉良好时，也会不由自主地对其他“后进者”颇为严苛，抱怨之心难以抑制。团队成员之间的包容，就是仁爱的体现。对人宽仁和仁厚，就是给人温暖的力量和奋进的能量。《易经》云：地势坤，君子以厚德载物。大地广博，乃是因为有容乃大；为人格局高远宏大，乃是因为待人仁厚包容。《新约》讲耶稣基督，为了包容别人而受罪，钉上十字架后三天复活。不惧流言、不怕误解，并且为之付出生命的代价为整个人类赎罪，这恐怕也只有上帝之子耶稣才能做到吧。

又回到同门沈千若发生的故事，真看不出来，别看她一个如弱柳扶风的千金大小姐，却有着大丈夫般的侠义和博爱，路见不平拔刀相助，不惜代价慷慨解囊，即使她实际上面对的是一个彻头彻尾的坏蛋。虽然她上当受骗了，财产和情感都受到了伤害，但是我觉得她做得很对，而且我也会这么做。这点上，我和沈千若英雄所见略同，同气相投，惺惺相惜了。哈哈。我愿意谦让同学，喜欢帮助同学。即使碰到坏人（或者别人眼中的坏人），我也不会对他退避三舍或者拒之门外，因为如果怕遇到坏人，可能什么好事也干不了，或者错失机会帮助那些真正需要帮助的人呢。当你怀疑这个坏人或者骗子时就不会帮，因为你不知道对方下一步会干什么。有可能你会误解他，那你就不管了，也会良心不安的。正如沈千若为什么屡次上当，仍然行善，她所做的，不为别的，除了想帮助他人之外，还有就是要使自己的良心得到安放。

此处我顺便暴露点自己的闪光点。遥想至今明朝七百年后的新中国，有一个名叫许思远的同学发生的故事：体育课上同学不小心摔伤了，他主动扶同学去医务室；和同学一起去食堂吃饭时，同学忽然发现没带钱，他毫不犹豫地主动帮对方埋单；同学借钱了，他也绝不会主动要钱；公交车上，看到老人和小孩，他自觉地让座……不过，在此也躬身自省下，他自己忙的时候不会丢下自己的事情而去帮助别人。

是的，当自己的利益没有受到侵害时，比较容易去“爱人”成为“仁者”；当帮助他人导致自己的利益受损时，此时如何选择，是在考验人性，也关涉何为大爱？何为最大的仁？

仁者“爱人”，对人亲善，仁爱，到达何种程度才是最大的仁？我想追慕高远的目标和高尚的境界。上帝耶和华说要爱人如己。考虑、顾及别人、他者的存在、感受、情感和反应，而心目中的他者，正是良心之所在的起点和标志。而爱他人就像自己一样，则是对良心和境界的最高挑战。试想，真正地爱自己，尚且不易，何谈将他人看做最亲密无间的自己？把对自己的那般无私、付出、大度乃至骄纵都分毫不差地、原原本本地馈赠给他人、对待别人，而且毫无半点犹豫、彷徨、不舍和后悔？对于绝大多数芸芸大众而言，这真的难以做到。另一方面，也正因为这是一处高耸的道德高地，所以才能成为一个道德丰碑和楷模，才能让世世代代的人类，不断受此激励，去洗脱心灵的尘埃、解开人性的绳索、放下灵魂的重担，轻装上阵、轻松自在、自由自觉地去追寻那一个道德光环，就像普罗米修斯那样奋不顾身地追寻火种一样。

仁者“爱人”，爱人如己，恐怕最最困难的是如《礼记》所言：“君子贵人而贱己，先人而后己。”君子尊重他人而贬抑自己，遇事礼让，让别人在先自己在后。在儒家看来，他人与自我是有区别的，分量有别，将别人甚视自己，这需要多么高的道德水准啊。能够总是始终如一做到这点的人，堪称令人“高山仰止，景行行止”的圣人了，哦，不，应该是神人，是神！

再者，孔子曰：“克己复礼为仁，一日克己复礼，天下归仁焉。”仁人君子，仁者爱人，仁者克己，如此，可谓仁者无敌。

仁，体现在个体与个体之间的关系上，只有当社会上的每个人，都做到人与人为善，“爱人如己”，那么，推己及人，整个社会自然会形成仁爱天下的“大同世界”，这是古代先贤们一直推崇的理想社会。这样的大同世界里，《礼记》中描述道：“人不独亲其亲，不独子其子，使老有所终，壮有所用，幼有所养，矜寡孤独废疾者，皆有所养。”人，不仅爱自己的亲人，也不只是抚养自己的子女，而是使老年人得到终养，壮年人有用武之地，幼儿得到抚育，鳏夫、寡妇、孤儿、失独等这些失去了至亲亲人的人，以及残疾人都得到供养。试问，当所有人都有仁爱和仁行，那么整个社会就真的如一首歌中所唱的：“我们都有一个家，名字叫中华。”

三　劫富济贫（义）

上上书院的西山坡外，是一片密密匝匝的果树林。香雪桃已经长到中等个头，乐悠悠地挂在树枝上，色泽勾人。果园外是一圈木栅栏，栅栏上挂着一块木牌。

木牌有几个威武的大字："禁果，不许偷吃!!"

许唯埋伏在草丛中，一分一秒地数着，等待夜幕的降临。终于天色很困难地接近黄昏，尽管他的眼睛发涨发酸，还是盯着果子垂涎三尺。可故意捣鬼的太阳就是不肯痛痛快快地滚下山去。

"好吧，好吧，太阳，我大爷，我给你跪拜啦！"许唯作揖也没有用，跪拜也没有用，讨好也没有用，直气得他双拳轮挥胸脯，空对着太阳拳打脚踢。

果园外的石子小径上，一个小小孩手拿麻花，蹦蹦跶跶，边走边啃，麻花渣儿纷纷从他漏斗般的小嘴边掉在地上。许唯尾随其后，跪爬在地上，捡起这些麻花渣儿，放入口中咂摸着，油炸芝麻的香味顿时爆发出来，弄得他更是神魂颠倒。

书院的饭堂里，鲜肉包子的香味还没有消散。因为包子太诱人，郑阿福正在和张必行打赌，赌自己能一次吃下十个大包子。

说吃就吃，郑阿福气势以一副舍我其谁的气度，一口气干掉了五个包子。众人围观，连连拍手叫好！许唯见状，忙从外面跑了进来。

吃到第七个，郑阿福饱嗝冲到喉咙处，撑得腰也弯不起来了。

“兄弟，算了吧！身体要紧……剩下的我帮你代劳……”许唯伸手就要拿包子。郑阿福一把抓住他的手腕，大义凛然，顺势一挥，果敢地甩掉许唯的手。

“大丈夫，嗝——，一言既出，嗝——，驷马难追！”

郑阿福严肃骄傲地双手各抓起一个馒头，蹲成马步，左右开弓，直往嘴塞，噎得眼珠凸暴、泪花晶莹。

“好了，好了，驷马是一匹跑得很慢的马，追不上你的！吃不了不要死撑，还是我来帮你……”许唯动情地一边说，一边又想拿包子。

谁知手再次被郑阿福撩到一边。“好兄弟！嗝——你的好意我未（错字）齿不忘……还是让我来！任何成功都是要付出代价的！”

阿福仇人一样举起最后一个馒头，恶狠狠地一口一口撕咬、消灭！

许唯鼻子都酸了，无比绝望。“不就是个包子，你至于吗？”

“这不是几个包子的问题，而是关系到尊严和面子的问题，嗝——”郑阿福孕妇一样，一手扶腰，一手扶着桌椅，踉踉跄跄，歪歪斜斜，在旁观者们的惊讶、敬佩的目光中远去。

晚间，烛火初燃，男生在馆舍里其乐融融，兴致勃勃地讨论女生。只有许唯一人，双手按压着胃部，挂着一张苦瓜脸，坐在一边咽口水。

“我觉得、我认为、我感到……这些女同门，整体上、宏观上、总的来说，都还不错。”许思远道。

张必行点点头。“的确各有千秋，沈千若挺漂亮，就是嘴大了点……”

“肖潺长得最有趣，像只猫，喵——喵——眼睛圆圆，走路一跳一跳。”上官澈走着猫步，模仿肖潺，其余人忍不住爆笑。

凌小小手拿一摞记账的本子和收据，来到男生馆舍门外。众男生仍在哈哈大笑，郑阿福快笑岔了气。“啊哈哈哈……太像了！还有凌小小，长得像只猴子，两条细胳膊垂在前面，四处张望。”

郑阿福下力地模仿，期待着众人发笑。等了片刻，却等不到笑声，对面男生各个表情怪异，正朝着自己挤眉弄眼，使眼色，噜嘴，阿福奇怪地回头。

却见凌小小眼如铜铃、双手叉腰、龇牙咧嘴，就差一口咬过来。郑阿福顿时吓得僵住了手脚，干咳了两下，讪笑着。

“呵呵……小小，嗯，你知道、他们都晓得的……我的话，最喜欢猴子，最喜欢猴子……”郑阿福举起右拳宣誓，“我，认为猴子最漂亮！”

众男生狠狠憋住笑。

凌小小并不理睬，怒目圆睁，“啪”的一声，将一摞收据拍在桌上。“收学费！三两银子，立马上交！”

许唯咕噜一下藏到了被子下面。上官澈试探性地绽出一个友好的微笑，端了把椅子过来。

“凌姑娘，凌妹妹……不要这样急嘛，坐下喝杯茶，阿福，快倒茶嘛。哎——我们这儿，已经很久没有女同门来了，偶尔来一个，不是来收作业的，就是来收银子的……”

上官澈失落地叹了口气，含情脉脉地递了个秋波。

凌小小斜视了他一眼，双手叉腰，玫瑰铿锵，伸出手说：“闲话少说，赶快交！”

大家各自取钱，恋恋不舍地交了。凌小小数数人数，径直一把掀开被子，尖叫一声：“许唯！”

许唯连连后缩，缩成一团。“能不能宽限几天？”

凌小小余怒未消，绝不给任何商量的余地。“蒋先生说了，最多三天，不然就请家长，你自己看着办吧！”

“啪”的一声巨响，凌小小关门离开。

“有空常来玩啊……”上官澈冲着门外道。

郑阿福忽然回过神，跑到门口，恳切地大叫：“小小——不骗你，我是真的喜欢猴子！”

“你们去死吧！”门外传来凌小小气哼哼的叫嚣。

张必行狐疑地瞄了瞄许唯。“许唯！你小子一定有事，从前议论女同门你最积极，现在竟然不参加。说！你的钱哪里去了？”

张必行竖起一根手指，吹吹气。

许唯看着许思远，可怜巴巴，就是不敢说。

“哥，有什么难处，你就说，放心，我保证不告状。”许思远道。

上官澈咬咬牙，打开箱子，拿出一个卤鸡腿，朝着许唯挥舞。

许唯两眼放光，像极了深夜狂野里的恶狼之眼，闪着绿光。“我说……前两天经过镇上的赌坊，输光了……”许唯饿狗扑食一般，一把夺过鸡腿，浑然忘我地狂啃。

所有人倒吸一口凉气，惊呆了，瞪着许唯。“那可是一个学期的学费、生活费啊！”

“这件事要是让爹知道了，就惨了，一定吊起来打。”许思远忧心忡忡，喃喃自语。他脑海里浮现出电影镜头里封建家长用棍棒侍候的场景。

许唯闻言，鸡腿吓得差点掉地上。“弟弟，我爹收养你，就是让你帮着我的。我再也不赌了，请大家给我一个重新做人的机会，千万别让我爹知道……”

许唯一边继续啃鸡腿，一边哽咽着，窸窸窣窣地淌眼泪。

“三两银子，三天期限，我们到哪里去弄？”许思远为难道。

男生们大眼瞪小眼，相对无言、一筹莫展。刚刚被凌小小收走了钱，所有的私房钱加起来，也不过一两。

而且，自从沈千若接管了学长之职，凌小小就毛遂自荐，接管了财政大权，包括掌管集体活动的经费。

“哎，刚把凌小小、女同门得罪光了，要是她们……”郑阿福唉声叹气。

“不行不行，要是被凌小小知道了，那就是蒋先生也知道了，那就是全镇人都知道了，就是许唯的爹也知道了。”上官澈立刻否决。“现在我们必须想办法在三天之内，尽快挣钱，帮阿唯逃过这一劫。”

“没想到啊，阿澈，你会这么仗义！”郑阿福叹道，“我赞成，张必行就更不用说啦！”

上官澈对着郑阿福拱拱手。“过奖、过奖！”

许唯感动得鸡骨头也暂时不啃了，逐一抱拳致谢。“各位同门义薄云天！在下感激涕零，肝脑涂地，在所不辞！”

满屋子的人互相感谢、感动、感恩了一番。

“可是，阿澈，咱们该怎么办呢？”郑阿福第一个从飘飘然的云彩中坠落到现实的地板上。

上官澈拿起许唯床铺上的羽毛扇摇了几摇，突然拍了下大腿。“嘿，点子来也！古人云：在哪里跌倒，就在哪里爬起来……”

许唯狠命摇头，心有余悸。“不行不行，我发过毒誓，再不赌博。”

上官澈继续风度翩翩地摇着羽毛扇，左右摇晃，左手摸着还未长出的胡须。“你发过誓，我们并没有发啊！我们都是好兄弟，一人为大家，大家为一人。现在嘛，若真的有情有义，大家就把私房钱都拿出来做本钱，给许唯挣钱去。”

“阿澈，我觉得这个主意太冒险，也不磊落，还有更好的办法吗？”许思远道。

“亏许唯还是你哥呢，只有这个方法才能最快最轻松地挣钱。讲义气的，就别假惺惺，赶紧拿钱。”

上官澈率先摘下头巾，一甩，铜钱叮当往下掉。

“帅哥，不同凡响！”许唯啧啧称赞。

大家纷纷从一些匪夷所思的地方拿出钱来。张必行把鞋子脱了。许思远把腰带解开。阿福从耳朵里往外掏，许唯大惊。

“难怪凌小小来了半天你都听不见。”

月黑风高，夜色漆漆，斜风细雨，寒风阵阵。

大门已经关上，四个男生身子像筛糠，光着膀子，抱着胳膊，东张西望，贼头贼脑，拨开后门溜回书院。

幸亏后边院子里没人，没有被发现。四人飞快地钻进馆舍中。许唯摆好茶水正在等待，见状吓了四跳。

郑阿福发着抖，赶紧将被子裹在身上。“唉……妈妈啊！输得真快！后悔死了，总算及时收手，保住了裤子。幸亏凌小小把钱收去了，要不然我们都要去偷吃禁果。”

许思远喝了一口热水，悲哀地两眼望天。“我就说，这是最不理智的行为，赌坊能够经营下去，就是因为坐庄的肯定十拿九稳地挣钱，输的比例永远大于赢，就像我玩过的老虎机……”

张必行连打了五个喷嚏。“还什么老虎，什么什么鸡的，老虎、鸡都来了恐怕也不管用。你还说，自己还不是去了，想赢钱。我觉得作为一代大侠之后，老张我当时就该放一把火把赌坊烧了，为民除害，劫富济贫，坚持真理，伸张正义！”

上官澈探出后窗，摸了摸廊外还在滴水的衣服。

“唉……坚持真理，以后再说了。还是先想想哪里能弄到明天能穿的衣服，这两天下雨，洗的衣服全没有干呢。”

和男生馆舍的悲情氛围不同，女生馆舍此刻充满了和谐欢乐。

课业早早完成，书本收拾妥当。前厅的大圆桌边，沈千若拨亮油灯，就着光圈赶织毛衣。凌小小给肖潺算命玩儿。

“潺潺，依次说出你喜欢的三种植物。”

“嗯，第一，牡丹，大富大贵；第二，狗尾巴草，毛茸茸，可爱；第三，向日葵……”

凌小小哈哈一笑。“那么，是这样的：你理想中的相公是像牡丹花一样的高贵，后来，你相中了一个狗尾巴草一样的猥琐男子。”

肖潺打了个冷战。凌小小继续笑着，“不过，你最后嫁了一个向日葵一般的相公。”

“哦，还好。”肖潺释然道。

沈千若瞅了瞅肖潺，暗笑。“向日葵一样的相公？那是什么呀，满脸麻子，好可怕耶！”

“切！”肖潺不屑地瞟了沈千若一眼。“男人有钱最重要，所有的花中，向日葵最实用，能炒瓜子吃，所以一定是个沈万三一样的大财主，我发达喽！呵呵！”

“死财迷……哎呀，烦死啦！手都织酸了……都怪我哥，长得破旗杆似的，那么高，搞得这件毛衣织呀织呀，总是织不完。”沈千若抱怨道，心疼地抚摩着自己的手。

“那千若，你希望找一个什么样的相公？”凌小小好奇道。

沈千若面露期待之色，笑起来。“身材矮小的。”

三人嘻嘻哈哈，正准备熄灯，却听几声犹犹豫豫的咚咚叩门声。

“这么晚，谁呀？”肖潺不耐烦道。

“我，阿福——”

“我终于见识了，什么叫作心态好！”凌小小咬牙切齿，举起鞋子，对准门口，就要发作。

“嘘——”沈千若朝凌小小做了个制止的手势。“什么事啊？”

“道歉来啦——”郑阿福的声音前所未有的谦卑和温柔。

肖潺打开门，让郑阿福进来。

“各位淑女，刚才好像是在算命吧？也给我算算？”

凌小小闻言，诡异地一笑。“行啊！依次说出你喜欢的三种动物。”

郑阿福认真地沉思一番。“嗯，第一：老虎，兽中之王，威风！第二，狗熊，皮厚，不怕冷！”

“嘻嘻……是脸皮吧！”肖潺笑道。

郑阿福继续沉思。“这第三嘛……”

“应该是猪吧，猪的全身都是宝，猪肉好吃又补养，噢——好香好嫩好好吃哦！”凌小小矫情地拉长腔调。

“对对对，猪，就是猪！”郑阿福肯定地点头。

“那么是这样的：你以为自己是只老虎，别人看你像只狗熊，其实你是一头猪！”凌小小三人哈哈大笑！

“喂喂喂！人有脸树有皮啊……”郑阿福也忍不住想笑，背过脸去酝酿了一刻，终于做出悲伤哀怨的表情。“你们尽管欺负我，侮辱我吧，为了兄弟们，我还是要说出真相。”

由于很少见到郑阿福如此哀戚，三人兴趣大发。“什么真相？”

郑阿福的感情再次郑重酝酿了片刻，开始声情并茂地讲述。

“今天我们几个男同门晚饭后去镇上，参加了一次捐赠活动，把衣服捐给黄河灾区来的灾民。你们不知道，那个场面，太感人了！那些灾民握着我们的手，千恩万谢啊！我们一激动，就把身上的衣服全脱了……”

“全脱?!”

“哦。还剩一条裤子。为了帮助别人，我们竟然忘记了自己也没有什么可穿。”

沈千若想说什么，被凌小小制止。肖潺感动得两眼放光。“你们真棒！这种伟大的情操不是人人都有的！”

郑阿福继续一本正经地煽情。“其他衣服还没有干……所以，现在想请各位姐姐伸出友爱之手，把给家里人做的衣服借我们两件。”

“大雨不断，是听说黄河闹灾了。好，你先回去等着，衣服明天一早送来。”沈千若道。

郑阿福千恩万谢，鞠躬离开。

三个女生凑在灯下，小声叽叽咕咕一番，达成一致。

“哈哈，活该！就该这样，谁叫他们瞎编派我们。连夜动手……”

第二天，正好是十日一天的旬假。骤雨停歇，天色还未破晓，男生们破天荒地早早起床，刻意装扮。张必行兴奋地耍了几个武功的把式，接过上官澈递过来的手巾试着往上脸蒙。

就差郑阿福还没装扮好，仍在使劲地往肖潺送来的衣服里面钻。

“妈呀，这衣服腰身这样小，领子这样窄，简直无法呼吸。”

“怪你自己吃得太多，你看我，正好，就是长了些……”许唯把衣服的前摆掖到腰间，“呵呵，这一下潇洒得很咧！”

许唯风骚地摆了个回眸的姿势。上官澈等不耐烦地打量着郑许二人。

“成大事者不拘小节，我们马上要进行一番行侠仗义、劫富济贫、惩恶扬善的壮举，岂有像你们这样伪娘的？”

许思远闻言，怀疑地扯下蒙面的黑巾。“劫富济贫、惩恶扬善？怎么越看越觉得我们就是几个去播肥的……”

“劫富：马无夜草不肥，人无横财不富；济贫：就是为了接济穷人——许唯。”上官澈怀揣蒙面巾，大义凛然地第一个出门去。

一行人跟着上官，鱼贯而出。

许思远最后一个带上门。“嗯，我不知道人家富人是怎么富的，但知道穷人是赌博赌穷的。”

东山外的小河边，是一条曲折蜿蜒的小道。五人埋伏在道路边，焦急地等待。果然，第一个“富人”出现在拐角边。年龄约莫七八岁，身穿华丽的对襟小衫，套着银项圈，貌似地主崽的打扮，正嘻嘻嘻地边走边笑。

“嘻嘻……我今天真是走了桃花运！出门捡了三文钱，现在又捡了十文钱！”

小孩儿拿出一串铜钱，把捡到的钱穿到一起。

“哈哈，我好富啊！”小孩儿自言自语，抛着钱串儿玩，甩了几圈，又挂到胸前。

许唯的目光立刻被吸引，指着小孩儿。

“看，这是个有钱的主。”

“阿福，上。”上官澈朝郑阿福做了个手势。郑阿福正被身上的“紧身衣”憋得喘不过气，仍旧两手叉腰，艰难地做出威武的姿态，率先拦到路中间。

“把……把你的银子交出来！三两……三两即可。”

小孩儿一愣，瞧瞧郑阿福的滑稽样子，忽然笑了。“有啊有啊，银子在我身上，不信你搜。”

郑阿福有点弯不下腰，许唯跟了上来，在小孩儿的身上一阵乱搜。小孩儿东扭西扭，痒得咯咯直笑。

"太好玩了，太好玩了！再挠，再挠！"

上官澈严肃、冷峻地走过来。"小小年纪就骗人，把你的钱串交出来！"

小孩儿闻言，拽紧钱串，直往后躲。五个人从四面八方围住了他。小孩儿瞅瞅上官澈一本正经的凶恶表情，忽然扁嘴要哭。

"你们这么多人，都是大哥哥，为什么要欺负我呢？"

"因为……所以……"上官澈开始想。

"是啊，他这么小，我们为什么要欺负他？给个理由自己先。"许思远冲着上官澈道。

"是啊，阿澈，你想出来没有？我心里好别扭，手也发软，大概就是传说中的良心的谴责吧……他幼小的心灵会不会因为我们留下伤痕啊？"

郑阿福絮絮叨叨，上官澈紧张地思考。

忽然，上官澈换上一副人生导师的神色，蹲到小孩儿面前，表情凝重地说："认真听好！我们不是欺负你，是在教育你，因为你是个坏小孩。说说，你都干过什么坏事？老实交代！"

小孩儿闻言，立正站好，开始回忆。"嗯……我这辈子干过三件坏事。第一次，不听话，喝开水把舌头烫得都是包。"

上官澈点点头。"嗯，以后好好听话，否则一定吃亏！"

"好，第二次到别人家做客，拿了四颗糖就跑了。"

张必行也凑到小孩跟前。"嗯，好小孩不能随便拿人家东西。"

"好！一定改正，谢谢哥哥。"

"还有第三次呢？"上官澈问道。

“拉了粑粑，没擦屁股就上床睡觉了。”小孩儿坦白道。

“这……”上官澈无语了。

“阿澈——你好无聊啊！”许思远拉长腔调长叹道。上官澈的脸竟然变红了。

张必行拍拍小孩儿的脸。“好孩子，你回家吧，承认错误就好，以后记得擦屁屁。”

小孩儿坚定地点点头，指指脖子上的钱串。“谢谢哥哥，这串钱里面有十几文本来是捡的，要买糖吃，现在我决定去交给官府，做个好小孩！”

小孩儿走了，郑阿福不停地挥手。“乖乖的啊，路上别贪玩，赶紧回家！”

一行人杵在路边，不知如何是好。

“一群行侠仗义的绿林好汉，竟然个个变成了老妈子。”张必行愁眉苦脸地蹲到一边。

上官澈抓抓脑袋，抬头望天，“良心被谴责的原因是什么……可能是我们选错了劫富的对象。”

许思远一把扯下蒙面的乌抹布，交给许唯。“哥，我实在做不下去了。真是毁三观啊，一点美感都没有，像个傻瓜似的。你们继续劫富去，我可不想跟着你们干了。”

许唯为难地想说什么，许思远快步走开。

“哈哈！”上官澈对着许思远的背影假笑了两声。“像傻子？竟然还以为自己像傻子？你本来就是。”

太阳升到了树顶上，露了个脸，小河波光粼粼，林间子规咯咯。剩下的四个“侠客”仍旧埋伏在小路边，蹲着、匍匐在满是露水的草丛间，物色“劫富”的对象。

忽然，一阵明晃晃的闪光几乎亮瞎众“侠士”的眼。众人揉揉眼，眯起眼神看清楚。只见一个胖胖的大姑娘，类似暴发户家的大小姐，满身珠光宝气、翠羽钗鬟，一步一摇地走了过来。

众人点头示意，达成一致。上官澈一挥手，“上”，四名蒙面人从“战壕”中一跃而出。

“绿林义士，劫富济贫！交出三两银子来。”四人异口同声呵道。

胖姑娘一错愕，上上下下打量了众人一番，忽然哈哈笑个不停。

“我知道你们是谁！”姑娘夸张地嗲声嗲气。

四“侠士”浑身鸡皮疙瘩，吓得顿时倒退几步。

“不是……我不是……”郑阿福慌张地别过脸去。

胖姑娘更是来劲，妖娆地拿出手巾和胭脂又是擦汗，又是补妆，左摇摇，右摆摆。

“骗谁啊？你们就是天天死缠着我爹要提亲的那四个穷光蛋！哼哼……竟然想出这种鬼办法想乘机接近我？本美女见得多了！不过……也好说！只要本美女看上了你们谁，别说三两银子，三百万两也不是问题！来来来，摘下面罩，让我看看谁比较俊？”

“哇！三百万……”许唯、郑阿福不禁伸手去摘面罩。

“停！”张必行跳到二人面前，作出暂停的手势。“我们不是来提亲的！我们是绿林好汉，专门劫富济贫！大丈夫富贵不能淫，贫贱不能移，休想用金钱来收买我们！”

张必行虎视眈眈地瞪着胖姑娘，上官澈腰里别着根树棍，也从一边逼近。胖姑娘狐疑地观察了几人一番，忽然慌了。

“救命啊，有人打劫，劫财劫色——”胖姑娘汲汲皇皇，转身想逃，许唯和郑阿福从后面拦住了她的去路。

胖姑娘左转右转，不知如何是好。忽然，一个蒙面大侠从天而降——从一旁的山坡上跳了下来。

“放开那个女生！”蒙面大侠大喝一声。

四人蒙了一刻，很快认出此蒙面人就是刚刚退出的许思远，却又不敢吱声。许思远手握一块板砖，与众人对峙。

“你……想助纣为虐、朝三暮四、英雄救美啊？”上官澈急道。

“什么逻辑？一团乱麻！”郑阿福呆望着上官澈。

上官澈赶紧发令：“张大侠！点他！”

张必行手忙脚乱，摆开架势，从背后朝着许思远点过去。谁知，上官澈“哎哟”大叫一声。

“你个王八，怎么点的啊？”竟然是上官澈被定住了。

“啊！又失灵了？”张必行羞愧地望着自己的手指。

胖姑娘捂着胸口，两眼发光，痴情而崇拜地仰望着许思远。

“大家放下屠刀立地成佛吧，赶紧消失！消失！”许思远使劲地催促。

三人看看上官澈，又看看许思远，不知怎样是好。许思远抽出上官澈插在腰间的杨树棍子。

“再不走，别怪我不客气啦！”

“好棒！好帅！好英武啊！”胖姑娘冲着许思远直拍手。许唯气不打一处来，捡起一块板砖。

“哼！敢动真格的？怕你不成？”许唯挥舞着板砖冲过去。

忽然，腰间掖着的长衣襟掉了下来，许唯脚被绊住，狗刨式地乱抓一通，张牙舞爪，终于还是重重地扑倒在地，板砖也飞了，一个狗啃屎，满嘴是泥。

“看招，我来也——”郑阿福冲着许思远，提气运功，谁知提到一半，“嗤”的一声衣服开裂，暴露出闪闪的、白白的大块肥肉。

胖姑娘看着这生动精彩的武侠大片，哈哈大笑，山林震响，群鸟惊飞，似乎脚底微颤，群山摇晃。

许唯惊慌地爬起来，摇摇晃晃后又倒在了地上。

“莫非，这就是失传了五百年的傻笑功？”张必行也慌了，跟着许唯、郑阿福一道，仓皇逃窜。

“喂喂……”胖姑娘追赶几步，回头向着被定住的上官澈走来，上官澈绝望地闭上眼。胖姑娘却越过他向许思远走去。

“我等待了这么久，就是希望遇见一个像你一样的大侠！”胖姑娘突然露出淑女的神情，捏着衣角，娇羞地抛了个媚眼。

许思远惊恐地连连后退。“我……我什么也没做。”

胖姑娘仰慕地一步一步逼近。“你就是我的梦中情人，黑马王子！过尽千帆皆不是，众里寻他千百度……我不能一错再错，就此错过！”

胖姑娘勇敢地就要扑过来，许思远撒腿就跑。胖姑娘锲而不舍，形影不离，跋山涉水，一路追赶，几次差点抓住许思远。许思远情急之下，一咬牙，一闭眼，往河里一跳，顿时浪花四溅，朝着对岸拼命扑腾。

小路边的山坡上，上官澈穴道未解，鸭子一样，蹒跚地走过来。一群残兵败将终于聚到了一处，开会总结。

张必行心事重重，眉毛拧成一个结。“我觉得许思远是对的。就在他说：‘放开那个女生！’的时候，完全像一个真正的大侠，巨威风！可是我自己呢？感觉却像一只老鼠，只差缩起前爪，再吱吱叫几声，好龌龊。”

“是啊！我多么希望那个姑娘崇拜、追求的是我……”郑阿福神往起来。

“可是，我们帮许唯筹钱的伟大事业还没有完成呢。”上官澈道。

众人不吱声了。

上官澈总结性地清了清嗓子。“我认为呢？我们失败的原因呢，还是在于遇人不淑，小孩、女孩子常常叫人同情，被认为是弱者，欺负弱者就是不义。我们应该再试一次，找一个强大的对象。”

“啊？还做？”张必行急道。“不行了，我受不了了，我想吐……”

张必行站起身，拍拍屁股，走人。

“哼，语言的巨人，行动的矮子，叛徒！正常的办法能快速挣钱吗？三天啊！”上官澈想起身，无奈穴道不通，摇摇摆摆地重新坐回地上。“天哪！想我一代美男，竟然沦落到此地步……幸亏没有女生看见！出师未捷身先死，最后的希望就寄托在你们二位身上了，拜托了，大侠！”

凌小小等三个女生躲在远处的树丛后，笑得东倒西歪，花枝乱颤。

“不行了，不行了，不能再看了，我要死了，笑岔气了！”

太阳钻进了云层，乌云滚滚汇集，霎时笼罩四野。

林间小路，河边小路……郑阿福、许唯寻寻觅觅搜索了半天，终于逮着一个不用受良心谴责的强大目标。

此刻，目标已经被逼到了树梢上。一名衣着光鲜、肥头大耳、财主模样的人紧紧抓住大树的枝丫，就是不下来。

“就是死，也不让你们抢去一钱银子！士可杀不可辱！”财主梗着脖子嚷道。

许唯试着往树上爬，被财主一阵乱踢，脸上被踩了个脚印，蒙脸的手巾差点儿掉了下来。

局面陷入僵持状态。攻也不行，守也不是。郑阿福、许唯急得直跺脚，正不知如何是好。豆大的雨点也故意赶热闹似的，噼里啪啦争先恐后地落下来。情急之下，二人捡起地上的土块，作势往上扔。

二人没有发觉，衣服被雨水打湿，并且开始滴滴答答往下流墨汁，很快露出了里面的桃红色。

财主在树上色眯眯地笑了，暗自惊喜：原来是女扮男妆，这下走桃花运了，小美人主动送上门来！

“嘿、嘿……”财主忽然甜甜地笑着，亲密地向二人招手。“喂……二位，我忽然改变主意了，让你们抢，只要你们高兴，想要什么都行！”

许唯、郑阿福几乎不能相信自己的耳朵。“真？真的……”

财主从树上溜了下来。二人见状，高兴地凑过来。

“当然咯！”财主忽然一边一个将二人抱住，左亲右啃。“美人，哪个没良心地叫你们出来打劫挣钱？心疼死我咧，跟我回去吧！美人！保你们……”

“哟哟哟！哟哟！”跑到几乎魂飞魄散、万念俱灰之后，财主终于被甩掉了。

树林的边缘，郑阿福、许唯和上官澈再次会师，惊魂未定。

“呸呸呸……被这老死鬼亲了，会不会得花柳病啊？真失败！富没有劫到，还牺牲了色相。”

郑阿福稀里哗啦，隔夜饭吐出来了。

“想不到女生借给我们的黑衣服是用墨汁染的，好坏呀！”许唯一拍大脑。

上官澈气愤地咬着蒙面手巾。“就三两银子，就这么难弄吗？真不甘心！”

“把我们自己卖了，还差不多……”

上官澈顿住，再次灵光乍现、恍然大悟：“阿福！你太有才了！”

“啊？你，你想干什么？”

溪州镇的南郊，是一处短工、杂役交易市场。寻找工作的人和租户云集此地，来来去去，吵吵嚷嚷。许唯贴得满脸的假胡子，化装成出租公，上官澈、许思远等四人在街边排成一行，头上竖插着高高的草标。

许唯面前放着一个大牌子，上书：“杂役出租。”

“呵呵，咱们样子好怪。”张必行几乎笑出声来。“不过，总算比较靠谱。”

许唯感动得几乎要哭。“各位兄弟的高义，在下没齿不忘！我是最坏的坏人，都是我不好！连累了大家，从此以后……”

许思远摆摆手。“哥，别煽情了，小心胡子掉下来。咱们人多，做几天散工，很快就能做完。”

上官澈拍拍许唯的肩膀。“记得啊！等一下让别人先付租金给你，拿了银子，你就回书院。说不定，我们跟着就偷偷跑回来了呢……嘻嘻。”

许唯使劲往回咽了咽眼泪，点点头。

“嘘——买主来了。”许思远示意众人噤声。

正值午后，阳光折射出一片亮晃晃的金光，只见不远处的街口，先前见到的小孩儿、胖姑娘、胖财主华丽地排成一行，大摇大摆，竟一道儿闪过来。

“真晦气！邪了门了，一家三口竟然会不停地遇到强盗！”胖财主气急败坏地用手杖跺着街面。

“人家一定以为我们都是白骨精一个人变的。”小孩儿笑道。

“应该多买几个家丁来防身！”财主一面宣布，一边挺挺肚子朝着许唯摆的摊子走过来。

“孩子们，你们看好了，我教你们怎么挑选奴仆。”

财主举起手杖，指了指上官澈等四人。四人赶紧站好，等待挑选。财主用手杖戳戳张必行，张必行赶紧曲臂迈腿，展示强壮的肌肉。

“此人四肢发达，但头脑简单，不要！”

张必行很没面子地跌坐到地上。财主瞧瞧许思远，许思远赶紧眨巴眨巴眼睛，做出聪明伶俐的表情，还故意挤出谄媚的笑容。

“此人头脑发达，巧言令色，四肢简单，不要！”财主依旧斩钉截铁。

许思远很没面子地跌坐到地上。胖姑娘不屑地白了许思远一眼。“哼！这种人是最没有用的，看一眼都多余！”

上官澈回忆着上午的一幕，惊讶地盯着胖姑娘，喃喃自语：“女人，真是善变，我再也不相信爱情了。”

财主来到上官澈面前，上官澈赶紧闭嘴，顺了顺鬓发，稳重地笑了下。

“此人看上去很美，实际最不中用，不要！”

上官澈很没面子地跌坐到地上。财主又盯上了郑阿福，阿福赶紧运气提功，作力大如牛状。

“此人是干活的好手，但是吃得更多，不要！”

郑阿福泄了气的皮球般，瘫坐到地上。

“爹爹，要不看看这个掌柜的，看他卖不卖？”儿子俏皮地跑向许唯。

“非也，非也，此人敲骨吸髓，盘剥他人，不劳而获。我平生最恨此等寄生虫，为人者，万不可像他。”财主郑重地转向女儿和儿子。“这些反面例子一定要记住，我们再往前面看看……”

五人呆呆坐在地上，望着买家走远，十分沮丧。

“太受刺激了，原来，这才是我们在别人眼中的真相！”上官澈悲叹道。

“他的见解好精辟！比蒋先生还精辟。”

郑阿福失望地挠挠头。“原来，连卖都没有人要……唉，咱是不是应该考虑把价位降低？”

五个人正在长吁短叹，自卑自惭，前方眼前一亮，走过来一个头戴毡帽、脚蹬皮靴、玛瑙坠饰、蒙古族打扮的美貌妇人。上官澈等人赶紧重新排好队。

妇人向许唯打了声招呼。“老板，这几个人怎样租用？几两银子？”

许唯赶紧上前报价。“三两，用十天，一天一个时辰。初六、初七皇上诞辰放假，可做全天。”

“好，我全要了。”

妇人将三两银子交给许唯。众人惊喜莫名，兴奋难以遏制。许唯赶紧交换文书，二人签字画押。

临近镇子的远郊，是一带起伏的山丘，一片宽阔的河岸，岸边是一处渡口，桨声阵阵，船来客往。

离渡口不远，伫立着几处尖顶的粮仓，大门洞开，仓中堆满大包大包的粮食。四周，守卫着一群凶悍的蒙古大狼犬，红口白牙，四处逡巡。

在女老板的严密监督下，五个“苦役犯”做牛做马、一刻不停、手忙脚乱，将指定的粮食包运到了河边的船只上。

一连两天，中午赶完课程作业，黄昏紧赶慢赶，在两条红色大狼狗的跟踪、监视下，奔向渡口。然后，勤扒苦做干到深夜，五个人才得到允许，在大狼犬的尾随下、磕磕绊绊、互相牵扶，回到书院。

“难怪许多人想做大侠！原来是因为……干活儿比练习武功辛苦一千倍！”张必行四仰八叉地倒在床榻上，感慨万千。

其他四人横躺在地上、床上、桌子上，大喘粗气、动弹不得。

“好饿呀……好累呀……好狠心的女财主！阿澈——你不是说可以提前逃跑的吗？”郑阿福喋喋不休。

上官澈本想扭头藐视郑阿福一眼，“啪啪……做人要实事求是，你瞎啊？没见到女财主的两只大狼狗吗？比你们还精！天天跟踪、防着咱们……早就知道咱们的老巢……逃跑？傻叉的想象。”

众人一阵沉默，自顾自叹息、呻吟。

唏嘘感慨，哼哼唧唧了一阵之后，张必行忽然想起什么，不再叫唤。

“哎，好丢人，我不想哼哼了……你们想想，咱们的蒙古美人老板，还是个女子，白天和咱们一起干活，晚上还拿针线再缝一遍那些运来的米袋子。咱们好歹是男人，还好意思哼哼？”

“嗯嗯，女中豪杰……”郑阿福哼哼道。

众人又是一阵沉默，不再夸张地抒情和言志了。

许思远的声音在黑暗里幽幽传过来。“这几天，虽然很艰辛，可是你们仔细体会，心里面却很满足、很干净呢……”

“是啊，觉也睡得踏实，不像从前去赌场，裤子几乎不保，回来裸睡还做噩梦。”郑阿福道。

“也不像劫富济贫，洋相百出，惶惶不可终日，老要思考是非、对错、美丑、善恶等纠结的问题。”许思远应道。

“看上去像英雄，实际上更像土匪；打着正义的旗号，赶着非正义的勾当。此乃真伪善、假仁义。”张必行继续反省。

“其实啊，劫富济贫和恃强凌弱一样，都是一种强者逻辑，都想依靠暴力去实现目的，所以常常一团乱麻、十分淆乱……”

许思远一边说，一边打起了呼噜。

“思远，你说得真棒，我爱你……”郑阿福抱着许思远的腿，打瞌睡，说梦话。“劳动光荣，劳动改造……永不播肥。”

接下来的两日，正是皇上诞辰，全国休假。

天近傍晚，米袋包仍旧堆成山。五人继续马不停蹄，搬运粮食。许思远、上官澈比较消瘦文弱，拉在后面。河边的船老大不停地催促。

女老板扛着粮食袋，不满地盯着许思远、上官澈，可是二人歪歪扭扭，速度仍然跟不上。女老板回头看了数次，终于忍无可忍，冲上去一人踹了一脚。

“懒东西！快点！”

二人竭力加快速度，可是很快又慢了下来。女老板终于怒不可遏，扔下米袋，撸起袖子，抄起一根大棒子就要打。

许唯正从山丘后边拐过来，见状冲了上去，双臂伸开拦住。“放开他们两个！”

“哥……”许思远大为感动。

“你哪个道上的？想管我？我是他们的老大！”女老板扛着棒子，轻蔑地瞧着许唯。

“我是他兄弟，他的事我来做。”

女老板不为所动。“他是我的奴仆！我付过钱！除非你出钱买他去！”

“钱？”许唯在身上着急地摸了一遍，分文没有。急得不知如何是好，一气之下，忽然一把脱下上衣。“我没有钱！如果你一定要打，请除以二，我帮他领受一半的棒子！”

张必行和郑阿福见状，也各自扔掉米袋，跑过来。

张必行迅速地脱下上衣。“不是除以二，而是除以五！你是出过钱，但是不要忘了，蒙古元人欺负汉人的时代已经终结了！”

上官澈捅捅郑阿福，二人也脱下了上衣。一时间，五人一齐光着上身，背对着女老板。

“蒙古姐姐……我们大明对元人不计前嫌，如今各民族人人平等，请姐姐不要见利忘义。”上官澈硬生生地咬紧发颤的牙齿。

“嗯嗯，打我们的时候，不要太过分……”阿福有些瑟瑟发抖。

可酝酿了半天，害怕了半天，等待了半天，棒子却并没有落下来。

五人好奇地试探着回头，却见女老板坐在粮袋上，放下白毛镶边的袖子，兀自低头沉思，棒子已扔到了一边。

“难怪我们元人要失败，原来奴仆也有尊严，也是令人敬佩的，我终于明白了。好，穿上衣服吧……休息片刻。”

一听此言，郑阿福等人赶紧站起来，高兴地穿衣服。

一行人正原地休息，只听一声长长的、热情洋溢的招呼声传过来。

“哎哟喂——师妹，好久不见，想死师哥我咧！”

却见山丘的拐弯处，前日的胖财主换了身照样金晃晃的团领褂，带着五名剽悍的家丁，摇摇摆摆、嘻嘻哈哈地跑过来。家丁们各自推着一辆大车。

蒙古女老板并不十分惊讶，只是坐在原地，略略点点头，算是打招呼。胖财主讨好地凑过来，在女老板一边的米袋上坐下。

“又长漂亮了！这几年，师妹在哪儿发财啊？”

“什么事？说。”女老板面无表情。

“好，我就直说了，妹子你这回得帮我一把。师哥我这几年生意快做不下去了。最近又被贼人骗了一把，把一批次等发霉的大米当好米收了。整整六大仓啊……最近北边黄河泛滥，好米价格猛涨了四五倍，若是师妹能帮帮忙，把咱们的大米换换……”

“不行，这些米就是捐给黄河灾区的。”

“我知道，这不正好啊！那些快饿死的难民有米吃就不错了，哪儿会在乎好米坏米的？这可是绝好的商机啊！看在师哥以前护着你的分上，那……就这样吧！”

胖财主冲着几名家丁招招手。家丁们推着几辆大车，紧赶着跟过来。

“慢着，你对我的好意，我自会偿还。但是，这些赈灾的粮食是定好了的。”

“嘀嘀，我就不信合约写得这么清楚。师哥以后双倍补偿你！”胖财主一脸的不屑，勾勾手指，示意家丁运粮食。

“此事关乎行商的诚信和义气，难道师父没有教过你吗？”女老板凛然地站起身，严厉地瞪着上来的众家丁。

胖财主的脸上一阵红、一阵白，终于收回轻佻、谄媚的表情，变了脸色，凶相毕露。女老板捡起扔在一边的大木棒，握紧，坚定地挡在他们面前。

上官澈、许思远等人急速判断着形势，紧张地瞧着这对奇怪的师兄妹。

“哼，就你？你这个蒙古蛮子还知道大义？想当年要不是你不仁不义，抛弃了大师兄，还诬告他谋反，他怎么会隐姓埋名，不知踪迹？”胖财主换了副嘲讽的口气。

“我诬告？……你怎么知道？哼，我明白了，我再也不欠你的。”

“想知道他的下落，就乖乖答应我的条件。”胖财主意味深长地笑了起来。

女老板忽然愣住，惊讶地盯着胖财主。“你……你知道陆郎的消息?”

“同意换米，我就告诉你。”胖财主眼睛望着别处，挺挺大肚子。

女老板紧紧握住长袍下摆，头埋到玛瑙坠饰下，一时纠结了起来。许思远等人也跟着纠结起来，担忧地望着她，正想说点什么，忽然见女老板猛一抬头。

“就算永远见不到他，我也绝不会答应！滚!”

“姐姐真棒！啪啪啪!”张必行、上官澈、许思远等人惊异、兴奋地鼓起掌来。胖地主瞪眼环顾四周，气得咬牙切齿。

“你以为自己还是蒙古贵族？别做梦了！我告诉你，陆道源那小子不会回来了，看老子怎么收拾你!”

“陆道源!”听闻这个名字，郑阿福和上官澈惊讶得震住了。

“今天这米，你换也得换，不换也得换!”胖地主气急败坏，冲着几名家丁一挥手。

女老板丝毫不惧，镇定地举起手中的棒子。几名家丁明显有备而来，迅速转身从大车里抽出了数条粗硬的短棍。

“住手!”张必行、许思远等人纷纷抄起身边的棍棒、拾起地上的石头，护在女老板的身前。

“一群奴才，管什么闲事？滚开的有赏!”一名家丁喝道。

“我们不是奴才，我们是蒙古贵族大小姐的忠实侍卫!”张必行大声喝回去，一马当先，摆好功夫架势。

家丁们见状，挥着棍子，凶神恶煞逼近。许唯、郑阿福有些害怕，举着砖头，忍不住地后退，但终于止住脚步，仍旧聚拢在女老板的周围！

这时，只听见一声嘹亮清脆的呼哨，女老板吹响了犬笛。四条在周边巡视、游荡的赤色大狼犬迅猛地跳将起来，如同训练有素的士兵，瞬间向着女老板聚集，龇着白牙，虎视眈眈，列队听令，冲锋待发。

家丁们始料不及，顿时被唬住，气焰萎缩下去大半。

女老板潇洒地用棒子点了点其中一名最强壮凶悍的家丁。一只大狼狗闪电般飞速地冲了上去，"咔嚓"一声，咬断了其手中的短棍。家丁吓得魂飞魄散，嗷嗷尖叫，笃笃笃地跑没影了。

"竟敢犯上，你等着……"胖财主吓得跌到地上。话还没说完，四条狼犬四面包围了他，一通狂吠。胖财主连滚带爬，跌跌撞撞，抱头鼠窜。家丁们大车也顾不上，撒开脚丫子，躲避狼犬，消失在河湾边。

"哈哈哈！"郑阿福、许唯和女老板一道，笑弯了腰。

"哇噻！草原上的狼犬就是厉害！姐姐威风到爆啦！"郑阿福羡慕地打量着那些矫捷的狼犬。

"是啊！缴获了胖财主的大车，咱们的速度更快啦！"上官澈拍手乐道。

所有人很快投入到搬运粮食的工程中。一番激动万分、热火朝天的大干特干之后，赈灾的粮食终于如数运到河边的大船上。

数日后的黄昏，云天广漠，夕阳壮美。大家欢欢喜喜干完活，仍舍不得离开。众人一道牵着狼狗，簇拥着即将远行的女老板，来到渡口的商船边。

上官澈、郑阿福采来了一大束山茶花，恭恭敬敬地献给女老板。

“朵儿姐姐！您真正是深藏功与名，我们好崇拜您啊！原来咱们搭您的福，也在做善事，自己却还不知道呢！”郑阿福无比喜悦。

“是啊，您竟然还是陆道源先生的夫人！咱们能一睹风采，三生有幸啊！”上官澈恭恭敬敬地施了一礼。

张必行、许思远有些莫名其妙。“陆道源？是谁？”

上官澈无可奈何地鄙视了二人一眼，开始侃侃而谈：“你们两个真是乡下人！凡是城市里有点知识、有点钱财的人家，谁不知道陆道源？也是，就你们这档次，也就知道沈万三而已。想当年，沈万三正是靠了商界俊杰陆道源的指点和资助才成为天下首富。可是，真正的豪杰、高人，是不会张扬炫富的。陆先生在鼎力资助了大明平定天下之后，就归隐山林，如当年的陶朱公范蠡一样，绝迹尘俗。”

众人仰慕、赞叹不已。女老板凝望着远方的晚霞，嘴角露出一丝自豪的笑意，可是很快就暗淡下来。

“可惜，我当年冥顽不化，作茧自缚。因为民族之间的矛盾，为小义忘大义，错怪他，赶走了他……可是大明朝建立之后，对中原蒙人贵族、平民并无打压，各族安居乐业，与当年元人对待汉人之严酷完全不同。如今我很后悔，只是希望能够多做善事，完成陆郎的心愿，也希望汉蒙两家从此和好，共享太平。”

众人再次啧啧称颂，崇敬仰慕。

“姐姐深明大义，是智慧与财富的化身，您比我们都坚强、都能吃苦。”张必行由衷赞道。

“朵儿姐姐才貌双全，为什么您还要亲自劳动？您这样漂亮！就是找不到陆先生，也完全可以……”上官澈试探着问道。

朵儿老板闻言，骄傲地昂起头，理了理鬓角的乌发。“因为这就是陆郎最爱我的地方！陆郎是个真正有智慧的男人。这世上有很多自己不努力却想坐享其成的女人，虽然他们宣称自己爱的是人而不是钱，其实就像一些演技很好的戏子，连自己都不知道、都分不清哪是戏哪是自己……只有自己的劳动和智慧才能确认自己，才能换来两个人真正的平等和爱情。”

“朵儿姐姐，您是我们的好榜样！”众人鼓起掌来。

“姐姐，像您这样的奇女子太了不起！太稀有了！陆先生一定特别喜欢你，一定不会忘记你、放弃你，你一定能找到他的！”许思远道。

“是啊，他一定会回来的！”众人异口同声。

朵儿老板激动不已。“谢谢各位！谢谢吉言！即使他不回来，我也要按照他的心愿活着，我要做一个独立的人，只有这样才值得他的爱。更要像我们的师父说的那样，正其义导其利，珍惜心中的信念和脚下的泥土，踏踏实实地生存、奋斗下去……”

天边的残阳，气势恢宏，铺洒一层光芒，把天空、大树、粮仓、河流、船只染成珊瑚色，美丽的朵儿潇洒地带着几条剽悍的狼犬登上了大船。

众人恋恋不舍地挥手，遥望着商船渐渐远去，豪迈地驶向青山、疏林、碧水外辽阔的天地。

许思远日志

4月3日　天气：雨

今天，我要写下的一个关键字是：“义”。

“义”是个特别简化的汉字，它的字形演变和繁体字是如何写的呢？等等，让我来翻一翻书院藏书阁里的古籍，看看它的“庐山真面目”。

甲骨文　金文　篆书　隶书　草书　楷书　行书

哈哈，看看以上各种字体（繁体字）的写法，原来“义”和“羊”有关啊！甲骨文和金文的“义”，是把羊用绳索拴在树旁，或者好像是用弓箭射中羊。无论哪种意思更确切，远古祖先在造“义”字时，要表达的意思都与“抓羊”“养羊”有关，获取羊、抓取羊、圈养羊、拥有羊，在先民眼里，都是一个让他们特别开心的事情呢！先民把毛茸茸、白花花的羊是否也当做宠物一样对待呢？

对待羊，为什么开心呢？想想还真是。对于游牧民族的古代先民来说，猎取野山羊，比起猎取野牛、野猪，甚至野狗和狮子是不是要轻松、安全、容易得多？羊攻击力差，性情温和，对人类几乎没有威胁，并且羊的形体适中，比起野兔等同样没有攻击力但是形体较小的动物来说，是最合意的食物啦。古代先民进入畜牧年代，由于羊易于捕捉、性格温驯、易于驯服，而且羊的全身都是宝物——羊奶、羊肉、羊毛、羊皮、羊角。羊奶味美有营养，羊肉味道鲜美，羊毛羊皮可御寒，还可做饰品和包装工具，羊角可做祭祀品、饰品，还可入药。所以，羊当然成为了人类早期饲养动物的最好选择之一。

因此，羊伴随人类的时间久远，与人的关系非常亲密。我敢断言，羊是古代先民最有感情的动物，在古人心目中占据重要位置。果不其然，“羊”字，篆书、隶书、草书、楷书、行书直接写成“義”，上面是羊，下面是我，羊和我直接成并列关系，犹如俩朋友。亦即“我的羊”，羊与人类的关系真是密切、亲昵啊！

我的羊，就是义。那么，我的羊具备怎样的形象和特性呢？羊的本性喜好清洁，喜欢居住在干燥整洁的地方，饥餐青草、渴饮清泉，洁身自好，远离污秽。嘻嘻，这时我想起了王伯伯给我们讲青藏高原的羊——走的是黄金道，吃的是冬虫夏草，喝的是矿泉水，拉的是六味地黄丸，尿的是太太口服液，跳的是华尔兹，唱的是《草原之恋》。哈哈，这羊比大多数芸芸众生都幸福和高贵呢。

不像某些畜类，终日嬉戏于泥淖之中，饮溺餐矢、藏污纳垢。因而，羊成了清正廉洁的象征。据王充《论衡·是应》记载，唐尧之臣皋陶治狱，辅以独角之羊。此羊对嫌犯“有罪则触，无罪则不触”，据说非常灵验。到了战国时期，秦楚等国的御史、狱吏等执法者穿戴着带有独角神羊图案的冠服，以显示庄严、公正、神圣的气度。这种独角羊在古代名为“獬豸”，是秉公执法的象征。“獬豸”的形象一直用作历代执法者官服的图案，直至清末。由此可见，羊这个形象，在自古中华文化里便是美好、正义、正直、清正、廉洁的体现和象征。

义(義)、美、善等字都从羊,美、善、义(義)等都是古代先民用以表示最基本的社会价值。再比如,"美"字,即由"羊"和"大"两字组合而成。羊在古人眼里是美丽的,美丽的大羊越发美丽。羊大为美,是古人的审美价值观,体现了实用主义审美倾向。此时,我的脑海里出现了一幅古人祭祀、节庆的图景,他们头上顶着羊角或者羊头的装饰,涂成五颜六色,真是威风霸气侧漏啊,这就是古人认为自己最美的时刻吧?因为羊也是温驯忠厚的,于是便有了"善"字,和绵羊一样的性格,温和、柔顺、通情、忍让,那就是古人心目中善良的品质。

"義(义)"字,我的羊,即我的正义,我的威仪,"義"的本字也作"仪",通"宜"字,后引申为合宜、适宜,一般指公正合宜的道理或举动。

值得注意的是,"義"字的最早形体正好与其本义相互发明。许慎《说文解字·我部》有云:"義,己之威義也,从我从羊。"段玉裁《说文解字注》补充说:"有威而可畏谓之威,有仪而可象谓之義。……威仪出于己。故从我;从羊者,与善、美同义。"古文字学家李孝定则以甲骨文材料为依据证实了许慎的解说。而所谓"有仪而可象谓之義",正表明原初的"義",乃是正我使之宜、使之合乎正义的道德行为,故而真正可为表率。

我再来翻翻汉代哲学家董仲舒《春秋繁露·仁义法》这本书,他对"義"作了专门的研究,认为"義(义)"的最早语义"谓宜在我者",或曰正我使之宜的道德意识。他还进而指出:第一,与"仁"相对,"仁之法在爱人,不在爱我;义之法在正我,不在正人"。第二,与"我"相关,"以仁安人,以义正我,故仁之为言人也，义之为言我也”。第三，与“宜”相连，正我使之宜，“宜在我者，而后可以称义”。我是不是可以如此考证：“我、宜、義”为同族词，“义”是“我”正“我”而使“我”“宜”的一种自觉行为或行为规范。从这个角度讲，孔子曰“克己复礼以为仁”，其实就是义的表现。

“吾日三省吾身”，保持“义”的开端和根本，唯有如此，才能使己适宜。这个说起来似乎容易，做起来比较难。

《释名》有言：“义者，宜也，裁制事物使合宜也。”义，同时包含着适宜的意义，协调事物让它适宜。根据现实环境、实际情况、具体人物，作出在当时最合时宜的选择、决定和行动。义，绝不是忽略对象、语境和效果的自我良好的感觉和行为，而是审时度势、因势利导的中和与理性。

《周易口义》也认为：“义者，行而宜之，合于道则谓义。”行为公正、公平，和顺。那么，什么才算是合乎时宜？什么是合乎公正和公平呢？一言以蔽之：合乎道——符合人间正道的标尺，合乎天时、地利、人和三者的和谐统一。

同时，“义”的内容又是复杂、深刻的。

《礼记》有云：仁者，义之本也。义，是行为中彰显而出的正义精神和正义行动。通常我们习惯将“仁”和“义”并用，因为仁和义是里和表的关系，古人云：皮之不存毛将焉附？没有仁哪有义可言？清华大学有一句校训：行胜于言。行义比满口仁义道德高尚得多，说得千遍好，不如做一遍。

义，是实施出来的举动，是履行的实践。如果行义，成就义举，那就有侠肝义胆，胸怀义薄云天，风度大义凛然。如果不行义，因果报应自然出现，古人相信：“多行不义，必自毙。”

(《左传》)

许多事物可以推让，但是也要当仁不让；许多事务可以推辞，但是要义不容辞。见义勇为，先义后利，在诸多的矛盾、选择中去做一个能担当、讲正义的人，永远堪称高贵和坚直。缺失和否认这一点，人将会沦落为只会吃喝，没有精神的畜类。

不可假正义之名而行其私，或在小圈子中讲义气。也不可为义气而丧失理智。

“义”，它是理性与信仰的融合，智慧与道德的结晶。

四　不劳而获（诚）

《二十四史》讲了小半个月，此刻，正进行到秦朝灭亡、楚汉相争一段。

讲堂的案几前，蒋先生正激情昂扬、唾沫横飞地讲到“明修栈道，暗度陈仓”，大将军韩信奇兵取三秦。

“从出军陈仓，到垓下全歼楚军，韩信为汉朝一统天下建立了盖世功勋，屡战屡胜，天下无敌，才略过人，功高盖主，并留下了大量战术典故、兵家之法。除秦岭栈道之谋，另有临晋设疑、夏阳偷渡、拔旗易帜、半途而击、四面楚歌、十面埋伏……并与张良一道，整理兵书，著兵法三篇。”

下课铃声突响，众人意犹未尽，继续议论。

“韩信将军太聪明啦！蒙蔽敌人，骗得他们团团转，用最小的成本赢得最大的好处，果然了得。”郑阿福激动地赞道，嘴巴还“咂咂咂”。

“四面楚歌、霸王别姬、十面埋伏，这些经典故事被后世用戏剧、歌曲、电影等各种艺术形式演绎，看来脍炙人口的历史典故真是韵味无穷、生命不朽。”许思远情不自禁地插嘴。

“电你？谁放电于你？虞姬吗？哈哈——”大家听到“电影”一词，如此解读。

思远哭笑不得。心想这帮同门真是有趣极了，幽默和滑稽在时空错位中时不时跳脱出来，总能产生意想不到的喜剧效果。

“电与不电，那都是男欢女爱。咱们巾帼英雄要干正事、干大事。自古英雄成大业者，无非迷惑敌人、攻心为上、占尽便宜、出奇制胜。”凌小小正襟危坐、郑重其事地总结道。

“嗯嗯，韩信将军值得我们学习。”肖潺接道。

晚春的雨淅淅沥沥不知疲倦，总不停歇。

黄昏的庭院，风雨无情，残枝败柳，落花满地。三位女生正在舍馆里磨墨展纸，一排铺开，围在桌边忙不迭地查阅史书，抄录《史记》典故。

“哎——”沈千若忽然幽怨地长长地吁了一口气。

“大小姐悲秋还是伤春啊，您又怎么啦?”凌小小假装同情地皱眉问道。

“都不是，我现在非常想得到一件东西，但是又不想自己动手，这种想法叫什么?”

“叫不劳而获、异想天开、贪图便宜。”

“唉唉，你说得太对了，我现在就是想不劳而获地吃馄饨。”

肖潺奇怪地望着沈千若。“呃，肚子饿就直说，文绉绉地半天。怎么？刚刚吃过晚饭呢，大小姐又饿了?”

沈千若不满地噘起嘴。“那些一成不变的猪食怎么吃得下?全都倒在一个非常隐蔽的地方了。小潺，能不能帮我到镇上去买碗馄饨啊?”

肖潺为难地望了望窗外，月黑风高，树影幢幢，像似鬼魅。“不是我不想去，现在是夜晚，又打雷又下雨的，好吓人的!”

“是呀，千若，你这叫做娇生惯养、娇气……其实，我忽然也想吃，这么凄凉的下雨天，吃碗热馄饨，感觉一定超级好！”凌小小一边神往，一边咽口水，一边想主意。“其实……我们可以想个办法让那些男生去买。”

肖潺忽然笑了。“对呀！对！不过，他们那些人啊，什么都要讲条件、要报酬。咱们应该像韩信将军一样，开动脑筋，蒙蔽敌人，达到目的。”

凌小小高兴地拍拍手。“对对对，只要我们施阴谋耍诡计，他们一定会上当的。就凭我们这三个超级大脑和三寸不烂之舌，咱们现在想一个让他们替咱们免费做事的妙计。”

沈千若有一丝犹豫。“不好吧。蒋先生后来也说了，韩信将军也有局限，虽然奇谋机巧了得，可是就像司马迁先生所说：伐功矜能，未能学道谦让，最终谋逆被诛，祸及三族。”

“呵，书呆子不是？咱们哪儿有机会谋逆啊，哪儿有机会被诛三族啊？”凌小小难以理解。

“咱就是借鉴韩将军的计谋之法，支使男生买个馄饨罢咧。”肖潺补充。“再说，咱们成功以后不骄傲就行了，即使占了便宜，也不会被诛三族！”

“呵呵，说得也是啊。”沈千若从床上一跃而起。“我们先查查资料，引经据典了，方可合理合法、令人信服。俗话说得好：名不正则言不顺。我们要找到冠冕堂皇的理由和无法抗拒的借口。”

三人赶紧翻箱倒柜，摸爬滚打无所不用其极，分头查找典籍。终于，凌小小率先欢快地叫了一声。“哈哈，四面楚歌，攻心为上，我找到了！小潺，去把许唯、张必行叫来，还有阿福，买吃的他最有经验。三个人，正好我们一人一碗！”

肖潺欢快地跑了出去，很快带着三个男生过来。郑阿福高兴地搓着手，和众人一起围坐在前厅的圆桌前。

“各位淑女，很荣幸，被你们钦点，找我们有什么好事?”

凌小小直入主题。“我们想吃馄饨。想麻烦你们去帮忙买一趟。”

郑阿福拍拍胸脯。“好啊！没有问题。不过，我有一个小小的请求，帮我们洗件衣服，怎样?”

凌小小笑了笑。“好啊，不过，你深入研究过《易经》卜卦这类书没有?”

郑阿福、许唯、张必行摇摇头。

凌小小作出神秘兮兮的表情。“那可是一本阐明天地之间神秘运数的书哇！书上说，万物由气产生，而气由阴阳构成，阴气比较重，在下；阳气比较轻，在上。然而‘柔上而刚下，止而说（悦）’，就是说：男性为阳刚，女性为阴柔，刚性的阳气只有自处阴气之下，才能完成阴阳二气的运行交流，否则，阳上而阴下，就永远是死水一潭，有违天理循环。”

张必行摸摸脑袋。“嗯嗯，好深刻啊……好像有道理……可是这说明了什么?”

沈千若做出庄严肃穆的表情，正襟危坐。“就是说阳气应该自居阴气之下，就是说男生应该在女生面前谦卑、示弱、居下，比如说，经常主动地帮助女生，听女生的话，替女生做事。”

没等男生反应过来，凌小小立刻接上：“否则，就会有违天理循环，破坏气数法则，逆天而行，就会有很恶劣的事情发生，而且诡秘莫测。”

话音刚落，肖潺立刻不间断地接上：“也就是说，如果得罪女生，就会成为逆天而行的根源，就会成为所有糗事和倒霉的焦点……你们想想，仔细回忆，看看是不是这样？”

张必行、郑阿福被说得一愣一愣，开始回忆。

“好像……是啊！”郑阿福道，“比如上次我骗你们，说是衣服捐掉了，结果……”

张必行赶紧打断。“比如当年丐帮最出色的一代帮主乔峰……”

许唯也回忆起来了。“对呀，乔帮主大名鼎鼎、武功盖世，却惨死了，就是因为不小心得罪了一个女子。”

凌小小神情悲哀、严肃，连连点头。“对啦——所以呀——《易经》是不会错的。我们已经把这么奥秘的事都告诉了你们，以后你们就豁然开朗，不会吃亏啦。”

沈千若使劲地憋住笑，绷住正经的表情。“所以啦，如果你们友好地帮助我们，就不同了，一定事事顺利，奉天承运，好事来临，挡也不行……”

“真的吗？那岂不是太好啦！”许唯欢喜地答道。

郑阿福也高兴地咂咂嘴。“哎呀，不就是买碗馄饨吗？何必讲那么多大道理？不过也挺感谢你们拨开云雾见青天，我们一定完成任务，快快把碗拿来！”

郑阿福伸出手，许唯、张必行也伸出手。肖潺郑重地将三个碗放到他们手上。三个男生郑重地一人捧着一个碗，鱼贯而出。

三人才走出视线范围，三个女生再也忍不住，笑得快岔气了。

“哈哈哈……智者，知也。难怪听那谁说知识就是力量，知识改变命运。”肖潺抚摸着胸口，顺顺气。

“这几个傻瓜蛋，就和项羽一样，真容易上当，呵呵……衣服不用洗，还有馄饨吃！”凌小小笑弯了腰。

“虚张声势，蛊惑人心，无中生有，这些招数真有用啊。哈哈……你说等他们买回来，那是个什么形象啊？”

“还用说，三个孝子的形象！”

“哈哈哈！”

小溪的清泉淙淙地从山涧中流下来。溪边是大一块、小一块的鹅卵石。中午时分，几名男生在河边洗衣服，拿着棒槌百无聊赖地捶打着，形态各异。

上官澈东一下，西一下，漫无目的地挥着棒槌。

“被单太难洗了。脏衣服源源不断，永远也洗不完，啥时候才是尽头？我现在非常想有干净的被单铺、衣服穿，但又不想自己洗，你们说这种感觉叫什么？”

“这种感觉我再清楚不过，叫做不劳而获。”

上官澈憧憬地放下棒槌。“那感觉，一定十分美妙！”

郑阿福甩甩手上的水珠，心疼地望着手掌。“烦死了！我最讨厌洗衣服，哎呀，我可怜的玉手，都打皱了……”

张必行忽然做恍然大悟状。“啊！我知道了，昨天女生们就是不想给我们洗衣服才讲那些大道理的，她们就是想不劳而获。”

郑阿福也是若有所思。“是哦，我们好像是被忽悠了，唉——女人的心思猜不透，猜也白猜。不知女人为什么总是能成功地捏着咱的鼻子走，就像捏着棒槌的把一样。”

“你们没听说吗？男人是风筝，总有根线拽在女人手里。她想让你飞就飞，想让你停就停。总之是孙悟空逃不出如来佛的手掌心，哈哈哈……”许思远忍不住笑道。

“思远，你还幸灾乐祸，下次你也当风筝的时间不远咯。”郑阿福被羞得满脸通红。

“肖潺、凌小小什么的真是坏死了！每次上课她们忘记带笔或纸，我总是借给她们，如果是我没有带，则反之……她们还在座位上划界限，不知道为什么，我的一边总是很少！”许唯抱怨道。

“对呀！道理还总是一套一套的！”张必行赞同。

上官澈鄙视地环顾了众人一周。“这并不是坏不坏的问题，就像刘邦、项羽打仗一样，是各人智商的问题。你们想不想反击？想不想不劳而获地有衣服穿？”

“还用说，想得嘴巴都发干。”郑阿福咂咂嘴巴。

“那我们也可以给她们骗过去呀！反戈一击！让那些女生心甘情愿给我们洗衣服。”上官澈朝众人招手。

许唯、郑阿福围过来。“太好了！阿澈！你说说，怎么个回击法？”

许思远提起洗好的衣服朝着河岸走去，大声唱道。“锵锵锵，东风吹，战鼓擂，踏实的时代已结束，忽悠的时代又到来。咚咚咚，你们去吧，俺不参加。”

上官澈嗤之以鼻地瞅着许思远的背影。“你这个人就是的，道貌岸然，缺乏幽默感。像你这种样子，即使才貌双全，将来也一定讨不到老婆。男人不坏，女人不爱。知道吗？适当地暴露自己的缺点,可以增加玩世不恭的魅力……”

“阿澈,言归正传,言归正传,快说,快说,怎么忽悠?”郑阿福已经迫不及待了。

“你们想想,她们最害怕的是什么?”

“是鬼!”许唯十分有把握地抢先答道。

“那不就成了嘛!”

远远的半山腰,是一处古朴、别致的土地庙。青砖灰瓦、林木掩映。此刻,上官澈、许唯、阿福、张必行正朝着土地庙,在山路上艰难跋涉,一人背着一袋垃圾和杂物。

“我们这是干嘛呢?这么辛苦?”

“为了骗到女生帮咱们干活呀!今天下午,她们要到山上的土地庙打扫除尘,做善事。我们多运些垃圾上去,保证她们做呀做,一直到天黑。这样,我们的计划才能顺利开始。”

许唯不慎摔了一跤。张必行把他扶起来。“为了不劳而获,加油啊!”

傍晚的天气阴晴变化,浮云笼罩。

溪州镇上,店铺开始打烊。一名算命的瞎子收起钱袋,满意地掂一掂,正准备收摊。忽然传来一阵呜哇啊啊的声音。一个人哭哭啼啼朝着瞎子的摊点跑过来。

“大师!您得给我算一卦。我爹相亲去了,要给我找后妈!啊啊……您给算算,我以后的日子是不是很悲凉、很悲惨?要是的话……我决定:一头撞死到豆腐上算了!”

“伸出手来。”瞎子摸了摸此人手上的手纹,忽然神情大变。“哎呀,大事不好!你爹相亲一定成功,孩子啊,你以后的命更苦咯。”

“啊……啊……”该人哭得更响亮了。

瞎子流露出悲天悯人的神色。“不过，办法也不是没有，如果你交三两银子，我会想办法给你转运……”

该人仿佛见到了救星，使劲握住瞎子的手。“啊！真的，谢谢您！您先等着，我这就回家拿银子。”

此人嘚嘚嘚地跑了。

瞎子笑了出来，兀自得意不已。“你爹失败，那是我转运转得好；你爹成功，也没人找我要银子了，因为你早撞死啦！哈哈！”

又是一阵急促的脚步声，瞎子赶紧“嗯嗯”两声，恢复正常。第二人刚到摊位前，就“扑通”一声跪下来，拉住瞎子的裤脚。

“神仙啊！你救救我吧！我老婆天天打我，呜呜呜……悠悠苍天，此乃何人？此乃一员虎将啊！实在是受不了了！我想找个良辰吉日休掉她，请您帮忙算算，哪天比较好？”

瞎子赶紧问过生辰八字，掐指演算。“真的很不幸啊！这一天不但你这辈子不会有，即使到了下辈子，你做牛做马，仍得求她扯草给你吃。”

该人悲痛至极，先是呼天抢地，后是长吁短叹。

瞎子流露出同情忧愁的神态。“别，别哭，办法也不是没有的，只是要花点钱……”

该人赶紧点头应承。“银子？钱我有的是！您要多少尽管开口……哎呀不好！我老婆在那边，我先回避一下……”

该人左右躲避，弯七拐八地跑掉了。

“讨厌！差点就到手了。”瞎子惋惜痛恨地跺脚。

正要收摊，却听一人蹦蹦跳跳，快乐地跑过来。“半仙！见到您真高兴。我想让您帮测测，我今年能不能进上上书院读书啊？”

“摸摸面相……”瞎子仔细地摸了摸该人的脸。“肥头大耳！根本不是读书的料，还想进上上书院？！不过呢……”

郑阿福握住了瞎子的手。“不过先交三两银子是吧？告诉你，我已经在上上书院念书了。”

“这……一时失误。”瞎子顿时有点反应不过来。

上官澈、张必行笑哈哈地从两边的街角走过来。

“哈哈，还有更失误的呢！我根本就没有老婆。”

“还有更——更失误的，我根本就没爹，我爹早不在了！”张必行继续揭露。

瞎子顿时慌神，不知如何对应。“你们……那你们想干什么？”

上官澈友好地握住瞎子的手，安慰。“没想干什么。您放心。我们会为您保密的，一定不会破坏您的生意、挡你的财路。只要您答应我们一个小小的请求，即可逢凶化吉、否极泰来……”

瞎子赶紧点头。

上官澈回头，冲着郑、张、许三人挤挤眼睛。“这位算命先生，将成为我们这次行动的点睛之笔。”

天下竟然会有如此惨不忍睹的土地庙。三个女生来到土地庙，吓呆！庙里桌翻椅倒、满地垃圾，果皮、黑灰、泥巴……门窗上涂得乱七八糟，写着各种各样的无聊话。

“这哪里是土地庙，分明是人间地狱！”沈千若捂住鼻子。

"早想到是这样，宁可去莲溪寺做义工，至少那些小和尚还可以帮我们。"凌小小不满道。

维持此片区域的清洁，是书院的传统职责。三人忍住恶心开始打扫。脸上、头上、身上很快就灰尘斑驳。窗棱上，墙壁上的泥巴慢慢被除掉……

太阳不动声色地西斜，悄悄沉下去，消失在对面山林的背后。山中光线逐渐暗淡、阴晦，雾气缓缓升起，猫头鹰开始叫唤不停。

凌小小忽然觉得气氛不对，抬头擦擦汗，环顾四周冷清、古怪的情景。

"喂，我们必须要回去了。"

沈千若正埋头擦拭供桌。"事情还没有做完，还是善始善终吧。"

肖潺看看沈千若，也只好继续做。又是小半个时辰的光景过去，外面的夜色更加阴暗、深沉。

凌小小有些头皮发麻。"天已经全黑了。"

"马上就好。"沈千若开始收拾工具。

忽然，肖潺十分惊恐地躲到了沈千若的背后。"你们听！什么声音？"

沈千若有些莫名其妙。"什么也没有啊！傻闺女，就你疑神疑鬼。"

凌小小也惊慌起来，小声惊叫了一声。"千若，她没错，我也听到了，哐当、哐当……你听，好像有人拖着铁镣在走……"

沈千若侧耳听了听。"真的呢……这么晚了，这荒山野岭，也没有其他道路，怎么会……？"

“啊……那一定是……”肖潺吓得捂住了眼睛。

凌小小回忆起了什么，惊慌变成了恐惧。“咱们这一带，听人说……听人说，这里从前埋过一些没人认领的死囚……”

“一定是，一定是冤……魂……不……散、砍头的鬼！”肖潺扒着沈千若，瑟瑟发抖。

沈千若被肖潺的样子逗得直笑。“看你们这些胆小鬼！蒋先生说过，这都是迷信，世界上根本就没有鬼！别怕，我出去看看怎么回事。”

沈千若打开半掩的庙门，昂首挺胸地跨了出去，消失在黑暗里……

忽然，“啊！”的一声惨叫传过来。凌小小、肖潺吓得紧靠着神龛抱成一团，不敢回头看。

不知怕了多久，有只手伸了过来拍二人的肩，二人抖得筛糠一般。“求求你，大仙不要杀我——”

“啊哈哈！是我啦！”二人抬起头，见沈千若笑得跪在了地上。“逗你们玩啦，外面什么也没有，走啦！”

夜晚的山路上，没有星光，也没有月亮。沈千若哼着歌儿，轻快地走在前面。凌小小、肖潺牵着沈千若的后襟，瑟缩地跟在后面。忽然……

肖潺整个人变得僵硬起来。“千若、姐姐，我觉得有什么东西在跟着我们……”

凌小小鼓起勇气，猛地回头。“啊……鬼火！”

沈千若扭头，仔细地看看。“还真的有两点火呢，可能是萤火虫，来，看我的，把它们打走。”

沈千若捡起地上的石块，一块、两块、三块，朝着鬼火砸过去……鬼火前后左右躲闪一番，不久又跟上来，开始奇怪地飞舞、跳动。

“啊！鬼火在写字！”凌小小尖叫一声。

肖潺抱紧了沈千若。“姐姐！萤火虫不会写字的啊，啊！它写的是——‘谁……来……替……我！’”

凌小小、肖潺再也受不了了，不由分说，拉着沈千若一路狂奔。幸好是一段下坡路，三人一口气跑到山下的小河边，着急地瞭望对面，溪州镇的灯火点点，如在眼前。

沈千若甩开二人，坐到河边的一张石凳上。“好啦，你们两个！想累死我啊？”

凌小小仍旧心有余悸。“千若！还是快跑啦！被那些妖魔鬼怪跟上就完蛋啦！不是吓得当场死掉就是被鬼魂附体，你选择哪样？”

沈千若不慌不忙，走上河边的一块洗衣服的跳板上，蹲下身捧水洗脸。跳板下面，从水里伸出两只手来，想抓沈千若的手，没有抓到。沈千若并未察觉。

“我才不信你们的鬼话呢！马上就到镇上了，你们还不快洗一洗，要见人的啦，好歹也要维护维护我们的淑女形象……”

凌小小、肖潺二人急得跺脚，不愿过来。沈千若看见二人着急的模样，暗自好笑，故意磨蹭，脱下鞋子。

“河里的水好凉快！大家来洗个脚！快来吧——什么鬼呀神呀，这世界上根本就……啊！……有鬼！”

沈千若的脚猛地被“水鬼”抓住。沈千若大惊失色，拼命地使劲甩！凌小小使劲地扯住沈千若的手臂使劲往回拉，可是“鬼”就是不放手！肖潺情急之下捡起一根树棍，铆足了劲，往水中乱打一气！鬼终于放了手。

沈千若鞋也不要了，光着脚，上紧发条，飞奔而逃，跑在了最前头。

好在溪州镇就在眼前，一阵飞奔之后，终于到达夜市。虽然这里行人不多，但好歹总算是有人烟气。她们找到行人最多、小贩聚集的一处角落，赶紧一屁股坐定。三人气喘吁吁，惊魂未定，彼此观察着对方，发现个个狼狈不堪：又脏又糗、头发凌乱、灰头土脸。

“鬼！鬼！不会来这里吧?!”沈千若惊慌失措，心有余悸。

“据我算卦世家的经验，这里人气旺，阳气很盛，应该不会的……”凌小小环视四周的集市。

肖潺脱下脚上的鞋子。“千若姐，你穿我的鞋吧。”

沈千若连连摆手：“小潺，你真好，你自己穿吧。好在现在是晚上，一定不会有人注意我们脏兮兮的样子，也不会有人指责我们不顾体统，有失淑女风范……”

话音未落，一名算命的瞎子握着旗幡、拄着拐杖挪过来。“三位小姐，浑身是泥，衣冠不整，花容失色……怎么如此狼狈呀?”

肖潺十分惊讶。“啊?！千若姐，你又错了，连瞎子都看得出，我们好脏，好落魄。”

瞎子干咳了几声，高深莫测地笑了笑。“小姑娘，这可不是看出来的，是算出来的。”

“算出来的?”凌小小的敬意油然而生，佩服地拱手行礼。“您可真是神算大仙啦!”

“我还知道，你们刚才是不是遇到了什么不干净的东西?”

瞎子一边神秘地掐指演算，一边用鼻子四处嗅嗅。

沈千若惊讶无比。“您……您……大仙，请受小女子一拜！请大仙为我们指点迷津。”

沈千若跪到地上，给瞎子磕了一头。上官澈、张必行躲在不远的一道矮墙后，快要笑疯了。

瞎子得意得飘飘欲仙，狠狠假装出专注和内行的样子，继续掐指演算。“你们最近是不是动过《易经》？”

“是啊！是啊！我们用《易经》欺骗那些男生为我们买馄饨。”

“你们是不是假借阴阳之说来比喻男女之关系？”

“是的，是的，自古以来都把男女比喻成阴阳的。”

“那你们回报人家没有？”

“没有，我们就想占便宜，才……”

“《易经》乃群经之首、大道之源，怎么能用来占便宜？问题就出在这里，世间万物，阴阳交流，因果循环，你们只想单方面地索取，就会破坏天地阴阳道场的平衡，所以会把那些阴魂不散的鬼引出来！”

沈千若倒吸一口凉气。“哇！好深奥，您说得很对，很有理！我们知道错了。那怎样才能恢复平衡呢？”

肖潺忽然想起了什么。“对了，阿福他们想要我们帮忙洗衣服。”

瞎子猛地用手杖快频率地敲打着地。“你们一定要洗！洗脱罪孽！”

凌小小头点得都带响儿了。“好好好，我们一定回去给他们三个人洗衣服，洗干净，洗涤我们的心灵。”

“对了！就该这样……”瞎子笑道，忽然不远处传来“铛”的一声锣响，瞎子赶紧补充，“不行，另外两个人也要洗。”

“为什么？”沈千若有点疑惑。

“因为……因为，这些鬼回去得就更快。你们洗一次之后……”瞎子正说着，不远处传来两声锣响，瞎子再次改口。“我说的是……你们洗七次之后，那些鬼就彻底回去了。”

“我们洗一个月！”三个女生齐声许诺。上官澈等人欢喜得快要晕过去！手里的锣都差点掉地上。

“啊?！……把日子洗白了，那些鬼就永远不会再来了！”瞎子确定地点头。

上官澈和张必行载歌载舞，欢乐地跑掉，找其他人报喜。凌小小崇拜地仰望着一脸玄奥的瞎子。

“您真棒！说起来都脸红，我也喜欢算命，但是道行和您比较起来，那真是太肤浅、太肤浅了……”

瞎子抹着山羊胡，陶醉不已。肖潺跑到夜市的酒铺，买来一葫芦的烧酒，恭恭敬敬地双手奉上。“您真是我们的救命恩人！”

瞎子连忙拿过酒，迫不及待地拧开盖子，喝了一大口又一大口，状态更加飘飘然。沈千若又崇拜地递上几枚钱币。

“您真是我见过的最高最高的高人！请问您的尊号是什么？我要永远记住您。”

瞎子接过钱币，又喝了一大口烧酒。“我嘛，就是算命界神出鬼没、才高八斗、万人景仰的算字第一号：凌飞仙——是也！”

凌小小顿时惊呆了，忽然伸出手拉着瞎子的耳朵猛拽一下。“嗯？并没有戴面具。”

"怎么回事?"瞎子拨开凌小小的手。

"对不起,我怕您喝醉走不稳,提醒提醒。您最后的一句话,真是画龙点睛!"

"是啊,谢谢,我要走了,有事再叨扰啊。"

瞎子喝着酒,点着手杖,举着旗幡,心满意足地离开了。

"小小,什么叫画龙点睛?"沈千若不解。

凌小小望着瞎子的背影,冷笑一声。"不是画龙点睛,而是画蛇添足!因为凌飞仙是我爹,他不是!"

夜晚的男生馆舍,喜悦之情、得胜之兴洋溢满屋。不过,随着两位重伤员的回归,很快消停下来。郑阿福的脸上一块紫一块青,用纸塞住流血的鼻子,不住地打喷嚏。许唯的额头上顶着个大青包,许思远赶紧给他上药,包伤口。

"啊嚏——死肖潺,下手可真狠!真想不到,她们会疯狂反扑。"郑阿福换了一张堵鼻血的碎纸。

许唯的大青包被药水涩得龇牙,扔掉了手里的香头。"没想到沈千若砸得真他妈的准,三块石头砸到同一个地方!"

张必行忍不住笑了。"那是你这只'鬼火'躲得太准!你站着让她砸看看,就算是白天,也保证一块也砸不到。"

上官澈惬意地盘腿坐到桌子上。"虽然伤亡惨重,但终于占到大便宜了不是?不用洗衣服,一个月啊!"

许思远放下手里的药水瓶,奇怪地瞅着上官澈。"大便宜吗?可是我觉得你们的劳动量已经很大了,大概可以洗好大几箩筐衣服,还不用洗得头长青包、鼻血长流……"

许唯生气地一拍桌子,瞪着许思远。"再说风凉话!鼻血长流的会是你！”

一天过去，两天过去，三天过去，可是女生们没事一样，一个也没来。等啊等，众男生越等越疑惑，越等越沮丧。

“这等了几天了，女生怎么还不过来帮我们洗衣服？”郑阿福不解道。

“是啊！她们承诺过的，洗一个月。”

“人家是向瞎子承诺的，又不是你们，现在你们谁敢去提呢？”许思远笑道。

上官澈若有所思。“真的哦，等等看。”

又是三天过去。男生馆舍的脏衣服几乎堆成了山，馊味儿传出几丈远，可是仍旧没有一个女生过来过问衣服的事，倒是被蒋先生闻着味儿过来，集体臭骂了一顿，差点打板子。

众人赶紧清捡脏衣服。上官澈瞪着院子里自顾自玩耍的女生，怒不可遏。“我已经忍无可忍了！”

许唯的头上仍然绑着纱布。“她们怎么可以出尔反尔，说话不算数？怎么就不怕鬼了呢？”

“女孩子很容易忘事的，我们应该去提醒提醒她们。”上官澈道。

“怎么提醒？从运垃圾开始吗？难道我们跑去说：你们不怕水鬼了吗？难道你们忘了向瞎子说过什么？”张必行为难道。

郑阿福鼻子里仍塞着碎纸，哼哼唧唧。“那还不如说：那只‘水鬼’就是我。”

上官澈生气地把一堆脏衣服扔进篮子里。“一定是什么环节出了问题。我算是想明白了。凡事暗箱操作、耍诡计就是行不通……阴谋不如阳谋，不能再等了，一定改变策略。我就不信不能引君入瓮！这一次一定要赢得明明白白，让她们终生铭记！”

楚汉相争刚刚讲完。上午课间时分，沈千若若无其事地看书，肖潺若无其事地磨墨，凌小小若无其事地叠纸鹤。

眼瞅着蒋先生的背影刚刚消失，上官澈就招呼着几名男生，聚了过来。

“各位淑女，楚汉相争，风云诡谲、惊心动魄是不是？相比之下，咱们书院的生活好单调、好沉闷，是不是？不如，咱们也搞一次竞赛，丰富一下课余生活。”上官澈道。

“对呀！好啊！什么竞赛呢？”沈千若合上书本。

“咱们男女同门之间一起来玩一个游戏。”

“嗯哦，我最喜欢玩游戏！”肖潺偷偷一笑，扭过头。

上官澈朝着众人打了个手势。“我们两边来一次比赛，非常友好的比赛！可不像刘邦项羽那么野蛮。三局两胜，前面两局一文一武，如果前两局都输，第三局赢就算平，很友好的！女同门优先，前两局怎么比你们选，最后一局我们选。如果平了，淑女们可以再选。”

“听起来不错哦，有奖品吗？”凌小小促狭地笑道。

“当然，你们要是赢了，我们帮你们提一个月的开水。”

“哎呀——”肖潺大惊小怪地拉长声音。“这怎么好意思！好吧。那要是你们赢了呢？”

“很简单，帮我们洗一个月的衣服。”许唯赶紧跳到前面。

凌小小轻松地耸了耸肩，摇了摇手。“洗衣服嘛，太简单了。

我们最喜欢洗衣服啦！就是你们不说，我们原也是打算帮你们洗的。”

上官澈、许唯扭过头藏起脸，暗自痛心疾首、后悔不迭！

“好，那我们明天比，好吗？”张必行道。

“好啊，随时都可以，现在都行，输了我们也会很开心的……”凌小小笑道。

“为什么？”上官澈把头扭回来。

“这是我们的秘密！”沈千若道。

上官澈再次开心起来。“那我就不问了。”

当晚，浮云蔽月，夜黑风高，两方人马都开始积极准备。

看看四周无人，凌小小从馆舍溜了出来，口衔一支毛笔，手持一把锯子，爬到一棵中等大小的梧桐树上，锯、锯、锯……

男生馆舍，更是没有一刻消停。

郑阿福从外面溜回馆舍，关上门。上官澈等人赶紧围上来。

“阿福，东西带来了没有？”

“嘻嘻……当然带来了！不管怎样，最后一局，我们一定赢！”

郑阿福拿出一个大瓷碗，把豆浆倒在里面，又把两块特臭的豆腐放到里面搅成糊状，又拿出一个西红柿一个玉米，切碎，放到碗里捣成糊状。

“哈哈，搞定！”郑阿福得意地大笑，“她们一定会中我们的奸计！”

上官澈望着大瓷碗，信心百倍。“现在就算前面两局输了，我们也不会提开水了！不过，这些女同门轻敌得很，加上本来就有洗衣服的热烈愿望，前两局我们一定赢！”

“肖潺说了，她想和阿澈比赛背唐诗。”张必行道。

上官澈顿时乐了。“沈千若还差不多，这个小傻瓜最没文化了，亏她想得出！她还不知道呢，从小，背唐诗就是本公子的独家秘技！”

许唯闻言，更是欢欣鼓舞。“就是，到那时候，我们就说：哎呀——哥哥们真是不好意思！本来想让你们赢的。”

第二天，是月中的一个旬假。刮了一夜的风并未消停，太阳藏在密密的云层背后。庭院里，众人心情大好，女生们提前来到梧桐树下，男生们赶紧奔过来，呼啦啦地聚到一处。

“咱们这就开始吧！第一局，各位淑女喜欢比什么？”上官澈恭敬地请示。

“那就背唐诗吧，一个人说上句，一个人接下句，再接出下一句，接不上就算输了。”沈千若道。

肖潺向上官澈招招手。“阿澈，我和你背。”

“欢迎！欢迎！”

“长安一片月。”肖潺吟道。

“万户捣衣声。我出：星垂平野阔。”

“月涌大江流。”肖潺迅速答道。二人你来我往，瞬间接上了十几句，肖潺竟然对答如流，气都不喘。反是上官澈有点发怵了。

“我出：松下围棋，松子每随棋子落。”肖潺随口吟诵。

“这个，这个，怎么这么耳熟？好像是我经常模仿的苏东坡的妙语……哦，下联想起来啦，柳边垂钓，柳丝常伴钓丝悬！”上官澈兴奋地拍了下大腿。

……

“我出：气蒸云梦泽。”再次轮到肖潺。

上官澈暗自着慌。“这个、这个……”

“只要你们一方的人员答出来也算对。”凌小小笑道。

上官澈扭头环视其他男生，众人都是一脸的茫然。“老张……你记不记得？”

张必行冥思苦想。“挺偏僻的……好像是孟浩然的诗，气蒸……气蒸……”

许唯忽然灵机一动。“我来对，应该是……水煮荷包蛋！”

众女生一愣，花枝乱颤，大笑不止。张必行等人也忍不住想笑。

“应该是：波撼岳阳城。”肖潺终于笑停下。

“这……总算是对出来了，是吧？基本符合格律，基本对偶嘛……还是原创。”上官澈赶紧打圆场。

“是呀，还是原创呢。”许唯有几分沾沾自喜。“我再原创一个，你们能自己对出来吗？你对出来，就算你们赢。”

“好吧！”肖潺盹儿也不打，立刻同意。

许唯抓耳挠腮，眨巴着眼儿想了半天，忽然看见肖潺的头上戴着一朵新摘的火球花，顿时有了词。“猫头戴红花！”

“狗嘴吐象牙！”肖潺立刻接上。众男生想笑又极力憋住。

“哈哈哈……”

女生们再次笑得前仰后合。

上官澈也想笑，使劲忍住。“喂喂，各位公子，各位小姐们，友谊第一，比赛第二，不能互相攻击啊。好吧，这一局，就算你们胜，我们再比一局。”

张必行已开始在一边做准备，飞拳揎脚，亮出了几招太极武功招式，运功热身。

“刚才是比文，现在是比武，该我上了！”

许唯鼓掌加油。“老张加油！这一局我们一定赢！”

“咱们遵照规定，这一局仍请各位淑女选择，喜欢怎么比？”上官澈继续道。

凌小小白了众人一眼，撇撇嘴。“这样吧，你们不是说最喜欢猴子吗？那比赛爬树吧，看谁爬得快，大家数数。”

话音未落，凌小小攀住身边的树枝，身手矫健，蹭蹭几下，顺着梧桐树干登上了树冠上端。众人拍手叫好，一共数了“六”下。

凌小小从树上敏捷地退下来，跳回到地上。

“还真像猴子啊——”许唯在上官澈的耳边悄悄说道，上官澈抿着嘴，极力掩饰想笑的表情。

同时，张必行倒退几步，加上几分助跑，飞快地向着梧桐树干冲上去。

“一、二、三……”许唯紧张地数数。

忽然，只听“咔嚓”一声，张必行攀着的两根树枝同时折断，“扑通”一声，张必行从半空中掉下来，跌到地上。

“哎呀，脚，脚扭了。”张必行想爬起来，忽然疼得大叫。

众人赶紧来扶，帮张必行一跳一跳地坐到石凳上，处理伤处。

许唯沮丧地蹲到一边去。“完了，又输一场。”

上官澈暗地痛心疾首，用最快的速度调整过来。“没什么的、没什么的，只是友谊赛嘛。好——现在开始第三轮，该我们选择比赛方式。选什么呢？阿福？阿福哪里去了？”

话音刚落，只见郑阿福一边含含糊糊地答应着，一边从馆舍走过来，脚步踉踉跄跄，东倒西歪。许唯赶紧跑上去，把阿福手里的酒瓶扔进垃圾桶。

“别给先生看见！哎呀！阿福，你真喝醉了？”

郑阿福难受地捂着胸口。“不行了，不行了，我要吐……”

众人一时不知怎么办才好。郑阿福两手撑着石桌，“哇……”的一声，全吐在了石桌上。

上官澈瞧着郑阿福，忽然一拍脑门，茅塞顿开。

“下一个比赛的题目有了！下面我为大家表演一个前无古人，后无来者，惊天地、泣鬼神的壮举，咱们两方谁能够坚持不吐出来的就算赢。”

上官澈抡起袖子，毫不犹豫地走到石桌边，抓起一把郑阿福的呕吐物放进嘴里。

“唔，味道不错！”

“真的？”许唯、张必行伸手纷纷效仿！

“这简直令——人——发——指！”三个女生惊讶得六目圆睁！喉咙发堵！终于憋不住，一齐蹲到水沟边呕吐。

“哈哈哈……平局！”许唯瞧着呕吐的女生们，乐了。

“喂——”张必行望着眼前的一摊秽物，忽然发现了什么，紧张起来。“阿福，里面怎么会有青菜，应该没有的啊?!”

郑阿福醉眼蒙眬，朝着张必行艰难地扭过身，诧异地打量着众人。“啊？你们就吃了？我还没来得及从怀里拿出那包东西，就吐了……”

四个男生一时没反应过来……顷刻惊讶得八目圆睁！来不及蹲到水沟边，吐得天昏地暗。

仿佛几世几劫、熬过了数百年之后，一群哼哼唧唧的残兵败将垂头丧气地回到书院靠西侧的馆舍。许思远因为杵在一边，没有亲自品尝，只是眼球受了点污染和刺激，胃部也发生了蠕动反应，不过还好，恢复得最快，走到廊檐下收衣服。其他几人的床铺上，又扔了一堆脏衣服。

许唯摸摸头上仍然缠着的纱布。“唉，又失败了，明天只好再把脏衣服轮穿一遍。”

郑阿福的鼻子里塞着纸，好似象牙一般。“思远，我好羡慕你。第一，干净卫生，没有味道；第二，四肢健全，没有挂彩；第三，最重要的，明天不用提开水。”

张必行拄着拐棍，一瘸一瘸在床沿上坐下。“全军覆没，空前的惨败！现在我们四个人之中，只有阿澈硕果仅存。”

许唯瞅瞅仍在外面扒着沟边吐的上官澈。“什么呀，最严重的就是他！你们知道上官公子有洁癖的，自从表演惊天动地的壮举后，喝水都会吐。”

“唉——真想重新开始，回到诓骗女生尚未发生之时。现在是人作孽，天自灭咯。不仅要洗大堆的衣服，还要起大早，给女生提开水。”郑阿福仰天长叹一声。

上官澈捂着胸口，从水沟边跌跌撞撞地走回来，喘着粗气趴倒在床铺上。“哎……哎……各位，想不想听一听本人的临终遗言？”

郑阿福伤感地挤出一滴眼泪。“都是我不好，多喝了几口，连累大家。你说吧，是不是明天打开水的事？我会帮你打的……”

“不是，大家还想不想学韩信将军，设计她们，让女生帮我们打开水啊？”

许唯、张必行、郑阿福一齐怒视着上官澈。

“我靠！你去死吧！”

上官澈脸朝着墙皮，嘻嘻笑起来。“哈哈，你们终于开窍了。”

许思远一边收拾大家的脏衣服，一边暗自发笑。

众人沮丧地沉默良久。

“唉，想想咱们真是奇蠢无比！做了多少事啊，就是为了什么事也不做。想尽办法，百事做完。”张必行抚摸着扭伤的脚，反省道。

上官澈无奈地从床上爬起来。“老张，你说得太对了。我直到死，才明白这个道理，不劳而获成本是最昂贵的！最后自己的事还得自己做。苍天有眼，天地可鉴，想占别人便宜，最后忽悠的是自己。”

次日凌晨，晶莹的晨光银丝一般，穿透朦胧的雾气。外间三声门响之后，凌小小打开门，门口竟真的出现了热气腾腾的三桶水。

郑阿福、许唯、上官澈三个人一声不响，走到了走廊的尽头。

沈千若从里间探出头。“小小，开水来了没有？孝子们是不是又想反悔？”

肖潺也探出头。“不会不讲信用，又出什么鬼点子吧？”

二人来到门口，只见凌小小从地上拿开一块石头，捡起压在下面的纸条，念出来。

“各位淑女，请接受我们真诚的歉意。昨天那些东西，是阿福用豆浆、豆腐和番茄做的，开个玩笑，多有冒犯，希望不要影响淑女们吃饭的兴致。”

三人看着三桶满满的热开水，面面相觑。

“还蛮有诚意的……”肖潺道。

凌小小举起纸条，对着晨光又看了一遍。“简直难以置信……他们真是浪子回头？真能改邪归正？”

“我们是不是也做得有点过分了？”沈千若往屋里搬开水。

“慢着……”肖潺拔出凌小小头上的银钗，往水里试探了一下，蹲下身仔细观察后，松了一口气。“还真没玩花样呢。”

凌小小也拧起一桶开水。“虽然他们很可恶，虽然他们罪有应得，可是毕竟是我们打伤他们的。千若砸伤了许唯，你打伤了阿福，张必行的跛脚……”

“是拜你所赐。”肖潺把银钗插回凌小小的头上。

第二天，清晨。桌上的漏壶钟嘀嘀答，又到打开水的时辰。

郑阿福睡眼蒙眬，打着哈欠，提着水桶出门，忽然被地上的东西绊了一下，慌忙站稳脚跟。

等到再看，只见地上放着一个包裹。郑阿福正要弯腰捡起来，张必行几步窜过来，别着瘸脚一脚将包裹踢到一边。

“小心上当！”

包裹被踢得散开，各种药品滚落了出来，药水、药丸、棉签、纱布等。

“大家来看，奇迹发生了！”郑阿福冲屋里的男生们嚷嚷。

上官澈、许唯、许思远一道冲了出来，打量着地上的物品。

“不会是毒药吧？一定是那些女生，变成仙女下凡了？”许唯丈二和尚摸不着头脑。

张必行蹲下来，皱着眉头检查满地的药品。“咱们愿赌服输，开水都老老实实地在打了，她们不会还不肯放过咱们吧？”

上官澈捡起地上的一张纸条。许思远凑过去，念出来。

“各位公子，一定以为是毒药吧？是的，毒药！是鬼就有毒；是人则反之。”

“一定是昨天三桶水的神奇效果，她们感动啦。”郑阿福道。

许思远回忆起了什么。“有点道理。难道真的像《易经》里说的。阳性的气体只有自处于阴性气体之下，才能促动交流？”

“嗯嗯，凌小小说这叫乾坤的循环……好像真有那么一点意思。”

上官澈仍盯着纸条，不满地嘟起嘴。“什么意思？是鬼就有毒？傻妞们真是江山易改，本性难移，一逮着机会就骂我们。不过仔细想想，还真是刀子嘴、豆腐心。”

入夜时分，万籁俱寂。书院东北头，女生馆舍的房门被轻轻地敲了数下。沈千若打开门，却不见一个人影。

对面，回廊的石台上，赫然放着三个盖着盖子的陶瓷坛子。沈千若疑惑地揭开盖子。竟然是浓香四溢、热气腾腾的葱花馄饨！

“啊！久违的馄饨，自个儿竟然会自己走来！”肖潺大大地诧异。

沈千若拾起压在一个碗下的纸条。纸条上有一行歪歪扭扭的文字。

“药很好用，谢谢你们！”落款是一个墨笔画的笑脸。

星空浩渺，月上柳梢头。书院的偏门，几盏灯笼移过来。和往常一样，偏居书院不远处的塾长尤子谦先生正由孙女尤香、蒋先生陪同，穿过花径、门廊一路巡视过来。

正走到两棵垂柳的背后，三人一眼就看见上官澈、郑阿福等人从女生馆舍一边撤回来，打着手势，飞快地溜进自己的房间。

尤香小姐抬了抬灯笼，担心地望着三名男生的背影。“爷爷，最近巡夜，我发现这些男女弟子来往频繁，又是打开水，又是送东西，不知道在干什么？是不是要把他们叫来询问一番？”

尤子谦先生笑了笑，俯视着溪中的水波，仰望漫天星斗。

“不用了，孩子们正在寻找书本上得不到的经历。有位哲人说得好，年轻人就好比献给神明的战马，应该特意放到草场上自由地驰骋，相信他们凭借求真向善的本性就能找到智慧和道德。”

“可是，万一……”尤香犹疑道。

“爷爷有这个信心。这种寻找才是真正属于他们的成长过程，真正能够从内心深处感悟、提炼出持久的人生信念，这种体验的获得是别人无法取代的。”

蒋先生良久地凝视着学子们馆舍的方向，摸了摸胡须，点了点头。

“是啊，先生说得不错。希望我们书院就是这样一个好的草场、好的天地。”

回巢的燕子在廊檐下喃喃呢呢地鸣唱，春雨过后，书院不远处新建的大路旁，依次种上了规则整齐的树苗，数名男生手持铁锹、锄头等工具，收工回到书院。

郑阿福撩起衣襟，不停地擦汗。“哎，免费劳动，不知道蒋先生为什么要把这种麻烦事揽下来，一点好处也没有。”

许思远拍拍郑阿福的肩。“咱们种的是苹果树，明年长出苹果，让你吃最多。”

五个男生将工具放回库房，精疲力竭地回到馆舍。忽然，率先进门的许唯发出一声惊叫。

“啊！怎么啦？”

众人赶紧挤进门里去。顿时惊呆。只见一贯东倒西歪、杂乱无章的房间竟然变得清爽整齐、干净馨香，洗过的衣服齐整地挂起来，晒干的衣物在床榻上方方正正地叠好。

“……是田螺姑娘光临寒舍啦！”张必行死命地揉揉眼。

上官澈浑身开始发抖。“我多年的愿望，终于实现了！终于实现！这怎么可能?！怎么可能?！苍天啊，大地啊，我不相信！”

许思远定了定神，拿起桌上的纸条，在大家又好奇又期盼的眼神中大声念出来。

“各位公子、各位鬼怪以及大仙：瞎子虽然鬼话连篇，但是对《易经》的阐释有一点是对的：世间万物，两仪交流，善因循环，诚意所至。而仅仅靠蒙骗、诡计去满足单方面的索取只能让心中的恶魔四处流浪。”

“有才！真有才……”上官澈激动地摸索到床榻边，抱起叠得一丝不苟的衣物，贴到脸颊边不停地摩挲，贪婪地嗅着。“《易经》，可真是一本正确伟大的书！”

“哦——好香的衣服!”郑阿福陶醉地亲了衣服一口。

第三日的早晨,天将破晓。沈千若三人早早打开房门,却见门口照样是热气腾腾的三桶水。此外,又多了两件物品。

一件是三束美丽的丁香、雏菊、杜鹃花,露珠晶莹,芬芳飘逸。另一件是一个漂亮的扎着彩色蝴蝶结的盒子。

凌小小小心地打开盒子,里面是一双漂亮的绣花鞋,精巧别致、一尘不染。这正是沈千若跑掉的绣花鞋!

许思远日志

4月25日　天气:阴

此次记下的关键字是“诚”字。

篆书　隶书　草书　行书　楷书

诚,上古形声字。从言旁,看一个人是否有诚心、诚意,首先看其言语,正所谓“听其言,而后观其行”。

语言是有力量的,是有生命的。言不由衷,不是诚;口是心非,不是诚;巧言令色,不是诚;欺名盗世,不是诚;信口开河,不是诚;夸夸其谈,不是诚。

正所谓“一诺千金”“金玉良言”“一言九鼎”“君子一言驷

马难追”，凡此种种，体现了语言的力量、语言的庄严和语言的行动力和影响力。

不仅如此，语言还折射和体现了说话者的性格、人品、情操和能力。

不真实的语言、不真诚的语言、不真切的语言、不适度的语言、不完整的语言、不全面的语言、不自然的语言、不公开的语言，都不是诚。

以上这是我从“诚”的造字法来思考“诚”的语义，既是在体味古人赋予“诚”的重要和特殊的语义，也是在反省自己是否合乎“诚”的道德标准。

我现在感觉背脊发凉、心跳加速、耳根发烫。因为我发现之前的我，对待言语非常不严肃、不认真，而且没有多少敬畏之心。我以为话语可以不经思考，随口说说，说完即忘。我最大的顽疾还在于：我经常有意或者无意地说假话。有意说谎，是为了达到符合自己的心愿的某种目的，蒙蔽过关，掩人耳目；无意说谎，是因为下意识地为了某种所谓的善意的谎言，去背离真相，推诿塞责。

妈妈从小教育我小孩子不能说谎，诚实，是一个人最基本也是最重要的品行。她还常常用《狼来了》的故事来启发我：当一个人多次说谎，或者习惯说假话，他将会得到最为严厉的惩罚——失去所有朋友，失去别人对你的信赖和信任。你将被别人从心底上遗弃，从此成为一个孤家寡人，成为一个被放逐的流浪者。

更小的时候，妈妈为了强化我认识“诚”的重要性，不惜用恐吓的手段来让我产生敬畏之心，妈妈说：“说谎的孩子会长长鼻子，像大象一样。”

也许，说谎是人的天性，因为我们很容易从谎话中得到好处，反而常常付出更大的代价。

人就是这么奇怪，追求高尚，但是又害怕失去现实利益，总是患得患失，瞻前顾后，最后，还是犹犹豫豫中选择了世俗功利。

从小就发现说谎后鼻子并没有长长，也发现说谎并没有立马失去所有亲朋好友，失去所有世界。所以，也就对语言的真假、虚实，失去了应该保持的那分认真、严肃和敬畏。

从小到大，妈妈绝不姑息我说谎，每次一旦发现，就会有较为严厉的惩戒，为此，我也遭受了不少来自她的批评和体罚。可是，我常常是好了伤疤忘了痛。我现在越来越明确地意识到了这个严重的缺点，我希望我能够克服它。用妈妈常挂在嘴边的话说，就是“洗心革面，重新做人”。

还有，我认为一个诚的人，他的语言首先要发自他的内在的情感和内心的想法，然后是行为与语言的呼应和一致。唯有如此，才可谓真诚、真挚，不诓骗、不撒谎。

“语言的巨人，行动的矮子”，光说不练，言行不一，行不副言，行浊言清，洁言污行，言不及行，言行相诡，口是心非，当面一套背后一套，如此等等行为，都是不“诚”的表现。

说得好，很容易；但是做得好，很不易。所以当你在朱唇开启之前，先谨慎地在脑袋里转三圈，能做的才能说，说了后一定要做。这就是古人常常苦口婆心告诫的“谨言慎行”“行胜于言”“言必行，行必果”。

《礼记·中庸》说：“诚者，天之道，诚之者，人之道也”，《礼记·中庸》还云：“诚者，人之终始，不诚无物。”“诚”是天本来即有的本性，对天的这种本性也是为人之诚的本性，人之诚来源于天之诚并由天之诚所决定。《孟子》所说的“诚者天之道，思诚者人之道”，则从另一个角度，即对天之诚的“思”的角度，来说明天之诚是人之诚的本根。古人将“诚”放至“道”的高位，既是天之道，又是人之道。“诚”，是中华民族优秀文明，也是中华道德伦理规范之一，也体现了古人的生存智慧。

诚的准则之一是不自欺。《礼记·大学》说：“所谓诚其意者，毋自欺也。”意谓真诚实意就是不自欺。诸如朱熹所言：“诚者何？不自欺不妄之谓也。”宋代哲学家陆九渊也说：“慎独即不自欺。”即使在闲居独处时，也要谨慎行事，不苟且行事，不自欺欺人。蔡元培先生也说：“诚字之意，就是不欺人，亦不可为人所欺。”不欺骗自己，也不欺骗别人，也不被人所欺骗。

诚的准则之二是信守承诺 。《左传·僖公十四年》曰：“弃信背邻，患孰恤之。无信患作，失援必毙。”若自己丧失信用，背弃邻国，遇到祸患有谁会同情自己呢。不遵守诺言，失去了信用，一旦祸患发生，一定会没有人来支援自己，就必定灭亡。重诺守信非常重要！如果我们对别人许下诺言，就须认真对待，对自己的承诺负责，切勿掉以轻心，失信于人。当然，对自己做不到的事情，千万不要轻易许诺。

诚的准则之三是诚信待人 。中国历代哲人文士都提出诚信是人的修身养性之本，也是齐家、治国、平天下的保证。《河南程氏遗书》卷二十五云：“学者不可以不诚，不诚无以为善，不诚无以为君子。修学不以诚，则学杂；为事不以诚，则事败；自谋不以诚，则是欺其心而自弃其忠；与人不以诚，则是丧其德而增人之怨。”无论是待人接物，还是治学治国，都要做到诚信待人、忠人之事。

世间万物，两仪交流，诚意所至，善因循环。“诚”是天地的属性，为人的根本，是真实不欺的美德。

“诈巧不如拙成。”伎俩和把戏看上去成本低廉甚至没有成本，而且不劳可获，实则占得暂时的便宜，失去长久的珍宝。获得别人对你的信任、尊重、依赖和感激，拥有自己对自身的认可和赞赏，是人生至关重要的珍宝。

切记，真心才能换来诚意，真实才能得到诚心。

五　做对好事（智）

太阳金辉普照，衣服金光闪闪。书院的大门口，阿福顶着正午金灿灿的阳光，穿着一身崭新的金黄色衣帽得意扬扬地回来了。他一边走，一边不断扭头、张望，时不时拉起袖子亲一口，飘飘然，十分渴望有人出现，眼睛发着金光，恨不得露出金色的牙齿，对他说出金子般赞美的话语。

此时的阿福徜徉在金色的情绪海洋中。

可是东转西转却无人注意。忽然，看见门口汤师傅正在织毛衣。

"汤师傅，不错啊，好手艺！今天天气好热呀，衣服穿着怪热的……"阿福掀起金色大褂的下摆直抖，舞动金色的袖子呼呼地扇风。

"唔唔，是热是热……一针、两针、三针……"汤师傅埋头数着毛衣的针数，十分专注。

郑阿福失望地跺跺脚，对着汤师傅头顶的空气龇牙咧嘴，生气地抡了圈拳头。这时，传来一阵沉重的脚步声，只见张必行挑着满满两桶水，从庭院中横穿而过。郑阿福赶紧一路小跑，追赶着凑过去。

"老张，今天天气好冷啊！你看我这衣服，是不是穿少了点？"

郑阿福期待张必行向自己投来注视的眼光，满脸憧憬。

“正好，你帮我挑水，挑挑就暖和了，衣服穿多少不重要。”张必行目不斜视，快步前进，挑水的扁担发出吱吱的欢快声。

“不行，衣服会弄皱的。”郑阿福温柔地抚摸袖子。

“哼，就知道你，娘们一样，就会找理由！”张必行兀自低头挑水远去。

郑阿福正有些气馁，却见肖潺抱着一叠书，从藏书馆的方向急急忙忙跑过来。

“还是直接一点！”郑阿福小声下定决心，笑呵呵，跳到路中央，伸出双臂，拦住肖潺的去路。“潺潺，你好！两日不见，你不觉得我今天穿得有点特别吗？”

“是啊，很特别，特别像一只黄鼠狼！”肖潺冲着郑阿福漏出她的唇红齿白，匆匆跑掉了。

“我呸！真是没有审美眼光……”

郑阿福冲着她的背影，吐了口唾沫，悻悻地正准备回馆舍，突然见到庭院边的廊檐下坐着一个俊俏的陌生女孩，一动不动，两只眼睛正直勾勾地盯着他。

郑阿福大喜，心怦怦直跳！赶紧迎过去，走到跟前，左顾右盼，东摇西摆，然后忸怩不安地蹭在女孩的身边坐下。

“我想……嗯，你一定是觉得这身衣服很漂亮吧？这是我爹刚从京城给我带回来的。京城，你没去过吧？可热闹呢！这是目前全国最流行的款式，真是既华丽又……华丽。没见过吧！你看这纽扣，从前用绢布包的就很炫了，现在换成了银铸的，太阳一照，呵！闪闪发光！真正的银子！还有，你看这绣花，多精致，色彩多炫！连领子上都有，为什么会这么亮呢？因为是用金线绣的，哎呀——那绣花姑娘的手可真巧！”

郑阿福热情洋溢地介绍着，可女孩沉默不语，低着头。

郑阿福毫不气馁，搜肠刮肚，把他能够记住的好词好句全搬出来，继续炫耀着。可半天光景了，仍旧不见对方的反应。

“喂喂，小姐，你怎么回事呀？好歹给个评价，至少也吱个声，回应下不是？”

女孩把头别到一边，不吭声。郑阿福有点受伤，霍地一声站了起来。“你这个人，太夸张了吧，好过分，我也没有得罪你，你什么态度嘛！……这样百年难得一见的时尚华服，可不是睁眼瞎有这样的机会见到的，就是瞎子也不能无动于衷吧！”

郑阿福转到女孩面前，双手展开华服的下摆，显摆地晃动，“嗖嗖嗖”，恨不得跳起西域乐舞来。女孩把头扭到另一边，郑阿福跟着转过去，继续摆动，恨不得来个飞沙走石。

“……一定要你看，一定要你看，你看，你看呀。”

女孩头两边扭，阿福也两边转。女孩捂住脸，忽然失声痛哭起来，似乎悲痛欲绝的样子。阿福愣住了，停下来，不知所措。蒋先生出现在不远处，狠狠地盯着郑阿福。

“郑阿福！你在干什么?！给我过来！”蒋先生厉声喝道。

女孩子哭着跑了。郑阿福伸出僵硬的手指木讷地指着那女孩，变得结结巴巴。“先生，这……这，我什么也没干……”

“赶快给我滚回去！”

蒋先生声色俱厉，怒发冲冠。而后朝着女孩跑出去的方向追去。

不但没得到赞扬，反而碰了一鼻子灰，还被蒋先生劈头盖脸训斥了一顿。郑阿福垂头丧气，长吁短叹，萎靡不振，耷拉着脑袋回到讲堂。“今天真倒霉，屋漏偏逢连夜雨，真是撞到邪啦。”

讲堂里东风吹，战鼓擂，张必行和凌小小这对冤家酣战正在兴头，僵持不下。

凌小小暴跳如雷，“啊?！谁叫你把墨汁撒到我的书上？啊？你说！你说！”气急败坏地在被泼墨的书本旁边来回打转。

“我又不是故意的，干吗这么鼠肚鸡肠，锱铢必较。”张必行挤出脸上的笑纹，费力地堆积在一起，显得很吃力。

“还有脸说我？你就是故意的！看，你还笑了！还笑得那么阴险！”火焰弥漫在凌小小心头上，呼呼地成燎原之势。

张必行收敛起笑容。“你误会了，我笑的是郑阿福……一乐，所以不小心……”

郑阿福正憋着一肚子火，生气地冲到张必行面前。“好啊！你竟然在背后取笑我。我又没有得罪你，你以为我好欺负是不是？为什么要讥笑？坦白、赔礼、道歉！”

“你有毛病啊！”张必行不屑地想走开。

郑阿福拦住张必行。“我有病？你妄想狂！癫痫症！”

“懒得理你！”张必行转到一边去。

凌小小仍旧不依不饶。“别想溜！现在灾难已经造成，你要负全部责任！”

“算了，我赔你一本书得了，什么了不起？”张必行从鼻孔里喷出一股气，露出鄙夷的神情。

凌小小冷笑一声。“哼，赔我一本？你赔得起吗？你知道这本大书多少钱？够你妈卖一个月的菜！”

张必行顿时怒形于色，面目扭曲。“你什么意思?！我妈卖菜怎么了？也好过你爹到处给人算命，装神弄鬼、神神道道、招摇撞骗！”

凌小小一愣，挽起袖子，声嘶力竭地吼起来，“好啊！你竟敢骂我爹，老娘跟你拼了！”

凌小小一把抓起面前的大书，使尽全力，砸向张必行。张必行生气地挥拳打落。阿福见状，连忙把自己的书递给小小，及时输送弹药、补给军火。

“小小，后方资源充足，给！”郑阿福不断地把书递给凌小小。凌小小继续扔。书扔完了，郑阿福忙寻到墙角的一把扫帚，递给凌小小。小小举着扫帚跳上跳下，满教室追赶张必行。

“姑奶奶打死你，给我站住！咱俩势不两立，今天不是你死，就是你亡！”

张必行狼奔豕突，正要夺门而出，凌小小狠命将扫帚投掷过去，“啪”的一声，重重地砸到了一个人的脑门上，定睛一看，正是推门而入的蒋先生！

全场空气顿时凝固，似乎只听到“咚咚”的心跳声在教室回响。

蒋先生脸色铁青、青筋暴露，咬牙切齿、气喘吁吁。他怒目而视，像刀子一样的眼光逐一从每一个人的脸上一一生硬地刮过。全体人员赶紧勾着头，闭着眼，大气不敢出，溜到座位上，弯着腰，弓着头，感觉随时会被先生戒尺抽打，背后一阵阵透着凉气，害怕极了。

时间似乎停滞不前了，等待挨打的时间真够漫长难挨。

许思远最先从恐怖气氛中冷静下来，他向一旁的肖潺撸撸袖子，俩人立即默契地拿起扫把和铲子，飞快地清扫战火纷飞后的教室。

蒋先生攥着戒尺，来回踱着，努力地做了几次深呼吸，努力让自己平静……

“狼牙棒”终于没有如期落下来，“呵呵呵”，忽然传来蒋先生爽朗的笑声。

众人大惊！“莫非蒋先生今天精神……有点不正常？”

蒋先生清了清嗓子。“今天开课前，有一件喜事要告诉大家。吵架这件事先暂不追究。”

凌小小、张必行、阿福紧张弓着的颈部终于松弛下来，心里的气流终于畅通起来循环了。

“今年省府举行的书法大赛，我们获奖了！”蒋先生高声宣布。

全场响起一阵掌声。蒋先生取出一张信函展开给大家看。“继上一届学子之后，本院上官澈荣获全府二等奖，再次为我们书院赢得了荣誉！请大家热烈鼓掌！”

所有的目光都聚焦到上官澈身上。上官澈喜悦之极，四方拱手，快要飘起来了！众人再次鼓掌。

掌声渐渐平息，蒋先生再次开口。“还有一个更大的喜讯！上官澈同学获二等奖，许思远同学更上一层楼，获得了一等奖！这是我们书院历史上零的突破！”

所有的目光都齐刷刷转向许思远，众人更加热烈地鼓掌！上官澈和许思远两人，一时都没反应过来，傻了。

蒋先生继续夸奖。“并且，许思远同学将代表本府去参加今年在京城举行的全国少年英才书法比赛！这是朝廷翰林院亲自发来的邀请，请许思远同学上来领取！”

许思远像做梦一样，恍恍惚惚，走上台前。

“啊嚏——!!”上官澈忽然夸张地打了个大大的喷嚏，吸引了所有人的目光。

蒋先生将邀请函郑重捧给许思远，双手握了握许思远的手臂，并慈爱地拍了拍肩膀，目送他回到座位后，再次面对众弟子。

“许思远学子虽然基础不好，来我们这儿的时间也不长，但是学习很用功，进步很快。他不仅勤奋，博闻强识，而且人品也不错，尊敬师长，善待同窗，乐于助人，更重要的是他善于独立思考，不人云亦云，也不随波逐流，堪称我们书院的楷模，大家应该以他为榜样，专心致志、兼修德才……”

在蒋先生的一片赞扬声下，上官澈一会儿翻白眼，一会儿苦笑，一会儿在纸上奋笔疾书……怪怪的样子吸引了旁边郑阿福的注意，阿福冲他做了个鬼脸。上官澈将一张纸条传给后面的许思远，许思远看后，顿时脸涨得通红，藏起了纸条。

蒋先生一眼瞧见，一拍桌子。

“许思远，把纸条拿出来。”

许思远没有反应。蒋先生几步冲过去，一把夺过许思远手里的纸条。

“我不羡慕因为评审人员品位低下而得奖的人!”蒋先生对着纸条念道。纸条的落款，画着一个两眼望天，十分不屑的头像。

蒋先生气愤地将纸条撕得粉碎。

“混账！都是些什么人?！事不过三，是可忍，孰不可忍！难道这就是我们书院的弟子?！看看你们自己，什么样子？自私，虚荣，炫耀，嫉妒，互相攻击，打架斗殴……难道这些日子的书都白读了！无法无天、无所不为……”

蒋先生撸起袖子，抽出板子，紧握在手里，冲到台下。众人畏缩地乖乖站起来。

“看来是不打不成器！才半个时辰，好事没一件，坏事一箩筐！不服是不是？好！你们一个个给我听好了：你，郑阿福，你知道你刚才像孔雀开屏一样瞎显摆的对象是谁？一个刚刚瞎了眼睛的女孩子，本来想到书院旁听散心，结果……好好想想你的罪孽！”

郑阿福惊呆了。正在回忆…… “啪啪啪！”屁股已狠狠挨了数下。

“狼牙棒”杀气十足，又指向张必行、凌小小，二人的手掌心迅速挨了几板子，火辣辣地生疼。

“凌小小、张必行！不管什么原因，打架就是不对！君子动口不动手。限你们在两天之内和好，否则，各打五十大板！”

蒋先生呼呼地来到上官澈的面前，上官澈自觉地、哆嗦地伸出手。

“上官澈！嫉妒只会毁坏人的心胸！如果得一等奖的是你，你还会不会这样写？”

凌厉地打了上官澈七八板子之后，蒋先生余怒未消，回到讲台前。

“打你们，是要你们长记性：伤害别人容易，帮助别人难；做错误的事容易，做正确的事难！我们学习先贤典籍，目的是让你们学习我们先人摸索和积累下的知识、道德和智慧。知行本合一。看来你们是缺乏历练和体验，好！现在给你们布置一个任务：后面五天上午上课，下午准你们半天，每个人多多接触外面的世界，到现实生活中去，去做一件好事，而且是一件正确的好事。五天后回到讲堂如实汇报，否则，本月考察休想过关！双倍领罚！”

午间时分，男生馆舍中哀哀怨怨，愁云惨雾，大家默默吃饭。

郑阿福终于把最后一粒米扒进嘴里，苦恼地放下了饭碗。

“哎——今天伤心得我少吃了一两饭。我真是罪孽深重啊！尤其是像我这样一个一向怜香惜玉的君子，竟然做出这等猪狗不如的事情！好可怜的女孩子，后悔死了，当时为什么就没瞧仔细些，真是罪该万死！现在肠子都悔青了。”

“你当时被自己的金色光环炫得睁不开眼，哪还有眼珠子瞧？”上官澈挖苦道。

郑阿福狠狠揪了自己的脸一把。“所以，我要赎罪。按蒋先生的要求，本人做的好事是向她真诚道歉，拂去阴影，请她回来。”

上官澈摇摇头。“蜀道难，难于上青天。”

郑阿福神色凝重，悲壮地直立。“我一定要迎难而上，精诚所至金石为开！阿澈，你说，自从有人类以来，最真诚最彻底最极致的道歉是怎样的？”

上官澈略一沉吟。“还用说，当然是历史上有名的‘负荆请罪’，《史记》上有记载，先生也讲过嘛！春秋战国时期赵国大将廉颇为了显示诚意，脱光了上衣，背着荆条到蔺相如门前谢罪。”

“一定要脱光衣服，背荆条？”

“当然，摆明了要请蔺相如揍他一顿，皮开肉绽最好！实在不行，背上的荆条也不是吃素的，摩来擦去的，肉不绽皮也差不多开了。”

许思远摆摆手。“这个方法，好像变态了一点……”

郑阿福摆出“风萧萧兮易水寒”气度，伸手阻止。“非也！极好，这正是鄙人所需要的……敢情那蔺相如后来是不是真的抽了他一顿？啊？”

“瞧你上的什么学？蔺相如立刻就原谅了他，两人当场就结为‘刎颈之交’。”上官澈侃侃而谈。

郑阿福的脸顿时红了，羞涩地坐下来，以手遮面。“啊？‘吻颈之交’？这个，不好吧……夫子教导我们，男女授受不亲，这……”

许思远哭笑不得，蹾了一把郑阿福的饭碗。“花痴呀你！‘刎颈之交’指的是牢不可破的友谊，即使抹脖子也不反悔。”

郑阿福点点头。“对，这正是我所需要的。”

“你不会真的要……？”许思远惊诧道。

“当然要，否则我这辈子良心寝食难安。”郑阿福决心已定。

上官澈暗地抿嘴笑了笑，冲着郑阿福努努嘴。“既然你这样坚定……要不，阿福，我明天陪你去吧，这样，作为第二参与者，也算做了一件好事，可以交差了。而且多个人去道歉，显得更有诚意，是不是？”

郑阿福感动地拱拱手。“阿澈，好兄弟，够义气！”

女生馆舍，同样七上八下、心潮澎湃，无法平静。凌小小举着被蒋先生打红的手掌，做着宣誓的姿势，不觉怒从胸中起，恨从心里来！

“想要我和张必行和好？门儿都没有！为了本姑娘的尊严和面子，我决心勇敢地挨那五十下板子，坚守正义、大义凛然、宁死不屈!”

肖潺惊讶地望着凌小小。“佩服!佩服!威武不屈、豪气干云!真是巾帼不让须眉呀。想想张必行,肯定被先生吓得屁滚尿流、稀里哗啦了。”

凌小小激动地研墨展纸,笔走龙蛇,一挥而就。

“潺潺,这是我的挑战书,向他宣战!请你做一回信使,立刻送去!”

肖潺郑重地双手抱环,作了一揖。“是!大将军,保证完成任务!”

肖潺接过挑战书,一溜烟儿地跑了。沈千若莫名其妙,不解地从外面走进来。

“小小,你跟张必行挑战,战什么呀?文斗还是武斗?”

“当然是最厉害的!本姑娘的战书上写着:‘明日午时,在后山小河边,用弓箭互射对方,有种的就来!’哼!骂我爹?我跟他从此恩断义绝,没齿不忘。”

沈千若扑哧一声笑了,“还弓箭呢?你哪来的弓箭哪?”

看看外面无人,凌小小神秘地钻到床底下,取出两支弓,两支箭。“保密!刚刚我翻窗户在后院器械室里偷的。”

沈千若瞧见两支锋利的箭矢,瞠目结舌。“小,小小,你疯了!万一出人命怎么办?不行,我去把潺潺追回来。”

沈千若拔腿要走。凌小小哈哈笑起来。“哈哈……省省吧,追不上啦。”

“那我去告诉蒋先生……”沈千若换了个方向,正要走,凌小小生气地噘着嘴,坐到前方廊檐下。

沈千若只得又转回来,坐在凌小小一边。“你冷静一点好不好，你射死他又怎样？这种短暂的满足感需要你付出恒久的巨大代价！万物悠悠，纷繁芜杂，心境清凉，烦恼皆去。”

凌小小闭上眼，嘴巴噘得更高。“哎哟，还真是大家闺秀、名门之后啊，不过，高雅的、脱俗的公主，这种精神安慰和道德臆想还是留给自己写文章使吧。咱们江湖儿女，从来就是是非黑白、爱憎分明、快意恩仇！做了就绝不后悔，后悔也要去做！”

“什么快意恩仇？你这叫笨死一头牛！”

二人正你来我往，相持不下，凌小小忽然想起什么。“嗯……肖潺怎么还不回来？这两国交战，不斩来使的呀……”

正说着，肖潺笃笃笃地跑了回来。

凌小小充满期待地问，“喂！怎样？他接受了没有？是不是快吓个半死，面如土色呀？”

肖潺满脸愁云，从背后拿出战书，还给凌小小。

“张必行不在，听他们说，他妈妈生了重病，听说快死了……”肖潺带着哭腔儿。

沈千若也怔住了。“啊?！这……那咱们明天一早得去他家看看。”

“听说连夜送到省府医馆瞧病去了，有上百里路呢。”肖潺道。

“那也要去！”沈千若不容置疑。

“哦……这样的事，我想他们也不敢乱讲。算了，咱绝不做落井下石的事情。也好，蒋先生让我们做好事的，大家一道去。”肖潺同意。

沈千若转身对着一边不作声的凌小小。“小小，你去不去？要不，带上弓箭一起去？”

凌小小头扭一边，不作声。沈千若一把把她的头扭过来，摆正。

“是啊，现在用不着弓箭了。他已经受到惩罚了是不是？你现在很开心是不是？”

“开心！就是开心！怎样？”凌小小倔强地冲着沈千若大叫，跑回房间背起弓、拾起箭，朝着外面走去。

“喂，你去干什么？”沈千若急道。

“趁汤师傅没发现，趁着夜色，把弓箭放回去。”

溪州镇的西南，是较偏僻的莲溪镇。这天下午，镇上的人们正打算回家做饭，忽然街上出现了两个奇怪的陌生人。

一个矮矮胖胖，光着膀子，背着两根荆条，昂首阔步地走在前面。一个高高瘦瘦，衣冠楚楚，一本正经地跟在后面。正是“负荆请罪”的郑阿福和陪同的上官澈。街上的行人十分惊讶，纷纷侧目，指指点点。

“这是怎么回事呀？”一名婆婆小声问另一婆婆。

“不知道，八成是哥俩，弟弟脑子有问题，哥哥陪着去看病。”

问话的婆婆长叹一声。“真是可怜！小小年纪就得这种病……弟弟倒也罢了，只是苦了哥哥，带着这样一个累赘，看来是没姑娘愿意要了。”

二人兀自叹息，摇了摇头，暗暗抹泪，满怀怜爱地目送二人走远。

街角边，两个正在玩耍的小孩儿好奇地停下来，疑惑地望着走过来的郑阿福、上官澈。

“喂，你们看，是不是耍把戏的？为什么不围个圈儿，而要到处游荡呢?”

另一小孩也无法理解。“为什么那个穿衣服的哥哥不用绳子牵着呢？万一他跑了怎么办?”

“小声点,万一他们听到,会忽然打你一顿!”

街道的另一侧,两个正在下象棋的老头儿停止了对弈,一人摸着胡子,严肃而肯定地颔首。

“不错、不错,‘负荆请罪’！没想到我们的下一代还记得这么深奥的典故。”

“千古佳话呀,看来英雄出少年啊！看来这个时代还是有希望的……”

夕阳很快消失了踪影,不知躲到哪座山旮旯里了,二人终于来到一处高门大户的门外。

“应该是这里了。”郑阿福高兴地停下,松了口气。“做好事心情就是不一样啊！在整个过程中,每个人都很善意、很欣赏地看着我。我觉得我的人生顿时亮堂起来,有了许多新的意义。也感觉充实了很多。”

上官澈惶惶地东张西望。“好像还有人很同情、很忧伤地看着我,甚至还有人露出匪夷所思的神情,不知道是什么意思?”

桐油木门上挂着一把大铁锁。

“请问晓白在家吗?”郑阿福敲了敲门,无人应声。

“可能出去了,我们等一等吧。”

二人在门口的门槛石上坐下。

夜露深重,天色渐晚,邻舍纷纷点上了灯火。二人等啊等,仍旧没有一个人回来。一个慈眉善目的婆婆打量着门口的二人,沉思片刻，掏出几枚铜钱放在二人面前。

“喂，我们不是……”上官澈抓起钱，想追过去。婆婆赶紧跑了。

“太丢人了阿福，还是把衣服穿起来吧！想我这么体面的一个人，竟然……”上官澈委屈地坐回来。

“衣服刚才不是脱在宿舍里了吗？奇怪了，廉颇来请罪，蔺相如竟然不在家？不知道当年廉颇有没有这样吃闭门羹，在门口傻等啊？”

“根本没有说！还说司马迁的《史记》是信史，写得如何如何好，我看也是坐在家里瞎编！完全不了解纷繁复杂、变幻莫测的实际情况！”上官澈气愤道。

月黑风高，凉风飕飕，枯叶哗哗作响，纷纷坠落。

“阿澈，好冷啊！”郑阿福抱紧光着的膀子，缩成一团，瑟瑟发抖。

“我也好冷……这样，把荆条扔了，我把衣服脱下来，我们一人穿一只袖子。”

“阿澈，你真好……”郑阿福犹豫片刻。“不过荆条不能扔，不然就前功尽弃了……还是蒋先生说得对，做件好事好难！”

昏暗冷清的街道边，二人包在一件衣服里缩成一团，无奈寒气渐渐逼人，二人鸡皮疙瘩四起，浑身筛糠似的发抖。一个老头拄着拐杖过来，冷不丁瞥见二人，吓得大叫：“有鬼呀——”

老头弃棍逃跑。阿福脱下衣服，捡起棍子，追上去。

“爷爷，别怕，我们是负荆请罪，道歉来的。”

老人家抬起昏花的老眼，瞧了半晌。“吓死我了……还以为撞见双头鬼。我是这家人的邻居。”

“那请问，这家人怎么还不回来呀？”

“好像他们晌午时带女儿上京城治眼睛去了，看来没有个把月是回不来的。”

“哦，这样啊——谢谢。”

郑阿福边走边踢路上的石子。“没想到一旦做错事，弥补的机会都没有。”

上官澈上前拍拍阿福的肩。“不怪你，你已经尽力了。都怪司马迁瞎编，过于理想化，乱误导我们，让我们考虑不周、准备不足，把我们这些纯洁的少年害惨了！来，穿上。”

二人又穿成连体。佝偻着东张西望往回走。

“希望不要再吓到人。”郑阿福小心翼翼地躲着人。“这双头鬼肯定比无头鬼尸吓人。”

“哎——别吓唬自己了。又冷又饿，人不人鬼不鬼，先生那里怎么交差哟。”

同一时刻，省城里的大街上，一群女生也是狼奔豖突，形容狼狈，一筹莫展。沈千若臂弯吃力地挽着一个大花篮。

腰拉成了一张满弦的弓，又是几道汗水滴下来，沈千若赶紧放下篮子，掏出小镜子擦粉。

“哎，我精心维护的淑女形象啊！这羞于见人哪。”

凌小小拧起了篮子。“你别费劲了，捧着大篮子走了一整天，找了几条街，又和那医馆看门的泼妇跳起脚吵了一架，还能有个人样子吗？”

“呵！那泼妇，恃强凌弱，还竟然抬出她男人是谁谁谁来压我！”沈千若气道。

“想不到你千金小姐，吵起架来连泼妇也发抖。”肖潺笑了起来，学着沈千若的样子，两手叉腰。“喂！你男人是谁关你什么事？你什么都不是！今天是你男人，明天不定是哪个女人的男人，女人你好自为之吧！”

凌小小也呵呵笑起来。“妙啊！驳得那母老虎立马熄火、瞠目结舌、低头不语。”

沈千若自豪地仰起头。“所以做人要低调，同时也要自尊、自爱、自强、自立，尤其女人……”

凌小小为难地指指大花篮。“小姐，你对，你厉害。可是现在怎么办……那个死张必行，这么快就回去了。实在没想到咱们大老远跑来，唯一的收获就是吵了一架。”

“不过情况好像没有郑阿福说得那么严重。”肖潺提醒道。

沈千若惊讶地瞧着肖潺。“啊？原来是郑阿福说的？那个家伙，最爱煽情、最矫情了……也是我们自己不对，没有多问问清楚。”

凌小小翻了个白眼，撇撇嘴。“还有更不对的。您竟然不由分说，就买了个花篮。真是京城来的大小姐，实际上应该送吃的才好。那现在这么大一个花篮怎么办哪？难道一路搬过来，再一路搬回去？”

沈千若点点头。“嗯嗯，这是第二件不对的事。就不应该来之前先买。”

“搬回去累人不说，花都会蔫掉。况且咱们也没力气搬了，肚子咕咕叫在抗议呢。”肖潺惋惜地瞧着花篮。

凌小小凑上去，嗅了嗅花香。“哎，咱们什么时候才能把事情做对？这么漂亮的花，扔了好可惜！”

沈千若绞尽脑汁，满街面地四处张望，忽然看到一个巡捕正挎着刀威风地巡街。

“对了！我们把花篮送给巡捕吧！”

“也好……”凌小小点点头。

三名女生当街排开，沈千若在中间捧着花篮，向巡捕走去。

“什么人？干什么？有何企图！”巡捕警惕地一愣，“刷”一声抽出刀来。

凌小小嘻嘻笑了笑。“有一个花篮，想送给贵公子您。”

“什么意思！为什么要送？”巡捕喝道。

“因为您的差事很辛苦，我们敬佩您如滔滔江水绵延不绝，我们代表朝廷……不，全县的百姓感谢您！”肖潺口齿伶俐，阿谀奉承。

见巡捕呆若木鸡，毫无反应，沈千若走上前，把花篮往他手中一塞，转身就走。

巡捕捧着大花篮、张着嘴愣在了那儿。“不信！我不相信——！”

总算解决掉花篮，三人如释重负，轻轻松松地踏上回去的路。

“真是一次教训，以后做每件事之前都要好好规划，弄清楚对象、目标、时间、地点和方式。”沈千若总结着。

凌小小鸡啄米般地点头。“看来做好事的前提是先把事情做对了，幸好我们今天还没有好心办坏事。”

回镇的车马驿馆出现在眼前。沈千若皱了皱眉，停住了。“我的脚都走破了。咱们找辆车搭回去吧，实在走不动了。”

“对，找车、找车……”肖潺答道。

肖潺掏出钱币，数了数。“我手上的钱好像不够搭车。小小，你先垫点钱吧。”

“钱?! 刚才垫出来买花了呀！千若，你有吗?”

“啊？我从来不带钱!”

三人齐齐地怔住。“天哪！第三件不对的事!”

惶惑了半天，肖潺率先回过神来。“不止啊——还有第四件呢！刚才要是不把花篮送掉，就好了，至少我们可以沿街叫卖，好歹挣点车费。”

“卖花?”沈千若黯然地捂住脸。“想不到我沈千若……竟然沦落成了卖花女……”

“喂，花在哪里？哪有啊？是沦落到成了流浪鬼。”凌小小纠正道。

“你……”沈千若语塞。

肖潺哭丧着脸。“现在只好一步一个脚印走回去了，希望不要再做错什么事……”

半夜，雨点滴滴，夜漏声声。男生馆舍里仍亮着烛光。阿福披着一床棉被，狂打喷嚏，唾沫横飞。上官澈毫不顾及，激动地狂翻《史记》。

“我一定要看看清楚，司马迁是怎样胡编、造谣，毒害我们这些花样少年!”

终于找到“负荆请罪”的一段，上官澈气恼地大声念出来。

“廉颇……乃负荆，因宾客至蔺相如门谢罪。曰：鄙陋之人，不知将军宽之至此也!”

上官澈念完，把书册扔回桌子上。“过于简单，完全不真实！严重脱离实际，欺骗读者，误导后人，毒害青少年！”

许思远从被子里钻出来，爬过来，拾起桌上的《史记》。“怎么了？谁骗谁？”

郑阿福再次打了个喷嚏。“还不是你的偶像——司马迁，被他害惨了。啊嚏……！廉颇上门……去请罪，蔺……相如，啊超！不在家。廉颇被围观，而且……啊嚏！……感冒了。”

许思远仔细地看着那一段。“兄弟们！看书能不能仔细一点啊？有三个字很关键呢！”

“哪三个字？”上官澈问道。

“‘因宾客’三个字，就是经由宾客，‘因宾客至蔺相如门前谢罪’。说明廉颇为了这件事，很慎重地请人一起策划，时间、地点、路线、氛围、舆论……各个方面都齐全、到位，才能干得这般漂亮，方成就一段千古佳话！人家廉颇是什么人？大将军！大将军是这么好当的吗？绝不是四肢发达头脑简单啊。”

郑阿福若有所悟。“原来是这样，惭……啊嚏！”

上官澈再次拿过书，瞧着。“我确实没有注意这三个字，司马迁真是惜墨如金，如果再详细一点……”

“人家哪里知道你们两个要学？那时候用的是竹简，又重又占地方，而且古人写书贵在简洁、以一当十，绝不废话。我的偶像不仅惜墨如金，还力透纸背、含蓄蕴藉！”

郑阿福裹紧大棉被。“只怪我们自己读书太潦草了……啊……嚏！原来要成就千古佳话，还真不容易。”

许思远沉思良久，望着跳动的烛火。“所以，蒋先生的作业很难做啊。做好一件事不容易，做坏一件事好容易。”

上官澈合上书页，呵呵一笑。“其实也不难，他不是批评我嫉妒你吗？我不嫉妒了，任务不就完成了。”

郑阿福不屑地“切”了一声。“要是你明天又嫉妒了怎么办？谁也看不见呀。”

“说得也是。”上官澈颔首深思。“还是要做出好事情才行。”

整体安静下来，开始琢磨心事。

终于，许思远试探着向大家挥挥手。“今天啊，我到街上去找了一大圈，嘿嘿……有一件事，不知道你们有没有兴趣参加？绝对的好事！”

“真的?!”

“今天镇上，衙门里出了一张告示：凡是到新修的官道和两边荒山上种树的人，按照栽种成活的数量可以到领取相应赏金。这是一个很好的机会，我们可以不要钱，免费为大家种树，绿化荒山、保护环境。”

众人眼前一亮，上官澈一拍桌子。“累是累点……不过就像咱们上次帮朵儿姐姐做事，的确是个好主意。”

郑阿福喝了一口冲好的汤药。“是的，蛮好，我去告诉女生，让她们也去，男女搭配、干活不累！”

郑阿福穿好外套，扎好腰带，就要出门。忽见门口站着一人，浑身湿泥，披头散发。

“啊！鬼呀——”

“对！我要咬死你——”肖潺恼怒地揪住郑阿福，掐住他的脖子。

溪州镇的中心，是青墙灰瓦、威武庄严的县衙。乌椽朱门之上匾额高悬。一大早，东边钱粮库的角门外，排起一条长队，众人依次领取官衙发放的树苗。

上官澈、沈千若、郑阿福等人正在排队。张必行、凌小小、许唯在街对面等待。

张必行终于下定决心，主动冲着凌小小拱拱手。“小小，真是不好意思。听阿福说，你们去看我妈，晚上回来掉到了水沟里。”

“死郑阿福！好长的嘴。还不是因为他……”

张必行再次行了个礼。“是阿福听错了，是我姨妈病了，我和表妹送她去省城，好在有惊无险。”

“哦，没事就好。”

“可惜，一直没有找到和你那本一样的图画书，我另买一本好吗？”张必行小声地问道。

凌小小豪迈地摆摆手。“你还记得呀，我都忘了。不用还了，那书便宜得很，在地摊上淘的。当时一生气，乱讲。”

“不行，一定要赔的……”

正说着，排队的一行人扛着工具，抱着树苗过来了。郑阿福、肖潺满面的自豪和喜色。

“哈哈，排队的人可真多！”

“但是只有我们与众不同。”郑阿福头昂得高高。

凌小小不懂。“怎么回事？”

“切！那些人，都是想挣钱的。只有我们宣布免费，做好事，不要钱！”

“有的人好像脸都红了。”许思远道。

肖潺长长地舒了口气。“看来我们的蠢事做到头了。这件好事一定会传播开去，说不定全镇的人都知道，蒋先生一定会狠狠地夸我们一顿。”

傍晚，刚刚下过一层薄薄的春雨，四野散发着泥土的气息。上上书院的一行人完成任务，心情大好，各自扛着工具收工回来。

植树的地点正和书院相反，在溪州镇的另一头。一行人游行一般，欢声笑语地穿过镇上的街道，返回书院。

正走着，一个扎着总角辫儿的小男孩迎了上来。“哥哥姐姐等一下，听说你们帮官府义务植树，真棒啊！我妈说，应该向你们学习，做一个有益于社会的人。”

小孩儿掏出一个大香瓜递给走在前面的上官澈。

“……送给你们。”小孩儿害羞地跑了。

众人士气更加高涨，昂首阔步，英雄豪迈地行进在大街上。

许思远瞧着这幅斗志昂扬的光景，不禁高声唱起了一首熟悉的歌曲：“我们走在大路上，意气风发斗志昂扬，上上书院领导革命队伍，披荆斩棘奔向前方，向前进向前进，革命气势不可阻挡，向前进向前进，朝着胜利的方向……”

“太棒了，思远，这首歌真好听，是你即兴创作的吗？”众人竖起大拇指。许思远脸一红，赶紧闭嘴。

“我们今天乐开了花，简直太高兴了！”凌小小笑出了声。

“被表扬就是这样的，美滋滋的，香甜甜的。我的人生目标就是不停地被表扬，不断地被表扬！正如这个大香瓜。”上官澈亲了大香瓜一口。

“我们一起唱个歌吧。”肖潺建议道。

众人立即响应。可是唱什么呢？郑阿福拍拍前面的许思远。

“思远，就唱你上次教大家的那首歌，很好听。你来领唱。”

“好啊！”许思远清清嗓子，开始。“‘穿过大风雪，我们坐在雪橇上’，一、二、唱！”

大家齐声高唱。“穿过大风雪，我们坐在雪橇上，飞奔过田野，一路笑声朗……叮叮当……叮叮当，铃儿响叮当……”

欢乐、嘹亮、悦耳的歌声美不胜收、生机盎然、四处飞扬，惊飞了鸟儿，惊来了花香，吸引了路上的众多行人。两名书生停下了脚步，侧耳聆听，异常激动。

“铃儿响叮当！真是好歌呀，立意健康，积极向上，嗯……我记得这首歌出自《乐府》，是春秋时期楚国的俞伯牙先生创作的。”

另一名书生鄙视地白了他一眼。“又在装不是？说你治学不严谨你还不承认，‘雪橇’呢！楚国在南方，哪有雪橇？师弟——治学一定要严谨——这明明是易水送荆轲、投筑刺秦王的高渐离先生创作的嘛！”

师弟书生的脸红到了脖子根，连连拱手。“是，是，师兄真有学问！听说他们是免费植树，分文不取，果真是君子重义不重利呀！”

师兄书生郑重地点点头。“是啊！本来我也要免费去的，只是还有许多十分重要的文章要写，哎——真是，遗憾！下次吧。”

二人赞许地颔首，目送着书院的一行人一路高歌，渐渐走远。其他种树的各类人员也扛着工具回镇，二位书生瞧不起地瞪着他们。

很快到了第二天，又是一个傍晚。种树的镇上居民三三两两，聚到县衙钱粮库的角门领工钱。书院的一行人仍旧目不斜视，迈步挺胸，唱着歌儿，器宇轩昂地当街而过。

几名老太太挤在角门边，凑到一起，叽叽歪歪，一边吃瓜子，一边斜睨着一个正在领工钱的老头儿，指指点点。

“你们看那个人，胡子一大把、年纪一大把，觉悟还不如人家十几岁的小毛孩！”

另一个婆婆吐出瓜子皮，轻蔑地“哼”了一声。“吃瓜子不吐瓜子皮，给自己镇做事情，还好意思收钱！”

“就是！植树这样积德行善的事，人家小孩都懂。这老东西！越老越糊涂，越老越爱财！”

“真不知道他要这么多钱干吗？带到棺材里去？”

老头儿羞红了脸，埋着头，一溜烟飞快地跑了。

其他领工钱的人显然也听到了。瑟缩地扛着工具，个个灰头土脸、獐头鼠目，或揣好工钱急忙赶路，或躲躲闪闪，忽然踅进小巷里去……

笔直的官道贯通南北，道路两边已经有序地种上了垂柳和香樟，工程进行了一半，另有一些人散在官道边的荒山上，种上枇杷、银杏等各色树种。

书院的一行人来到官道边，意气风发地向各位植树的人员打招呼。

“嗨！你们来得真早。”郑阿福亲切地挥挥手。

可是各色种树的人都闷着头干活，不理不睬。

许思远捧着一束树苗，来到两个小贩模样的年轻人身边。

"我们今天多领了一些树苗，你们想不想要？"

两名植树者瞟了一眼，埋头挖坑，仍是不愿理睬。

凌小小看不过去了。"喂！跟你们说话呢！耳朵聋啦！"

"谁要你们的！你们不是喜欢种树吗？留着自己种吧！"一名年轻人头也不抬，愤愤地回道。

"你们什么态度？我们可是好心呐！"肖潺也忍不住了。

另一年轻人抬起头，皱着鼻子阴阳怪气地冲肖潺一笑。"哎呀——好闪亮的心哪！简直是存活于世的……具有罕见优点的……极少异类啊！"

张必行听见，几步走到两个女生前面，把她们护在身后，瞪着种树的人。

"你们，想找碴儿是不是？"

沈千若急忙拉了拉张必行。"别，别跟这些不讲道理的人计较。"

挖坑的年轻人一听，更是火冒三丈。"别人不讲道理？别人全势利！就你们好心！就你们做好事！"

没等书院的人反应过来，年轻人将铁锹往地上一扔。

"老子不干了，有种你们把整条官道和几座山的树全种上！吃了饭没事做！爱出风头你们出去，咱不凑这热闹了，咱们走！"

年轻人拉着另一名同伴，气哼哼地走了。旁边一名植树的大婶也收拾工具不声不响地走开了。

张必行瞅着三人，有点发蒙。"什么意思？"

上官澈扛着锄头过来。"这还不明显？赤裸裸地羡慕妒忌恨！"

"就是！他们一开始就孤立我们、敌视我们。"郑阿福接着道。

“大家不要把时间浪费在讨论上了，赶紧行动，否则天黑了就麻烦了。”许思远提醒道。

事不宜迟，抓紧时间，赶紧干活。将树苗一一种上，一直干到日落西山，倦鸟归巢。

又是两天过去，书院的弟子们挥汗如雨、一鼓作气，又完成了不少绿化工程。甚至又回到衙门多领了一次树苗。

烈日当空，干活又太猛，几个人终于累得坐到地上，吁吁喘气。

沈千若担忧地四处张望。“我发现了一个问题。种树的人越来越少了。”

“是啊，怎么回事？”肖潺东张西望，也发现了这个问题。

“每天排队领树苗的人也越来越少。”许思远也深有同感。

上官澈喝了一口水。“一定是太累了，官府给的钱又太少。”

郑阿福仰面朝天，躺在地上。“累死了……难道我们真的要把这荒山和官道上的树全种上？”

沈千若皱着眉，有些无可奈何。“有什么办法呢？好事做到底，种一棵是一棵，要误了季节就不好了。”

“是呀，也不枉人家赞扬我们一场……”凌小小道。

张必行从地上爬起来。“既然这样，那就撸起袖子，加油干吧！”

“可是再加油，我们明天以后也只能够放学和假日来种啊。”肖潺为难道。

众人一阵沉默。

又是两天过去，又是一个大日头撒野的天气。官道上、荒山上植树的规模仅完成一小半。书院的八名植树能手却已累得东倒西歪。

郑阿福就地躺倒在挖出来的坑里。

“阿福，你怎么躺在坑里？不知道的人还以为……”许思远想拉郑阿福。

郑阿福不住地呻吟。“不行了，太累了……顾不得形象不形象了。”

另一边，肖潺也哼哼唧唧地靠在挖出的坑壁上。

“潺潺，坑只挖了一半，起来呀。”凌小小急道。

“起不来了，大概就要长眠于此了……”

上官澈用白毛巾擦拭着脸上的汗，着急地看看四周。“今天的人好像更少了。”

“是啊，为什么他们都半途而废？真是一点责任心都没有！这种造福社会的大好事业竟然甩手不干。太没有觉悟了，思想境界太低了。”张必行拄着锄头把歇息。

“这样下去好像不是办法。官府的造林任务好像……应该完成不了了。”上官澈打量着官道边、荒山上寥寥可数的工人。

沈千若也是一头雾水。“为什么那些人都不来了，我得去问问清楚。嗯，那个老人家，是每天都来的……”

沈千若放下铁锹，走到一个在官道边挖坑的老人旁边。

老人正自顾自干活。沈千若亲热地凑到一边，温柔地叫了一声。“老人家。”

老人并无回应，继续挖坑。沈千若凑得再近点，放大声音。

“爷爷！”

老人似突然惊觉，终于抬起头。

沈千若谦虚地笑了笑。“请教爷爷一个问题，为什么大家都不来种树了？”

老人把手掌放到耳朵边上。“呃？中暑？不会、不会、现在不是夏天，不会中暑。”

沈千若急了，再次发问。“不是，是问人数为什么越来越少了？”

“啊？上吊？不就是中暑吗，休息一下就好了，不用上吊。”

沈千若急得跳脚。“我说的是‘人数’！”

老人语重心长地回望沈千若。“认输？对，对，与其上吊，不如认输。认输好，年轻人认输好……”

沈千若终于绝望了，悻悻地退了回来。

“要不，换个人问问。”许思远道。二人朝着远处的两名植树人寻过去。

还没问上几句话，植树人都支支吾吾，红着脸退避三舍，然后就是落荒而逃。沈千若茫然地打量着撒腿跑掉的人。

“好像我们又做了傻事，却不知道傻在哪里。”

“但是我们义务植树，的确是好事呀。”许思远有些不知所措。

二人正打算继续回去干活，忽然一阵欣欣然的唱曲声传过来。只见官道边的一棵大树下靠着一个年轻人，正在快乐地吃地瓜，哼着小曲儿。

沈千若一愣，朝着年轻人走过去。

“噢！美女来啦，来，吃个地瓜！”年轻人递给沈千若一个新鲜的地瓜。沈千若感谢地接过。

“谢谢！不过我不大爱吃，给他好吗？”沈千若就要递给许思远。

年轻人一把抢回了地瓜。“不行、不行，只给美女，不给帅哥。”

沈千若生气地皱了皱眉。“你这人……好，我问你一个问题。”

“美女的问题，我最乐意回答。”

“为什么你继续种树，而那些人都走了？”

年轻人眨了眨小绿豆眼，咬了一大口地瓜。“不走，那是因为我的脸皮非常非常的厚，种树算什么？衙门的牢房俺都随便进进出出……”

许思远好奇地蹲在年轻人面前。“那么，请问脸皮、种树和牢房之间有什么关联？”

年轻人惊讶地瞪着许思远。“被你气死了……就你这智力，看来是没办法出来混了。不告诉你了吗？就是要大方、不要害羞，就像出去收保护费一样。”

沈千若吃惊不小。“你是说他们不再植树，是因为害羞？”

年轻人瞧瞧二人，笑起来。“上路！美女比这个呆瓜小哥聪明一万倍！所以我常常只喜欢和美女在一起……”

“是因为我们吗？”许思远问道。

“切！当然是你们，你们家里有人供着，跑来这里免费植树，可是人家要挣钱生活呀，现在镇上的人都夸你们，鄙视去领钱的人。加上那些人脸皮又非常非常薄……”

“所以他们怕人讲闲话，遭人耻笑，就放弃植树，另谋出路了。”

许思远、沈千若沉默下来，若有所思。

年轻人又吃了一口地瓜。“不过，这也怪他们自己，要是他们都像我一样……”

“可是我们干我们的，关他们什么事呢？自作多情！”沈千若不耐烦地打断了年轻人的话。

“是啊，做点好事，怎么就这么难！”许思远叹道。

年轻人则是一副满不在乎的表情。“所以嘛，还是收保护费比较好，只要脸皮厚那么一点点。如果你们有兴趣，下次跟着哥一起去，很好玩儿，很威武的！”

沈千若冷冷地转过身。“谢谢大哥美意，收保护费的美差事，本小姐就不沾光了。”

“对对，美女的话一定要听，她们总是正确的。”年轻人嘻嘻笑。

许思远略略抱了抱拳。“谢谢大哥，告辞了。”

清晨的讲堂，男生女生都像被霜打过的茄子，蔫蔫地耷在课桌上。蒋先生注视着众人，从桌上的一叠报告中拿起一份。

卷首署名“郑阿福”。

“呜呼——至目前为止，我们所做之善事全部以失败告终，仰天长啸、泪流满面、一塌糊涂，眼泪鼻涕一把抓。”蒋先生边念边皱眉。“我们积极响应官府之号召，甚至不要赏金，绿化荒山、植树造林，起得比鸡早、睡得比狗晚，勤扒苦做、掏心掏肺、可歌可泣、鬼哭神嚎……为什么会有如此结果？为什么做好事如此之难？虽然经过负荆请罪与送花篮，我们知道做得好首先要做得对、做得正确，却不知道这件事错在哪里？”

众人边听，边偷偷发笑。

蒋先生终于念不下去了，生气地将报告扔回桌面上。“好事？如果要举行一次评比，种树这件事应该当选本次活动第一号大傻事！比起负荆请罪、千里送花篮，是失败中的失败，教训中的教训！”

众人惊讶万分，大睁无辜受伤的双眼。

“为什么呀？”肖潺迷惑地问。

“因为你们想法虽好，却破坏了政府的法令！”蒋先生严肃地环视众人。

整个讲堂漫出了无数个问号，在上下跳跃，像无数个水泡，亮亮、闪闪。

蒋先生的语气缓和了一些。“大家总结得好，做好事情首先要做对事情，这件事是典型的好而不对。……也不怪你们，这几天我太忙，没留心你们干什么去了。你们的行动破坏了法令的威信！要完成这样巨大的工程，在和平时期，没有官府的组织、资助和物质奖励，没有民间广泛和积极地参与，仅仅靠几个人的一时热情和道德示范是长不了的。”

众人陷入静默和沉思中。

郑阿福首先抬起头。“是呀，先生，难怪那个大哥赌气说‘有种你们把所有的树全种光’！”

“真是，还是我们自己错得太多……事先没有充分考虑别人的感受，人为地给大家设置了一个道德障碍。”许思远反省道。

“还是一个虚假的障碍。那个吃地瓜的人说得对，我们不用养家……搞得人家本来是劳动挣钱的正当营生，搞得像犯错、做贼一样。”沈千若继续反省。

蒋先生点点头。

“果然是实践出真知，现在真是一点就通。”

张必行、上官澈也纷纷总结教训。

“所以镇上参加绿化的人越来越少，保护环境的计划差点被我们破坏。”

“哎，我一早也觉得怪怪的……以后就是做好事，也不要违反公开的法令！”

“以后换个时间和地点义务植树就好。”

蒋先生快速浏览着众人的报告。“对，三思而后行。好与对、善心与智慧、德行和真理总是相辅相成，相得益彰，少了一样结果都会是缺憾。”

众人心悦诚服，纷纷点头。

蒋先生拿起整摞的报告，沈千若赶紧上台接在手里。

“好，现在大家把报告拿去修改……将新的想法写上，另外注意！用词造句一定要规范、准确！”蒋先生边说着，边盯住郑阿福。“看看刚才你都写的些什么话？什么‘仰天长啸、鬼哭神嚎’！用心想一想，翻书查一查！要再胡扯，鬼哭神嚎的就是你！”

见蒋先生低头写字，上官澈挨近郑阿福。“我知道你要写什么！你一定会写‘虽然我们没有做成好事，但收获却很大，这比做一次好事更有意义！’”

“哼，我就要这样写！关你什么事？事情本来就是这样的！”郑阿福悄声反驳。

太阳升到四竿高。溪州镇的衙门口，在众目睽睽之下、在讲了无数好话，道歉数遍、挨了无数的嘲笑和许多的藐视后，种树的钱总算要回来一半。

上官澈捧着钱，领着众人撤退到街对面。

郑阿福盯着闪闪发亮的银子，心花怒发。“阿澈，你编故事、赔小心的能力真是超强！没想到有这么多，太好了！我们先找个地方大吃一顿吧，不嫌弃，可以上我家……”

“哈哈，这叫巧舌如簧、才华横溢。阿福的建议，大家觉得怎样？”上官澈乐不可支。

钱交到了学长沈千若的手上，沈千若小心地收好。

“这可是咱们的血汗钱，不能随便花了。我们商量了一下，应该用来做一件正确而且有善意的事。”

“赞成沈学长，做件有意义的事纪念这次活动。”张必行道。

郑阿福有点儿失望，把口水咽回去。“正确、善意、有内涵、有意义……这是什么事呢？”

上官澈痛心疾首地斜睨着郑阿福。“阿福啊——真替你脸红，你忘了此事因何而起？枉你自称怜香惜玉，原来是如此负心……”

郑阿福摸摸脑袋，一时转不过弯儿。凌小小只得再次提示。

“你忘记那个盲姑娘啦？”

“哦——罪过、罪过！打我自己、打我自己……”郑阿福抡起胖胖的拳头在全身上下东拍西砸。

“我们得想个办法把钱送给她治病，所以……”

郑阿福停止了拍打，惊慌失措。“啊?！你们……难道要我背上荆棘、光着膀子一路走到京城去？”

众人一齐点头。“聪明！正有此意！”

“妈呀！救命——”郑阿福倒退几步，转身拔腿飞逃，一刹那间就不见了身影。

许思远日志

5月8日　天气：晴

今日要记下的关键字，是一个“智”字，我先查查它的字体演变轨迹。

智，在造字之初，本字（古字）是“知”，甲骨文写作，口两旁放着两个箭头（矢），是不是远古祖先认为嘴巴有着像两根箭头一样的威力？当然，这种威力不是来自牙齿的撕咬，而应该是经验、知识、思想和智慧的力量，因为人们最直接从口中听到关于种种经验、知识、思想和智慧。“智”（“知”），是指辨是非、明善恶和知己识人这样的能力，即“智谋之力”。

太史公司马迁在《史记》中记载：“毛先生以三寸不烂之舌，强于百万之师。”能说会辩且出众口才的人一定是聪明的人、有智慧的人，自古就有烛之武退秦师、晏子使楚、蔺相如完璧归赵等先例，还有诸葛亮舌战群儒的历史故事等，都充分证明了口才的锋芒体现了智慧的力量，足以抵得上千军万马。

到了金文以后，“知”下面加上一个“日”字，更加突出了“智”神奇的力量和崇高的地位，就像光彩夺目的太阳金辉，闪烁着令人惊颤的魅力和光芒。同时，在古人心目中，更加深刻地体会到智的内涵和作用——通晓天地之道、深明人世之理的才能叫智。司马迁在给友人任安的一封回信中，对自己撰写《史记》目的时说：“究天人之际，通古今之变，成一家之言”，东汉史学家班固还把这句话记录在《汉书·司马迁传》中。所谓“究天人之际”，就是要探讨天道和人事之间的关系；所谓“通古今之变”，就是要考察历史发展演变的进程，寻找历代王朝兴衰成败的规律。司马迁想通过考察和记录史实，既向后人奉献自己的“智”，也让后世从前人的“智”中“鉴于往事，有资于治世”（亦即另一部史书巨著《资治通鉴》书名的含义）。

在儒家的道德规范体系中，“智”是最基本最重要的德目之一，也是儒家理想人格的重要品质之一，被视为“三达德”、“四德”及“五常”之一。

首先把“智”视为道德规范、道德品质或道德情操的，是圣人孔子，他把“智”与“仁”、“勇”两个道德规范并举，称为君子之道。孔子常说：“君子道有三：仁者不忧，智者不虑，勇者不惧。”《中庸》云：“智仁勇三者，天下之大德。”亚圣孟子，第一次以“仁义礼智”四德并提，从行为的节制和形式的修饰、道德的认知和意志的保证等意义上确立了礼与智在道德体系中不可或缺的位置，并且，仁义礼智四位一体，相互依存，相互补充，共同成为儒家美德完整的系统。到了汉代，儒家提出“五常”——仁义礼智信，“智”依然位列其中。

这里我就有些不解了，“智”可以作为道德条目吗？按照著名哲学家康德对“真善美”价值哲学体系的归类，它应该算是“真”的范畴，也就是认知、理性和科学的范畴，而不应该隶属于“善”的范畴，即意志、道德和伦理的范畴啊。

曾经在妈妈的鼓励下，我囫囵吞枣地查阅了一些相关资料，对 18 世纪德国古典哲学家康德的“三大批判”哲学体系做了一丁点儿了解。“纯粹理性批判”回答的问题是：人类能知道什么？人类如何认识外部世界？这些问题也就是科学问题。康德的回答是：人类只能知道经由人类感知和经验给我们带来的东西，包括通过实验和逻辑推理等方法的自然科学让我们认识到的东西。康德在这里实际上试图解决人类如何探寻“真理”的问题，研究的是“真”这一价值。在“判断力批判”中，康德关心的问题主要是人类精神活动的目的、意义和作用方式，包括人的审美能力和幻想能力。

康德的“实践理性批判”要回答的问题是伦理学问题：我们应该怎样做？做什么是好的？康德认为，人在道德上是自主的，人的行为虽然受客观因果的限制，但是人之所以成为人，就在于人有道德上的自由能力，能超越因果，有能力为自己的行为负责。和我国儒家思想一样，康德也非常注重道德、德行在人的生命中的重要意义，他那句名言至今还响彻在我的耳边，如同从旷野中传来的悠长声音：“有两件事物我愈是思考愈觉神奇，心中也愈充满敬畏，那就是我头顶上的星空与我内心的道德准则。”

不过，儒家先贤乐观地认为人可以通过“吾日三省吾身”等方法和意志，来修身养性，达到儒家的道德规范和标准。而康德则不完全对世俗世界的我们抱有希望，所以他保守给出的答案是：如果要真正能做到有道德，我就必须假设有上帝的存在，假设生命结束后并不是一切都结束了。虽然无论在经验上和理性上都无法证明上帝的存在，但是为了维护纯净和高尚的道德，我们必须假设上帝与灵魂的存在。康德还毕竟只是个哲学家，我在美国接触到一些基督徒，他们深信上帝的存在，正因为此，他们自觉地将《圣经》中上帝告诫和教诲人类的德行话语，作为权威的道德标准，去恪守和实践。

求知欲和好奇心激发着我去寻找答案——为什么“智”是儒家道德规范之一？要弄清楚这个问题，首先必须弄清楚“智”在儒家经典中的内涵和外延。

《论语》中的“知之为知之，不知为不知，是知也”，讲人的知识再丰富，总有不懂的问题，那么就应当有实事求是的态度，只有这样才能学到更多的知识，才是智慧之举。这里讲的“是知也”就是指“这才是智慧、这才是聪明。这才是智者”。孔子认为，有智慧的人才能认识到“仁”对他有利，才能去实行“仁”。只有“智者”才成为“仁人”，而“小人”无智。孟子认为智一定不会偏离道德仁义。因此，儒家把“智”看成是实现其最高道德原则“仁”的重要条件之一。

要实现“达德”，而要实现“达德”必须经过“智”的五个步骤，即“博学之，审问之，慎思之，明辨之，笃行之”（《中庸》）。由此可见，“智”，深刻而且无穷，包含着实践的真知，理性的精神。

天有常道，地有常数。《春秋繁露》有言：凡人欲舍行为，皆以其智先规而后为之。“仁”“义”“礼”“智”，前三者是信仰、是规范，而只有运用深彻的智慧，才能保证它们真正地实现。

以智慧和理性判断事理之深浅，仁智才能统一，知行才能合一，才能将正确的事情做得完善。不然，很可能好心办坏事、违反规律，走向善意的反面。

孔子、孟子在继承和发展尧舜禹、商汤等关于认识自我、认识社会、认识是非、认识善恶这样的聪颖、智慧思想的基础上，丰富了“智”的具体思想内容，提升了“智”作为一种道德要求在道德规范中的地位，使之成为一个具有普遍意义的价值取向，成为对人们思想道德和文明素质方面最基本的要求之一。

再者，关于“智”的故事和箴言有很多我们耳熟能详，从中也能琢磨出一二，儒家思想将“智”作为道德价值的用心所在。

有个老人在河边钓鱼，一个小孩走过去看他钓鱼，老人技巧娴熟，所以没多久就钓上了一篓子的鱼，老人见小孩很可爱，要把整篓的鱼送给他，小孩摇摇头，老人惊异地问道：“你为何不要？”小孩回答：“我想要你手中的鱼竿。”老人问：“你要鱼竿做什么？”小孩说：“这篓鱼很快就会吃完，但是我想经常吃鱼，所以要是我有你这样的鱼竿，我就可以自己钓，一辈子也吃不完。”这就是“授之以鱼不如授之以渔”的故事，体现了中华民族的智慧。

仁和智，不可偏废，互相依存，又有差别。(仁者见之谓之仁，智者见之谓之智。——《周易》)

义和智，对于做人做事都很重要，要根据具体的情况而定。(方如行义，圆如用智。——李泌)

智来源于理。(目之见也借于照，心之智也借于理。——王克)

生活的历练乃至挫折对智的形成非常重要。(吃一堑，长

一智。——古谚语)

(不经一事,不长一智。——警言)

智的积累,要靠远大的志向和坚强的意志力才能达到。(志不强者智不达。——墨翟)

还要有气度才成成就智。(有才而性缓定属大才,有智而气和斯为大智。——金缨)

那么,智者还有哪些特点呢?

智者具有清醒的理性和深刻的洞察力。(流丸止于瓯臾,流言止于智者。——荀况)

大智慧的人往往并非表现出精明的样子。(大勇若怯,大智若愚。——苏轼)

智者能够防微杜渐。(明者远见于未萌,智者避危于无形;祸因多藏于隐微,而发于人之所忽。——司马相如)

智者并不是从不失误,偶有失误,非常正常。(智者千虑,必有一失;愚者千虑,必有一得。——晏子春秋)

智者虽然聪明,但是实际上并不轻松和闲散,具有忧患意识和明确的目标。(巧者劳而智者忧,无能者无所求。——庄子)

当然,失去了正义和公平,智就是无源之水、无本之木。(处事以智,不如守正。——申居郧)

……

六　表彰英雄（信）

古诗云："春潮带雨晚来急，野渡无人舟自横。"虽然春天的尾巴已逝，初夏的头刚刚探出来，但是夏雨并不比春潮的性子温吞，急吼吼地更胜一筹。

初夏时节，下过几场急切而漫长的大雨过后，太阳一照，热气升腾，天气很快地闷热起来。

山涧中的流水哗哗地流淌，汇聚成河，河水恣肆涨到坡岸边，淹没了跳脚的大鹅卵石，一直漫延到柳树的树根下，汪洋恣肆地亲吻着草地、树根和柳枝。柳树枝轻拂着水面，微风吹过，划起阵阵涟漪，像少女温柔的手指，抚划之处，水面无不春心荡漾。

山涧清澈见底，十分喜人，鱼儿在水中欢快地游弋着，摇头摆尾，无拘无束。这里是它们的快乐天堂。

"读书有四到：心到，眼到，口到……还有……"

郑阿福挑着水桶，念念有词，结巴地背诵《询学斋规》。上官澈、许思远在一边怜悯地递词。

三人配合友好而默契，担着空水桶，一路快活地朝着溪涧边过来。

利索地打满了水桶，望着这一幅初夏美图，三人忍不住干脆坐下来，找了一处圆滚滚的大石头，聊天，洗脚，拍水花，赏风景。

“呵呵，多亏书院里引水的竹制管道坏了，咱们才能有机会逛这么远，跑到后山来玩儿。”郑阿福高兴道。

“是啊，机不可失失不再来。这里自然风光优美，空气纯净透明，吸到鼻子里面感觉都是清甜清甜的，彻底地洗洗肺，把从前被雾霾熏染的肺部彻底清洁清洁。”许思远贪婪地大口大口地呼吸着，像极了一个饿鬼。

“雾霾是个什么鬼东西？竟然钻到鼻子里、肺里去搞污染搞破坏？”其他二人不可思议地问道。

“哦，雾霾嘛，简单地说，就是空气中直径比较大的颗粒，通常是含铅、二氧化硫等金属和化学颗粒。”许思远一时不知如何解释。本想举例造成雾霾源头，比如汽车尾气、工业排放物等，但是这些离他们的现实生活太陌生、太遥远，想想还是忍住没有继续展开说。

“许思远，我们觉得你好玄乎也，经常冷不丁地冒出些奇谈怪论，说的一些啥玩意儿？算了，别解释了，越解释越糊涂。”上官澈摆摆手。

“嗯。这么宝贵的一天，明天汤师傅和张必行就会修好水管，真可惜啊。”许思远把噩梦般的回忆拉回到了眼前如梦如幻的情景中。

“哎，是啊，机会难得，咱们得作出点有意义的事，才能不负这大好韶华。”上官澈凝视着水中的游鱼。

“对呀，阿澈，咱们不是有水桶吗？顺便抓几条鱼回去。下午厨房里就有鱼汤喝啦！”郑阿猛拍脑袋，兴奋得直跳脚。

说做就做。郑阿福光着脚板，跳进水里。“呵呵，好舒服，好凉爽啊！你们下来啊！”

许思远有些踌躇，担心地望着水面。“人说欺山不能欺水。这水涨了好高，好像和咱们平时不一样了，会不会有危险?”

“切！本人水性赛过浪里白条，大江大河、大风大浪都经历过，还在乎这么一条小水沟！”郑阿福一边欢快地踏水，一边牛皮鼓擂地咚咚响。

上官澈麻利地脱了鞋子，卷起裤脚，瞥了眼许思远。“胆小鬼，不敢就在岸上待着，我请你吃鱼。”

郑阿福、上官澈在一处水洼里一阵穷追猛打，果然抓到一条肥肥的大鲤鱼。二人乐开了花，远远地抛给许思远。

很快，又有两条鳜鱼从旁边游过去，郑阿福口水几乎流下来。“阿澈！这种鱼最好吃了！我家酒楼里卖得可贵可俏了！价格是刚才那条的十倍。”

“啊？真的？咱们非得抓到不可。”上官澈道。

两条鳜鱼摇头摆尾，游得很快，飞速地沿着溪涧而下。上官澈、郑阿福穷追不舍，噼里啪啦地踏着水，跑出好一段。

岸边，许思远好不容易才抓住在地面上活蹦乱跳的鲤鱼，放进水桶，一回头，早不见了郑阿福和上官澈的踪影。

许思远坐下等了片刻。忽然，“啊！”的一声大叫传过来。接下来是隐约呼救的声音。许思远吓得跳了起来，飞快地沿着河岸，朝着下游跑去。

前方，一条山中的支流汇入山涧，水势水量顿时大增，中间一个巨大的漩涡在翻滚，浪花四溅、卷起千堆雪，激起浪花无数。

“救命……”上官澈二人在水中扑腾，手脚并用，头在浪里翻滚，忽上忽下，眼看着快冲到岸边要抓住树枝了，又被一个浪头打来，一下子又冲到一个陡曲的拐弯处，刹那间消失在一片竹林后面。

许思远慌得心速加快，快蹦到嗓子了，两腿发抖，拼命紧跟着追下去。

转过竹林，河岸边，大树下，上官澈大口地呛着水，狼狈不堪，正拼命地抓住郑阿福的手，郑阿福正把他往岸上拖。

许思远脚都吓软了，踩着棉花一般，踉踉跄跄地跑到二人身边。二人已经爬到岸上，许思远忙扶着二人坐稳当。

“阿——阿福，多亏了你……”许思远语无伦次。

“咳咳咳……是啊，阿福，真谢谢你！不然死得也太冤了，连遗言都没来得及交代下。成了水鬼……那就以后天天有得鱼吃了。”上官澈上气不接下气，又吐出一口水，虽然死里逃生，惊魂未定，但是心生庆幸，不忘幽默两句。

郑阿福怔住了，傻愣了十几秒，终于回过神来。“啊？没……没事儿，咱什么大风大浪没见过……咳咳。”

小半个时辰调整和平静下失落的魂魄后，三人诚惶诚恐地回到书院。上官澈、郑阿福躲躲闪闪，赶紧溜回馆舍换衣服。许思远把鲤鱼送到厨房里。

厨房里雾气腾腾，肖潺在水池边帮忙择菜。张必行一边帮着汤师傅修理管道，一边挥着砍刀，摆出花拳绣腿，眉飞色舞，大讲特讲前代英雄行侠仗义的武林轶事。

“哇！你们知道咱们道家全真师祖王重阳吧，那可是前朝举世罕见的考中文武双举人的大侠，抗金英雄！武功出神入化，拳术、剑法、气功、点穴功样样惊世骇俗！他曾经在一座古墓闭关三年，悟道之后，玄功内力到了羽化登仙的地步！”

汤师傅听得入迷，无限向往。

“嗯嗯，我知道，他的弟子丘处机不仅武功非常厉害！”汤师傅挥了挥手中的汤勺，又满心感激地放下来。“而且据我爷爷讲，当年就是他万里奔赴西域，劝说成吉思汗停止杀戮，救了咱江南无数老百姓。”

许思远不禁凝神细听，也是啧啧赞叹！张必行更加地激动、仰慕，开始浮想联翩，添油加醋，天马行空。

“据说啊，全真派气功后来越来越了不起，发明了一种能够穿墙而过的道术，比如全真崂山一派的侠道们，个个都能穿墙而过。”

汤师傅听得眼睛闪出无数火花。“啊？这么厉害？不会是瞬间移动的轻功吧？因为太快，别人以为是穿墙呢。”

张必行连连摇头。“不会不会！绝对是穿墙术。据说近年有习武之人掌握了，就用来开山盗墓，搬山卸岭！有的侠客钻进四面封闭的粮仓，运出不少粮食。有的侠客在比武的时候，一下钻进地下，偷袭成功！要是我也学会了，也去盗墓、寻宝，那我娘就不用卖菜了！”

张必行一边唾沫横飞，一边热情高涨。

“啊？这……”汤师傅听眼睛直眨巴，有点反应不过来。许思远也收敛起笑容，摇摇头，转身想走。

张必行叫住许思远。“喂喂，别走，还有更精彩的在后头呢……”

“我不想听了。越到后来越没劲……前人高风亮节、为国为民锤炼的武功，被后来这些人用来刨祖坟、偷东西、好勇斗狠。”许思远嘟着嘴。

汤师傅也若有所思地点点头。

张必行托着下巴，想了半天，也悲哀地叹了口气。“哎——我也觉得，那些义薄云天、舍己为人、仙风道骨，值得咱们敬佩的大侠们已经不是死了，就是在远方。咱们的镇上、咱们书院全是些啥也不会，只会斤斤计较的凡夫俗子、酒囊饭袋。”

许思远回过头，盯着水池里游来游去的鲤鱼。“这么说也不对，说舍己为人、侠义之举，咱们书院就有……”

“啊？真的？谁呀？”张必行好奇地放下手中的活计。

“不过，他……不让讲。”

“有这么高尚的人？会武功吗？”张必行奇道。

许思远咬着下唇，忍住，终究还是没吱声，在众人期待的目光中跑掉了。

疏影横斜水清浅，暗香浮动月黄昏。芳香而静谧的夜，正是私语的好时光。

许思远一路经过庭院，听见凌小小和肖潺在香樟树的后面唉声叹气。

“这是什么世道？我简直绝望了……买的擦脸的油膏，肯定是假冒伪劣产品，用了长出这么多小疹子。可老板却说是我自己皮肤不好，还说正值什么青春期。”肖潺生气、心疼地抓着脸上的痒处。

“是啊，人心不古啊！这世道做好人总吃亏，做坏人尽占便宜，真没赶上好时代！赶明儿咱们也学坏点儿，心黑点，免得老吃亏。”凌小小跺脚发恨道。

许思远驻足停留，凝神片刻，欲言又止，朝着男生馆舍走去。

馆舍房门虚掩，并无其他人。上官澈正把一包兰花豆塞给郑阿福。

“大恩大德，不知道怎么报答，一点小礼物，不成敬意……”

郑阿福躲着上官澈，连连退避。

“兄弟，没事，小事一桩，这是兄弟应该做的嘛……”

许思远站在门口，再次想了片刻，像是做了一个重大的决定，终于心中长吁了一口气，顿时感觉身体轻松了不少，胸口也不堵了，嗓子也不涩了。

晚间，月朗星稀，夜虫唧唧，万籁俱寂。众人都已经熟睡。许思远在烛光下铺开一张纸，举起毛笔，开始写信。

“尊敬的知州大人雅鉴。本朝立国以仁德为本，朝廷至市井，风行则草偃。

溪州镇虽偏处一隅，但仍有一事应予彰显。即日，在下同门郑阿福，见同门不慎落水，遂不顾安危，奋力救助，且功成之后，不求回报，并隐藏此事。

事迹虽小，但此重义之举，日月可鉴，足可感化世人，昭一方之清誉。在下不忍其无闻湮灭，特呈此书，以助教化风俗、净化人心……”

七八天之后，毫无预兆地，整个溪州镇忽然轰动了。

县衙衙署的门口贴出了一张红彤彤的大喜报，一名衙役一边“当当当”地敲着铜锣，一边给围观的各色人等激动地宣传。

“各位！各位不识字的乡亲，这张喜报，夸的就是咱们上上书院的书生郑阿福小先生！真是英雄出少年啊。舍己救人，见义勇为，谢绝回报！州府衙门里刚刚派人送来了嘉奖令，着本县大力表彰！先给大家透个底，咱们大人正在商议，准备发给100两银子作为嘉奖美德的奖金！这回咱们县里、镇上可长脸啦！哈哈哈！”

众人听得惊赞不已，羡慕不已。

“哎，读书就是好！古语什么云来着？书中自有黄金屋，书外也有白银送啊！”

“德学兼备、内外兼修，书院教导有方啊！”

“嗯嗯，有文化就是不一样，文化能够转变为银子，看，瞬间100两银子啊！”

当日正午，书院男生馆舍中，众人正嘈嘈杂杂、各自忙各。郑阿福则雷打不动，正在“呼呼呼呼”地睡午觉。

忽然，一阵敲锣打鼓的声音从外面传过来，十分喜庆、威武、热闹！男生们赶紧扔下手里的事情，好奇地朝着书院门口跑过去。

书院大门洞开。县令大人官服齐整，满面春风，喜气洋洋，带着县丞、主簿、衙役等若干人，正将一块带红绸的匾额送到门口。

尤子谦、蒋先生到门口迎接。无数的镇民跟在两边，合着庆贺的锣鼓声，不住地鼓掌。

“恭喜！尤先生、蒋先生不愧一方师表，国士胸怀，教出了如此卓著的人才！”县令大人连连施礼。

“下官仰慕、敬佩！”县丞等人不住地赞叹。

上官澈、张必行等人第一时间飞跑回馆舍，打醒睡得正香甜的郑阿福。还没等受奖人睁开眼，众人不由分说，挟持着迷迷糊糊的郑阿福赶往讲堂。

此时此刻，讲堂中气氛庄严肃穆。各位官员、先生、镇上的长老、名流正有序排列，正襟危坐，准备颁奖。

郑阿福瞌睡还没醒，被这阵势吓得有点不知所措，慌忙擦干嘴边的涎水，愣愣地接过奖金和个人嘉奖令。

“不错，好忠厚的小先生！”知县大人欣赏地抚摸着郑阿福的头。

“呵呵，是是，忠厚是为人之本……”郑阿福唯唯诺诺地点头。

“见义勇为，还谦虚！你是咱们溪州镇的楷模啊……”县丞大人高兴地继续抚摸郑阿福的头。

郑阿福的头点得更加鸡啄米一般。“嗯嗯，嗯……是在下应该做的。”

上官澈、许思远作为证人，热情大方、感情饱满地向各位讲述、点染了郑阿福拯救落水者的过程。众人的喜爱和敬佩之情更是一浪高过一浪，飞扬到了顶点。

“天行健，君子以自强不息；地势坤，君子以厚德载物。修身为德，是立人之根本。上上书院风气淳良，秉承传统，三天之后正值初九开放讲学，咱们就在衙门里开一次表彰大会，届时有请各位师长、郑先生以及阿福同学向各位乡亲讲讲为德之道。请儒学各官，乡绅，生童，孝子，善人乃至普通布衣，悉数参加听讲。”主簿打量了意犹未尽的县令大人一眼，见机行事地大声宣布。

众位官方的代表以及镇民们刚刚离开。郑阿福才终于搞清楚热闹的原委，这时，上官澈的父母驾着马车特地前来感谢。

郑阿福的头再次被抚摸了数遍。怀里被塞满了各种礼物。上官澈、许思远继续热情大方、激情饱满地向二位父母讲述、点染了被郑阿福救人的过程。众人赞叹的热浪差点把梁顶掀翻。

“精诚立本，诗礼诲人。”

作为一名著名的画家，上官澈的父亲感激地写下了几个龙飞凤舞的大字，赠予书院。

上官澈的母亲则一边抹着眼泪，一边紧握着郑阿福的手。“孩子！你对咱们阿澈恩同再造，没齿难忘啊，回到城里，婶婶一定亲自上门，拜谢你父母……”

“啊啊啊？不用……”郑阿福泥鳅一般，扭扭捏捏，慌慌张张。

“真是好孩子啊……”上官澈的母亲动情地抱住了郑阿福。郑阿福想挣脱，可是被抱紧得完全动弹不得。

场面再次响起众人雷鸣般的掌声。众人同上官澈的母亲一道流下了激动的眼泪。

傍晚，上官澈的父母刚刚离去，学子们还没从荣耀和喜悦里平静下来，汤师傅仍在门房里拨着算盘，暗自计算本次书院和郑阿福个人得到的奖金数目……

第三轮的高潮紧跟着到来了。

第二天一早，整个溪州镇再次轰动！

郑阿福的父亲郑大老板专程从省城赶来，包下了溪州镇最大的酒楼，大宴宾客，感谢师长同门，祝贺郑阿福受嘉奖。

在蒋先生坚持上完早课之后，郑大亲自驾车，将蒋先生和书院的同门延请至酒楼雅座，奉为上宾。

有宴席吃！许唯、肖潺的诧异、嫉妒变成了羡慕，和张必行、沈千若等人一道高高兴兴，满把地抓糖果、吃点心，等待开席。

“同时宴请师长、同门，宴请镇上的乡亲，这郑老板真是有钱啊……”一名坐在酒楼门口，等候开席的镇民钦羡道。

“是啊，郑大经营的是城里最大的酒楼。”另一乡亲道。“今天，好像就尤院长没到，书院的师生都来了。郑大真有福啊！”

“噼啪噼啪！”“嗵嗵！”，门口，一阵响亮的鞭炮炸过之后。胖胖墩墩的郑老板情绪高昂、端起酒杯，喜不自胜地开始致辞。

“感谢各位师长、各位乡亲……咱们阿福，从小就忠厚老实，没想到今天还成了英雄，全是先生们教导有方啊！”郑大几乎快要控制不住，声音略带哽咽。“天地良心，这第一杯酒，鄙人定要拜谢恩师！”

郑大点头哈腰，带着郑阿福给蒋先生敬酒。

“郑阿福同门本宅心仁厚，这件事我亲眼所见。”许思远忍不住插言。

所有人的目光再次集中到郑阿福身上，郑阿福手脚都不知道怎么放，扭捏至极，满脸通红得像柿子！

“郑老板教导也有方啊！”一名头戴网巾、书生模样的人站了起来。“我来讲两句。”

郑老板定定神，还没作出反应。书生已快步地走到众人座席的中间。

“郑老板可能忘记在下了……可大家知道为什么郑老板的酒店能成为全城最好的一家吗？”

众人的眼光齐刷刷地聚焦到书生身上，嘴巴张成一个大大的圆圈，耳朵竖起，凝神静听。发家致富的秘诀，谁不感兴趣？这时有人耐不住性子，站起来高声喊道：“当然想知道啦！快请这位公子讲一讲，越具体越好。”

书生脱帽向郑大郑重毕恭毕敬地鞠了一躬，腰弯成九十度，然后站立身子，面对众人。清了清嗓子，望着远方，目光霎时幽远起来，陷入了回忆状。

“因为我是郑老板的受惠人之一啊……大家知道吗？郑老板经商，不仅诚信为本，而且郑老板的酒店，有一间专门的房间，专门存放客人们丢失的物品，上面写明拾到的时间、座位号，凭着询问客人和店员的回忆来尽可能具体记录失主的大致样貌。多少粗心的客人在此失而复得他们的物品！所以，郑大先生的酒店成了大家的放心店、贴心店，声名远播，远近闻名。我五年前有次进京办事，也是阴差阳错，将重要物品遗失在这里。离开后发现了，半路折回，果真原封不动地取回了。这是一件多么幸运、多么开心的一件事啊！大家想想，你们大多有丢失物品的经历吧？是有去无回还是失而复得？是路不拾遗还是不翼而飞？大家心里最清楚了。至于那些遭遇盗窃和抢劫的噩梦经历，更是令人心有余悸，感慨人心不古啊！”

“是的，是的！类似你这种事情和郑老板专辟收藏失物的房间，在省城是人尽皆知！”一名商贩模样的食客佩服地拱手做证。

“经商以诚信为本，为人处世又何尝不是呢？”

“是啊！偷奸耍滑、见利忘义、虚伪狡诈，既败坏人的身心健康，又腐蚀社会风尚。最后成孤家寡人一个，整个社会也是人心惶惶，人人自危，画地为牢。”

“我们省城民风淳朴，得益于有郑老板郑先生这样的高洁之士啊！”

“父子都是好样儿啊！”

众人全都竖起了大拇指。所有人的目光都齐刷刷地汇聚到郑老板身上，跳跃着无数个惊叹号！郑老板一下子站立在聚光灯下，满脸绯红，受宠若惊，四方回礼，毕恭毕敬，弄得头昏眼花。

“多谢多谢！实在是谬奖了。鄙人不才，鄙人孤陋，承蒙大家抬举和赏脸，才有郑某和犬子的今日！我们是吃水不忘挖井人，正是因为曾经受到许多诚实守信的人和事情的激励，我们才战战兢兢，不敢造次啊。”

郑大正想提示郑阿福回礼，一扭头，却不见郑阿福的踪影。

不过，“英雄”“主角”是藏不住的，郑阿福很快被伙计们从厨房找了出来，被老爹拉扯着给蒋先生、客人们行礼、磕头。

幸好，天下终究没有不散的宴席。宴会终于过去，郑老板终于带领着伙计回家。热闹和激动终于逐渐平息，众人终于回到书院。

郑阿福跑在最前面，冲回房间，钻进被子，蒙住脑袋，一声不吭。

“嘻嘻，像小妞似的，还害羞哩！”上官澈想掀开郑阿福的被子，郑阿福却裹得很紧。

“得了奖金要请客啊！”许唯拍拍郑阿福那隆起的圆嘟嘟的屁股。

郑阿福在被子里瑟瑟发抖。

“喂喂，阿福，你没事儿吧？”许思远凑近被子小声问道，朝众人眨眨眼。

“喂喂，他不是欢喜得疯了吧？可怜的阿福，从前哪里经受过这种夸奖和表彰，这种刺激从天而降，真是泰极否来啊……这个怪样子，还不如和往常一样，一天被先生打三遍的好呢！”张必行一边担忧地说，一边模仿阿福被戒尺抽打时龇牙咧嘴抽筋的神情。

“嘻嘻，没事……阿福的脸皮厚得很，他会习惯的。”上官澈笑起来。

第二天一大早上，燕子檐下飞，喜鹊喳喳叫。开课的时间还没有到，大家都聚在讲堂里，兴高采烈地回味昨天的宴席，猜测书院获得奖金的用途。

郑阿福哆哆嗦嗦，躲躲闪闪，最后一个来到，仍然被大家围了起来。

肖潺崇拜地奉上一袋糖豆，送给郑阿福，仰着头，艳羡地说：“阿福，看不出来，你是这么善良、勇敢的一个人！”

郑阿福红着脸连连后退，肖潺将糖豆塞进他的衣兜。“哦哦，还这么谦虚，又加一项美德。果然英雄就在我们身边，关键还隐姓埋名，隐居书院。”

凌小小也双手举着个香喷喷的大苹果走过来。“阿福，要不是你的事迹激励了我，我正准备干坏事呢，打算偷袭那个卖假油膏的奸商，从后面狠狠给他一板砖！然后，宁可去坐牢，也不要与这个龌龊的世道同流合污！”

“小小，你真是烈女啊……可是我……”郑阿福连连躲避着苹果。

凌小小追着要给。郑阿福转着圈儿躲。

沈千若走过来，拿过大苹果，牵过郑阿福的手，将苹果放在他的手心里。郑阿福终于不再躲，幸福得双颊挂上了红霞。

“阿福，后天，镇上要在衙门前面的广场开事迹宣报会呢，你的演说辞准备好了吗?”沈千若一本正经，坐到郑阿福对面，关切地问道。

“啊？……那啥？……还没有。”

“你得赶快准备准备诶！这可是涉及咱们书院声誉以及水平、文采的大事。”沈千若神色庄严。

郑阿福正不知如何回答好，快嘴凌小小及时地插进来。“千若，阿福那写文章的水平，你还不知道？你帮他写一份吧！每个英雄在大家的眼里那都是十全十美、文采飞扬、德艺双馨、色艺俱佳的!”

肖潺也连连点头。“对，英雄那就是神仙一般的人物！我和张必行还可以教他武功！到时开会，千若姐作为学长发言，就说郑阿福除了水性过人，还武艺高强、精通奇门八卦、五行遁术……”

张必行跳到桌子上坐着，也激动地插进来。“好好好！咱们就说郑阿福乃全真教门下，擅长穿墙之术，并已修炼成金刚不坏之身，并已习得仙人王子乔之绝顶轻功，不日即可飞升而去！……”

“胡说八道!”“啪!”的一声，戒尺干净利落地扇在张必行的后肩膀上。张必行吓得连忙住口，退回到座位上。

蒋先生黑着脸，环视众人。“镇上衙门的表彰会，的确要重视，但是切不可夸大事实、信口开河！发言的稿子必须郑阿福自己写，沈千若、许思远可以帮忙看看，只要实事求是，没有基本语病即可。”

沈千若、许思远赶紧点头。

“好，下面开课，今天讲大宋理学家程颐先生的文章。‘人无忠信，不可立于世。’……此言可追溯到老子‘人无信不立，国无信则衰’。”

蒋先生翻开讲义，言归正传。

中午吃饭前，轮到郑阿福和张必行帮厨。厨房的案子上放满了鲜肉、鲈鱼、山珍等等好菜。汤师傅两口子正满心欢喜地准备午餐。

看见郑阿福过来，汤师傅大惊小怪地迎上来。“哎哟……子曰：君子远庖厨。如今阿福先生可是咱们镇上的君子、英雄，怎么能干这种粗活？”

“汤师傅，在这个问题上，先生让咱们遵循的可是墨家思想呢：自己动手，丰衣足食；身体力行，勤俭节省……”

张必行说着说着，眼睛盯在一处发光——惊讶地发现了桌上的诸多美味。

汤师傅连忙解释：“这些个啊，是想今天犒劳大家，咱们自己也庆贺下不是？这不刚刚得了奖金吗？我估莫这个月的伙食费有剩下的，就拿来给大伙儿加餐啦！”

郑阿福、张必行开始帮忙理菜、切肉、收拾摆放桌椅。

张必行再次想起了什么。“汤师傅啊，上次咱们说得不对。咱们以前认为身边的人都是斤斤计较、庸庸碌碌。这不对啊……

比如郑阿福，这就是真正的侠客所为！侠义之举啊！正所谓真人不露相，露相非真人。”

汤师傅连连点头赞叹。郑阿福低着头，脸几乎快贴到案板上。

张必行有几分奇怪地瞧着他。“喂喂，阿福，这几天你有点不对劲。以前受屁大点儿表扬，都会得意到天上去，趾高气扬好几天，现在怎么转了性似的？不在云里飘着，反倒落进万丈深渊，不是高兴成失心疯了吧？”

“嗯嗯……不是失心疯，是肚子疼。”

郑阿福支支吾吾，切完砧板上的肉和鱼，缩手缩脚地逃跑了。

古雅的书院屋宇参差错路，鳞次栉比。书院主体和尤子谦先生的宅院之间，是一座开放式大园圃，园中池塘点缀，草坪连缀，树林花丛分布其间，一条小径曲径通幽，蜿蜒其间，逶迤而行。小径旁，翠绿的修竹，各色香草、菜蔬、花卉争奇斗艳。

时值初夏，园中的牡丹盛开怒放，风华正茂，你不让我，我不服你。午饭后，上官澈正一边赏花，一边拿着剪刀，惺惺相惜地剪着枝叶。

忽然，郑阿福气喘吁吁、蹑手蹑脚地跑过来。

“阿澈！阿澈！我实在受不了啦……我……我要崩溃了。我必须要说出真相！”郑阿福披着头散着发，眉头皱紧揪成一个十字，一屁股坠在地上，蜷着背，弓着头，使劲儿来回揉搓着头皮，样子痛苦万分。

“啊？啥真相？”上官澈放下剪刀，惊讶谨慎地朝四周看了看。

“我这几天一直也想让自己高兴、得意来着，可是就是得意不起来，嘚瑟不起来……”郑阿福带着哭腔嘟囔着。

上官澈忙凑过来，紧挨着郑阿福坐下。“啥事？现在就咱们俩，天知地知，你知我知，你快讲，哥们帮你出主意，哦，绝对不是馊主意！”

郑阿福深呼吸几口，瞪瞪眼，定定神，终于咬着牙，一字一顿地说：“阿澈！其实那天，我并没有要救你的本意……是咱俩运气好，阴差阳错，才没有同归于尽。”

“啊？”上官澈惊讶地差点瘫软到躺下。

“说会游水，那是我吹牛。去年夏天，我死活就没学会游泳，充其量会两三下狗刨式……”

上官澈傻了、愣住了，终于牙齿发颤，回忆起那天的惊魂一刻，心提起来悬荡着，在空无的空气中来回摇摆，想想都觉得后怕起来。

郑阿福再次深吸一口气，缓缓吐出一口气，接着稍加平静地说，“阿澈，我实在受不了了，这几天快憋残废了，我现在不说我就真的要疯掉了……当时，咱们俩一起掉到那个深潭里，我手忙脚乱，瞎乱挥舞，慌乱之中，右手正好抓住了你，正如溺水者抓到了救命稻草一样，紧紧不放。谢天谢地，老天保佑，幸好我当时左手也没闲着，在水中乱扑腾，无意中又胡乱地抓住了一条树根，正好你也死抓住我的右手没放，所以我左手死拽着树根往上攀，右手也就顺势把你拖到了岸边……”

“难怪你小子怪怪的……要是真见义勇为，按照你那个性，还不得……嘚瑟到四脚朝天！”上官澈想来后怕极了，仍然心有余悸，牙齿仍在打架。

郑阿福哭丧着脸，仰天长叹一声。“阿澈，我不是英雄，也没有见义勇为，我当时实在是无心、也无力救你。我也想做英雄，可怎么就那么难呢……”

二人心情复杂，各怀心事，失落地沉默了良久。忽然，上官澈拍了下阿福的脑袋。

“阿福，这件事你有没有和其他人说起？”

郑阿福摇摇头。

“那么，就只有你知我知……千万不要再和第三个人讲！也就是一念之差而已，你实际上还是救了人的。”

“可是……不，我想向大家解释真相……”郑阿福犹犹豫豫，欲言又止。

上官澈嘘的一声，摀住他的嘴。“千万别乱说！你想想，因为这件事，你多年梦寐以求的一切，不是全部都实现了吗？荣誉、金钱、美食、崇拜……什么的全都有了！那些女同门现在视你为英雄、为偶像，仰慕得恨不得把你供奉起来膜拜。”

“我也喜欢被她们追捧，可还是幸福不起来……”郑阿福左右为难。

“哎——怪来怪去还是许思远那小子，本来咱们怕被先生骂，合计好不说的。这事也算悄悄地发生，悄悄地过去。哪儿晓得那小子借题发挥，头脑发热，联想到什么世道人心、安身立命、传统美德、民众教化等所谓的重大命题，一副铁肩担道义的大丈夫模样，现在把舆论造得那么旺盛……也好，阿福，你就假设自己当时就是想着救我，结果也真救了我。你稍稍转变下下那么丁点儿角度、观念，不是你好我好大家好、众人皆大欢喜吗?”

郑阿福试着想了想,呵呵地傻笑起来。

“真的,转变下角度,感觉好多了……”

上官澈一拍郑阿福肩膀。“这就对了!要不然,别说你自己的名誉、赏金,就连书院的赏金、名誉,你爹的名誉、溪州镇的名誉、全县的名誉全都毁掉了。你肯定被人家鄙视,被唾沫星子淹没,说不定还要挨打、被群殴、被踏上一万只脚……”

郑阿福眼神变得黯淡,身子吓得直哆嗦。

上官澈两手摁住郑阿福发抖的肩膀,正色宣告。“所以,我是绝对不会说出去的!你也把以前那个念头忘掉。反正救不救都是心里一念之间的事,再正常不过了,况且没人知道,你若不说,鬼也不知道。”

“嗯,好!此事就你知我知……”郑阿福大幅度地点头,点到中途头静止了,随即又叹口气道,“哎,可是,还有天知、地知啊……”

二人走出牡丹园圃,才到院门边,听见人声鼎沸,却见庭院里再次聚集着一群陌生人,有的拿着锦旗挥舞,有的拿着笔记快速地记着什么。原来是临镇饮水镇饮水书院的一干学子。

许思远、沈千若正落落大方、慷慨潇洒地宣讲着郑阿福的光荣事迹,充分地深刻地揭示这件事的重大意义。

郑阿福的表姑妈竟也夹杂在其中,东张西望。

“这些人一定是听说了你的事,来取经、学习的……”上官澈打量着这群人。

郑阿福连连往后躲。“阿澈,我不想去。”

上官澈揪住郑阿福的领子。“事情已经传播出来啦，覆水难收，你必须演下去。”

“不、不、阿澈，我求求你，我得躲起来。”郑阿福使劲挣脱上官澈的手，就要朝着后山跑。

“你不怕旷课被蒋先生毒打了？躲得过今天，躲不过明天，心理素质强悍点行不行？”上官澈不松手。

“躲过今天再说……”郑阿福一把推开上官澈，撒腿朝着山上跑去。

雨后的山路又湿又滑，郑阿福慌不择路，左穿右窜。一不小心，在石头上滑了一跤，从山坡上一路溜了下来。

郑阿福连滚带爬，正要站起来，忽然被一只大手从地上拧了起来。

“哈哈！好小子，还以为找不到你啦！”一阵高亢爽朗的笑声发自健硕的表姑妈的嗓子里。

郑阿福赶紧掩饰紧张，换上一副笑脸。“喔喔，是您老啊！”

“好小子，这一回可给亲戚们露脸啦！”表姑妈掏出手绢，亲切地将郑阿福脸上、身上的泥巴擦干净。

“您老无事不登三宝殿……今日劳神亲自光临，有什么要紧事吗？”

“小子，你最近身价大涨，知道吗？要在以前，聘礼至少三千两银子，现在人家一文钱不要，就可以定下来。”表姑妈笑道。

“什么聘礼？什么三千两……”

表姑妈笑吟吟地拍拍巴掌，只见两个娇羞的女孩儿闻声从一边的竹林闪了出来。郑阿福往前看看表姑妈，往后看看俩女孩，抓耳挠腮，莫名其妙。

“你忘记啦！你姑妈我可是这方圆几百里最有名最出色的媒婆，赶紧的，这几天市场行情最好，处于波峰阶段，我想替你爹把这件大事定了，能赚到大票的银子呢！等这阵风儿过了，保不定你身价要跌、要贬值呢……”

“啊？”郑阿福发呆片刻，回过味儿来，连连后退，转身又要逃跑。却被两个女孩子娇羞、婀娜地堵住去路。

“害羞个啥？她们俩都十分仰慕你，你喜欢哪个？赶紧决定！”表姑妈铁塔一般堵住郑阿福。

郑阿福急得四处乱窜，却被一堵堵人墙扎扎实实地围住。

忽然“哈哈哈”的一串爽朗的大笑，从竹林后传过来。

“二位美人，真正风流倜傥的帅哥在这儿！”上官澈迈着方步，仪态万方地摇着把扇子，从小道边走过来。

表姑妈和两个姑娘一时愣住。上官澈继续嬉皮笑脸地扇扇子。“本公子相貌堂堂、风流倜傥，郑阿福长得何其丑陋，你们何不先考虑一下本公子……”

“去你娘的小白脸！竟然污蔑阿福英雄哥！”一名姑娘愤怒地从地上捡起一团泥巴，砸向上官澈。另一名姑娘直接抄起根枯枝打将过去。

“阿福，快跑……”上官澈狼狈地用扇子抵挡泥巴。

郑阿福赶紧乘机撒丫子飞逃。

跳沟越溪，绕来窜去，终于摆脱了表姑妈的追赶。郑阿福一边惶恐地往后看，一边放慢脚步，自顾自地擦着脑门上持续不断冒出的大滴汗珠子儿。

“郑阿福！赶紧过来。”

郑阿福吓了一跳，定睛一看。原来是蒋先生，正领着饮水书院的一帮人瞧着自己。郑阿福暗暗叫苦，原来只顾着逃跑，没注意又跑回了牡丹园。

“哎哎！来了先生。”郑阿福强颜欢笑，慌忙挥着手跑过去。

众人仰慕、欢快地朝着郑阿福迎过去。

“这就是传说中的郑小先生啊！一看就憨厚老实、君子楷模！”

“过奖，过奖……”郑阿福僵硬地微笑，重复地拱手。“都是先生教导得好。”

“郑小先生，危机时分您是怎么想的？”众人叽叽喳喳，不断提问，不少人正奋笔疾书。

“啊？过奖，过奖……应该的，教导得好。”郑阿福尽量地咧开嘴笑，并保持这一姿势，直到笑得嘴边肌肉发硬，几乎快要抽筋了。

三天后讲学暨表彰如期召开。衙署的广场前布置得庄严肃穆，讲台、听众席位安排妥当，四周彩旗飘飘，装点出一派热闹的景象。和明朝当时一些著名的书院一样，书院参与教化民众也成了日常功课，此时不再局限于年少子弟，而扩至族人乡党乃至所有愿意参加此次表彰会讲的人们。

县令大人、蒋先生、郑大以及镇上德高望重的长者、名士、高者依次在安排好的座位上入座。其他老少百姓、男男女女列席而作，列名会簿。还有不少镇民虔诚地站在四周侧耳倾听。书院的众人让出位子，站在走道边。

“各位先生、各位父老乡亲，本朝立国以道德为柱石，忠义为根本。本次上上书院学子之义举，堪称楷模，亦是本镇民风淳朴、古道热肠之印证……”

知县大人滔滔不绝，直讲到太阳又升起一竿高。然后是许思远讲述如何向官府报告此事的初衷和意义。

“啪啪啪……”众人掌声不绝。

“下面，请郑阿福小先生上台，讲述助人为乐、见义勇为之感受。然后请有感而发的听众也一一上台谈谈感言，凡我百姓，无分儒生、市井、农夫，无分僧、道、游人，无分本境、他方，只要胸中有所感、有所发者，许上堂讲说，来者不拒。人皆可以为尧舜，何论其类哉！诚如郑阿福，有志不在年高。下面有请少年英雄郑阿福！”知县充满激情地宣布。

郑阿福的脸色一阵红一阵白，汗流浃背，如芒在刺。在沈千若等人鼓励的目光中，在张必行、上官澈等人的催促和推送中，郑阿福终于被鼓动到讲台上。

“我……在下……鄙人……”郑阿福结结巴巴，接不起下文。

“你叫郑阿福，别紧张，你老爹我回家给你做满汉全席。”郑大在一旁焦急地安慰。

郑阿福喘着粗气，继续发言，声音哆哆嗦嗦。“各位……我必须要说……不说我这辈子都不会安心。”

众人屏住呼吸，侧耳倾听，此时有只蚊子在嗡嗡叫，大家似乎都听见了。

“我本来不敢说的，可这是最后唯一的机会了。其实，我并不是英雄，我……也没有想到救人，也没有能力救人，我是慌乱之中随手把一起落水的同门一齐拽着树根给带了上来。正好他抓着我不放，我又抓住了树根。我俩运气好，大难不死，后被同门们高看成见义勇为……而且声名远播。这些天我一直生活在夸张、虚构和谎言中，很丢人，很别扭……无比地苦闷……也非常地虚空。我没办法说服自己去心安理得地接受表扬，我真的压根儿不配得到大家的尊敬。我本该一开始就承认的，可是一直没有勇气，我怕让家里、让书院蒙羞。反正，我不是一个诚实的人，更不是什么英雄，请大家原谅我……”

全场一片寂静，除了郑阿福外，所有人像突然被雷电击中般，半天都没醒过神儿来。

“臭小子”，一声巨吼像一声霹雷声，刺穿了凝结状态的空气，直嗖嗖地直逼近众人的脑门，惊醒了众人。只见郑大被突然的变故打击得面目扭曲，青筋暴露，胖脸完全涨成了猪肝色，眉毛拧在一起，两只手握成了巨大的拳头，举在胸前，瑟瑟发抖。

“你给我过来，我打死你！”郑大喘着粗气，朝着郑阿福扑过去。

蒋先生眼疾手快，赶紧拉住郑大，拦着他。

“孽子！老子一辈子积攒的清誉全部毁在你这个不孝之子的手里！”郑大怒不可遏，悲愤的声音中夹杂着颤抖、绝望，挣扎着朝郑阿福挥舞拳头。

“老伯，这可能是误会，可能是我看错了。以为……”许思远跑过去，着急地拦住郑大解释。

郑阿福一动不敢动，吓呆在原地。

台下的众人更是炸开了锅，一片哗然，纷纷指指点点、交头接耳。

“呵呵，不会是书院为了得奖金想出来的招吧？”

“不会吧？谁知道……”

“我就说，如今世道，哪儿有什么舍生忘死、舍己救人啊？”

“伪君子、假英雄，还不滚下台来！”几个镇民开始向郑阿福扔石子儿。

一个泼皮模样的小厮脱下鞋子，朝着郑阿福投掷过去。

蒋先生一扬手，准确地抓住了鞋子，扔到一边。“张必行、沈千若赶快带郑阿福回去。许思远、上官澈留下来解释。”

张必行等人赶紧护着郑阿福，在众人疑惑、不屑、惊讶、愤怒的目光中匆匆朝着书院撤退。

恨不得四爪都要用上，再长出若干翅膀来。一路狼奔豕突、狂飙飞驰之后，魂飞魄散的一行人，终于逃回书院。捂住咚咚直跳的胸口，大口揣着粗气，肖潺惊魂未定，忽又想起把门的铁将军，立即返身折回，发软的双腿踉踉跄跄，冲到大门口，锁紧大铁门，草草地四处张皇环顾一番，又踅进了讲堂——众人一道躲藏的地方。

“阿福——这可是万众瞩目、众目睽睽啊？在目光焦点下，扬善隐恶，献美不露丑，你为什么偏偏要承认？当时脑子里哪根弦断了？让我们书院蒙羞，使我们大伙丢脸。”肖潺一个箭步冲着郑阿福面前，叉着腰，歇斯底里，大声叱责，声音尖利地划破空气，怒气、委屈在空气的余震中依然共振着。

“是啊，沈千若学长白给你修改发言稿了。你这阿斗，白费大家一番苦心！”许唯抱怨道，脚板丧气地跺着地板。

“我，我也是脑子一激灵，临时改变主意……”郑阿福垂着头，涨红了脸，不敢抬头。

“你自己丢人事小，你把你爹害惨了！看看你爹，硬生生地从云端中砸到冰窟窿里，在万人面前，他多丢人、多尴尬啊！”张必行义愤难平，大声嚷嚷。

郑阿福突然抬起头，盯着张必行发愣，眼睛发直，眼光空洞，神情幽然。“我就是忽然想起了我爹，还有那个我家收藏客人失物的房间，还有蒋先生教训的话，才忽然脑洞大开，脑皮发热……讲了实话。”

“幸亏咱们先生武艺高、反应快，县令大人都傻那儿啦……”凌小小蹲在地上，鼓着腮帮儿，回忆着刚才惊心动魄的一幕。

“蒋先生，还不是打咱们打多了练出来的！”张必行摸着肩膀，咂咂舌头，感慨万千。“阿福，这一阵子，为自身人身安全着想，兄弟我劝你千万别迈出书院的大门，家也先别回，否则残暴的后果无法想象。好歹在书院里，无非就是挨蒋先生一个人的揍，总比屈死在万众乱棍之下的好。”

郑阿福嗯嗯应着，鸡啄米似地点头。

倒还并没想象的那么严重，除了几个小孩儿聒噪了几声，朝大门扔了几把泥土外，并没有人打上门来。

夕阳慢慢下沉，张必行、汤师傅、肖潺终于撤兵，解除了大门口的戒备。

郑阿福整天躲在馆舍里，大气不敢出，缩头缩脑，不敢出来。

晚饭时分，上官澈倒是及时地赶了回来。大家赶紧围上来，询问最新进展。

“怎样？有没有人为难你们？你们挨打了吗？”沈千若甚为关切。

“还好，还好，虚惊一场。许思远当着在场众人，解释、道歉，及时地向县令大人说明情况。”汗珠从上官澈的脑门上渗出，他挥袖擦了擦。

“那县令反应怎样？众人反应又如何？”大伙儿齐声问道。

“县令脸拉得老长，像一根苦瓜；众人表情各异，各种脸谱都有。”上官澈模仿着各色表情。

“那蒋先生他们呢？”沈千若急急地问道。

“阿福的老爹才请了客，这回面子丢大了。所以蒋先生回请了郑老板，正在谈心、劝解、赔礼呢。许思远留在衙门写情况说明。”

“到现在怎么还没回来？是不是当做人质扣押了哦？”张必行不禁忧患起来。

凌小小朝上官澈“呸”了一声。“都怪你、许思远、郑阿福三个，一群糊涂蛋，一心玩刺激！真是不作不死，现在玩大了，收不了场了……”

上官澈朝着尤子谦院长的屋舍方向望了望。“对了，蒋先生让我回来，和尤先生商量，明天一早，把县里的奖金、匾额、嘉奖令，还有饮水书院送的礼物退回去。”

上官澈匆匆离开。肖潺捂住了脸。“哎哟，这可真是赔了夫人又折兵，丢人丢到全县了。”

黄昏时分，一行人各怀心事，默默地打饭回馆。张必行在厨房盛了一碗饭，单独给郑阿福送过去。

“兄弟，节哀吧。先生已经在帮你说情了，你爹会饶了你的。”

郑阿福感激地应着，接过饭碗，正要开吃。忽然许唯悲伤地长叹了一声。“咱们先生是不想别人代劳，他肯定火得快自燃了，决定亲自把阿福打死。”

“啊？”郑阿福吓一抖，筷子差点掉下来。

“不会的……蒋先生没机会打阿福的，尤先生说了，他要亲自处理这件事。”上官澈帮郑阿福握好筷子。

郑阿福感激地应着，又要开吃。忽然上官澈悲伤地仰天长叹。“尤先生说明天要亲自开一个全院的大会。会不会宣布开除你啊？”

“啊？”郑阿福全身一抖，筷子掉了下来。

乌鸦枝上啼，缭乱舞黄云。

天刚破晓，书院的大门口已备好一辆马车。张必行、许唯等人帮着汤师傅将匾额、礼品等物品悉数搬上马车。

尤子谦先生和蒋先生一道，带上奖金、嘉奖令等物登上马车。学长沈千若、“污点证人”许思远心情沉重，步行跟随。一行人踏上了退还奖励的路程。

上官澈、郑阿福二人缩在馆舍里不敢出来，猫着腰，从窗口目送一行人走远。

“我让你别说！看，大家集体殉葬了，奖品一无所有了。”上官澈不满道。

郑阿福愣愣地发呆。“昨天应该答应表姑妈的……阿澈，你说那两个姑娘，她们还会喜欢我吗？”

上官澈惊讶地上下打量郑阿福。“昨天?! 是啊，我就不该破坏你的好事，就该就地签约，定下来。还不是你自己……自贬身价，再没这等好事了。”

郑阿福回味着往事，伤感地嘟噜起嘴。“哎，多好的俩姑娘啊，我也有点后悔了。看来这辈子都得打光棍了……如今不仅身价大跌，简直就是身败名裂了。”

“嗯，正是！”上官澈肯定不容置疑地点头。

下午，阳光灿烂，风摆柳摆。和煦的温暖，恰到好处，甚是舒服。一个小型的会场在庭院的中央布置妥当。二位先生庄重肃穆地在椅子上正襟危坐。

似乎山雨欲来风满楼。

众学子一字排开，战战兢兢，面临受训。

首先，许思远上场，严肃、沉重地宣读在衙署写下的供状说明书。深刻反省了自己不经调查和考证就擅自写信上报的冒失行为。

其次，沈千若上场，洋洋洒洒宣读心得体会，深刻总结了此次事件的教训。

然后，郑阿福上场，捶胸顿足、声泪俱下，沉痛批判自己虚荣又怕事，不能及时澄清真相，将错就错，犹豫延宕，导致事态不断扩大。

沈千若带着戒尺，领着许思远、郑阿福走到蒋先生面前。

“知错就好。”蒋先生拿过戒尺，众学子眼光汇聚在那把戒尺上，观察戒尺即将运动的方向。

戒尺在蒋先生遒劲的大手里静止了三秒钟，但这对于七上八下的学子们来说，无异于等待一个世纪之久。之后，轻轻地被放到一边。“本次事件为师也有极大的责任，乃为师失察、监管不严所致。”

蒋先生挥手示意三位弟子退下，而后转向尤子谦先生，鞠躬行礼。

“感谢师尊亲自过问处理此事，此事对本书院意义不同凡响，弟子率诸位学子谨听师尊训示。”

众人的目光又齐刷刷地集中到坐在前排、一派隐者风范的尤先生身上。

尤子谦先生先前一直静静聆听着各位总结、发言，此刻，他从容地站了起来，从面前的案子上拿起了一张画幅，慈爱的眼光看向每位的脸颊。

他高高举起这幅神秘的画框，声若洪钟地讲道：“各位、孩子们，官方发给咱们的嘉奖令虽然退还了。可是咱们还有一份嘉奖令，为书院自创办以来的最高奖励！”

“啊?!”众男生女生眼珠子恨不得蹦出来，惊讶地望着那张嘉奖令。只见其一尺见方，制作精美，深红色的画框，蕴藉典雅的小楷，盖着书院的大红印章。

可惜距离较远，看不清所写的具体内容。

“啊！是尤先生的真迹！尤先生的墨宝可是当世一绝，一字难求，价值连城呢。比官府发的那个值钱好多倍……”上官澈眼睛最尖，小声地朝各位兴奋地介绍。

蒋先生严厉地盯着上官澈，示意噤声。上官澈咬咬舌头，不敢说了。

尤先生感慨地望着精美的嘉奖令。“在咱们书院的历史上，为师颁发此奖，是第三次，离上次已经有好些年了。昨天为师得知此事，欢欣鼓舞，兴致勃发，遂磨墨展纸，开心地写下了这份嘉奖令，属于我们书院自己的奖励！”

整个场面仿佛被一种神秘庄严的气场威慑，所有人默不作声，眼睛发射出异样的光彩，敬仰地凝视着尤先生和那份珍贵的嘉奖令。

尤先生的脸上笼罩了一层神圣的光辉，神情变得更为慈爱、更为肃穆。

“昨天，我和蒋先生谈及此事，我们谈到了儒家礼仪教化中非常重要的一项，就是‘慎独’。它讲一个人在没有人监督、没有人知情的情形下，还要不要选择做一个诚实的人，一个有信义的人。即使这种诚实会带来不利的影响，会失去现实的利益和世俗的名誉，甚至会让人陷入孤绝和绝望的境地，我们终究还要不要诚实地向世人公布真相、诚实地面对自己的内心？”

庭院里一片肃静，只有清风掠过的萧萧声、小鸟低唱的叽叽声。

“有的时候，世人可能只见到了某些表面的过失和阴影，却忽视了星月一般更加可贵的光辉。昨天，郑阿福在表彰大会上的表白，是我们书院历史上应该永远铭记和敬仰的一刻。没有人要求、没有人监督，只为内心的真相，即便只是一念之间！”

众人大受感染，眼中闪出了光芒，再次转过头，凝视郑阿福。郑阿福激动得两眼冒泪花，慌慌张张地用手去抹。

“阿澈，你看，我没做错……”郑阿福语无伦次地自言自语。

“嗯嗯。”上官澈也忙不迭地点头。“比三千两银子更多……”

尤先生微笑着，环视着各位青春少年，欣悦地举起那张闪闪发光的嘉奖令。“有请郑阿福学子上台领奖！”

郑阿福欢喜、激动得快要飘起来，脚下踩着棉花，跌跌撞撞地来到台前。接过那张典雅庄重的嘉奖证书，鞠躬、再鞠躬，虔诚又谦卑，衷心感谢：“夫子循循然善诱人，博我以文，约我以礼。弟子感恩戴德，铭记于心，日后定当竭尽所能，不负夫子所望。”

蒋先生无限激赏和慈爱地拍了拍郑阿福的肩膀，高声赞道：“孺子可教也，阿福，有孔门颜渊之风范！”

郑阿福又被惊喜得哆嗦了几下，终于深呼吸几口，正常了几分。“谢谢尤先生！谢谢蒋先生……”

蒋先生罕见地朝郑阿福笑了笑。“再接再厉，做得不错！真正的英雄不仅仅是外在的业绩，更重要的是能够诚实地面对自己的内心，保持良心的安宁！”

众人欢欣鼓舞，热烈的掌声久久不能平息。

“嗯嗯！我要把这幅嘉奖令带回家……送给我爹，放在我们家存放客人失物的房间里……永远保存！”

郑阿福将嘉奖令捧在胸口，静心聆听着自己的心跳声。蒋先生扶着郑阿福的肩膀，将其转个身，面朝大家。

“慎独微隐，君子惟信。”

嘉奖令上，这八个风流别致、典重瑰丽的颜体楷书在清风中闪耀颤动，仿佛正在舞蹈的凌风仙子，飞腾的美妙精灵，钻进每一位学子的心扉中。

许思远日志

5月15日　天气：晴

今天日志的关键词是“信”字。

提到“信”，应该算是我到这个明朝书院之前所生活的21世纪中国社会缺失最大的价值吧，同时也是被呼吁最多的道德。因为信仰缺失、道德滑坡、法治失序导致的诚信缺失的现象，每每令人瞠目结舌、痛心疾首。信，不仅应是现代社会重要的核心价值，也确实是中国古代社会儒学体系中反复训诫和着力倡导的道德规范之一，它在非现代法治模式下的古代中华帝国体制中，虽然是君子身上所体现的一种德行，但实际上具有不言自明、约定俗成精神和规则，是社会和谐与秩序稳固的黏合剂，正如《礼记》所云：“讲信修睦。”

“信”字具有哪些意义和文化内涵？先让我查查它的起源和流变吧。话说上上书院的藏书阁真给力，每每有困惑的时候，总能在浩如烟海的典籍和工具书中找到想要的答案。哈哈，踏破铁鞋无觅处得来全不费工夫，找到啦！且看：

金文　金文　篆书　隶书　草书　楷书　行书

虽然甲骨文没有出现“信”，但早期金文的信是(人)＋(口)，这是信的造字本义：人张开嘴说话的样子。由此可见，“信”最初就和古代先民对人的言语行为的价值标准有关——讲话就是讲真话，不胡编乱造，不虚言妄语。有的金文＝(千)＋(言)，表示用千言万语保证，此时“信”愈加突出了言语的力量，尤其是反复说的话，具备承诺的性质和兑现的功效。也就是说，在远古的价值体系里，言语是严肃的，并非信口胡来和大放厥词；言语，是开端，并非终结，而是后续行为的起点。篆文承

续晚期金文字形。隶、草、楷、行书等，都是篆文的简写形式。

由此可见，“信”字造字之初的金文里，分别强调两种意义：一是说真话；二是说话算数，说到做到。这两个意思并非两个平行关系的层面和角度，而是古人对言语行为有持续性的要求和期望——言语一旦说出，首先确保是符合客观情况的真话，紧接着呢，说的话就要兑现，就要付出行动，就要达到效果。

信，首先是说话真实不虚。《说文》：“信，诚也。”古代和现代社会，经常“诚信”连用。但是“信”和“诚”虽然都是指诚实可信，但是侧重点不同。言己所思为“诚”，“诚”是真实地面对自己的内心情感和想法；信，说真话，说符合客观事实和现象的真话。如，《论语·学而》：“为人谋而不忠乎？与朋友交而不信乎？”忠心和讲真话是贤士君子的人格品质，哪怕讲的真话不中听，让听者心理不爽，也一下子难以接受，但是“信”，往往“忠言逆耳利于行”。唐宋八大家之一韩愈在《论今年权停举选状》文中说：“以臣之愚，以为宜求纯信之士，骨鲠之臣，忧国如家、忘身奉上者。”古代为民请命的谏臣和直臣，不惜犯上，勇触龙颜，哪怕身首异处，也定要拼死直言，这就是鲁迅先生所说的“中国的脊梁”，绝对堪称“忠信”的楷模！

所以，评价一个人是否言而有信，唯一的标准就是“实事求是”。至于信誓旦旦、娓娓动听、慷慨激昂、华而不实的“巧言令色”和“花言巧语”，则在古人眼里被痛斥为“奸佞小人”之举。当然即使说时出自情境有感而发，真情实感的流露，言语恳切，言说时再有多大正心诚意，最后言之凿凿，行之了了，如俗语云“雷声大雨点小”，或者是“只打雷不下雨”，也当然不是真正的“信”。

“信”虽然造字结构是人言，但是评价人言的标准仅非语言本身，还有另一个重要维度，那就是“行”，即用是否“行”以及“行”的结果来评价当初所“言”是否讲诚信。在儒家道德哲学体系里，“言”与“行”是一个系统，一个整体。正如孔子所云：“始吾于人也，听其言而信其行；今吾于人也，听其言而观其行。”只有观其行，看看行是否延续了言，实现了言，才能看出“言”是否“信”。我们生活中不乏这样的人，山盟海誓、天花乱坠、情真意切、慷慨激昂、信誓旦旦、痛下决心……但是言语的暴风骤雨过后，一切照旧，风景依旧。我们经常做语言的巨人、行动的矮子；做言语的壮士，行动的叛徒。我们的豪情往往在幻想、希望和言语中燃烧，但却熄灭在行动的地平线上。我们的惰性、散漫、放纵的天性犹如幽灵，骨头里飘忽地钻出，控制着我们身体的器官，束缚住我们勤奋的手脚。实不相瞒，我也有这样的毛病。我也深知“行胜于言”的道理，也经常做梦自己是个独行侠就好了——不受电游的诱惑，不受惰性的羁绊，不受不良风气的影响，做到日复一日、点点滴滴的坚持，犹如在孤独地、枯燥乏味地奔跑着，一个人，没有人相伴，没有音乐，只听得见耳边“呼呼的”风声和自己粗重的喘气声，还有内心铿锵有力的声音：坚持，坚持，坚持……

“信，言必行之。”信，更是言必行，行必果，守信用，践诺言。关于践行诺言的例子，有两个历史故事，对照看看还挺有意思。

一个是春秋晋国骊姬谮杀太子申生时说：“吾闻之，申生甚好信而强，又失言于众矣，虽欲有退，众将责焉。言不可食，众不可弭，是以深谋。”听说申生是个怎样的人呢？绝对是不折不扣的一个信士啊。你看，申生很讲信用，好争强，他已把夺位的意图流露给众人，即使想罢休，众人也要责备他的。说过的话不能食言，对众人又不能制止，所以他会考虑得更加周密。即使夺位这种犯上作乱大不敬的话，只要一旦说出，就要坚持去实现，即使自己退缩了，当初听到此话的众人，也会责备他言而无信，也不会中途放弃。所以啊，一定要谨言慎行啊。一诺千金，话一旦说出口了，就要兑现，要实现，讲求“信”是重中之重的品行和美德，无论当初说的话是否适宜，是否可行。“慎独微隐，君子惟信”，一根筋的古代忠义之士们，就是这么想的。

必须先言后行吗？正如上面左丘明在《国语》中记载的申生的故事，如果“言”被激情，被当时特殊的环境蛊惑，在冲动之下轻言后，是否一定要为了兑现诺言，必须去做呢？而不管不问这样做是否正确，是否理性，是否有好的结果呢？当然不是，我们不可以为不负责任的言语去负责，并且是硬着头皮知其不可为而为之；我们不可以为错误的、轻率的言语继续错误地埋单。草率行事、意气用事更可能会造成不可估量的损失。那怎么办？如何解决这些矛盾？看来，最好的办法是在“言”之后考虑再三了，在尚未付出行动前调整计划，亡羊补牢，扭转乾坤。不过，思考和犹豫的时间不能太久。季文子三思而后行，而孔子听说后，觉得没有必要反复考虑那么久，想两次就可以了。不赞成优柔寡断、裹足不前、患得患失。否则蹉跎了岁月，浪费了光阴。

另外还有一个正面的例子：《新唐书》记载唐朝著名将领张巡，安史之乱中，抵抗安史之乱的燕军，他“待人无所疑，赏罚信，与众共甘苦寒暑”。倡导赏罚分明，并且兑现诺言，因此，能以区区两县几千兵力，苦守雍丘、睢阳二个孤城近二年，谱写了一曲可歌可泣的名将之歌。

人无信而不立，国无信而衰微。诚实守信是中华民族的传统美德，是为人、治国的重要道德原则。

老子说：信不足焉，有不信焉。一个人若是不守信用，就会有人不信任他。信用是一个人安身立命之根本。被人信任，才能得到别人的尊重、亲近和帮助，才能让人生有成就和幸福感。

“人而无信，不知其可也”，出于《论语·为政》，原文是“人而无信，不知其可也！大车无，小车无，其何以行之哉？”古代用牛力的车叫大车，用马力的车叫小车。要把牲口套在车辕前面的横木上，如果无法套住牲口，车子也就不能行走。孔子认为，一个人如果没有信德，就好比大车小车无法套住横木一样，说话不算数，做事不靠谱，就无法立身处世了。诚实守信，是促进人与人之间和谐相处的精神纽带，孔子把“信”作为与人交往的一条基本原则，他要求“与朋友交，言而有信”，认为“信则任焉”。孔子的学生曾参说：“吾日三省吾身，为人谋而不忠乎？与朋友交而不信乎？”这个曾参呢，他每天要多次反省自己，检查自己和别人商量的事情是不是做了，和朋友交往是不是守信用了。

汉儒把“信”列入“五常”之中，正式成为中华传统文化核心价值观之一。西汉大儒董仲舒在汉武帝的第一次策问中就指出：“夫仁义礼智信，五常之道，王者所当修饰也。”仁义礼智信这“五常之道”，既关乎每个个体安身立命的普遍道德规范，还悬系国家政治命运的兴衰。

写到这里，我又不由联想起这段时间郑阿福身上发生的一波三折的故事，虽然情节跌宕起伏、悬念横生、出人不意，但是体现了阿福对“信”字独到且深刻的理解——真正的英雄不仅仅是外在的业绩，更重要的是能够诚实地面对自己的内心。在无人监督的情况下，凭着高度的自觉，不做违背信念、做人原则的事情。他认为这是“信”字的精髓。太对了！“信”，不仅关系到对人的诚信，同时也关系到人与自身。它是我们与自然、他人、社会以及自己的内心建立关系的桥梁。

个人要有信，国家又何尝不如此？

“信”，不仅是个人品行道德，更是国家政治道德，甚至关系到一个国家的生死存亡。试想，一个国家、政府对内朝令夕改，缺乏信用，失去公信力，则民心涣散，国风奸猾，政局动荡；对外邦交偷奸耍滑，出尔反尔，则形象萎缩，众国防之避之。《左转·僖公二十五年》说：“信，国之宝也。”子贡问孔子如何从政，孔子回答说：“足食、足兵、民信之矣。”子贡又问：“必不得已而去，于斯三者何先？”孔子的选择是宁可去食、去兵，也不可去信，因为“自古皆有死，民无信不立”。为政者若失去了百姓的信任，就是丧失了民心，民心如水，“水可载舟亦可覆舟”，这可关系到一个政权的生死存亡。外交又何尝不是如此？“弃信、背邻，患孰恤之？无信，患作；失援，必毙。”（《左传》）丢弃信用，背叛邻国，又有谁来体恤接济我们的灾难呢？不守信用，就会导致祸患发生；国家灭亡。

可惜人类社会自近代以来发轫于欧洲的殖民主义，从葡萄牙占领刚果开始，欧洲的殖民主义愈演愈烈，铁骑踏破全球海洋和大陆。发现美洲之后，包括西班牙、英国、法国、荷兰等在内的欧洲人开始了长达数百年的新大陆殖民计划，曾在19世纪，英国的殖民扩张达到了巅峰状态，殖民地一度遍布北美、澳洲、南亚等。晚清的中国，就是首先在英国的舰船和利炮中开启近百年的被殖民史，欧美列强蜂拥而至，巧取豪夺，中华帝国“呼喇喇大厦倾，昏惨惨灯逐尽”。

即使到了步入全球化的21世纪，丛林法则、柔弱强食、靠武力和实力说话，仍然是国际关系的主导规则，与孔子时代的春秋列国会盟一样——国家元首贵外面之辩论雄博，而卑内心之诚实直良，巧言令色、出尔反尔横行，而无实际上的平和恳切、遵守信用，动辄公开诉讼，可见仁德丧失。

悲乎哀哉！我频频回首的那个21世纪，不知世界现在是否还太平？

幻想私塾志

——中华德目关键字

第二部

季芳 黄卫星 著

東方出版社

许思远

沈千若

上官澈

郑阿福

张必行

许唯

肖瀑

凌小小

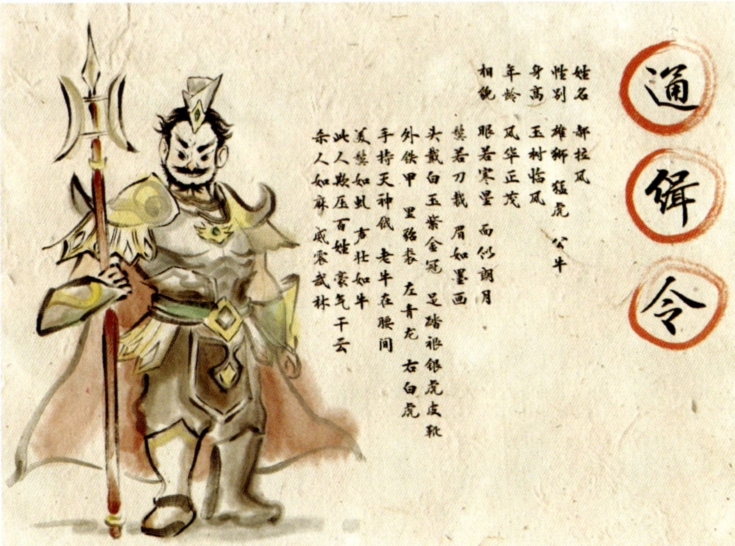
通缉令
姓名 郝拉风
性别 雄狮 猛虎 公牛
身高 玉树临风
年龄 风华正茂
相貌 眼若寒星 面似朗月
鬓若刀裁 眉如墨画
头戴白玉紫金冠 足踏裉银虎皮靴
外铁甲 里貉裘 左青龙 右白虎
手持天神戟 老牛在腰间
美鬓如虬 声壮如牛
此人欺压百姓 豪气干云
杀人如麻 威震武林

目录

第二部

第二部

一　遭遇土匪（忠）

一日复一日，春姑娘悄悄地变成了初夏的模样，衣服色彩斑斓，热闹活泼的性子后面似乎隐藏着某种不安分的情绪。

书院外光怪陆离的大世界，正随着人群的热流躁动起伏。

正午时分，火球当头，溪州镇的衙署外，人声鼎沸，乌压压地会聚了各色居民。

大家的脖子伸得老长，恨不得伸出长颈鹿的极限，瞠目结舌，眼光聚集在一面墙上一平米大小的地方。这是衙署外的告示墙，上面贴着一张通缉令，前所未见、别出心裁、惊世骇俗，极具吸睛力。

通缉令上通缉犯的画像十分搞怪，一副山贼脸，却配上一串大大的张飞式虬髯，格外醒目，头戴光环、虎目龙角、胁生双翅、脚踏祥云、威风凛凛，让人看了觉得那人更像一个仙人或者神人，至少也得是个奇侠类的高人。

围观的众人时而凝神仰望，时而咬耳窃语，不由得越看越仰慕，越聊越神往。上上书院的几名学子正也混杂在众人当中，看得眼睛发光、呵呵傻笑、垂涎欲滴、强吞口水。

一名龅牙、读书人模样的人摇头晃脑，正在给大家绘声绘色地念通缉令。

“强盗。姓名：郝拉风，性别：雄狮、猛虎、公牛。身高：玉树临风。年龄：风华正茂。相貌：眼若寒星、面似朗月、鬓若刀裁、眉如墨画，头戴白玉紫金冠，足踏裉银虎皮靴……”

几名围观的少女捧着心口，皱着眉头叫起来。“噢！噢！好拉风啊！吾爱你！”

读书人受到感染，瞧着通缉令，摇头晃脑继续高声朗读。

“外铁甲、里貂裘，左青龙、右白虎，手持灭神钺，腰间别老牛，美髯如虬，声壮如牛、气拔山兮，力大如熊……”

几名少男也终于按捺不住激动，欢呼起来。“噢！噢！郝拉风啊！我崇拜你！”

龅牙的读书人也被众人热情燃烧，嗓音猛地升高八度，抑扬顿挫，饱含激情。

“此人欺压百姓、豪气干云！杀人如麻、威震武林……”

几名围观的老头儿扯着胡须儿，左转右转，搅得生疼，满脑狐疑，大惑不解。“这个，这个到底是个什么意思嘛？牛头不对马嘴的，知县大人到底想告诉咱们什么呢？简直是一个谜啊？”

老头儿们的声音很快被群情亢奋的海洋热潮所淹没。

“好！好！”少男少女们越听越兴奋，开始激动地拍手，叫好，手舞足蹈，集体起哄。

就在这时，一阵马车轰隆隆疾驶而来，车上率先跳下一名火急火燎的中年妇人，脸蛋通红，体形微胖，绸缎衣服绑着浑圆的身躯，气喘吁吁，显得力不从心。

“噢！是知县夫人到了。”人群中有声音传出。众人的视线霎时齐刷刷地定格在妇人身上。

知县夫人更是满头大汗，头发散乱，脸庞红涨，一手提着糨糊桶，一手夹着一卷告示。后面跟着两个垂头丧气的姑娘，像霜打的茄子杵在后面。

“大家让一下，让一下！”知县夫人高亢的声音，就如劲弓强弩，直插云霄，划破余热未消的空气。她用厚实的臂膀拨开众人，划出一条人行道，直奔通缉令。

众人纷纷让开。知县夫人瞪着跟在后面的两个姑娘。“死丫头！快撕下来，贴上去！”

夫人指指手中的告示。两个姑娘不情不愿地，故意不紧不慢地干活，撕下原来的通缉令。

“死丫头，瞎捣蛋，这回玩大了！”知县夫人恨恨地朝着两个正干活的背影斥责道，然后面朝大家。“各位乡亲，对不起！这个东西是我家丫头和她的丫鬟天马行空创作出来的，凭空想象，瞎编乱造，不足信也！”

几位老头儿若有所悟。“哦？是这样啊，那知县大人和捕头们知道吗？”

不问则已，一问触到了痛点，知县夫人脸上飘过一阵乌云，双脚不由自主地跺着地，烦闷难耐。“不知道上面是怎么搞的?!知县大人到府里开会去了，几个捕头，包括镇上的官吏衙役也被调到邻县去剿匪……衙门里都没有人手了，忽然又来了一个这样的通缉令。我叫我闺女出来张贴，谁知道这死丫头搞成这样！还贴得到处都是！害得我大热天提着糨糊到处跑，少不了一一改过来。”

“哦？实在是辛苦夫人了！”

“这还罢了，还少不了像这样向大家一一解释……天哪！您已经是提出问题的第十一个人了，我现在正在重复第十二次……”

“为什么是十二次?”

“上次我刚刚说完,有个人才说他是个聋子。气死我也!”

两个姑娘慢吞吞地把新告示贴好。知县夫人一边扇扇子,一边指着新的通缉令。

“不好意思……赶时间,通缉令写得比较简单。主要是怕大家嫌稿子太啰唆,啰唆是一个很不好的习惯。我是按自己的理解写的,而且画得不好……嗯,尽力追求言简意赅吧,至于阅读效果嘛,还请大家多多指教,多多包涵!”

夫人有点儿脸红,害羞地用扇子遮住半边脸,不小心露出的眉梢微微上扬,自信和得意隐约挂在眉梢上。

两名老头儿赶紧夸赞。“哪里!哪里!夫人深明大义,尽职尽责,教女有方,不辞劳苦,亲力亲为,有错必纠,实在是本县人民的福气!”

知县夫人被夸得语调变得有几分飘忽起来,像踩在云端上。“老先生过奖了,过奖了,这些小家伙没有我们这些大人管教那简直就要翻天了,肯定不行!我父亲从小就反复教导我:肉要煮熟了才能吃,说起这些小家伙不是我啰唆……”

两个姑娘背过脸去,开步要走。知县夫人突然变出严厉的神色。

“你们两个死丫头!不服气是不是?哪里还有?前面带路!”

夫人押着两个姑娘走了。

大家再看通缉令,吓一大跳!通缉犯变成一幅头上流脓,乱发丛生,眉毛凌厉,眼珠通红,满脸横肉,胡子拉碴,龅黄牙,嘴巴流涎,身材扭曲,脚底长疮,衣衫褴褛,简直丑陋不堪!又凶残又白痴又潦倒。

有人像被利箭刺中似的吓倒后退，有人伏在路边翻江倒海要呕吐。

……

龅牙的读书人龇着牙、皱着眉，坚持念着。

“郝拉风，男，26岁，身高：中等，相貌：普通脸。口音：不清。活动地区：邻县一带。罪状：杀人两个，放火两次，后逃窜，特此通缉。如有发现其人，以及……”

众人听得索然无味。“我切！”“太抽象了……”“还不如画面生动……”

围观者兴趣了无，神情索然，三三两两，一一散去。龅牙的读书人左看右看，见无人欣赏，念不下去了，也只得萧索地离开。

从镇上回到上上书院的林荫小道上，上上书院的这帮少年们仍然意犹未尽、叽叽喳喳。

“郝拉风，连名字都拉风呢！面如朗月，眼若寒星，玉树临风，威风凛凛……阿弥陀佛，此人只应天上有，梦里何似在人间！”凌小小双手合十，作膜拜状。

郑阿福激动地抡起了两只袖子，左右拍胸脯。“是啊！是啊！左青龙、右白虎，武功盖世、疾恶如仇、杀人如麻、乱世奸雄、爱恨分明、豪气干云！”

张必行一听，夸张地跳到前面，耍起武功招式，口中还念念有词。“对呀，对呀！一代魔头，重出江湖，谁与争锋？江湖风云再起，马上就将是一片血雨腥风……”

“哎——一群没文化的匹夫。”上官澈装模作样地摇头。“真搞不懂，你们是疯子呢？还是聋子呢？没听后来知县夫人怎么说？”

郑阿福不屑地撇撇嘴。“我们干吗要信她？而不信小姐？况且那个小姐长得那么美！”

“哟！对县令千金一见钟情啦？”众人好奇地齐声问道。

“没，没有……”郑阿福羞红了脸，胖脸摇得像拨浪鼓。

张必行收起功夫把式，学着知县夫人的样子作揖。“夫人自己都说了，‘我是按照自己的理解写的，而且画得不好，还请大家多多指教！’”

沈千若充满狐疑，“那到底谁说得更真实些呢？”

“夫人！”上官澈果断道。

“小姐！小姐！”郑阿福果断反驳。

“好啦，不管谁对，郝拉风都是一个很厉害的角色，胆大包天、无恶不作、气吞万里如虎、称霸武林如神……”肖潺道。

沈千若瞪了肖潺一眼。“什么乱七八糟的，和那个傻瓜小姐一样。”

上官澈冲着沈千若点头。“千若说得对，应该是一个厚颜无耻、冷血残忍、杀人如麻、惨无人道的家伙才对！”

许唯大摇其头。“知道什么叫英雄吗？我听说书的人说：‘英雄，大英雄！都是有过人之智、过人之狠，为常人所不敢为。’我这辈子是做不到了。无论如何，郝拉风做常人未曾做，总之，他是我心目中的超人、偶像！”

“对对对。也是我的偶像，鄙人十分、千分、万分地仰慕！”凌小小抢着附和一番，继续强化神往的心意。

张必行两眼望天地遐想。“都不知道他到底长什么样？与俺张三丰先辈仙风道骨的气质比，会别有一番风味吗？……”

正反双方正僵持不下，谁也不服谁。

许思远在好长时间的多方观察后，清了清嗓子，打破了僵局。

“两个通缉令我都不置可否，持观望态度。庄子说，传达命令一定要客观，命令是什么就是什么。要不然一定混淆视听。她们两个我都不信，因为描述都太极端和偏激，过犹不及，也就是片面，也就是谬论了。”许思远道。

“那你信什么？老土，总是一副活了几百岁的样子，缺乏想象力，你能不能脑洞大开，放肆回青春啊？”凌小小讥诮道。

“事实是，现在我们全都不知道郝拉风到底是什么样子了。”许思远叹道。

凌小小跳到许思远面前。“这你就不懂了，咱们不是学到了三国时期吗？那些大人物可都是神龙见首不见尾，变幻莫测！一般人只能循规蹈矩，不敢越雷池一步，不一般的人才可以离经叛道、惊世骇俗、无法无天……”

“对呀小小，说得没错，不过，要是能有机会真正一睹郝拉风的风采，那该多好！”肖潺情不自禁地拍起了小巴掌，然后双手合十，贴在胸口，虔诚地祈祷。

“蝉鸣兮夕曛，声和兮夏云。”正值正午时分，热情如火的阳光怀抱中，初夏的蝉们更是“娇声娇语，三叠琴心音一缕。 在绿阴深处。”

书院的少年们既无心倾听，也无趣捕蝉。总之，庭院热闹的是繁花、夏蝉们，众少年还在刚刚结束的月考中尚未回过神儿来。

男生馆舍里，郑阿福、张必行等人仍躺在床上睡午觉。许思远、上官澈靠在桌边上打盹。

忽然，一声惊叫从天而降，所有人被惊醒。

“不好啦！快逃呀！”

许唯惊慌失措、惊恐万状地冲进来。

正打瞌睡的上官澈，头惊悚地磕到桌角。许思远吓得立起来，可腿肚子发麻差点跌到地上。张必行睡眼惺忪地抬起头。“是你呀，喘这么厉害干吗？”

许唯喘得更加起劲。“其实也可以不喘这么厉害，但是这样才能让你们更深刻地认识到问题的严重性！”

上官澈摸着生疼的额头。“继续喘继续喘，出什么事啦？”

许唯惶恐地指着外面。“郝……郝……拉风，来啦！我去临镇的饮水书院送东西，发现他们已经占领了书院，正在打人，还扬言说要到咱们书院来！幸亏我哧溜地逃得快，赶来通知你们。”

郑阿福、张必行从床上跳了起来。张必行蹦到地上，慌张穿鞋子。郑阿福直接顺势翻个身，滚到床下，鞋也不穿，急忙往外跑，被上官澈一把扯住。

“你干什么去？”

“土匪啊！杀人犯啊！好恐怖，还不快逃？”郑阿福急道。

“他不是你的偶像吗？万分地……”

郑阿福使命甩着袖子，终于挣脱了上官澈，跑了出去。“不跟你说，我得赶快通知女同门去。”

上官澈笑嘻嘻地瞧着许唯。“许唯，我真佩服你！把他们吓得鸡飞狗跳，屁滚尿流的！哈哈，这个计谋真是又富有创造力，又有想象力！介绍一下，创意从何而来？有请分享你的快乐！”

许唯脑门汗珠子大豆似的饱满，双脚高频率地跺着地，急得团团转。“这次是真的，狼真的来了！我以人格担保！”

上官澈笑得更起劲。“你有人格吗？撒谎时的惯用语又溜出来了！”

许思远也疑惑地打量着许唯，走上前伸手放到了许唯的脑门上。许唯终于发怒了，咬牙切齿。“我冒着生命危险来通知你们，你们竟然……好！我不用任何东西担保，信不信拉倒！”

张必行也开始怀疑。“拿出证据来！”

“证据？你看我一头的汗，是证据吗？”许唯伸过头来，把明晃晃、圆滚滚的汗珠子对着张必行的眼睛。

众人摇头。

“手上也有汗！”许唯摊开自己湿漉漉的手。众人仍旧摇头。

“爹讲你从小就爱出汗，要不，你还是换个别的证据吧。”许思远跃到许唯身边，拉扯着他的衣角，小声地提醒他。

许唯怒目圆睁，嘴巴也张成O形。两兄弟四目相对。

正僵持不下之际，一阵叽叽喳喳的喧哗传过来。只见女生们背着扛着大包小包的东西和郑阿福一起急跑过来。

凌小小跑在最前面。“你们还坐着不动?！郝拉风来啦！逃难哪，杀人犯！杀人如麻！”

看着女生们夸张、急惶的样子，上官澈更是乐不可支。“来了好啊！玉树临风，剑眉星目，豪气干云，称霸武林……你不是正想一睹郝帅的风采吗？”

许思远也捂着嘴儿直乐。“是呀，机不可失，机会难得、美梦成真！”

郑阿福冲着二人，把桌子拍得“咚咚”响。“你们有没有文化？知道什么叫叶公好龙吗？不知道理想和现实是有差距的么？”

肖潺抹着汗，扛着一个大包裹。“我勒个去，听说还强抢民女！衙门的人、捕头、蒋先生都不在，我们得赶快躲起来！”

上官澈拿起折扇，指指许唯，又指指郑阿福。“一个造谣，一个传谣。许唯还没有拿出证据来，证明他的诚实。”

“我……我，证据？给点时间，让我再想想……”

许唯拍着脑门，继续冥思苦想。

“好啊！许唯！”肖潺恍然大悟，扔下包裹，粉拳砸向许唯。

许唯吓得赶紧溜到庭院里。肖潺穷追不舍。两人正闹得不可开交，只见一名青衣布靴、神色慌张的老人，一瘸一瘸地拐到了书院门口。

“敌人都打到家门口了，你们还在自相残杀！那伙土匪扬言要到上上书院来，大概快过桥了。幸亏我走得飞一样快，我去通知你们先生。”

众人愣住了。

肖潺指了指书院远处的林间宅院。“才考完试，蒋先生他们都不在……只有尤先生可能在。”

老爷子一瘸一拐地朝着宅院而去。许唯第一个回过神来。

“饮水书院门房的胡师傅，你们都认得吧？他就是证据！你们不信我，现在回家都来不及了。郝拉风一伙个个手持亮晃晃的钢刀，那边院长和众弟子和他们讲理，被他们打得七零八落、落花流水、地动山摇……”

许唯极力找出一堆修饰性的词语，为自己的清白辩护。

张必行猛地打了一个激灵。“要是我，就把他们全抓起来当人质，让家里人交钱来！”

上官澈扇子吓得掉在地上，颤声说道：“那还不快逃?!”

一群人一愣神，然后像突然被惊扰的小鸟，叽叽喳喳，四处扑腾，到处乱飞。好不容易，众人终于慌慌张张选了几件行李，就要四散逃跑。却见尤先生和孙女尤香一道，从宅院的走道中突现，正步履匆匆地赶了过来。

“孩子们！别慌，大家一定要镇静！”尤先生招呼着大家。

众人终于收住忙乱的脚步，等着尤先生指示。尤先生指指后山。“尤香，你带他们从后门走，到土地庙暂避，天黑以后再转移。”

众人闻言，忙不迭地一窝蜂涌向后门。

尤香担忧地望着尤先生。“爷爷，您不走吗?”

“我留下来，和他们周旋。书院里有好多珍贵的书籍，防止他们纵火。我尽量拖延时间。你尽快想办法去通知捕头和知县大人。”

尤香仍是不走。“和土匪是讲不了道理的，他们想放火照样放。”

“你看好那些弟妹，爷爷一定会见机行事，你放心，爷爷知其可为再为之，不会做力量悬殊、毫无用处的事。”

上上书院外的林荫道上，威风凛凛来了一群队伍，果真是通缉犯郝拉风！他果真按照知县小姐描写的模样，穿戴整齐，器宇轩昂，带着几个喽啰，扛着大刀，竖着几面旗帜，一路大摇大摆而来。

一名喽啰小跑在前头探风，举着弯刀指指书院大门。“风哥，马上就到上上书院了！就是威震四海的上上书院哎！”

“铛”的一声，郝拉风狠狠敲了喽啰的脑袋一栗凿。“叫什么风哥？像土匪一样，忘了？我现在是饮水书院的院长！”

“是！是！风院长，不，郝院长！手下一定……”喽啰点头哈腰。

“铛”的又是一栗凿。“什么手下?！你忘了，你现在是书院的训导先生。”

“是！是！感谢院长栽培！”

书院的大门兀自伫立着，静静地，黑漆漆的大门反射出不怒自威的光芒。郝拉风感慨万千，停驻门前，仰望良久，两手叉腰，一副气冲霄汉、豪气干云的样子。

“他妈的！想当年，老子被七所书院开除了八次！一提起书院两个字，满脑子都是恨啊！现在老子终于吐了一口恶气了，马上又会兼任本地最有名气的上上书院的院长，厉害吧?”

小喽啰喜笑颜开。“当然，厉害！厉害！郝院长为我们这些不会读书的盲流报仇雪恨，我们现在正在翻身做众学子的领导。江湖弟兄们知道了，一定嫉妒得牙痒痒！”

郝拉风更加得意扬扬，红光满面，踌躇满怀地挺起胸，清了清嗓子，“额，那是必须滴，不论做哪一行都要有文化，才够档次。”

“是是！我们知道只要跟着你，就像跟着光辉向太阳，就一定有进步！”

半山腰的土地庙毛竹千秆，幽静隐秘。一群少年难民汲汲皇皇地冲进门后，匆匆忙忙、蜂拥而上闩住门。

随后，各自散开，就地坐在青砖的地面上喘粗气。尤香毕竟大两岁，和众人交代几句后，随即一路小跑，抄小道去搬救兵。

许思远环顾四周，"咦？尤先生没有来呢……"

沈千若也发现了，花容失色。"我以为……他和你们男生在一起。"

张必行羞愧地捂住脸。"是啊，我们都吓得自顾逃命了，竟然忘了保护先生。听见杀人犯、听见大砍刀就尿得没命跑……再也不配自称大侠了。"

"想不到我们这样胆小、这样怕死。惭愧死了，孟老先生是怎么教导我们的？'富贵不能淫，贫贱不能移，威武不能屈。'哎，关键时刻，一下子打回了原形。"凌小小顿足道。

"是的，现在静下来想想，真丢人！平时圣人之道学习了不少，可在危急时刻，丢盔弃甲，罔顾廉耻。呸，都是可恶的瞎拉风，竟然流窜到我们这里。"肖潺痛恨地捶着墙面。

郑阿福也是痛悔难当。"是啊！我现在是多么痛恨他，讨厌他！什么豪气干云，杀人如麻，称霸武林……全是他妈的鬼话！真正欺压到自己头上、杀到自己头上，才知道有多么多么可恶，毫无美感可言！"

"是啊，不走正道，成了恶魔，可怕、可恶、可耻！"沈千若百感交集。

上官澈痛心疾首地伸手指点着各位。"你、你，还有你，天天生活在自我幻想中，是非不清，美丑不辨，善恶不分。你们现在看到了吧？尤校长才是真正的英雄！忠于正道！正人君子，大道其行。郝拉风只是一堆垃圾、一堆粪土、一个恶魔!”

众人羞愧埋头,沉默不语。上官澈见状更是来劲,手指频点,唾沫横飞。“你们这些人平时个个自命不凡,想不到……”

“你自己呢?还不是吓得要死,第一个往山上跑。”张必行愁眉苦脸,嗫嚅着反驳。“这件事要是让人知道,以后都没有什么脸在江湖上行走,我呢,还有什么脸自称是张无忌的子孙?”

“是啊,不忠不义,不仁不勇……一定会遭到鄙视。”许唯瑟缩道。

沈千若和许思远两人终于最先渐渐冷静下来。

“鄙视倒无所谓,反正错事也做了,该承担的后果还得承担。现在我们更重要的是想办法如何解救尤先生。”沈千若思忖道。

“是啊,现在只有尤校长一个人在护守书院。汤师傅他们也一定跑了,尤香搬救兵不到明天也回不来。”许思远设想危情,后背一阵冷汗。

“是的,我们怎么可以让尤校长独自在那儿呢?我们太坏了,一群年轻人竟然让一个老人家保护我们,替我们站岗!”郑阿福后悔不迭。

“可是他们有刀啊!又凶残,武功又高。”许唯苦着脸,声音颤抖着。

上官澈也愁云密布地点点头。“而且他们压根儿就不是正常人,是杀人犯哪,杀一个是杀,杀一百个也是杀,杀人如麻,毫不手软啊。”

“啊——呵呵,这可怎么办啊?”肖潺哭了起来。

登上上上书院大门口的台阶,郝拉风踌躇满志,翻江倒海地回忆了一番不堪的往事之后，抒发了一番豪迈的感慨之后，自封与册封了各种职务之后，扛着刀，趿着靴子，大步迈向庭院。

整个庭院空无一人，只有清脆清晰的虫鸣鸟叫声，寂静异常。一名喽啰奇怪地四处打量。

“噫——？门开着？一个人也没有？”

郝拉风“哼”了一声。“这叫空城计！庸俗！想吓我。弟兄们，冲！”

郝拉风举起亮晃晃的大刀，领着四个手下冲进庭院，一直冲到讲堂的前面。仍没见到一个人影儿。

“这书院还真宽大、潇洒……可是人呢？一个人影儿、一根毛也没看见！”郝拉风兀自纳闷起来。

忽然传来一阵清脆的掌声，只见一位须发花白、器宇不凡、仙风道骨的老者从讲堂中飘然而至，向闯入者们微笑鼓掌。

“欢迎，欢迎！欢迎各位绿林好汉、各位特殊人才的到来！”

郝拉风愣了愣。“什么意思？特殊人才？”

尤先生笑了笑。“就是特别的人才。”

“老头，算你识相，其他人呢？”郝拉风四处张望。

“不好意思，刚好放假，事先不知道好汉要来。”

一名喽啰插到二人中间，瞪着尤先生。“不许叫好汉！要叫郝院长。我们刚刚把临镇饮水书院的院长撤职了，关起来了，我们郝院长已经是那儿的院长了，现在马上要接管上上书院啦。”

“原来是郝院长啊，幸会！”

郝拉风盯着尤先生，狐疑地揣测着对方的态度。“老头！不要以为几句廉价的马屁就能熏倒我，想当年我在江湖上混的时候，你还在……在……喂，你在干吗？”

“我在谴责自己。”

“谴责什么？”

“没你混得好，只能看着你混！”

一名高个的喽啰讨好地弯下腰，凑近郝拉风。“院长，他在夸你呢！”

“去去去！”另一名矮个的喽啰将他往一边赶，“看看，说你是文盲睁眼瞎你还不信，这是一个修辞手法，叫什么来着？……对了，一箭双雕！”

郝拉风愠怒地打量着尤先生，围着尤先生走了两圈。

“好啊！老头。想一箭双雕？坦白承认，你到底是几个意思？你到底是何许人？”

郝拉风走上前，就要伸手抓住尤先生的衣襟。忽然，讲堂后忽然传来一阵敲锣打鼓、欢迎恭请的声音。

只见几名男生举着一条横幅，从屋后的拐角处热情地迎了出来。绢布制成的横幅上，是一行龙飞凤舞的大字：

“热烈欢迎郝拉风大将军光临本院！”

讲堂前的土匪们一下子愣住了。

郝拉风瞪着尤先生。“老头，你不是说都放假了吗？”

尤先生略一沉吟，笑了笑。“这……正是故意安排的，想给郝院长一个惊喜。”

郝拉风瞧着欢迎的队伍，打鼓的、敲锣的、吹笛子的……忍不住收刀入鞘，高兴起来。“老头，没想到，你还蛮幽默、挺排场的啊。”

一行五人有点儿哆嗦，迤逦而行，来到郝拉风面前。张必行将鼓槌夹到胳膊下面，拱手行了个礼。

“郝将军，我们崇拜你！……崇拜……哎呀，都激动得发抖了。”

张必行掩饰着哆嗦。许思远敲打着一面铜锣箭步走到前面。

“大侠！我们仰慕您很久了，也盼了您很久，您解放了我们，您是我们的楷模。好汉中的好汉！大侠中的大侠……大大侠！”

许思远舌头紧张得打结，想拉直都使不上劲儿。郑阿福赶紧故意作出巴结的姿态，尽力把一张肥脸仰得像一个谄媚的苹果，凑到郝拉风跟前。“大帅，我是这里的大厨，远近闻名的，我去给您准备好菜好酒伺候您，您歇着啊……”

话没说完，郑阿福转身跑掉，忘了手中还扯着旗子，慌乱中踩到，跌了一跤，把另一头举旗子的许唯扯了一个趔趄。众喽啰笑弯了腰。

上官澈用笛子敲了敲郑阿福的屁股。“你他妈秀逗啊？怎么混的！竟然把旗子弄倒。”

“啊？太激动了……太激动了！见了郝将军佩服得五体投地。”郑阿福五体仓皇离地，爬起来便跑。

郝拉风一行人更是哈哈大笑，前俯后仰。

一名喽啰眯眯笑，诡异地凑到上官澈面前。“听说书院有几个妹妹，又漂亮，又有文化，我们郝院长正是为此而来……”

“哇——”上官澈跳了起来。“郝大侠真是侠骨柔情、怜香惜玉、风流不羁、性格浪漫呀！我喜欢！本来是有的……”

“可惜被我们气走了。”许思远接着道。

郝拉风疑惑地盯着许思远。“为什么？”

“我们一直把您当做学习的楷模，为了效仿您，从精神上接近您……就就……”许思远不知道如何继续说，赶紧草草收尾。

上官澈不耐烦地将许思远推到一边。“大家都是同道中人，有什么不好意思？还支支吾吾的。就是……听说您要来了，为了向您请教，我们事先学着您，想着法儿调戏她们，骚扰她们……哦，不是，是关心她们，热爱她们！”

郝拉风忍不住捂着嘴笑起来。“结果怎样？”

“结果，那班假正经一个个全跑回家了。”

郝拉风叹了口气，环顾着庭院，有些怅然若失。许思远赶紧接上茬。

“大侠，我们有一个恳切的请求，有一个强烈的夙愿……”

“什么什么愿？”

“您也知道，咱们书院是方圆几百里最有名的书院。有许多知名人物都到我们书院来作过报告。我切！那都讲的些什么呀！一点用也没有，差点没被他们郁闷而死！其实，我们真正想听的是您的大报告。我们想请您为我们讲一堂课，讲讲您的伟大光辉灿烂的英雄业绩，一定会让我们受益匪浅、没齿难忘！”

郝拉风得意扬扬，歪翘起半边嘴，大腿抖散起来，哼起不成曲的小调。

“这个嘛……”他使劲拉扯着大胡子，好让它们变成一丝丝灵感出来。

“您也知道，一般平庸之辈，一辈子都没机会到上上书院讲学的呢，就连旁听的机会，也是要走桃花运的。”上官澈藐视地撇了撇门外面。

“郝将军，您就不要太谦虚了，当仁不让，就应许了吧。”许思远继续怂恿。

郝拉风的脸莫名其妙地有点红，眼睛瞪着远方闪耀了几下光芒，满怀兴致地点点头。

张必行作出一个邀请的手势。"郝将军，前面就是讲堂，请……"

张必行、上官澈一边导引着，一边恭维着，和郝拉风一行奔向讲堂。众喽啰们脸上写满了兴奋、好奇和惊诧，兴高采烈、前呼后拥，大声欢呼："拉风老大，威震四海，学霸江湖，谁与他争！"

见众人拥入讲堂，尤先生一把抓住许思远。

"这是怎么回事？藏得好好的，怎么自己又跑回来，多危险！"

"尤先生，我们也怕得要死，但是您要是出了事，我们还有脸活下去吗？"

讲堂内，气氛热烈。四名男生和喽啰们恭恭敬敬地端坐在座席上，一拨又一拨的掌声之后，郝拉风终于不再发愣，开始发言。

"嗯哼……"郝拉风伸长脖子，靠近最前排的喽啰。"讲什么？"

"好像，人家都是先介绍自己。"喽啰赶紧递词。

郝拉风又哼哼了两声。"本人姓名：郝拉风，男，现年 26 岁，未婚，籍贯山东，中等身材，相貌……"

前排的喽啰皱了皱眉。"院长，这是演讲，好像……不能只顾自己说，一定要注意交流。"

郝拉风调整了一下坐姿，跷起二郎腿。"今天，本院长到这里来演讲，大家可以多多不耻下问……不过，你们也有权保持沉默，但是你们所说的一切都会被当做衙门里的那个……”

前排的喽啰“咳咳”了两声。“咳……院长，不宜太专业、太严肃，要讲得有文采，多用成语……”

郝拉风“啪”地一拍桌面，恼怒地站起来。“你他妈再插嘴，我一刀插死你！”

喽啰吓得脖子缩进衣服领，再不敢开腔。

郝拉风环顾四周，继续开讲。“今天俺作为声名昭著的一代名流，作为上上书院的刚刚故步自封的院长，今天到这里来发表一次蓬荜生辉的演讲，希望出口成脏、毁人不倦！”

讲台下热烈地响起一阵“啪啪”声。

“好！好！”喽啰们一阵阵叫好。

郝拉风威风地挥挥手，等拍手声平息下来。“可惜今天听讲的人没有到齐，大概到了五分之三，娘儿们没有来，真是红颜祸水一摊也。不过，既然都是一些感恩戴德的崇拜者，我就随便诳几句……坦白从宽嘛！”

众人的眼睛瞪得铜铃大，继续聆听“院长”的教导。

“你们都是学文化的人，学孔子、诸子，学老子、儿子、孙子，都看得懂秦代、汉代、当代的甲骨文，都会念七八个朝代的唐诗……但是，这有什么用？还不是……是什么？对了，对牛弹琴！当今世界谁有胆子谁就是老大，谁斗狠逞强谁就是英雄。还不如像我一样，找来些志同道合、味道相投、乌合之众的兄弟，一起出来混！一起显摆自己、一起粉饰自己、一起抬举自己……成为一个生活充实的人，一个闻风丧胆的人，一个遗臭万年的人！”

上官澈等人忍得眼珠快瞪出来，较紧牙关，不敢笑。郝拉风越说越有感觉，越说越带劲儿，直接跳到了讲台上，手舞足蹈、满面红光。把三尺讲台当做舞台尽情发挥起来。下面的听众越听越激动、兴奋，继续拍手。

“讲得真好！继续鼓掌！再请郝大侠讲讲如何在江湖上叱咤风云的奇迹吧！”张必行拍着桌子，要求恳切而热烈。

“本大爷的种种奇迹，那可谓是罄竹难书啊！想当年我路见富人一声吼，该出手时出了手，于是偷梁换柱，偷鸡摸狗，那真是巧夺天工，惊天地、泣鬼神啊！有一次，我拿把日月神刀，潜入一个员外家中，在月黑风高之时，在大家做白日梦之际，我项庄舞刀，杀人不过头点地，顿时谱写了一曲血染的风采，从此鸠占鹊巢，画地为牢，招兵买马，养虎为患，从此招摇过市，如日中天一发不可收拾……”郝拉风话匣子打开，像泛滥的洪水，肆意奔腾。

……

讲堂里，土匪和众人热火朝天，叫好声此起彼伏。继续热情高亢地探讨人生、讲故事。上官澈以准备晚饭为由，溜了出来，捂住肚子忍住笑，朝着厨房跑过去。

郑阿福不愧是大酒店的少东家，家学渊源，技艺娴熟，已经收拾出了一桌子眼花缭乱的丰盛美味。此刻，正领着尤先生，将汤师傅秘密藏匿在地窖里的两坛老酒搬出来。一会儿桌上已经摆上了五坛酒。

“我要笑抽了！简直太精彩了，太坑爹了！原来那个郝拉风是个不学无术的大草包。”上官澈笑得前仰后合，简单描述了讲堂里面的情景。

郑阿福也听得哈哈笑。“是这样的啊！那么……困难好像是被我们夸大了，恐惧也被我们夸大了吗？”

上官澈不屑地挥挥手。“一点都不怕了，那一群猪脑，我觉得我们应该把他们抓起来。”

郑阿福思忖片刻，摇摇头。“可不要大意呀，他们可是带着刀，杀过人的，万一他们兽性大发怎么办？论武斗，我们真可不是他们的对手。”

“嗯，武斗不成，那咱们文斗，来点神机妙算，怎么样？”上官澈转动着他那双绿豆般的小眼珠。

尤先生打开封泥，试了试桌上的两坛老酒。将两小包醒酒的药递给上官澈和郑阿福，叮嘱二人收好。“阿福说得对，千万不能轻敌！我们现在想办法把他们灌醉了，然后见机行事，一定要赶在明天巡捕来之前。”

“嗯嗯，汤师傅的酒，加上您拿过来的两坛，我……藏着的……一小坛，不信喝不倒他们。”郑阿福应道。

“对，我们轮番上阵，狂轰滥炸！”上官澈道。

尤先生严肃地继续交代。“性命攸关，你们一定不能真的喝醉！现在我先去换张必行和许唯过来，你们先服下醒酒的药。开席后第一轮，张必行和许唯和他们对阵。第二轮，我和许思远和他们对阵。等讲堂中的四人放倒后，咱们再实施下一步计划。”

“是！先生！”二人齐声答道。

尤先生点点头，朝着讲堂而去。见尤先生走远，上官澈朝郑阿福招手，让他凑得近一点。

“阿福，土匪们的酒量海量啊，一般深不可测，要是我们喝不过他们怎么办？我想来个荆轲刺秦王，挟持郝拉风这个傻叉，逼里面和门口的那个喽啰就范。”

郑阿福闻言大惊，后退两步。“你不要命了！我试过，外面守门的那个喽啰很廉洁，不喝酒；万一他又很忠义，挥舞大刀冲来营救……”

郑阿福坚决反对，上官澈只好妥协。“好啦，好啦！就当我没说。……郝拉风那个四肢发达头脑简单的傻瓜蛋！”

上官澈趁郑阿福不注意，将厨房里的一把刀藏在衣服里。刚藏好，却见郝拉风带着一名喽啰意气风发地走进厨房。

“哇！好香的美酒佳肴啊……今天一醉方休，做土匪的意义实在是太……”喽啰陶醉地感慨。

“哎，可惜书院的妹妹们不在。”郝拉风失望地打断。

上官澈讨好地笑着，上前几步。“我忽然有个绝妙的主意！可以弥补大侠的遗憾。其实那几位妹妹，虽然讨厌我们，但她们早就听过郝大侠的威名，如雷贯耳，十分仰慕，平日里还写了许多文章和诗歌来赞美你呢！”

“真的吗？”郝拉风眼睛陶醉地眯成了一条缝，兀自甜蜜地笑了。

“真的，等下宴会时，咱们拿来朗读给大侠听，包您一定欢喜！”郑阿福赶紧帮衬。

郝拉风高兴得哈哈大笑起来，合不拢嘴。“若是这样，本大侠可一定要多喝几杯！今晚不醉也不归啦。”

宽敞的待客厅中，依次整齐排开，摆放了各色美味，香浓诱人。郝拉风等人毫不客气，撸起袖子赶紧开吃。张必行、许唯热情地频频倒酒，谦虚地敬酒，不停地讨教江湖上的新奇见闻、威风壮举。

女生馆舍的窗外，上官澈和郑阿福溜了过来，打开窗户，跳了进去。

“哈哈！采花大盗来也！好香啊！”郑阿福朝空气中嗅了嗅。

上官澈打了郑阿福一巴掌。“你个色鬼，什么时候了？抓紧时间！”

二人找出笔墨，飞快地涂抹了几首赞美的诗歌。然后，开始翻箱倒柜，找出胭脂、水粉、裙子之类。

“哈哈，这个主意一定让那些土匪彻底瓦解，醉成八仙……我的天，胭脂、花粉、还有口红，藏得可真好！生怕人家知道她们是化过妆的！”郑阿福边说边开始化妆。

“所以我们一定要假装不知道，还要发自内心地称赞：妹妹清水出芙蓉，天然去雕饰啊！”

郑阿福对着镜子擦胭脂、描眉。“哎——真是三分的人才，七分的打扮！这下脱胎换骨，效果就是不一样！能赛过当年的杨贵妃！”

“是呀！本公子本来就帅，这样一来更是帅得不可抵挡！飞燕、玉环马上横空出世！”上官澈对着镜子左照右照，忸怩作态，舍不得离开。

“扮成淑女们的样子去朗诵赞美诗，那些土匪别说是喝酒了，就是吃屎也愿意！”郑阿福笑得眉眼眯成缝。

装扮完毕，二人乐不可支。上官澈提醒郑阿福。“好了，走吧！”

郑阿福不满意地扭头瞧瞧镜子。“你先走吧，我马上就来，有些地方还需要强调一下。”

上官澈装作女生的样子，一扭一扭，乐颠颠地翻窗走了。郑阿福继续搔首弄姿地抹胭脂。忽然，只见镜子里的黑暗中出现了一个模糊的白影子……

郑阿福顿时吓得汗毛都炸了，傻定在镜子前，汗不敢出。

“美女！”镜中人忽然叫道。

郑阿福腿脚发软，浑身哆嗦。“啊？是采花大盗吗？大侠……我是特美了点，但是很乖、很听话，千万别杀我啊！”

影子忽然笑起来。“磕个头，叫奶奶！饶你不死。”

郑阿福好不容易收过神来，怕怕地扭过头。竟然是凌小小，头戴青巾，身穿白色布衫，蓝色裤 ，打扮成男孩子的样子。

“好啊！竟然偷我……肖潺妹妹的胭脂，打死你！”凌小小一巴掌就要打下来。

“国难当头，共同抗敌，大家应同心协力，姑奶奶你大方一回好不好？”

凌小小笑笑，放下了手掌。“好。你打扮得这么漂亮，不忍心辣手摧花。你准备干吗去呀，和谁约会？”

“我和大色魔、大坏蛋、大土匪约会！你怎么跑回来，多危险啊！现在那些土匪可能喝得差不多了，我和阿澈准备让他们彻底挂掉！”

凌小小思索片刻，高兴起来。“那么说，现在只剩下大门口的那个土匪哪？”

郑阿福疑惑地打量着凌小小。“你什么意思？……虽然只有一个人，可那人手里拿一把杀猪刀！你们要是有个什么三长两短的，尤校长肯定在第一时间上吊！劝你还是等等……”

“你们去当然有事啦！至于我们嘛，一定可以万无一失地解除他的武装！”凌小小把握十足。

“和平解决？昭君和亲吗？”

凌小小促狭地一笑。“当然！你们那边差不多了，我就和沈千若去，先把他的刀骗走，然后你、张必行和肖潺……这样这样……”

郑阿福听得两眼放光，油然而生敬佩之情。“你真是一代侠女，智勇双全啊，在下简直……瞻仰！”

待客厅中，第二轮的敬酒已经开始。许唯、许思远已经快要摇摇欲坠，土匪们却还有三个精神抖擞，大块吃肉、大碗喝酒，兴致高昂。上官澈和郑阿福窥视一番，手握诗稿，跳了进来。

“各位大侠，郝将军，你们的仰慕者到了。”

众土匪一见二人的打扮，个个眼睛放光。张必行、尤先生等人也愣住了。

“为了弥补郝将军的遗憾，我们代表书院的淑女们特别献上诗篇，为郝将军助兴！”

上官澈清清嗓子，学着沈千若的声音和样子开始念诗。“将军威名冠中原，金戈铁马照烽烟。”

“好！”喽啰们一起喝彩。郑阿福赶紧给二人敬酒。

“今朝为君歌一曲，遥伴长风征凯旋……”上官澈一边念诗，一边满上一大杯酒，敬给郝拉风。

“太感动了，有文化的妹妹就是可爱！”郝拉风激动地一饮而尽。

郑阿福再次念诗，上官澈再次敬酒。土匪们兴高采烈！两名喽啰终于被放倒。只剩下郝拉风目光呆滞地坐在那里。

“真是一个愉快的夜晚！阿澈，你先陪郝大侠啊，我去方便就来。”郑阿福惦记着凌小小，撤了出去。

酒桌边，郝拉风拄着大鉞兵器，似乎在打鼾。上官试探地走上去，用手在郝的眼前晃。尤先生着急地朝上官澈打手势，上官澈愣没看到。见郝拉风没有反应，上官澈又不确定地摸摸其脸。

“你干什么？”郝拉风猛地睁开发红的两眼，瞪得铜铃一般。

上官澈惊得差点跳起来，吓得坐到了地上。“不……，不干什么。”

“虽然你很有诚意地扮美女，但是我仍然认得你是刚才吹笛子的小男生。”郝拉风打了个酒嗝。

“嗯嗯，将军英明！有眼有珠，认得好……”上官澈慌不迭地应承。

忽然，“唰”的一声，郝拉风将腰刀抽出了一半。

“那你为什么要动手动脚？讲！”

上官澈满头是汗，紧急地转脑筋。“那是因为……我……我怀疑你是我失散多年的哥哥。”

“啊?！凭……凭什么？”郝拉风惊讶得僵在那儿。

上官澈紧急地其脸上寻找。“凭……凭你眉边有颗痣！我妈说，这是找到哥哥唯一标志……”

上官澈哽咽地抽泣了两声，夸张地举起袖子擦眼泪。

“啊？真的？”郝拉风有点儿被闹蒙了。

上官澈更加动情地大哭起来。“哥呀——你不知道我们这些年是怎么过的？因为没有人保护，整天被人家欺负，所以我一直非常地自卑，非常地孤独！天天盼望期望有一天你从天而降，救我于水深火热之中。”

为了强化效果，上官澈趴到了郝拉风的膝盖上，使劲地摇晃。

“这……这……”郝拉风简直不知所措了。

“哥呀——”上官澈正在摇，忽然“当——”的一声，怀里的水果刀被摇了出来，掉在了地上。

郝拉风捡起刀。“啊？这是什么？”

上官澈慌得眼泪直淌。“哥——，这是……因为经常性地被欺负，我常常悲观厌世，感到生不如死，这把刀，就是准备自杀用的……可是哥你出现了，如此威武，如此强大！你鼓舞了我，鞭策了我！让我重新点燃了生命之火，你就像沙漠中的清泉，茫茫海上的灯塔，让我重新有了活下去的勇气……”

郝拉风动情地将刀放到一边。

“小弟，别伤心！以后有哥罩着你，再有人欺负你，你就报我的名号。我的名号在这一带谁听了都要抖三抖！小弟，咱妈在家吧，你带我去见见她。”

上官澈扭过头，暗自叫苦。

“哥哥，见不到了……咱妈已经死了！妈呀——”

上官澈把头埋到袖子里，悲痛地抽泣。郝拉风也掉下了眼泪。

“哥，我们好不容易见面，今晚一醉方休，纪念这个不平凡的日子！”上官澈擦擦眼泪，抬起头。

“好！再喝！”

上官澈替“哥哥”倒上酒，二人你来我往，顷刻又是几杯。许思远趴在桌上，快要忍不住，几乎要笑出声，嘴被尤先生捂住。

“这个上官澈，搞什么鬼?”尤先生小声道。

“大概想搞荆轲刺秦王，谁知出师未捷老妈先死了。”许思远小声道。

“无组织无纪律，还好有惊无险。”

此时屋内灯火通明，酒酣耳热，醺醺暖暖。书院外面的大门口一片漆黑，十分寂寥，一名喽啰带着刀在一边把风，不时朝着灯红酒绿的里处张望。这时只见沈千若和凌小小扭扭捏捏，略带羞涩地走过来。

“啊！郝拉风、郝将军，真的是他！耶!”凌小小指着喽啰赞道。

喽啰愣住了。沈千若高兴地鼓掌。“真帅啊！眼若寒星，面如朗月，鬓若刀裁，眉如墨画……”

喽啰暗自扭头笑了笑，掩饰着得意。“各位，其实我不是……”

凌小小赶紧局促、害羞地拱拱手。“您就不用再掩藏身份了，是金子，总是要发光的。我俩姐妹一看你，就知道你气度不凡，非同常人。我们也知道有很多女孩子仰慕您，您这样低调，是怕伤了我们的心……”

沈千若也是忙不迭地点头儿。“您真是太谦虚了！像您这样玉树临风、八面威风、气度不凡得逼人，岂是一般人能够伪装的?”

喽啰咧着嘴笑起来。“啊？真的？我有这么英俊潇洒?!”

“可不，自古美人爱英雄，您看我俩也算是美人吧？看看我们对您倾慕的神情，对您盼望已久的样子，英雄您还怀疑什么呢！”沈千若大方地赞道。

喽啰忽然低下头，有些黯然神伤……

“将军为何忽然有些感伤?”沈千若关切地问道。

喽啰悄悄擦了擦流下的一滴泪。“哎，人生得一只鸡，足矣！你们……让我现在才知道人生最大的悲哀是什么？就是已经是个帅哥自己却还不知道。”

“一只鸡？嗯嗯嗯！一知己。”凌小小机灵地领会，赶紧使劲点头。

“听说将军到了，我们特意冒着风险赶回来一睹英雄风采！”沈千若忍住笑，迎步上前，捧出一个系满彩带的很大很重的盒子。

喽啰盯着盒子眼睛泛起了彩光。“漂亮妹纸，你们这是在干吗呢，表达仰慕之情吗?”

“是啊！我们特意准备了一份重重的大礼送给您！”凌小小将大盒子转移到喽啰的手上。“英雄，里面有珍奇异宝，比较娇嫩脆弱，敬请您笑纳。”

喽啰双手稳稳捧住，迈开马步，屏住呼吸，任凭心跳雀跃，使出浑身的力气，犹如捧着一座沉甸甸的金山。

沈千若拿出一个花环，恭敬地戴到喽啰的粗脖子上。

“将军，我们准备了上好的女儿香茶，请您到咱们的馆舍品尝呢！然后边饮酒边欣赏礼物。”凌小小牵着喽啰的一只袖子，拉着往前走。

喽啰要飞起来了，兴高采烈地捧着大盒子，趋步前往。“嗯嗯，我最喜欢喝茶了！最最喜欢礼物美女了。这些东西一起来，简直是爽爆了。”

沈千若又从衣袋里取出一顶大帽子。“哦，还有姐姐让我带给您的一顶帽子。金丝绣的哦……”

帽子遮住了喽啰的眼睛。

“哎哟，不好意思，我来牵您这只袖子，给您带路，帮您拿着吧。”沈千若小心地抽过喽啰夹在胳膊下的大砍刀。

喽啰飘飘然，高一脚低一脚地在云端上踩着，忽然脚下被什么东西绊住，来不及掌握平衡，就重重地扑到地上。霎时一张大网从天而降，来个瓮中捉鳖，将他罩个严严实实。几双手将罩子上上下下扭捆结实了，然后牢牢摁住了正在扭曲挣扎的喽啰身体。

北厢一侧的待客厅里，杯盘狼藉。众土匪酒足饭饱，呼呼大睡，醉得云里雾中。上官澈和郝拉风互相拥抱，睡得昏天昏地，尤先生和许思远费力地把二人拉开。

许思远担心地朝大门的方向望望。

“先生，外面还有一个站岗的喽啰，我们要不要……”

尤先生打了个制止的手势。“不行，我不允许你们有任何闪失！你快去把郑阿福、张必行找来，我们一起先从后门离开。”

许思远正要出门，却见沈千若带领着一干人从门口进来。沈千若率先朝着尤先生行了一个礼。

“不听话的孩子，你竟然跑来！”尤先生惊讶地叱道。

“尤先生，这是我们的书院，为什么要让给这班土匪胡作非为呢？”

沈千若朝外面招招手，五花大绑、勒着牙口的站岗喽啰被郑阿福、肖潺、张必行抬了进来。凌小小带着绳索，招呼许思远等人，将屋内的喽啰捆起来。

“我们给您带来了一件笨重的礼物。”

“你们！你们！竟然冒这种险。”尤先生有些生气了。

“尤先生，我们没有冒险，都是经过精密策划、反复论证过的。因为有十足的把握，才敢这样做。”凌小小解释道。

“是啊先生，我们都很怕！但是大难当头，我们绝不能当逃兵，并且我们事先做了充分的谋划和准备。先生也曾教过我们《孙子兵法》《战国策》《三国志》等兵书和史书，知道不能一味逞莽夫之勇。况且，我们心里有底还是因为有您在，您在身边与我们共渡难关，我们相信一定会披荆斩棘、化险为夷的。”郑阿福还沉浸在智擒土匪的成就感中，滔滔不绝。

尤先生默默不语，陷入沉思。张必行接着劝解。“而且，后来事实也证明，我们团结起来是可以胜利的！能够用才智保卫我们的书院！”

尤先生感慨地叹了口气，摸摸张必行、郑阿福的头。

“孩子们，你们长大了！我很欣慰。原先以为你们还需要继续在长辈的羽翼下成长，低估了你们的勇气和智力。这次你们用行动表明——有志不在年高，自古英雄出少年！”

“噢——我们长大了！”众人欢呼、庆贺。

晨鸡破晓，黎明将至，书院厨房的地窖里仍旧一片漆黑。一群土匪被反捆住双手，严严实实地关在里面。郝拉风被第一个惊醒的土匪拍醒，气愤地叫嚷。

“浑蛋，你竟敢打老子，想死不成？”

“老大，你看看，我们动弹不得，全被捆住啦！”

“放我出去！我不服！你们耍赖！你们欺骗！你们耍阴谋诡计！”郝拉风回过味儿来，大声嘶吼。

几名喽啰纷纷被吓醒。

“哎——英雄总遭阴谋陷害。”一名喽啰贴着坚硬的栅栏哀叹。

一支火把出现在台阶上方，地窖里顿时亮堂起来。尤先生带着学生们沿着阶梯而下。郝拉风继续叫嚷。

郑阿福气愤地走在前面。“我呸！你们杀人、放火、打人、骂人，还算英雄？”

“好啦，现在被人整啦！不是你自己说谁有实力就是老大吗？现在滋味怎样？”张必行紧紧跟上。

尤先生盯着地窖里的囚犯头领，思忖着。“你真的是郝拉风吗？”

郝拉风瞪着尤先生，白了一眼。“当然啦！”

“你杀过人？”

“切！”郝拉风不屑地昂起头。“当然啦！你没看通缉令上写的吗？杀人如麻，称霸武林，万人景仰，豪气干云！我朋友讲：只有平凡的人才不敢杀人，大英雄可以随便杀人。”

“杀人的滋味怎样？”尤先生的眼中闪过凌厉的光。

郝拉风微微哆嗦了一下，仍是梗着脖子不服软。“滋味很好啊！”

“真的？”一边的喽啰怀疑地瞧了老大一眼。

“那被杀的滋味呢？”

尤先生仍旧逼视着郝拉风，郝拉风不由得将头转到一边。

“不知道，大概也很好吧！”

一边的小喽啰再次怀疑地打量着主子。“风哥……好像不是的喂，前天你的脑袋被门夹了一下，都痛得鸡嚷鬼叫、鬼哭狼嚎的！”

郝拉风伸腿踹了喽啰一趔趄。“你再插嘴，一刀插死你！”

喽啰缩头躲闪到一边，只观不语了。

“好，那被杀的滋味你马上就会品尝了。”尤先生依旧平静地陈说。

“我切！老子是被吓大的。”郝拉风扭头不理。

“今天上午，知县大人和巡捕就要回来，你的案子马上公审，杀人偿命，砍头的滋味大概比被门夹好得多！”

“你什么意思？”郝拉风终于沉不住气了。

“他的意思……”一名喽啰走上前，用手作刀状在郝的脖子上锯。

张必行高举火把。尤先生将一本《大明律》展示在众匪面前。“大明律法，为盗者当斩。杀人通缉犯郝拉风，你不是才杀了两个人吗？好好享受着最后一天的时光吧！”

“啊?!”郝拉风终于不拉风了，像被风拉倒的风筝，啪地一下，屁股跌到地上。喽啰也吓得两腿发软，瘫坐在地上。

“啊？老先生，他的喽啰有没有杀人啊？”喽啰赶紧爬起来，极为紧张。

“有没有杀人你自己不知道？现在全镇的人都知道你们就是郝拉风一伙，证据确凿，还想抵赖！”尤先生正色道。

郝拉风惊恐地爬起来。“不……不，我不是郝拉风。可不能让咱们来白白抵罪。”

喽啰赶紧上前做证，巴巴地望着尤先生，拱手作揖。

“都是咱们不好，得罪了贵院……是啊是啊，他叫任来风。我们本来是押镖路过的，咱们来风少东家忽然捡到一份通缉令，看过之后十分仰慕，于是想扮成他逞英雄、做学霸。”

“杀人的是英雄？那是因为被杀的不是你！这道理不用我说，你马上就要以身试法了。”

尤先生说完，就要转身离开。任来风趴到栅栏前面，扁着嘴绝望得快要哭出来。

“先生，我知道错了……请您给我做个证，您知道我不是杀人犯，不是郝拉风。”

喽啰想起了什么，赶紧往怀里掏，掏出一张“顺风镖局”的通关文书。

“先生、贵人！您可得帮帮咱们……我们也不是他的喽啰，而是他爹的手下。这是他第一次出来做事，我们的镖车还在驿站呢。他爹从小宠着他，咱们为了饭碗，也只能顺着他……来风少爷，快把你的胡子揪下来证明给先生看啊！”

任来风赶快揪假胡子，把和郝拉风有关的装饰：紫玉冠、虎皮靴等等一并仓皇脱下，扔到角落里。书院的众人忍不住笑出声来。

四名喽啰互相招呼着，给尤先生跪下。“求先生能原谅咱们，大不敬之处，还请先生多包涵。”

“怎么？不仰慕啦？”

任来风低着头，喃喃而语。“再也不敢了……现在我觉得好幸福，幸亏老天叫我不是他，幸好我没有真的杀人。”

“你记着，没有人有权随意夺走别人的生命，也没有人可以随意侵犯他人的权益。”

任来风赶忙点头应承。“是的，是的，我愿意加倍赔偿两个书院的损失。以后再也不道听途说，再也不心术不正，再也不搞歪门邪道……”

“我们无权审判你，也无权接受你的赔偿，你自己的事自己到衙门去说。”尤先生严肃说道。

“啊？衙门？”任来风又是一抖。

喽啰苦着脸，忧郁地瞧着他。“你爹一定会知道的，也不知道能不能再护着你，到时还指不定会发生什么！”

“这……”任来风急慌无措。

“难道还要用更多的错去掩盖前面的错？”尤先生喝道。

“不敢，不敢……”

尤先生不再言语，收起《大明律》转身离开。喽啰愁云密布，望着任来风。

“看来，跟着你过堂、挨板子是免不了的了。”

眼见尤先生走出地窖口，上官澈、许思远等人再次放纵地哈哈大笑起来。憋了一两天的笑，终于发泄出来。上官澈凑近栅栏边，朝任来风招手。

“喂喂，看在咱们一夜兄弟熊抱的分上，我们还是跟你说实话吧！”

“怎么哪？”任来风不解。

“你那个演讲真是太震撼了，简直惊天地、泣鬼神、错误百出、惨绝人寰！”

“啊？有这样严重？”

上官澈笑得说不出话，许思远接着解答。“唐诗就是唐代人写的诗，哪有七八个朝代的唐诗？”

张必行也笑了。“老子是李耳，孙子是孙武，哪有什么儿子？”

郑阿福用手捧着心口，做痛苦不迭状。“虽然我的功课最差，可是你用的那些成语，我的天啦！连我都要昏了！”

凌小小等几个女生“咯咯咯”地笑个不停。任来风羞得窜到众手下背后，藏到墙角去，几个喽啰赶紧帮忙遮住。

一名年纪稍大的喽啰痛心疾首。“少爷啊！虽然快 20 岁，还是回去上学吧！少结交些狐朋狗友，你爹叫你上学你不干，看看现在？丢死人啦！”

另一喽啰恨恨地冲着墙角，继续补充。“就是啊，不走正道，如今挨打事小，搞不好将来连老婆都讨不到的呀！”

数日后的溪州镇上，晌午时分。一群衙役鸣锣开道，镇民们聚在街道两旁，真正的杀人犯郝拉风正披枷戴锁，押解游街。形象十分凶残、丑陋、猥琐。

“看，阿福！你的偶像！”上官澈指着囚车上。

郑阿福正在吃烧饼，忽然被噎住，而后，“哇——”的一声吐出来。

“是啊，是啊，呕吐的对象！”

许思远日志

6月2日　天气：晴

近日的一番经历，让我深深体会到“忠”字的内涵和意义，就是不管任何时代，都必须忠实于正道、公义。我这种理解和通常大家认为的“忠”不太一样，也许大家的潜意识里，认为“忠”是对某个人或者组织忠诚不贰、忠心耿耿。但是冥冥之中我感觉“忠”并不是只看专注于对象而没有原则标准的“敬”和“诚”，而是首先忠实于正道、公义，正如这次郝拉风风波中我们所感受到和做到的。还是让我们先来探究“忠”字的起源和演变吧，看能否看点造字之初的端倪出来。

金文　篆书　隶书　草书　行书　楷书

忠，金文=（中，正而不偏）+（心），造字本义是内心公正，不偏不倚，不徇私情。金文的形象，好像一面插在战车上最中心位置的旗帜，方直周正。篆文基本承续金文字形。隶书将篆文的“心”写成。

从金文可以对“忠”的含义进行正本清源了。“忠”就是“内心”做到“中”。中，既是声旁也是形旁。要更加深刻理解“忠”的文化内涵，我现在不得不对“中”字进行一番文化学的考证了。

“中”本为空间名词，指称特定空间的中央位置或中间部分。但在甲骨文里，它的外形是“旗帜立于中央之地形状”。我至今记忆尤深的是在清华附中图书馆翻阅资料时的收获，当时无意中看到20世纪中国著名历史学家、文字学家唐兰先生的作品，他对甲骨文的“中”是这样考释的：“盖古者有大事，聚众于旷地，先建中焉，群众望见中而趋附。群众来自四方，则建中之地为中央矣。”由此可见，古代先贤对中央、中间这种地理方位有着特殊的认识和情感——中，代表着中心、核心和方向，是人心聚拢的焦点和民众公认的标杆。

还有著名的甲骨文学家胡厚宣先生说：甲骨卜辞里多有“立中”之占，“立中者，当为军事驻扎、武装垦殖或者是原始氏族社会立旗圈地开辟疆土的孑遗”。中，一旦设定，从此便是以此为中心，向四面八方进行扩散和建设。由此可以想见，在造字者的生活经验中，对他刺激最强烈因而印象最深的“中”，乃是部族立旗建中以聚众的经常性事件，这就使他据此创作出了表现旗帜立于中央之地的“中”字，表达出了人们共同的经验和认识，而且隐含着一种对社会伦理的价值评判：最典型的“中”是事物整体更是社会群体的核心所在，是社会群体中的每一位成员应该倾心向往和一致维护的地方。

这种价值评判，反过来又影响着或引导着人们对于词语“中”的特征的体验和认识。

“中”字应用到远古先民的日常生活里，除了表达空间概念外，更是播下了思想与道德的种子。

《尚书·盘庚》记载商王盘庚训导臣民有云：“汝分猷念以相从，各设中于乃心。”意思是：你们分内应当思考如何跟从我，各自理应在心中设立一个中正的准则。这类“中”，已由具体的空间领域活用到抽象的思想、道德领域，喻指思想道德上的不偏不邪、不左不右，从而使名词“中”引申出思想道德“中正”的新义。

另，《尚书·吕刑》一文，记录了西周王公大臣关于刑法的论述，多处谈到“中”，其中有云：

爰制百姓于刑之中，以教祗德。（中，适中之处）

故乃明于刑之中。（中，中正，无过无不及。）

罔择吉人，观于五刑之中。（中，中正，允当。）

罔非在中，察辞于差。（中，中正，合理。）

明启刑书胥占，咸庶中正。（中，正也，同义连用。）

罔不中听狱之两辞，无或私家于狱之两辞。（中，中正不偏。）

非天不中，惟人在命。（中，中正不偏，公正无私。）

今往何监？非德于民之中。（中，公允决断。）

属于五极，咸中有庆。（中，中正公允。）

我仔细琢磨这些古籍文献后，发现名词“中”所表达的都是“中正”“公允”一类的思想道德风貌，因而在上古文化的背景下上升成为用刑行政的主要准则。而这类“中正”、“公允”的思想道德风貌，在人们的体验中又都以不偏不邪、无过不及、恰到好处为基本特征，从而促使日常语词的“中”开始上升为哲学语词的“中”。

“中”在哲学意义上的价值标准，影响了儒家政治理想和思维传统——追求中正和谐，尤其是西汉大儒董仲舒继承并且发扬光大了这一传统。董仲舒将其直接运用于国家治理和社会文化氛围的营造之中，从而形成了“中正和谐”的系统思想，立倡思维方式上和社会实践中的“以中致和”。

在董仲舒看来，“中”是衡量事物的标准，无论是社会生活还是自然运行的地位和作用，“中”都是最核心的标准，追求、保持“中”是达到万事万物、人类社会、内心世界的和谐的途径。

董仲舒还认为，中是天下最美好的理想。在《春秋繁露·循天之道》中，他说：“始于中，止必中也。中者，天下之所终始也。……道莫正于中。中者，天下之美达理也，圣人之所保守也。”在董仲舒看来，“中”既是万物之始，也是万物之终，一切万物皆不可偏离“中”，所以，“中”是最高价值标准，是至高无上的理则。

同时，董仲舒还把自然法则和社会法则相贯通，使时序和方位意义上的“中”，演化为社会秩序和精神境界方面的“中”。进而，通过对“中”的肯定和提倡，使万物“各如其序”（《春秋繁露·五行之义》），最终达到“和”的结局。从此，“中”与“和”连用，由中致和，“中”是规则是方法，“和”是目的是结果。他说：“中之所为，而必就于和。故曰：和其要也。和者，天之正也，阴阳之平也。”（《春秋繁露·循天之道》）。无论是治国之道还是养生之道，都应讲求“中正平和”，以“中”为度、以“和”为本。

好吧，刨根究底弄清楚了“中”的内涵，再回过头来继续谈谈我对“忠”的理解。

我并不赞成《说文解字》等权威文章对“忠”的解析。例如，《说文解字》解释为：“敬也。从心，中声。”只会把“中”当作声旁，恰恰忽略了“忠”的本义即是“中”，“忠”最根本的意思也不是“敬”，敬只是“忠”的附属意义，只有内心做到了“中正，不偏不倚”，才能产生真诚的“敬”。同样，其他版本的解释也存在问题。《玉篇》解释为：“直也。”《增韵》解释为：“内尽其心，而不欺也。”《疏》：“中心曰忠。中下从心，谓言出于心，皆有忠实也。”《六书精 》解释为：“竭诚也。”《传》：“事上竭诚也。”

以上种种解释，虽然指出了“忠”具有敬、直、不欺、忠实、诚等特征，但是都没有指出“忠”的内核和灵魂是“中”。只有真正做到了“中”，人心才能达到敬、直、不欺、忠实、诚等特性。

但是现在国人一理解“忠”，脑海里就不由浮现出“忠于主子”“忠君”“君要臣死，臣不得不死”的封建愚忠思想。尤其是在两千多年的君主独裁的皇朝体制中，“忠”成为特指臣民服从于君主及其国家的行为规范和准则。尤其到了宋代以后，“忠”发展到成为臣民绝对服从于君主的一种片面的道德义务。对于臣民来说，效忠是第一位的，而不论效忠的对象是否合理、合情、合宜。

所以，随着满清帝国的灭亡，中国步入了现代社会。现代中国人一提起“忠”，心中未免烦躁、质疑，甚至拒绝将“忠”纳入中国传统美德的条目中。

拨开云雾见天日，我们再次正本清源，追寻儒学“忠”的发展历程，看看儒家强调的“忠”，到底有哪些要素。

在孔子和孟子是思想体系里，“仁”是万德之首，是内核。“忠”和其他德目（克己、爱人、惠、恕、孝、信、讱、勇、俭、无怨、直、刚、恭、敬、宽、庄、敏、慎、逊、让）一样，隶属于“仁”，忠是诚实的表现，是在仁义前提下的忠诚如一。

即使在君臣关系的定位里，孔子和孟子两位老人家，都是从君臣相对关系论述的，而不是要求臣子没有原则地、一味地服从君主。《论语·八佾》篇中，有一段鲁定公和孔子关于臣子忠于君的对话。定公问：“君使臣，臣事君，如之何？”孔子对曰：“君使臣以礼，臣事君以忠。”孔子的意思是，如果君主能按照礼来对待臣下，那么臣下就会尽心去做君主所任命的分内之事。

孟子甚至在《孟子·离娄》篇中，痛快地说：“子告齐宣王曰：‘君之视臣如手足，则臣视君如腹心；君之视臣如犬马，则臣视君如国人；君之视臣如土芥，则臣视君如寇仇。’”臣对君忠，是有前提的，除了情感因素外，当然还有“忠”德首先是合乎中正的。

在董仲舒那里，把“忠”的地位抬得很高，原因是“忠”就是“中”。“是故圣人之行，莫贵于忠，土德之谓也”（《春秋繁露·五行之义》）。显而易见，在董仲舒看来，木、火、土、金、水五行，分别居于东、南、中、西、北。“土”之所以至尊至贵，完全在于它的“居中”。居中，就能够起到稳定的作用，能够协调社会上各种关系，协调自然界各种关系，以及人、社会与自然之间的关系，从而使整个天人系统保持和谐。基于此，董仲舒高调抬举忠臣之义，孝子之行，皆因“取之土。土者，五行最贵者也，其义不可加矣”。（《春秋繁露·五行之义》）

历朝历代都有不少忠义之士，流传了许多可歌可泣的历史佳话。我们从他们的历史事迹中，也能触摸到“忠”绝不是简单的忠君报国，而是心中有大道，大道直行，中正高洁。

诸葛孔明在刘备三顾茅庐后，出山辅佐其成就霸业，鞠躬尽瘁，死而后已，一颗忠心立天地之间。北宋杨家将满门忠烈，抗敌殉国，“尽力死敌，立节迈伦，诚坚金石，气激风云，求之古人，何以加此！”南宋岳飞矢志“精忠报国”，“待从头，收拾旧山河”的一声吼，真是惊天泣鬼啊。还有陆游、文天祥、于谦、杨继盛、袁崇焕、郑成功、谭嗣同、秋瑾……在历史的长河中，“人生自古谁无死，留取丹心照汗青”（文天祥），“粉身碎骨浑不怕，要留清白在人间”（于谦），“生平未报国，留作忠魂补”（杨继盛），“死后不愁无勇将，忠魂依旧守辽东”（袁崇焕）……这些诗句如惊涛骇浪拍岸，淘尽千古风流人物，在历史的时空中亘古不觉、绵延回响！

总而言之，我理解的“忠”，是诚心居中，正直不偏。

对正义之事，尽心力去完成，心怀恭敬，忠诚无私。

曾子言：“忠者，德之正也。”

恪守公正，需要勇气，需要深思，需要责任心。心智未触及“忠实”的真谛，常常会随波逐流，被偏狭的浅见所误导。忠，不是愚忠。

忠实于真理、正道，而不被某些假象、虚浮的光环迷惑，也不被貌似强大的威胁恐吓，坚持真与善的信念，就一定能找到走出困境和困惑的方法。

最后，用《礼记》里的一段话来勉励自己。

《礼记》：“君子不尽人之欢，不竭人之忠，以全交也。”意思是，君子不会尽力去讨好别人的欢喜，不会竭力要人忠于自己。虽然欢乐是人的本性自然追求，别人都忠于自己那是再幸福不过的事情了，但是，欢乐和忠诚，这些可以作为我们自己对自己的要求，而不是自己要求别人去做到对待自己的。只有严于律己，宽以待人，才能成为一个豁达的人、包容的人、快乐的人，被大家衷心喜爱的人。

二　为了出名（名）

连续几个晴日之后，夏天火辣辣的性格就在空气中弥漫开来，让每一个接触她的人都感到那种让人晕醉的热情洋溢乃至泼辣猛劲。

正午时分，上上书院的一处角落里，张必行正头顶烈日拿大顶，汗流浃背，眼冒金星。为了坚持挺住，张必行咬牙切齿，面目扭曲，一边心里默念愚公移山，一边身体打战摇摇欲坠。旁边的石桌上，有一个计时的沙漏钟，正慢吞吞地流着细沙。

肖潺两手背在身后，腰间插着一根皮鞭子，一晃一晃，威严地踱着方步。一会儿瞪大眼珠子盯着张必行，一会儿眯着眼仔细瞅瞅沙漏，严格监督。

时光凝固，不再流动。张必行分秒煎熬着。

日头越来越毒，晒得脸蛋儿生疼，像用小刀子在暴露的皮肤上化了一道道小口子。肖潺一边踱步，一边从怀中掏出一个苹果，在衣袖上擦一擦，然后大口迎接，吧唧吧唧地吃起来。

“潺潺，苹果是不是很甜，很好吃啊？”张必行舔了舔嘴唇，直咽唾沫。

肖潺嘴巴塞满苹果，钩下头去，瞪大眼珠，打量着张必行。

“你是什么意思？……不，不好吃，很酸！大概还有虫。”

“你才什么意思，你以为我是狐狸，觊觎你的水果？”

“不是，我是怕说甜，你口水会流进鼻子里。”

张必行再次强忍了片刻。“潺潺……行行好，你不能换个地方吃？或者声音别那么响。”

肖潺忽然放下苹果，拍案而起，抽出皮鞭猛抽了一下石桌。“你休想！想偷懒不成？蒋先生要我监视你，等这个沙漏钟倒五十次你才可以下来，然后，劈叉倒三百次，然后，站马步倒八百次，然后……”

“够了！不知道他看上我哪点好，要这样折磨本公子？”

肖潺惊讶地瞪着张必行。“啊……？你……你是没记性还是没良心？是你自己在文章里面写要成为威震天下的一代大侠。拳打妖魔鬼怪，脚踢地痞无赖，扬善惩恶、匡扶正义、名扬四海，为书院争光。还要去考武举人，高中武状元，保家卫国，报效朝廷，声称侠之大者忠孝节义，士之大者为国为民什么的……忽悠蒋先生激动得差点昏厥过去，发了一堂课的抖，然后失去理智，决定自己倒贴，找师傅专门栽培你。”

张必行被倒流进鼻子里的汗水呛得直咳嗽，痛苦不堪。“我……当时也没想到会成这个样子。”

肖潺瞧着张必行狼狈的样子，哈哈大笑。“哎……可怜的蒋先生，他不知道你那天刚看了一晚上的武侠话本，然后心血来潮，走火入魔，不知死活，大放厥词……他老人家还以为，是经历了书院被匪人入侵的事件之后，你正义感爆发，顿生凌云壮志，说出了那些气吞山河的话。”

“本来就是这样的！这些都是我发自内心的……目标。”

“哇……了不起，真是一个纯粹的人，一个高尚的人，一个脱离了低级趣味的人，一个有理想的人！那你还有什么好抱怨的?!”肖潺“啪”将沙漏蹾在石桌上,倒了个个。

张必行绝望地瞟了眼沙漏。“不是我怕吃苦,是我觉得方法不对……哪里有这样傻乎乎练功的?全拼的蛮劲。冰冻三尺非一日之寒,也不能指望一天把一世的武功都学会啊。那个彭师傅一定骗了蒋先生,没有哪个大侠像我种样子闷的。”

肖潺跳起来,一个漂亮的倒立,面对着张必行。

“不这样怎样?我的武功之所以比你高那么许多,也是从小这样练的。”

张必行“哼”了一声,将头扭到一边,不屑一顾地揶揄。

“所以,你的三脚猫功夫才会这么差;所以,你才只能打赢郑阿福他们;所以,你才只能在书院里面耍淫威;所以,你才只能叫做潺潺,没有一个人叫你肖女侠,更没人喊你仙姑;所以,你虚度年华,碌碌无为,一事无成,一点名气也没有。”

“你……!”肖潺生气地跳起来,重新站好,狠狠握紧皮鞭子。

正要发作,却见蒋先生匆匆朝着二人走过来。

“按照彭师傅规定,下面应该练习什么?”蒋先生打量着张必行,询问道。

“练劈叉,先生!”肖潺高兴地应道。

“嗯,劈得直不直?”

“直。”张必行抢先答道。

“不直!”肖潺抬高声调,十分肯定。

“到底直不直?”蒋先生怒视着二人。肖潺缩缩头,不敢再吱声。

“……比较直。”张必行吞吞吐吐。

“那就是不直！跟我来。”

蒋先生不容置疑地命令道。张必行翻身站稳，惶恐地跟在蒋先生的后面。肖潺抿着嘴儿，蹦蹦跳跳，欢天喜地地挥着鞭子，跟在张必行的旁边，不时扭过头来欣赏着他的表情，并扮各种夸张的鬼脸。

角落不远处是一棵茂盛的梧桐。高高的大树枝丫上，吊上了一个滑轮，在热风中晃悠……张必行抬起头来害怕地看滑轮的顶端，被明晃晃的日光刺痛了眼睛。

“先生，您这是……要干什么？”

蒋先生瞧也不瞧他一眼，面对着肖潺。“肖潺，你把张必行扶好。”

“是！先生！”肖潺十二分乐意地跑过去，紧紧揪住张必行。

蒋先生将滑轮上的绳子套住张的一只脚，缓缓地拉滑轮的另一边。

“啊……嗷……救命！”张必行疼得大声惨叫。

夜晚，烛光跳跃，忽明忽暗。男生馆舍中，诸位从藏书馆回来，各自准备就寝。张必行趴在床上，高一声低一声，不住地叫唤。

郑阿福笑了起来。“一代名侠，怎么样？头两天就熬不住了。不过，我的记忆当中，大侠们个个英勇盖世、意志坚定，不时兴这么叫唤的，尤其你这种惨绝人寰的叫唤声。”

张必行暂且忍住，收住呻吟，愁眉苦脸。“咱不是怕疼，只是天下竟有这样愚蠢的练功方法，你们听说过有哪位大侠是用滑轮拉出来的？蒋先生找的什么师傅嘛！”

郑阿福也是一愣。“啊？是这样子的？一点技巧性都没有？”

“是啊，全是教人如何很低级地虐待折磨我。”

郑阿福跳到了床上，舒服地躺下，缓缓吐了口气。“哎……真是枉费我羡慕你一番。据我所知，众所周知，凡是高深上乘的武功一般都有武林秘籍和内功心法什么的，而一旦掌握，羽化登仙，武功一定突飞猛进，一日千里！”

上官澈也来劲了。“对！这种高级的秘籍一般掌握在像太极张三丰这样的名家手中，而且深入浅出，一学就会，一通百通。”

张必行“嗯嗯”地点头。“我就觉得是彭师傅的水平太差，方法落后。那都是些虐人法子，不是练功法。”

“可是再差人家也是你师傅啊！”许思远插言道。

“此言差矣……”上官澈冲许思远摆摆手，又转向张必行。“你师傅姓彭是吧？据我所知，众所周知，姓彭的人当中好像还没有出过一个天下级的大侠，相反，他们几乎包揽了所有武侠话本中跑龙套的小角色。”

“可是总比咱们强，比必行强吧。三人行，必有我师。”许思远不同意。

张必行苦恼地噘起了嘴。“可是按这样的速度，等我成为一代名侠早都五十岁了，那还有什么意思？像人家小李飞刀十五岁就例不虚发，名扬天下，有多少少女为之倾倒，为之疯狂啊！”

郑阿福哈哈笑起来。“老张终于讲真话了。”

“那当然，事业和爱情那都是很神圣的。我完全能够理解！成名就是要趁早，要不然等年纪大了，想要威风、伴美人，得意扬扬的心气儿早没有了，还要名声何用？”上官澈侃侃而谈。

郑阿福连连点头。“所以啊，老张一定要去拜一位名师，才能早日冲到武林的前沿，当上武林盟主、一代枭雄，名扬天下……”

张必行长叹一声。“哎……真是精辟啊，你们说到我的心坎上去了。”

数日之后，迎来了一个阴风瑟瑟、细雨萧萧的早晨。

正轮到张必行和郑阿福值勤。一大早，二人抬着一大筐子的垃圾，吃力地运到书院不远处的垃圾清理点。

正要往回走，一阵古怪的长风掠过，树木沙沙作响，气氛变得有几分肃杀吊诡，仿佛似曾相识。张必行忽然感觉到什么，回头望去，却见不远处有一乞丐模样的人蹲在山坡上，意味深长地瞅着他们。

张必行不禁停下脚步。

只见此人首如飞蓬、形象邋遢，但是在萧瑟冷风中，长发乱舞，衣裾飘飞，颇有几分神秘的味道，似乎隐约可见世外高人的风采……

“你看，那边是谁?”张必行拉拉郑阿福。

“乞丐。”

“你不觉得他很特别，有些与众不同?”

“面黄肌瘦、蓬头垢面，一定几天没吃饭没洗澡，当然与众不同。”郑阿福急着要走。

“但是我仍然觉得有些另外的与众不同，你仔细看看……那种深邃的闪烁的眼神，那种高深的莫测的表情……还有那种意味深长的微笑，放纵不羁的举止，漫不经心的态度，道骨仙风的神韵……”

一大波的武侠词汇呼啸而来，郑阿福很快被感染了。他再扭头定睛朝神秘人士瞧了瞧。

“真的吗？有这么神？我再看看……是啊，乍看不觉得，不过经你这么一说，好像还真有几分高人的味道。”

张必行越发欢喜。“就是呢，高人们常常都不愿意表现自己，他们善于韬光养晦、处事低调，甚至故意乔装打扮……但是有些风采那是怎么样也掩饰不住的！”

“是啊……还真像你说的，我走近看看。”

郑阿福笃笃笃地跑到乞丐面前。

乞丐扭转身去，不愿睁眼瞧他们。郑阿福左右打量乞丐。乞丐不理不睬，保持着严肃神秘、晦涩莫名的表情。

郑阿福观察一番，快速地跑回去汇报。

“除了样子比较酷，倒没有其他特别之处。另外，有根打狗棍丢在旁边，好像还有一些袋子藏在草丛里。”

张必行顿时耸立在那儿，紧张无比。“几个袋子？”

“大概……有七八九个……”郑阿福掐着指头，回忆，忽然大惊。“九袋长老！丐帮！？”

张必行兴奋地点头。“对啊！还有打狗棍，那可是丐帮帮主的权柄！啊！说不定他就是威震四海、名扬天下的丐帮的现任帮主呢！”

张必行喜形于色，眉飞色舞，摁住快要跳出来的心脏，强制平静片刻，“老天保佑，老天保佑，真是踏破铁鞋无觅处得来全不费工夫啊！”就要朝着乞丐跑过去，被郑阿福拉住衣袖。

“老张，要万一认错了怎么办？”

张必行将手中的扫帚、地上的筐子塞给郑阿福，朝着乞丐走过去。“我先去问问，回来再告诉你。”

乞丐瞥见凑过来的张必行，眉头紧缩，心中暗暗叫苦：“妈的！怎么还不走，竟然跑过来了，老子还等着捡废纸呢！今天真他妈邪了门了，莫非他们知道废纸收购涨价，还想卖给我不成？难道我这样命苦，命中注定和这些高价废纸无缘？不行，不能轻易放弃！先给点颜色吓吓这俩小子！”

乞丐伸手从怀里摸出两个貌似铁球模样的球，瞅着张必行，在手中转动。谁知，对方并没有被吓退，反而围着自己绕起了圈子，越看越兴奋。

二人如此相持了半晌，乞丐几乎快要绷不住了。

“这样还吓不住他？只好出绝招了……不行就投降。”乞丐暗暗下定了决心。

张必行正定睛瞧着铁球。乞丐忽然运气一捏，铁球瞬间碎成了粉末！

张必行忽然扑通一声，跪在乞丐的面前。“高人在上，在下张必行，欲拜高人为师，学习武艺！”

张必行虔诚地磕了一个头。乞丐惊讶得差点摔地上，赶紧用手撑住地。

“在下知道您是真人不露相。丐帮名闻天下，在下仰慕已久！”

张必行继续磕头。乞丐终于反应过来，缓了缓惊诧的心情，计上心来，捂着嘴暗自发笑……端起范儿，正经地盘膝而坐。

“真是英雄出少年！我一直刻意掩藏身份，还是逃不过你的慧眼。”

张必行闻言，大喜！“那您是愿意收我为徒啦！”

“这个嘛……”乞丐作出庄重而肃穆的姿态。“我们丐帮一直是天下第一大帮派，不是谁想进就可以进的，这个要看你的机缘，也要看你的表现。”

张必行欢喜得不知所措，不由得连磕几个响头。“大师在上，我定当勤学苦练，绝不辜负您老的栽培！”

“那好，你先帮我把那堆废纸装好。”乞丐指指灰堆里的纸。

张必行立刻跳了起来！欢天喜地，拿起乞丐的袋子装废纸，瞬间完成了任务。随后，二人一前一后，背着几大袋废纸向镇上走去。

夜晚的男生馆舍，两支蜡烛熊熊燃烧。虽然只有张必行、郑阿福两个人，整个房间却被一种热情洋溢的气氛笼罩。

张必行兴致勃勃，正在化装，撕成条状的外衣，套上；一条本打算扔的抹布，绑在头上；用蜡烛将鞋子烧出七八个洞，穿好……左右看看，觉得仍然美中不足，忽然拿起鞋子，用鞋底在脸上用力摩擦。

“看看，大侠我这个新造型如何？”

郑阿福一边转圈儿打量，一边啧啧赞叹。“简直帅呆了！酷毙了！新一代丐帮弟子、未来的丐帮掌门从天而降，横空出世！……但是他真的是丐帮长老吗？”

张必行指着黑乎乎的天发誓。“绝对没错！我亲眼看见他把两个巨——大大大的钢球捏碎！”

郑阿福瞪圆了眼，激动起来。“真的？太不可思议了！传说中的武林高人真的这么神啊……”

郑阿福扭着手，围着张必行转来转去。“确实越看越像高人，我也该跟着你去的……他收你为徒了吗？我也想拜师，迟不迟？”

“师傅说了，能不能拜师那要看各人的表现。”

“那我和你一起去！”

于是说做就做。郑阿福情绪高涨，在头上乱揪一通，拆去发髻，把头发拆散。“老张，帮帮忙，把衣服撕破。”

张必行十分热心地将郑阿福的衣服乱撕一通，并从各人的床底下搜出一些多时未洗的臭鞋，在阿福的脸上涂抹一番。

“今天晚上我们就加入丐帮去讨钱，然后把讨到的钱全部交给师傅。”张必行幸福地憧憬。

门口，上官澈打头，领着一群人抱着书籍，正从藏书馆回来。众人推门而入，立刻被眼前的一幕震惊了，继而捏着鼻子——屋里的臭鞋实在是太臭了。

郑阿福笑着，朝众人打了个招呼。“告诉你们一个好消息，我们已经加入丐帮，马上就要学到盖世神功——降龙十八掌！你们以后遇到什么事需要摆平的，尽管开口，看在咱们同门的分上，我们一定会拔刀相助，罩着你们的！”

上官澈倒捏着鼻子憋不住气了，只得吸一口凉气，吐着舌头。“……有这等奇事？”

“这叫蒋先生看到，会有什么后果？”许思远第一个联想到现实。

张必行闻言，皱着眉头思忖了片刻，赶紧招手，拢住各位。

“所以，在我们成为一代大侠，名震武林之前，请大家一定要保密，先默默无闻低调行事，切莫声张。”

郑阿福也继续强调。“对对，低调、保密……拜托，帮我们盯着，千万别让先生发现，也别让那帮丫头知道，她们嘴巴太长了，肯定又会告到先生那里。我们晚点就回来。”

“阿福，现在后门没有人，我们到池塘泥巴里打两个滚，就可以出发了。”

张必行、郑阿福二人雄赳赳、气昂昂地走了，剩下上官澈、许思远等人呆若木鸡地站在原地。

又是一个注定不平静的夜晚，众人再也看不下书，纷纷猜测张、郑二人的奇遇。两个时辰快要过去。就在众人分成两派，议论得快要爆棚之时，张必行、郑阿福终于蹑手蹑脚、悄悄地推门溜进来。

“二位长老，收获不小吧？”上官澈兴奋地迎上前。

烛火已经快要熄灭，二人一言不发，瞪着烛火，眼神顺应着烛光，忽明忽暗，神情十分黯淡、沮丧。众人好奇地围拢，关切地询问。

“我呸！”张必行终于吐声。

郑阿福愤愤不平地坐到床上。“这帮人，真是铁石心肠！一点同情心也没有。”

“怎么样？”

“钱没挣到，还被一胖大嫂跟在后面骂了一顿！”

“说什么年纪轻轻，做什么不好，做乞丐。要是她的儿子她一定撞墙而死，气死祖宗十八代等难听的话，一点同情心也没有，竟然还拿着扫把追赶我们。”

郑阿福气愤地抱怨。张必行也是余怒未消，气愤难遣。

“哼！气死了，真是燕雀安知鸿鹄之志！这就是所谓的市井之徒，世俗的偏见！讲话和狗叫没有什么两样！”

“可是，狗叫能让你们这样生气，感慨万千吗？”许思远疑道。

“那位丐帮长老是怎么说？”上官澈显然十分关注。

“自然是很不高兴，说是再没有什么成绩，拜师免谈。”郑阿福发愁道。

上官澈上下打量着二人，托着腮帮子思考。“我觉得问题主要出在你们俩年纪轻轻，看上去太强壮了，太鲜嫩了，才讨不到钱。”说完，嘿嘿地调笑了一番。

张必行不耐烦地道：“去去，净说风凉话，是兄弟就快出点实用的主意。”然后蹲到床头，十分郁闷。

“算了吧，说不定人家是骗你们的。哪有看乞讨业绩来决定是否入帮会的。”许思远劝道。

郑阿福头摇得像拨浪鼓。“思远，你这不知从哪个朝代来的人，就不懂了吧？哎，我说，有时候你真不像咱们这个时代的人……想法太多，老是担心被骗。完全不是诶，那位长老有个十三岁的女儿，说她将来一定要比武招亲，没有几下子，没有个武艺高深的老爹，能夸这种口吗？”

张必行一咬牙，猛地从床上跳起来。“不行！我一定要试试！”

张必行翻箱倒柜，拿出钱袋和零钱，逐一地分给每一个人。这下子连上官澈都惊呆、愣住了。

“老张，你什么意思？你疯啦？”

“没有，再没有比现在更清醒的了。再没有比这更好的办法了。明天正好是旬假，我和阿福去师傅住的小客栈前面讨钱，你们就假装过路的人，把这些钱施舍给我们！”

许思远捧住被塞到手里的钱币，不知所措。“老张……我看你想出名想疯了。”

张必行不理，继续发钱。

郑阿福无比支持地伸手接过钱。“出名有什么不好？你不想？反正我想！老张，我支持你！来，把钱给我一半，我去游说那些女生，她们一定会积极配合，让我们圆满完成光荣的任务，这样，才能通过大师的入门考验！”

上官澈也跳了过来，积极出谋划策。“对了，淑女们一定会支持的！不过，你们的样子还不够惨，谁见过像你这么满肚肥肠的乞丐？应该这样、这样……”

溪州镇东郊远处的官道上，车水马龙，人来人往。一家不起眼的小客栈破破烂烂、羞羞答答地斜躺在柳树丛后面。

两名乞丐衣衫褴褛、满脸黑灰，正靠在柳树边乞讨。张必行拄着拐杖，吊起一只胳膊一条腿。阿福则扮成一个闭着眼的瞎子。

“各位路过的大叔大伯，大妈大姐，可怜可怜这两个残疾人吧！”郑阿福神情悲戚。

大道上，上官澈衣冠楚楚、扇着扇子，嘚瑟地走过来。“哎呀——真是一个表现自己崇高美德的好机会，我老婆说她最喜欢有同情心的人，这真是一个积德行善、提高修养的好机会，老婆一定更爱我！”

上官澈一边高声嚷着，一边“铛铛”几声，将钱投进二人面前的破碗。然后，张扬地迈着方步，满意地消失在众路人的注目礼中。

许思远则从另一条小道绕了过来，一只手背在身后，一只手掐着指头演算。“按照黄历、相书所说，今天是破财消灾日，扔他一钱，一定逢凶化吉，时来运转！”

几名路人听到，驻足观望，将信将疑。

许思远将钱币放到碗里，摸着假胡子满意地离开。不一会儿，只见沈千若一摇三摆，弱柳扶风地走过来。忽然见到两名乞丐，顿时花容失色，惊叫连连。

“啊？这真是人间的悲剧！啊！白日青天，太平世道，竟有这等悲惨的事情，真是天地不仁，以万物为刍狗！啊！本小姐太伤心了，这就是所谓的命运不测……”

沈千若边放钱，边抹着眼泪，悲天悯人，楚楚可怜。

张必行、郑阿福感动得直作揖。“小姐，你真是好心，真是知书达理，秀外慧中，有教养！我们下辈子也忘不了你的恩德，当牛做马报答小姐！”

两名读书人模样的行人被刚才的一幕幕感染，也在破碗里放下几枚钱币。

围观的众人正要走散，忽然，一阵呜呜咽咽的哭声传过来，众人诧异地扭头望去……却见一名脸色惨白、身材瘦削、蓬头垢面的女孩子大哭地扑过来，一下子抱住了其中的一名乞丐——郑阿福。

“哥——你怎么出来讨钱了？我就是病死了，也不能原谅自己的——我们回去吧！哥呀！呜呜呜——回去吧……”

郑阿福一愣，也被煽动得顺势哭了起来。“妹子，好妹子，只要你好起来，哥做什么都是应该的……”

二人你推我搡，哭天抹地，天昏地暗。众人的同情心被极大地调动、感染，纷纷给钱，陪着抹泪。

许唯、上官澈躲在远处，看得快要笑抽了。

“好感人的一幕街头剧啊！这观众比演员们还真实、还动情。”

上官澈拿袖子擦着眼泪。“不知道是感动还是笑的，我的眼泪都掉下来了……虐心啊！煽情啊！”

许唯忽然笑着扯扯上官澈。“阿澈！快看！高潮到了。”

只见肖潺扮成了一名智障人士，目光呆滞、呵呵傻笑，流着鼻涕，揪住了张必行。

“爷爷，爷爷……你和小婵捉迷藏是不是，小婵饿了，要吃饭……你不要小婵了是不是？小婵饿，爷爷，奶奶饿……”

张必行尴尬不已，惶惶不知所措。“回家……回家，爷爷马上给你买啊。”

心酸、悲惨的场景，再次引发了又一轮施舍的高潮。张必行和郑阿福的面前堆满了钱，叮叮当当地滑到地上。

病妹妹和傻妹妹二人终于互相搀扶，走开了。张必行和郑阿福偷偷地窥视着小客栈的方向。

“平时还真看不出来啊，淑女们的演技真高啊！真够义气啊！”郑阿福小声道。

“真是人多力量大！有组织有纪律、有策划有阴谋就是不一样！”张必行悄悄应道。

“是啊！好多钱，发财了，我都不想读书了，当乞丐算了！”

郑阿福正闭着眼睛，兴奋地念念叨叨，忽听一声大喝。

“郑阿福！”

“啊？谁……谁？谁叫郑阿福？你认得郑阿福？”郑阿福一时没回过神。

“当然认得！”声音有点变调。

“我是个乞丐，还是个瞎子，满脸污秽，哪会是郑公子？你认错人了吧？”

“别说你是瞎子，是乞丐，就是被剁了喂狗我也认得！”

“我不懂，我看不见，你是谁？”郑阿福伸手去摸对方。

“我是你爹！”

张必行和藏在一边的人早跑没影了。郑阿福正想逃跑，被郑大一把揪住，脱下鞋板猛揍。“臭小子！好好的书不读，竟然扮乞丐要饭！打死你个不长进的小骗子，小骗子！”

郑大气得头顶直冒青烟，吼声传出几十里，施舍的众人急忙赶回来。

“啊?！原来是骗子？”众人一哄而上，将钱抢光。

抄小路，穿山路。张必行、上官澈、许唯三人一伙一路飞跑，终于在书院的后门口停下。上气不接下气，弓着背，扶着腰，靠着院墙，粗重地喘气。

张必行沮丧地在墙角蹲下，打了自己一巴掌。“典型的偷鸡不成反蚀米，还连累阿福挨打。原来三百六十行，行行都不是省油的灯。加入丐帮怎么就这么难啊？”

“有志者事竟成，这只是偶然的失误！何况你这是做大事，为国为民侠之大也。”上官澈鼓励道。

张必行惆怅地望着阴暗的天空。“看来是来不及了，听师傅的女儿桂花说，他们过两天就要离开，好像是去主持丐帮在轩辕台的大会。”

上官澈忽然兴奋地一拍扇子，仿佛得到天启一般。“对呀！怎么忘了？你师傅还有个女儿呢！”

“什么意思？”

“还不能领会？三十六计之美男计呀！只能出此下策了。”

许唯担心地插进来。“那老张的表妹什么办？”

上官澈甩开扇子扇风。“怎么办？凉拌！表妹根本就不喜欢他，是吧？况且任何成功都是要付出代价的，俗话说：舍不得孩子套不着狼，是吧？”

张必行蹲在墙根，矛盾地抱住头。“你俩别讲话，我内心正在激烈的矛盾、纠结中……”

“还斗争什么？擒贼先擒王！如果他的女儿看上了你，一定会站到你这边，说服他老爸教你武功。说不定老爸还会将毕生的功力倾力传给你，你马上就能成为丐帮数一数二的人物，一夜之间成为武林翘楚，然后在轩辕台大会上力克群雄，成为天下第一帮会的帮主。顷刻之间，武功、美人、威名齐刷刷地来，再没有比这更短平快的捷径了！”

上官澈眉飞色舞地描述。张必行也抬起了头，思忖着，眼睛开始放光。

许唯听得一头雾水。“这个构思听着怎么这样耳熟？对了，是讲一只老熊捡到一个鸡蛋的故事……”

“滚一边去！”张必行冲着许唯斥道，起身面对着上官澈。“阿澈，真的呢！不过那个姑娘不漂亮，还傻得很，好像完全混沌未开的样子。”

“所以，这就要靠你去启发啦。”

许唯再次疑惑地插进来。“不过，这样的婚姻大概会不幸福吧……”

“你又不是我，你怎么知道我们幸不幸福？我愿意！……不过，应该怎么追呢？”张必行生气地嘟囔着，再次陷入沉思之中。

上官澈用扇子敲了敲张必行的脑袋。“死脑筋！看了那么多的武侠书是白看了。女孩子喜欢一个人，不是因为佩服，就是因为同情。如果是既佩服又同情，那简直就是毁灭性的！”

“怎么才能叫女孩又佩服又同情？”张必行神往地问道。

“天哪！还用我教，再翻翻那些被你啃破的武侠书去！”

上官澈收起扇子，以许唯为假想的追求对象，一边讲解，一边表演。

“你先赞她漂亮。”上官澈对许唯作出赞美、献媚的表情。

“然后一起出去玩。”上官澈牵着许唯的手，然后使劲一扯。“然后忽然落水，然后一起到山洞去烤衣服，装得像个正人君子一样。”

上官澈放开许唯，做严肃高贵、一本正经状。“在她换衣服的时候走出山洞。然后躲到外面学狼叫，噢——嗷嗷——然后回到洞里安慰她、保护她，然后她一定吓得抱紧你。”

上官澈抱住许唯，然后又推开，并打了自己几巴掌。“然后你出去空手擒狼。她对你的景仰顿时喷涌而出，如滔滔江水，绵延不绝！”

“再然后呢？”张必行兴奋难抑。

“然后你在外面兜一圈回来，假装身负重伤。”

“什么样的重伤？”

许唯也忍不住帮腔。“什么样？吐血呀！武侠书里的大侠在女孩子面前都吐得天翻地覆昏天黑地的！”

张必行喜出望外，跃跃欲试。“对了，这一招，连坏蛋都能打动无知少女呢。那像我这样的君子……不过，鲜血怎么吐得真实？”

“这个我知道，提前到食堂向师傅要一些鸡血，用袋子包好。”许唯抢答道，为自己也能出谋划策感到兴奋。

“还有哦，给你表妹买的胭脂正好用上，到时身上红一块紫一块的搏斗痕迹，你懂的。”上官澈朝着张必行努努嘴。

“噢！太好啦！众贤士的高招妙招，定能助我早日出人头地，耶——”

张必行喜滋滋地拍手，欢喜得差点跳离地面。上官澈用扇子“啪”又在其头上补上一记。

“切记！成功以后千万不要这般轻浮，暴露出一副小人得志的样子，要装出君子稳如泰山、淡泊名利的形象来，切记！”

又是个清风拂面、阳光灿烂的好日子。下午课后，初夏的阳光似乎特别通达人情，很贴心地暖洋洋、香甜甜。山溪中的水依旧很配合得不冷不热、不深不浅。

计划如期进行得十分顺利。张必行心里面感谢了老天一千遍。很快，情节就进行到了山洞烤衣服的一段。天色又很配合地阴沉了下去。

山洞里的干木柴噼啪地燃烧，完全是武侠小说中侠侣初次见面的意境。张必行强忍住笑，在火堆旁烤衣服。

桂花瞪着火苗，满脸的不高兴。“我知道！就是因为我爹不收你为徒，所以你怀恨在心，故意叫我出来，故意拉着我的手跳水，实际上是想气我、整我！”

“没有，没有，我真的是看今天天气好，约你出来玩呢。”

“还没有？你说鱼看到我就躲到水里去；又说花见到我就不开了，什么沉鱼羞花，难道我就丑成了这样？连鱼儿和鲜花都不愿意看到我！”

张必行赶忙解释。“不是，这是一个成语，赞美一个人特别美，连鱼都不好意思出来，花都不好意思开了，全在您面前感到自惭形秽。”

桂花惊讶地瞪着张必行。“什么成语呀？哪个猪头想出来的？像你这样长得别出心裁，鱼还不是一样躲到水里？况且鱼没有沉，是你用石头砸的；花也没有闭，是被你捏拢回去的。我就知道，你笑话我没文化，看不起我，啊……”

桂花捂着脸，伤心地哭了起来。

“不是，不是，尊贵的丐帮大小姐，真的不是气你……是刚才你不小心掉到水里……”张必行慌得舌头有些打结。

桂花再次惊诧地抬起头。“啊？是我自己掉倒水里吗？你失忆了？还是脑子有毛病啊？明明是你自己滑到水里，慌里慌张，把我也生拉硬扯地拽下去，才搞得现在湿不拉叽，如此狼狈！”

“啊？原来是这样？记起来了，记起来了，对不起！我的衣服烤干了，给你换上，再烤你的。我到外面去站岗，你好了叫我啊。”

张必行忙乱地将衣服递给桂花，快步走了出去。桂花噘着嘴，生气地多瞪了张必行两眼。

张必行在洞外观察着天色，计算着时间。美丽的太阳终于下山啦，掉到了树梢的后头，张必行又等了一会儿，开始学狼叫。

“嗷嗷——唔唔唔——”

一边学，一边对着树拳打脚踢，一边把衣服扯破。

“张大哥，怎么啦？你快进来吧。”桂花在山洞里紧张地叫唤。

张必行偷偷乐了一刻，假装负伤，一瘸一拐地回到山洞里。

“刚才外面有只狼，你听见了吗？”

“听到了。”桂花对着火，继续烤着衣服。

“你不怕吗？山里有只狼啊！”

桂花奇怪地停下来，淡定地回头瞧了张必行一眼。“我切！狼不在山里，难道应该在书院里？你衣服破了，才真可惜！”

“我打了它，把它打跑了。”

“哦，打跑了，打跑了好……”桂花仍旧漫不经心地烤衣服。

张必行大声“哼哼”了两声。“可是……它也打了我！”

桂花震惊地回头。“啊！打你？一只会武功的狼?!你……？”

桂花话没说完，张必行口中的鸡血“哇”的一声，喷薄而出！

“啊——”桂花一声尖叫，衣服也扔掉了，紧紧捂住眼睛。“张大哥，求求你！我怕血……好怕！请你一定不要再吐了，再吐我要吓死啦！啊——”

桂花一边尖叫，一边扔过去一条手巾。

“好！好！听你的，请不要这样地叫，好吗？”张必行接过手巾，快速擦去鸡血、胭脂的痕迹。

“死上官澈！事情的进展与你设想的情节完全是两码事！”张必行在心里埋怨。

正诅咒上官澈呢，忽然桂花指着张必行的背后，呵呵笑了起来。“张大哥，你不是说把狼打跑了吗？怎么这里还有一只？”

张必行回头一看，果然，背后的不远处蹲着一只狼，龇着牙，奓着毛，眼冒绿光。

“啊！”张必行吓得大叫一声，几步跑到火堆边，恐惧地一把躲到桂花的怀里！

桂花拍拍张必行的后背。“乖，张大哥，别怕啊，一定是刚才那只公狼叫，把这只母狼引来了，我就去打它。”

桂花几步冲上前去，不等狼有所行动，飞起一脚，矫健地将狼踢飞到洞外。随后拾起一根燃着的柴火，追到洞外，狼已经跑得不见影儿了。

张必行哆哆嗦嗦地跟到洞口，竖起了大拇指。“果然是丐帮大小姐，一代侠女！神勇盖世！”

桂花嘻嘻笑了笑。“这算什么，我从小在山里长大，对付只把狼还是绰绰有余的。其实最厉害的是俺小虎哥，八只狼也不在话下。俺小虎哥，我最佩服他了……”

桂花沉浸在美好的回忆里。张必行垂头丧气，继续诅咒上官澈。“死上官澈！大小姐佩服是佩服了，可是却不是我……”

“你说什么呢？”

“我……我说很想把一个叫上官澈的人痛扁一顿！桂花，我们再谈谈好吗？”

“你们读书人，讲话真有趣。不过时间不能太长哦，天晚了说不定会把狼群引来。”桂花望着山色。

张必行又是一哆嗦。“啊？那我们还是赶快回去吧！”

起得比鸡早，被彭师傅折磨；学到下课后，被蒋先生折磨。又是一天书院的日子熬过去，张必行腰酸背痛，哼哼唧唧地回到馆舍，却发现一个熟悉的身影坐在门廊下。

走近，却是朴素、精干、略黄脸的老妈。

老妈一言不发，将携带的物品放好，冲着张必行招招手。二人一路穿柳过廊，来到牡丹花园的一处凉亭中。

四周不见一个人，老妈忽然一捂脸，坐在石凳上哭起来。

“行行，听说你和人上街讨钱，是不是真的？都是妈妈没本事，给不了你钱花……”

老妈老泪纵横，边泣边诉。张必行只好在一旁坐下宽慰。“妈——谣言哪。他们知道什么？请您不要这样的哭了吧。虽然您深信眼泪比打我的效果更好，但是会把眼圈哭皱，成为一个真正的黄脸婆！”

老妈闻言，赶紧擦掉眼泪，目露凶光，原形毕露。“你个要死的浑蛋！你给我听好了！你以为当乞丐比卖菜更来钱吗？你老妈我早算计过，当乞丐按照综合效益来讲，很划不来！要不老妈早就成为溪州镇丐帮分舵的掌门人了。”

张必行不信地耸耸肩。

“你就吹吧！继续吹！你总是用这种功利的、狭隘的、最坏的恶意揣测我。你儿子是这种小气巴巴、为五斗米折腰的人吗？不过为五万斗米那就……”

“啊？五万斗？！你有如此远大的志向？”

“有！还要更远大。”

“真的？怎样？”老妈大感兴趣。

“我要为国争光，为武当派争光，为咱们黄脸婆争光，声名远播，名扬四海，成为一代丐帮名侠，甚至下任丐帮帮主！”

老妈捂住胸口，几乎昏倒。“哦，你个不肖子！你还是想要讨饭?！镇上还不算，还要让全天下人知道?！”

“难道有什么不妥？”张必行一副无辜的模样。

“我呸！和你死去的老爸一个德行！”

“啊？我爹是什么德行？”

老妈将张必行的耳朵狠狠拧了一把。“和你一样胡思乱想，一心想练什么盖世神功。认为那些高人一定住在悬崖山洞的某某旮旯，只要敢跳下去就能像张无忌一样学得绝世武功。”

“我爸说得很有道理，许多年轻的大侠就是这样飞檐走壁、穿山越盾的！”张必行思索。

“成个屁的功！你老爸把着方圆几百里的崖都跳遍了，终究一无所获。”

“那我爸是摔死的咯？”

老妈的眼神变得气愤而且幽怨。“错！是在跳最后的万寿崖的时候，因为站得太高，被雷劈死了。”

张必行啧啧感叹。“真是悲壮！老爸是英雄，悲剧英雄！告诉你一个秘密，我的运气比老爸好咧，现在丐帮有一个真正的重要人物到了我们镇上，不是帮主，就是九袋长老！我做乞丐是想让他收我为徒、传授绝世武功呢。”

“有这等奇事？”

“可惜，他为了考验我，交代我做的事情我都失败了，他很快就要走了。不知道老天是否会帮我，时来运转，出现奇迹。”

张必行失望地低下头。

老妈微叹一口气。“那着实有点可惜。”

晚上自修时间，老妈离开了。张必行压抑着内心的兴奋，终于等到馆舍里只剩下郑阿福一个人。

“阿福，我忽然有一个绝妙的推测!”

“什么?”

“你说那些高人，是不是都住在别人难以达到的地方？比如悬崖下面？比如悬崖下面有神龙潭，悬崖下面也有情花谷，悬崖下面还有水底宫殿……”

郑阿福咬着嘴唇，略一回顾武侠书籍。“是啊！都是这么说的。”

“你知道万寿峰吗?”张必行诡异地问道。

“知道，是本县最高最陡的山峰。”

“那是我老爸跳遍所有的悬崖后，唯一没有跳过的一座峰。很可能他想找的高人就在下面。”

“很有可能！关于这座峰有很多离奇的传说，况且山越高越神秘，高人就会觉得越有面子嘛！啊？……难道你?!”

张必行的眼睛炯炯有神，肯定地点头。

郑阿福惊得张大了嘴。“不要啊！要出人命的……”

张必行迅速地捂住了郑阿福的嘴。“我也怕，我决定顺着山坡，慢慢往下爬……”

三日后，溪州镇的衙门外面再次聚满了人，大家兴致勃勃，纷纷踮起脚，瞧着一张大红色的鲜艳文告。

只见告示上写着一个灿烂、喜庆的金字：喜报与嘉奖。

一名衙役“铛铛”敲着锣，另一名衙役欣喜异常地给诸位围观的镇民念喜报。

“特大喜讯！本镇少年张必行被困悬崖两天后，终于被成功解救！本次行动由在各级长官和知县大人的正确领导和亲自指挥下，由本县衙门最优秀的捕头共同协助完成。这件事影响之大，已上报朝廷，通告全国！朝廷极为重视，对本县这一勤政奇迹重点嘉奖，以资鼓励！此为本府本县本镇之莫大荣誉也！特此报喜。并提醒各位少年出游谨慎。”

郑阿福正拧着一袋子水果路过，仔细地边看边念。“嗯？怎么不提我呢？是我最早发现，并报告官府的嘛。”

一听此言，众人目光炯炯，一齐好奇地扭过头。“啊？你认识张必行？当时的情况是怎样的？”

郑阿福环视众人，立刻来了劲头，开始绘声绘色地讲解。“当时呀，万分地危险啊！张必行的衣服挂在树上，幸亏那衣服结实，才没往下掉。张必行大声喊：郑阿福！救命呀——郑阿福，快帮忙去叫人，求求你！”

众人听得瞪圆双眼，一惊一乍。

晌午的课堂里，蒋先生正讲到屈原《离骚》一段：“忽驰骛以追逐兮，非余心之所急；老冉冉其将至兮，恐修名之不立……”

一阵叮叮当当的下课钟声过后，男生们尾随着张必行来到庭院里。郑阿福羡慕地冲着张必行直吆喝。

“老张。你现在可是名人啦！比屈原先生还有名！镇上的酒楼外面都贴着：张必行常到本店吃酒，身壮如牛，处万寿崖而不惧!”

许思远也跟上来。“真的很出名啊,连皇上都知道了!”

“就是!连驿馆对面的药店门口都有:‘张必行挂悬崖前,其母常到本店购买大补丸。’还有米店门口、杂货店门口、茅房门口……老张,成名的感觉很好很炫吧?哎——我怎么就想不到这种绝招呢?要不然,不仅出大名,而且肯定很发财。这叫名利双收!”上官澈有些后悔不迭。

“真是心诚则灵啊,前些天你还梦寐以求出名。没想到这么快就美梦成真了!”许唯瞧着张必行,接着道。

张必行有些悻悻地坐到香樟树边的石凳上。“可是……我是很想高兴,却好像怎么高兴不起来呢?咋回事呢?本来是应该好高兴的啊?”

张必行正在思索不良情绪的根源……忽然,大门口一阵吵吵嚷嚷,一群人兀自打开铁门上挂着的链子锁,一下子拥到了庭院中,每个人的手中都举着一张写好的纸幅。

“张公子——张公子!”一名腰间系着围裙的人冲到了最前面。“张公子,我是李裁缝,你忘了?上次你挂在树上穿的衣服,就是你妈在我店里做的,怎样?结实吧?救了一命吧?关键的时候就显出手艺来了。这是我准备贴的告示,帮个忙,在这里签个名。”

裁缝满脸的热切期待、热情洋溢,恭敬地递上毛笔。张必行接过笔,正准备签字,被上官澈一把抓住手腕。

“这可是商机啊!应该收钱。”上官澈故意提高声调。

另一名商人立刻响应,挤上前来。“对,对!收钱,这是一两银子,我是开布庄的王老板,衣服是你娘在我店里买的布,质量上乘，结实得很，挂得住！”

张必行接过字幅，正要提笔签名；上官澈伸出手，正要收钱……忽然听见一声雷鸣般的大吼。

“张必行！上官澈！郑阿福！你们干什么？回讲堂去！”

却见蒋先生怒气冲冲，板着黑脸，恼怒地大步走来。“汤师傅！你到哪里去了？大门也不关?!”

汤师傅闻言，立刻从院子一头奔过来，和蒋先生一道，将众人赶出门外。众商贩不甘心地退到外面，隔着大门张望，流连不愿离开。

“张公子——你妈是在我店里买过喉片，所以你呼救的喊声才如此洪亮，张少爷，等着你签名啊！”

一名药商忍不住，趴着大门大声叫唤。张必行忽然红了脸，藏起头，加快速度朝着讲堂飞跑。

凌小小有些疑惑地瞧着这一幕，走到蒋先生面前。“先生，难得有这样的机会啊，您为什么不让他挣钱呢？”

“在外面挣钱我不管，在书院里不可以。”蒋先生严厉地答道。

沈千若也试探着走过来。“先生，张必行也算成名了，可您为什么不高兴呢？”

“成名了我当然高兴！可是，这一次不叫成名，叫出名。”

晚间的男生馆舍，背书声加议论声，响成一片。众人一边背诵《离骚》，一边继续热火朝天地讨论。

上官澈在纸上画了个蒋先生发怒的草图，不甘心地拿笔敲敲敲。

“蒋先生真是死脑筋，穷酸！不懂得挣钱。要我是老张，天天给那些商人们签字，直到签不动为止。用自己的名气挣钱，干净，而且天经地义！”

许思远在纸上画了个溪州镇的草图，冲着上官澈笑。“想让那些商人们找你还不容易，你只要敢光着屁股围绕溪州镇跑一圈，马上就能出名，说不定朝廷都会知道。怎么样？要不要照你模样画上？”

许思远就要照着画。上官澈一把扯过许思远的图纸，飞快地揉成一团，扔掉。郑阿福哈哈哈地笑起来。

“哈哈哈……阿澈，真的呢！你不妨光屁股一试噢。还怕人家画？”

上官澈涨红了脸。“去你的！”

“喂喂，难道真像蒋先生说的，成名和出名真的有区别吗？”郑阿福环顾着四面的人。

张必行一直沉默不语，此刻终于开口。“好像是有的，我本来是想成名的，现在却搞成了出名……”

“先生白天上课都说了，人家屈原先生追求的是‘修名’，就是美好、卓越的名声，这个才叫成名。”许唯盯着书上的笔记，回忆。

“嗯嗯，蒋先生说得很清楚了。二者的区别呢，就在于是否有真才实学。古人说，古有三不朽：立德、立功、立言，如果一个人还没有立足社会的才学，没有高贵的德行、卓著的功绩，再出名也是空名、虚名，是欺世盗名，甚至是臭名远播！”

许思远可劲儿地学着蒋先生凶巴巴的样子。众人被逗得笑呵呵。

张必行长长松了口气。“哎——这也许就是我心里烦躁的真正原因。别人越是找我，心里就越发怵。”

明天就要检查，众人继续猛背《离骚》。

许思远凝望着窗外遥遥的天边，暗暗自语。“哎，我们真是一个纯真年代，你们知道另外的一个年代吗？那时候有很多人鼓噪一时，只求‘出名’、获利，哪怕是恶名、臭名，也要不择手段，不顾廉耻地炒作。他们哪懂出名与成名的区别呢。”

郊外的树林里，天色依旧暗淡。长风摇撼着远近的树木，飒飒作响。

乞丐背着家当——许多袋子在前面急匆匆地走。张必行眼巴巴，紧赶慢赶，在后面穷追不舍。

终于，张必行拦住了乞丐，“扑通”一声跪在其面前。

“师傅！我不想出名，想成名，我一定好好学艺，不怕吃苦。请您收我为徒吧！”

乞丐无奈地停下脚步，跺跺脚，不知怎么才好。“小伙儿，请起来吧！你缺乏做乞丐的天赋，身上没有一点儿乞丐的风姿和才情！跪也没用，这是天意。桂花还在前面等我，我走了先。”

乞丐正要绕开张必行，突然，一阵劲风袭来，满树枝叶纷纷飘落。却见一名蒙面人黑衣玄带，从天而降，稳稳地站到乞丐的面前。

“长老请留步！”声音中带着威严，乞丐不禁驻足止步。

“这位是……？”

“我乃峨眉派门下，听闻长老武功高绝，特来拜会丐帮长老。”

乞丐表情复杂，有些欲哭无泪。再看看张必行无比期待的目光……再次挺了挺腰板，做高人状。

“本长老赶时间，且不愿和你们这些小辈交手……”

正说着，忽然一个铁球从怀里被“挺”了出来，掉到了地上，吧嗒一声摔成两半。

“长老真是不同凡响，泥巴也能制成暗器。”蒙面人笑道。

经此一说，乞丐也立刻笑了，越笑越深沉。“您没听说武功的最高境界，泥巴、草木无一不是武器，你不要逼我出绝招！”

“请！”蒙面人做出一个潇洒的邀请手势。

“看好了，绝招就是……我跑！”

乞丐忽然拔腿飞奔，却发现黑衣人早已拦在前面；掉头，再跑，黑衣人仍旧早已拦在前面。团团打转了许久，黑衣人鬼打墙一样，永远在前面。乞丐跑得几乎要崩溃，一个不小心，被树枝绊得翻倒在地。

“大侠，我和你又没有仇，你放过我吧，我承认……我根本不会武功。”乞丐痛心疾首，喘得快要跟不上趟。

“啊？不会武功？难道……你是骗我的？”张必行呆若木鸡，瞧着地上的“九袋长老”。

乞丐生气地白了张必行一眼。“谁骗你了？是你自己非要说我是丐帮长老。”

蒙面人来到乞丐面前，观察一番。

“那你是什么人？为什么打扮成乞丐模样？”

乞丐从地上爬了起来，火冒三丈。“我只是性格潇洒、狂放不羁，不讲卫生而已！不修边幅罢了！没人说不爱干净就一定是乞丐吧？更没人说我这样的打扮就是丐帮帮主吧？只怪你们自己少见多怪，孤陋寡闻，以貌取人！”

“可你为什么背这么多的袋子？这和丐帮有什么区别？”

乞丐自豪地抖了抖众多的袋子，昂首挺胸，背在肩上。

“我和丐帮区别大了！我可不是什么要饭的，我是个堂堂的捡垃圾的！我们拾荒人保护环境，是生意人，靠劳动养活自己，有尊严，有骨气！和臭要饭的有本质的区别！我的这些袋子是用来装货物的，九个，只能说明我非常敬业尽职，非常热爱劳动！”

捡垃圾的人豪迈地慷慨陈词。

“哦！原来是这样！实在对不起，我错怪您了，还请多原谅。”蒙面人冲着拾荒人抱歉地鞠了一躬。

“无妨无妨，既然是误会，那我们后会有期！”拾荒人大方地摆摆手，背着袋子大步而去。

蒙面人正要转身离开，张必行紧紧地跟上，抓住蒙面人的衣襟不放手。

“峨眉大侠！您的武功是真高呀！请您收我做弟子，我一定好好学习、上进、好好侍奉您！”

“跟着自己的师傅好好练功吧，没有一蹴而就的武功，都要从基本功慢慢练起。”蒙面人并未停步。

“难道学点本领就这么难吗？”张必行不情愿地嘟着嘴。

“就是这么难！没有近道可走。不积跬步无以至千里，不积小流无以成江海，来不得半点虚假。”

“怎么你和彭师傅、蒋先生说得一样啊？”

“因为彭师傅是我的师傅，包括那天那些上悬崖救你的捕头，全都出自他的门下。他能教你，是你一生的福气，你就知足了吧，别身在福中不知福！”蒙面人恳切劝道。

“不会吧，他看上去一点威风也没有，其貌不扬的，而且也没有名气。”

“这是你自己坐井观天、孤陋寡闻！你知道什么叫名声吗？真正的大师都是不事宣扬、质朴无华的，过着隐姓埋名的隐士生活……而像我这种，才是一知半解。”

张必行倒退两步，不相信。“不会吧？您这么强，这么帅，这么美，这么高贵、这么神秘、这样高不可攀、超凡脱俗，才是真正的大师风范！您一定是在骗我吧……”

蒙面人“扑哧”一声，忽然笑了。“小子，记得你刚刚说的话，以后每天重复一遍！”

“一定，一定！”张必行大喜，几乎又要跪下来。被蒙面人一把揪住。

“但是你记住，我决没有骗你。即使全世界的人都骗你，都会有一个人永远不会骗你，那就是我。”

“感谢大师，我永远听你的话！”

“你当然要听我的话，因为我是你妈！”

蒙面人一把扯下围巾。张必行差点昏过去。“啊？！黄……”

晨光熹微，薄雾渐渐消散。溪州镇东郊的一所清净的小院外，卖菜的小车停在院子里。张必行快乐地同老妈告别。老妈再次恢复平凡、朴素的妇人形象。

老妈将一件包好的礼物交给张必行。“记得，这是送给彭师傅的，代问彭师傅好啊！还有，平时好好练功，不要偷懒。修身和养性都同等重要，要内外兼修。”

张必行小心收好礼物，出发，频频回头，朝着老妈挥手。“知道啦！大师，美女——弟子一定听话，一定会送到！”

许思远日志

6月16日　天气：晴

自从来到这个上上书院，每天经历的生活真是丰富多彩、跌宕多姿啊！如多幕剧般，故事层出不穷，情节精彩纷呈，简直让我眼花缭乱，惊奇不已。我不仅是名穿越时空的观众，更是和剧中人一起来制造故事、推波助澜的演员。不知不觉，来到明朝的这个书院三个月有余，我身处其中，虽然经历了一些不快、伤心、惊恐乃至绝望，但是也无时不刻在体味着期盼、欢乐、感动和幸福。

张必行，这位可爱的小伙伴，这段时间为追求“名”所发生的一系列故事，让我今晚陷入了沉思，想全面且深刻的整理下我们常常不由自主心心念念的“名”字，到底是个什么东西，我们该如何正确面对它？

所以，今天日志的关键字是“名”。

先且看“名”的字体演变历程：

甲骨文　金文　篆书　隶书　草书　楷书　行书

“名”在骨文中就出现了，而甲骨文主要是商朝晚期王室用于占卜记事而在龟甲或兽骨上镌刻的文字，看来“名”这个字渊源深厚，造字之初，也和古代先民占卜祭祀的行为有关。

从造字结构看，甲骨文=（皿、簋）+（黄昏），表示在夜夕时用祭器行祭礼。在春秋金文才用作命名义，就是起个名字。到了战国，又衍生出了喊名字、称呼等义。如：“父执子之右手，咳而名之。”（《礼记·内则》）“名公器也”（《庄子·天运》），后来又引申出“盛誉”（名词）和“众人皆知的”（形容词）等义。金文将甲骨文的左右结构改成上下结构，篆文承续金文字形，隶书将篆文的写成，于是草楷行书的字形就是我们现在见到的样子。

看来，命名，起个名字，是非常郑重而且慎重的事情，寓意着这个人的一生的命运走向。当引申为名誉、声望时，名誉和声望的获得，也是具有庄严的意味，正如古人用祭器行祭礼时那样，庄严、虔诚和肃穆。在中国传统文化价值观里，名声、名节、名誉，须是由真才实学、美德令行而获得的荣誉。

《红楼梦》第一回《好了歌》唱道：“世人都说神仙好，唯有功名忘不了！古今将相在何方，荒冢一堆草没了。”可有多少人能透悟真理，超凡脱俗？在浮华尘世里，人类一旦迷失在追求真理的道路上，失去了对生命的赞叹和敬畏时，不再仰望“我们头顶浩瀚灿烂的星空”，不再遵行“我们心中崇高的道德法则”（转引自康德）时，人性对钱财、名声、权力的贪欲，犹如异形肌体里流淌出来的黑色血浆，孜孜以求地奔向功名利禄、功名富贵、名利双收这些黑洞。

身心一旦被名利所诱惑和羁绊，那会是什么状态和感觉？有两种截然相反的答案。一种答案就是庄子的心声：“宁其生而曳尾于涂中”，也不愿“以巾笥而藏之庙堂之上”（《庄子·秋水》）。而另一种答案就是在利惹名牵、利绾名牵、名缰利锁、名利之下，“你方唱罢我登场”，上演一出出滑稽剧。

贪名逐利，射利沽名，逐名趋势。名、利、权势，犹如连体婴儿，一体三形，形影不离。图名的背后是逐利和掌权，获利的同时又想出名和拥有权势，“世俗之人，交不论志，逐名趋势，热来冷去，见过不改，视迷不救”（晋·葛洪《抱朴子·交际》）。这些“彼虽硁硁有类沽名者”（《后汉书·逸民传序》），正所谓沽名钓誉之徒耳。

泥名失实。拘守空名，不求实际，此典范之一为赵括。赵括乃战国时期赵国一代名将赵奢之子，熟读兵书、能言善辩。虽出身名家，头顶光环，却无实战经验。长平之战，40余万赵兵迫降后被坑杀，残酷的现实粉碎了耀眼的空名。

沽名卖直。故作正直以猎取名誉，此等伪君子往往见于官场、学界或自许为精神导师和意见领袖者，顾左右而言他，表正直实则贪恋名声。

矜名妒能。一边夸耀自己的名声，一边不由自主地嫉妒贤能。认为普天之下，我为最大，谁若贤能，妒火中烧，恨不得毁之。“雄姿英发，羽扇纶巾，谈笑间樯橹灰飞烟灭”（北宋·苏轼《念奴娇·赤壁怀古》）的三国周郎，何等风流倜傥、足智多谋！可惜小说中被描写为妒贤嫉能，容不下诸葛孔明，“三气”之后吐血而亡，死前感叹：“既生瑜，何生亮。”

干名采誉。急功近利，不惜用各种不正当的手段获得名誉。想想我之前生活的21世纪，在这个自媒体时代，有太多人为虚荣、虚名，不择手段，攫取本不属于自己的名声。为了出名，为了关注度和曝光率，哪怕出臭名、恶名，也欣欣然追腥逐臭。脑洞大开制造绯闻、丑闻，炒作无底线。

遁名改作。学术界、艺术界之怪现象——窜改物名，改变作品。为出人头地、博取虚名，不惜剽窃作品，侵犯知识产权。

贩交买名。出卖朋友，换取名利。《水浒传》中就有这样一位损友陆谦，为了讨好上司，飞黄腾达，不惜卖友求荣——不但出谋划策献出各种歹计，而且自己亲自长途奔袭计划杀死朋友林冲。这种可耻行为正如南朝宋国诗人鲍照在《瓜步山楬文》所说的："贩交买名之薄，吮痈舐痔之卑。"

阿世盗名。用博取世人的欢心的方法来窃取名誉，在梁启超说："才智之士，既得此以为阿世盗名之一秘钥，于是名节闲检，荡然无所顾复。"(《新民说》)

哗世取名。用浮夸的言行使世人兴奋激动，博取一时虚名，哪管梦醒时分，黄粱美梦一场。例如混入百家讲坛的袁腾飞，以虚构的小说来讲史，大放厥词，制造"靖国神社"、三大"法西斯恶魔"等耸人听闻的言论，惊世骇俗，引无数脑残竟折腰。

甚至惑世盗名，欺世盗名，欺骗世人，窃取名誉。

以上种种求名的行为，因为心术不正、不择手段，很难让自己生活舒泰，保持身名俱泰。"多行不义必自毙"，身败名隳、辱身败名也就为时不远了。极端的情况下，在某些满脑子唯名是图的人看来，也未尝不是一种"成功"，比如名噪一时，名震一方。终究盛名之下不易自处，因为大名难居，硕果不食；盛极而衰，物极必反。最终落得个声名狼藉，甚至臭名昭著，并且臭名远扬。不过，大多数普通人，赚取点蜗名蝇利，倒霉点的竹篮打水一场空，落得个蜗角虚名、浮名薄利、浮名虚利、浮名虚誉。

以上各色人等，挖空心思故意出名的，终不过“尔曹身与名俱灭”。而中国自古以来不乏德才兼备自然成名的，“不废江河万古流”，才真正能长久获得世人的尊重和敬仰，简列如下：

功成名就。靠自己实实在在的功绩，成就美誉。《墨子·修身》曰：“功成名遂，名誉不可虚假。”功绩取得了，名声自然也有了。

烈士徇名。忠贞义烈之士为保全名誉而献出生命的，留取丹心照汗青，名垂青史。比如谭嗣同，戊变法失败后，本可以逃走，但他“我自横刀向天笑，去留肝胆两昆仑！”希望用鲜血唤醒中国变革——“外国变法未有不流血者，中国以变法流血者，请自谭嗣同始。”

举世闻名。王羲之是个风流才士，潇洒闲散的名人，举世的人都知道他的书法，正如北齐颜之推在《颜氏家训·杂艺》所言：“王逸少风流才士，萧散名人。举世但知其书，翻以能自蔽也。”王羲之以其在书法艺术史上的巨大成就和影响，其人被尊称为“书圣”，其作品被后人誉为古今之冠，尽善尽美。

总之，人生前建立了功绩，死后可以传名于后世，正所如俚语云：“豹死留皮，人死留名。”尤其生前名德重望、闻名遐迩之贤德之士，死后名垂千古也罢，名垂万古也好，总之名垂后世——“声可托于弦管，名可留于竹帛。”（《吴越春秋·勾践伐吴外传》）

以上列举都是名公钜人（名公巨人）、名公钜卿（名公巨卿）。芸芸众生，本皆为普通人，既对名士风流望其项背，又对名山事业难以企及，更不出身于名门世族，成名成家几乎无缘，大多数是无名小卒、无名小辈，面对名，该何为？

我不由又回顾了下张必行这段时间的经历，他的故事清楚地告诉了这样一个道理：可以去成就名声，但不能琢磨着如何出名。

“名”，其本质是精神性的追求，是对自身人格的珍视、成就、爱惜。成名，是成就真正的美名，而不是徒有其表的虚名。“世不重名，则人尽逐利。”“重名”，本应是对内心纯真的捍卫，是宝贵的荣誉感，而不是炫耀的资本，更不是实现目的的工具。

谈到这里，估计有不少人满腹疑惑，如果出名的动机不是自己，而是源自孝道呢？《孝经·开宗明义》：“立身行道，扬名于后世，以显父母，孝之终也。”为使双亲显耀，家族名声传扬，是否值得称道？我认为显亲扬名也好，显祖扬名也罢，都可见其拳拳孝心，虽然有封建糟粕思想之嫌，但其诚挚之心也可理解。

可能又有人担心了，古代社会奉行“学而优则仕”，通过考试并得到功名，“十年寒窗无人问，一举成名天下闻”，是那个时代读书人的理想和安慰，可是，20世纪后的中国现代社会，强调个体的自由、平等和人权。废科举，没有了科举晋级成名的渠道，没有了时代环境，可以及第成名；并且，大多数普通人也没有现实条件去附骥名彰，依附有名望者，使自己显名于世，就像伯夷、叔齐、颜渊等人，因为与圣人孔子的关系，得以彰显名耀。“伯夷、叔齐虽贤，得夫子而名益彰。颜渊虽笃学，附骥尾而行益显。”（《史记·伯夷列传》）那么，现代人更应该要清醒和理性，一步一个脚印。

首先，要做到不务空名。不追求虚名，“实”与“名”之间，首先做好实际事情，做好切实的工作，不追求虚名。实事比空名重要得多，实是成就名的基础。《论语》中有“君子疾没世而名不称焉”。做到名不虚传、名不虚得、名不虚立，否则名不副实，盛名难副了。即使平凡人，高调做事，低调做人，功德圆满，终能实至名归。

其次，尽可能完名全节。砥砺磨炼，立名立节。《孟子》也讲：“令广誉施于身”，追求名节，爱惜羽毛，珍视和保守名声和气节。但是，不能名过其实，沽名钓誉。

名，就其性质而言，是个中性词，本无所谓好，也无所谓坏。坏的是恶名、臭名。好的是美名、令名。正本清源，我们要树立正确的名德观，不刻意追求出名，但力图修身养性、建功立业，保全名节。名，说到底也只是德行、功业和对社会的价值和贡献的附属物，如果能够做到“三不朽”(即立德、立功、立言)，就自然名扬天下、美名千古了。

就我个人喜好而言，借用北宋陆游的一句诗表达：“窃慕隐居求志之风，尤耻哗世取名之事。”(北宋·陆游《除宝谟阁待制谢表》)我最欣赏遁名匿迹的隐士，“淡泊以明志，宁静以致远”。做隐士，唯恐有闻于人。大隐隐于朝，中隐隐于市，小隐隐于野。虽处于喧嚣的时政、繁杂的人际，却能在世俗的市朝中排除嘈杂的干扰，大智若愚、淡然处之、自得其乐，达到物我两忘的境界。

《论语》开篇第一句是：子曰“学而时习之，不亦说乎？有朋自远方来，不亦乐乎？人不知而不愠，不亦君子乎？”身负才华而不为人知，心怀善意而不为人道，常为德行而不为人所赞，皆为“人不知”。然而“不以物喜，不以己悲”，宠辱不惊，一如既往地做最好的自己。不为外人是否知道和理解，只为不愧于自己的内心。这样就是真正的君子了!

反观自己,在家里,我常常挂在嘴边的口头禅是“我今天表现好吧!?”与其是询问父母亲对我的评判,还不如说这是对自己的褒奖。放学回家了,开门第一句话便说:“今天累爆了,我表现得爽呆了”,不由分说,直接先自我夸奖一番,自我总结一番,唯恐父母亲不知道今天的我所取得的一丁点的进步。无论是自我表白,还是自我吹嘘,在孔子看来,虽非小人,恐怕也是不能归为君子的。当然,能够做到这一点,不以物喜,不以己悲,确实比较难,能够超脱,能够超越他人的评价和褒扬,自信地、乐观地继续做好自己实乃不易。

孔子又曰:“不患人之不己知,患不知人也。”一个人有善意,有德行,有才华,有成绩,总是担心和介意没有人知道,往往自己主动彰显,自我吹嘘,或者常有怀才不遇的感叹。是金子总是会发光的!如果整天在意自己的个人得失,患得患失,只离平静和喜乐渐行渐远。其实该担忧的应是怕自己不了解别人身上的优点,因为只有取人之长补己之短,学习他人身上的优点,不断完善自己,自己才会一天天地成长、变得优秀起来。

三　讨厌的人（礼）

溪云初起日沉阁，山雨欲来风满楼。紧接着一阵轰隆隆的闷雷，落下一阵噼里啪啦的雨珠。黑云压顶，暗无天日，整个书院被一种莫名的紧张、压抑氛围包围。

和往常一样，讲堂里，众人一面抓紧低头背书，一面惴惴不安，等着蒋先生的抽查。

很快，蒋先生匆匆进门，领进来一个陌生人。此人面无表情，背着手望天，眼皮子奋力上抬，时不时往上翻翻白眼珠。

“这位是樊先生，先给大家……”

蒋先生才开了个头，却见尤香撑着伞匆匆跑到门边喊：“蒋先生！您夫人赶来了，说找您有急事。”

“哦……这样啊？樊先生，您先作个自我介绍，我去去就来。”

蒋先生急匆匆地跟着尤香离开了。那位樊先生仍是一动不动，一言不发，往上翻了几个白眼，终于傲慢地缓步踱上讲台。

“听好了。本人姓樊——，名仁，字士仁，号正仁……”此人两眼上翻后可能翻累了，目光散乱，四处游离，就是不注视讲堂下，不感兴趣地望着别处。

“哈哈……烦人，烦死人，好整人。”肖潺小声笑道。沈千若也抿着嘴儿笑。

“混账丫头!”樊先生忽然一声震天怒吼,眼珠凸起,目光如炬,紧盯着肖潺。

众人吓一大跳!气氛顿时紧张、凝结。

“你说什么?!站起来!”樊先生不依不饶,抓起戒尺,冲下讲台,拉起肖潺的手,以迅雷不及掩耳的速度猛打了一戒尺!

“啊!”肖潺疼得一声尖叫,吓得憋住哭声,猛咬住嘴唇。

“名字受之父母,你竟敢取笑!黄毛丫头,目无尊长,胆大包天,你想造反不成?!明天叫你父母到书院来!”樊士仁继续发飙怒吼。

“先生,小潺没有父母。”沈千若站起来行了个礼。

樊士仁瞪了肖潺一眼。“难怪!如此没有教养,有人生没人教的东西!像你这种东西,你父母不被你克死,也要被你气死!”

肖潺终于忍不住,失声痛哭起来。众人怒目圆睁,齐刷刷地怒视着樊士仁。沈千若坐了下来,牙齿咬得咯吱响。

樊士仁却并没有注意到台下的各种反应,依旧两眼朝天。

“你们以后可以叫我樊先生,不过最好叫我樊秀才,因为我十四岁,才十四岁时就中了秀才。在当年可是轰动一时、名震一方啊!……所以你们尤院长多次地邀请我到这里来调教你们,哼,是训导你们。”

沈千若暗自“哼”了一声,站起来略行个礼。“弟子可以非常谦虚地请教您一个问题吗?”

樊士仁仰着头,略略颔首。

“您如此出色,为什么不接着去考举人呢?”

樊士仁突然盯着沈千若,目露凶光。“这完全要怪万恶的科举制度!埋没人才!你们看看那些考中了举人的,哪些是有真才实学的？我考了十八年，还不清楚，那里面的把戏，黑暗得很！”

“那么历史上韩愈、欧阳修、苏轼、王安石、范仲淹……他们都有才华，但也都是举人、进士出身啊？”

“我讲话你插什么嘴？你存心找碴儿是不是？”樊士仁用戒尺猛敲了下讲桌。

沈千若却是面不改色，继续追问。“不是找碴，是请教。您这样厌恶科举制度，为什么又要去考秀才呢？”

“就是啊，除了考秀才、举人之类的，你其他方面怎么样？德、体、美、劳等，全面发展？”许思远望着眼前的场景，脱口而出。

“什么野小子，从哪个朝代冒出来的？一堆鸟语，不知所云，毫无教养！”樊士仁鄙视了一眼许思远，冲下讲台，找准目标，斜睨着沈千若。“你什么意思？话里有话啊。瞧不起我是不是？小小年纪，就心怀叵测、名利熏心、趋炎附势、嫌贫爱富、狗眼看人低！”

“你干吗骂人?!”

“不是骂你，是管教你！一日为师，终身为父。骂你也是应该！简直无法无天，上房揭瓦。伸出手来！”

樊士仁高高扬起戒尺。沈千若不伸手，把手藏在身后。樊士仁狠狠地将沈千若的一只手拉过来，驻留在半空中的板子正要攒足了劲儿，蓄势待发地俯冲下来……忽然停在半空，被一只手握住了。

张必行抓住了戒尺。“沈千若没有犯错！你不能随便打人！”

“想造反吗？”樊士仁恶狠狠地喝道。张必行却并不放手，二人拔河一般，你退我进，势均力敌。

“老张，加油！”凌小小尖细的声音划过凝滞的空气。

“不愧是大侠！武功高强！”郑阿福夸张地拍手，边不时竖大拇指。

一番较量之后，樊士仁渐渐处于劣势，抢不过了，只得把戒尺放开，气急败坏、恨恨难平，但并不善罢甘休，咽了口气，用手指着张必行的鼻子，冷冷地、一字一顿地说：“你小子，行啊，带头闹事哈？我认得你了！你给我等着！”

张必行头扭一边，把戒尺放回讲台，雄赳赳回到座位上。

这时，蒋先生气喘吁吁地跑了进来。众人如看到救星一般，长吁一口气。

“我平生第一次觉得，蒋先生好亲切！好和善！好可爱！”郑阿福小声对上官澈说道，几乎冒出泪花来。

樊士仁气愤地对着在座的众人指指点点，有些语无伦次。“蒋，蒋先生，你，你这些弟子，太，极其糟糕，竟然……”

蒋先生连连点头，一副十万火急的模样。“是的，是的，非常需要管教！您先听我讲……是这样，我老家出事了，我马上要赶回去，不知几天回来，尤校长刚刚去了外地讲学……幸好你来了，帮了大忙！”

等不及樊士仁开口，蒋先生匆忙地转向诸位弟子。“你们这几天一定要好好听樊先生的话，不许闹事！啊！”

“蒋先生，请您别走，我们不想您走……”许唯发愁道。

肖潺再次哭出了声。

“好啦，好啦，我会尽快赶回来。樊先生，这些天就要拜托你啦……”蒋先生朝樊士仁匆匆拱手。

“相公——快点儿呀——”外面一名女子的声音焦急地催促。

“来啦！来啦！”蒋先生的声音罕见地温柔，急忙忙跑了出去。

马车的轱辘声很快消失。讲堂中的众人傻眼了，呆怔在那儿。

鬼知道接下来的几天，会出什么鬼把戏，鬼日子如何过?!

樊士仁冲着众人阴森地笑了一声，拿起戒尺，当空挥了两下，双手各拉着戒尺的一端，低头仔细端详了一番，捏了捏戒尺的硬度，然后高高举起戒尺，一副大权在握的样子，再次冷笑两声，开始在课桌间逡巡，所到之处，无不令人寒毛直竖、毛骨悚然！

樊士仁首先走到张必行面前，一把拉住他的手。“啪！啪！啪！”猛打数下！张必行疼得龇牙咧嘴，猛吸冷气。

“你们谁要是敢闹事，谁要是看不起我，我叫他手心开花，生不如死！”

樊士仁又踱到了凌小小的面前。“刚才是谁在喊加油？是不是你?”

凌小小紧闭着嘴，不作声。

樊士仁又踱到沈千若的面前。“竟敢怀疑本秀才的满腹经纶、学富五车?！真是不懂礼教，犯上作乱！”

樊士仁拿戒尺点点三个女生。“你们三个臭丫头！回去罚抄《千字文》一百遍，否则，不要来上学了！随便找个地儿闭门思过到永久！”

又冲着许思远喊话：“以后多学着说人话，不得鸟语！”

……

斜月钻到黑云背后，桌上的铜漏钟早已过了就寝时刻。男生馆舍，被一种百无聊赖和一种焦躁愤懑的气氛笼罩着。蜡烛又熄灭了一支，许唯赶紧手忙脚乱地点上。

“错了一个字，罚抄三百遍……这个‘好整人’的‘烦死人’！真是好可怕！好变态！”

许唯不敢多说，继续忙碌地抄写。许思远就着蜡烛，给郑阿福的手掌心搽药。

郑阿福疼得哆嗦了一下。“我的命怎么这么苦哇——咱已经很小心了，还特意假装比平时好十倍，竟然被打了三次，这段日子该怎么熬啊——”

许思远无奈地叹了口气。“真是精神病呐！好像有一万年的怨恨，终于找到了发泄的对象。咱们可是比窦娥还冤。最近大家都要谨言慎行，否则白白挨板子，太不值得了。”

“我看八成是被万恶的科举制度逼成这样子的。考了十八年啊！孙子都有了……打打我们倒也罢了，最可恶的是：竟然打我们的女人！”上官澈越说越气，口无遮拦，拍案而起！

“就是！唉——我的心都要碎了！”郑阿福揉了揉心脏。

正说着，“啪！”的一声，大家的心扑通一跳，只见门被推开，张必行提着一把大西瓜刀出现在门口，脸色发黑，一声不吭。

许唯惊讶得大叫一声。“啊？老张，难道……难道，你把樊士仁杀了?!”

张必行将大刀“铛”地一声扔在桌上。“还没有！”

“可你这是干什么？”

“我要找他单挑、决斗！”张必行怒道，“正邪向来势不两立！”

上官澈上前摸了摸那把刀，翻转刀刃朝上，仔细端详了下，吐了吐舌头。“原来是想打架呀！打架那可是一门学问，要富有技巧性、艺术性，还要有美感和传奇色彩！看看你，拿把杀猪刀做什么呢？又凶残又不好看！况且，杀猪刀很容易砍死人的，结局既不壮美，也不优美，只是有些悲剧罢了。算了算了，你扛着杀猪刀，摆摆架势、吓吓人还可以，如果真打起来，建议你赶快扔掉刀，迅速捡起地上的板砖。”

郑阿福摊开手，向张必行展示了一下涂满的红药膏。“算了吧，老张！手被打了几下，就认了吧，就当做练铁砂掌咯，退一步海阔天空，忍得一口之气，免得百日之忧嘛……”

张必行咬着牙，僵硬的脸部忽然挂着两行清泪，不知何时开始默默流淌。

“不是手的问题，他有事冲我一个人来嘛！他竟然找到了我家的地址，冲到我家里，当着邻居众人的面，噼里啪啦地把我妈教训了一顿。……他把我妈辛辛苦苦织了十天的布用剪刀剪了，说是为了告诉她应该怎么教育我，学习什么乐羊子妻……回家我见我妈一直哭，一直不理我，她眼睛红肿得像个蟠桃……”

张必行狠狠地擦了把眼泪。许唯气愤地将手里的笔扔到地下。

“岂有此理，这简直太过分了！士可杀不可辱，换成是我，也要和他拼了！”

许思远将笔捡起来，递给许唯。“真的好过分！……不过越是这种时候，咱越是不能冲动！”

上官澈将那把大长刀塞到了桌下的隔板上。“是呀，我们现在最需要的就是理智。打架是很不理智的行为，打输了自己疼，打伤了别人要赔医药费，说不定还要坐牢的。”

“但是，这个仇，一定要报！此仇不报非君子！”张必行斩钉截铁，咬牙切齿。

上官澈忽然捂着嘴，偷偷笑了一下。“当然要报！不过，不一定要武斗的，除了武斗，还有文斗嘛……《孙子》云：战争的最高境界是不战而屈人之兵！”

“对！我们应该攻心为上。”许思远道。

上官澈拉开门。“嗯，无论是一场怎样的战争，我们应该先去侦察一番，‘知己知彼，百战不殆。’”

书院的西厢，是几间整洁的客房，樊士仁的房间就在一棵大梧桐树的对面。上官澈、许思远爬到梧桐树上，透过窗子往里窥视。

烛光下，樊士仁收拾好带来的物品，而后，从一个袋子里拿出孔子的牌位，小心翼翼地擦拭着，然后恭恭敬敬地放好，郑重地摆上香炉，点燃三支香。再虔诚地献上水果、点心……

樊士仁一边对着牌位作揖、鞠躬、磕头，一边口中念念有词。

“孔圣人在上，吃好喝好啊！弟子一定谨遵圣人教诲，发愤苦读圣贤书！望圣人看在本人一贯严于律己、捍卫礼仪、恪守正道、贫贱不移的分上，明年赐弟子一个举子出身。弟子要求不高，只希望能当上一个小小的县令，从此号令百姓，弘扬礼教，严惩异端，将儒学道统发扬光大！”

卑躬屈膝，三跪九叩之后，樊士仁拿出一根绳子和一枚锥子。

“孔圣人，您看好了，弟子一定谨遵教诲，严格遵守，万分努力！”

随后，樊士仁非常熟练地把绳子拢成一个圈儿，套在自己的脖子上，然后拉住绳子末尾向上拉了拉；拿起锥子，刺向自己的大腿，一声凄惨的“哎哟——”后，开始摇头晃脑地读起书来。

梧桐树枝叶间的两双眼睛，瞪得老大，射出惊惧的光。上官澈、许思远瞠目结色，呆若木鸡。一阵凉风吹过，惊醒梦中人。“原来这就是传说中的头悬梁锥刺股啊！今天总算大开眼界了。”许思远直吐舌头。

两人像做贼一样，小心翼翼，爬下大树，蹑手蹑脚，悄悄溜走。

“好变态呀，这哪里是在读书，完全是在自虐！”

“竟然用吃的东西贿赂圣人！难道孔老夫子看不出他在作秀吗，竟然还弄出自导自演的剧目出来？我们一定要拆穿这伪君子、卫道士的真面目！咱们要不要叫上女同门一起干这份正义而光荣的事业？”许思远问道，一股豪迈感涌上心头，义愤填膺。

“她们正罚抄《千字文》一百遍呢！都泥菩萨过江——自身难保了，我们几个爷们儿搞定算了。”

夜半三更，乌云将天空捂得严丝合缝，院子里黑沉沉的。烛台里的蜡烛已经烧完，樊士仁念书念得睡着了，把头歪歪地搭在绳子上。

正睡得昏天黑地，忽然听见有人叫他的名字。

“樊士仁，樊士仁……唉，读书竟然睡觉，朽木不可雕也，粪土不可以涂墙也……”

樊士仁睡眼惺忪，忽然一惊。“啊？好像是《论语》里的名言！”

樊士仁揉揉眼睛，却见一位银须飘飘、气宇非凡的老者出现在窗外，周身散发着一圈紫色的灵异的光……

“祖师爷在上！还不跪下！”“孔子”喝道。

“是，是！”樊士仁“扑通”一声跪倒在地，连连磕头。窗外的墙根下，郑阿福和上官澈捂着嘴，憋着气。

樊士仁无比激动、惶恐。“谢谢孔圣祖师爷！弟子终日祷告，您终于显灵了！”

“你说你想做官，不想在私塾做先生，是不是？”

“是啊！非常想为官，实在不想做教书先生。”

“那你待在这里做甚？还不快走！”“孔子”叱道。

樊士仁无奈地摇头。“您教诲得是！只是，您知道，我几十年来一直读书，屡考不中，又不懂得稼穑经营，家里已经穷得揭不开锅……”

“那你可以去做强盗啊！直接拿来补贴家用。”

“啊?!”樊士仁惊得抖三抖，随后又匍匐在地。“……是，圣人高深，教诲得是。可惜弟子从小学文，别说抢劫成年人，就是和那些个弟子抢个戒尺，都抢不过。”

郑阿福手里举着的紫色灯笼都差点掉下来，被上官澈撑住。

“孔子”继续教诲。

“那你想干什么？做官做不了，做强盗又没有好身体……还是先做好你的教书先生吧！”

“圣人教诲得极是！那么怎么样才算好呢？教书先生做好了，是不是可以……”

“做好了先生，什么都好说。一个好先生，不能随意殴打学生，不能败坏学生在邻居心目中的形象，不能破坏学生家长的财物，你有没有做到？”

樊士仁再次吃惊不小。“啊，晚生惭愧……没有，您真是无所不知，神仙下凡！弟子知错了！”

“既然这样，你打自己十下，牢记教训，下不再犯！”

樊士仁匆忙拿起携带的戒尺，上下左右抽了自己十下。墙根外的人们乐得直跺脚抽筋！

“弟子以后一定谨记祖师爷教诲，决不打他们……”

“这样就很好！你继续读书。”

“是！”樊士仁赶紧盯着书本。

“孔子”停顿片刻，继续补充。“哦。对了，我不爱吃水果，你就分给那些弟子吧，跟我吃了是一样的。一日为师终身为父，要像爱护自己的子女一样爱惜他们。以后挣了钱，再买些猪蹄、牛扒之类分给他们。”

“是……”樊士仁有些狐疑地想抬头看看。

“赶快看书！不得分神！”“孔子”喝道。

樊士仁连忙低头看书，不敢再有造次。许久……再偷眼抬起眼皮，偷偷观察“孔圣人”，却瞧不见圣人圣容，只见依稀之间树影幢幢，定睛一看，没有半个人影。

第二日，一大清早，一行人聚在厨房餐桌边。各个闷声发笑，终于再也忍耐不住了。

“各位淑女！你们想不想知道昨天晚上发生的离奇故事？”上官澈压低声音。

凌小小嘻嘻笑起来。“嘻嘻，哈哈哈……还是听我们先讲吧！”

“我们先。”郑阿福争抢。

“我们先！我们先！”凌小小坚决不让。“为了给你们讲这个故事，我们的小潺还在外面站岗呢！”

上官澈摆摆手，抱拳，妥协，故作神秘状。“好吧，好吧，女士优先，你们先讲。”

凌小小眉眼笑眯成一条缝。“昨天晚上，我们抄《千字文》一百遍，我们三个人抄啊！抄啊！一直抄到下半夜，抄得我们是怒从心中起，恶向胆边生！于是我们拿起工具、武器就去找‘烦死人’！”

上官澈吃了一惊，担心起来。“啊……你们下半夜又去找他？”

“是啊！那家伙正在呼呼大睡，鼾声雷动。小潺凝气于指，按照偷学的彭师傅武林秘籍，点了他的睡穴。然后沈千若拿出毛笔，给他画了几根猫胡子，又画了只乌龟在他的脑门上。小潺把一只装满沙的袋子吊在他的门上。我呢，把养的那条宠物蛇塞到了他的被窝里，小潺还……”

众人正听得津津有味，没注意到一个巨大的阴影正笼罩上来。

终于，众人发觉异样，惊惧地回头，只见“烦死人”怒发冲冠，两眼喷火，一头的沙灰，脸上画着大乌龟和花猫胡子，气得扭曲变形，十分可怖。正左手抓着肖潺，右手提着一只紫色的灯笼，脖子上挂着一条蛇，打了一个结！

众人惊惶无措，又怕又想笑。

“真是小瞧了你们啊！连这种事情都敢做！大丈夫威武不能屈！你们以为这样就能威胁我?!”樊士仁牙齿咬得咯咯响。

“先生，先生，莫发火，也许只是一场误会……”许思远慌忙双手合拢，直作揖鞠躬。

“屁话！放的全是臭屁！难道信你这种谬种异类?!”

看见樊士仁青筋暴露扭曲的大花脸，沈千若赶紧拿出一条手帕。“樊先生，我……我帮您擦……”

樊士仁推开肖潺，一把打落了手帕。

“住手！这是你们的罪证，想销毁?！做梦！我就知道，你们和那些外面的小人一样，趋炎附势，欺软怕硬，没一个好东西！都给我走着瞧！”

樊士仁打着灯笼，返身决绝地离开。众人有见到其背后贴着一纸，上书：“我是疯子，别惹我！”

溪州镇，以及临镇，以及较远处的省城，一“疯子”一路串街走巷，引起街道上无数人围观，只见此人装扮怪异，滑稽搞笑，面目全非。小孩们拍着手跟上，边唱边跳，高兴地叫嚷，像过节看猴戏一样。

“哦！哦！……小妞妞快来看！耍把戏的又来啦！”

樊士仁一会儿骑马，一会儿步行，怒气冲冲，如入无人之境。深入到每个学生家走访，敲门锤锁，登堂入室，唾沫横飞，手足比画，将身前身后的图画、器物都一一展示出来。家长们惊愕不已，惊恐万状，羞愧欲死！

于是，各位“孽障”纷纷被揪回家中。随后的一幕幕，毫无悬念，自然而然：

情景之一：酒楼大门口，郑大老板手拿一根大棒追赶郑阿福。阿福抱头逃跑，碰得桌翻椅倒！阿福逃到街上，郑老板穷追不舍！“你这狗崽养的，竟敢欺负到先生头上！……老子今天不打死你，就是狗崽养的……”

二人你追我赶，街上鸡飞狗跳！上演了一出速度与激情的情景剧。

情景之二：

庭院里，上官澈跪在搓板上写检讨，其父手拿一长竹条守在一边，时不时抽打一下书桌。

“快写！今天要是写不出三千字的深刻反省文章，休想吃饭睡觉！”

上官澈的老妈在一旁捶胸顿足，拿着手帕，时不时抹着眼泪。

“这真是报应啊——以后怎么见人哪——我昨天还把许唯的妈笑话了一顿，想不到今天就报应到自己头上！你个丢人现眼不长进的东西——和你老爸一个德行！”

上官澈的老爸气愤地转过脸，瞪着夫人。“扯什么？这和我有什么关系？”

老妈见状，更是一把鼻涕一把泪。“还不是你家的种不好……想当初我年轻幼稚，就看上了你几分姿色，就冒冒失失地嫁给了你这个没正经的东西！我真是瞎了眼——要是听我爹的话，嫁给开酒楼的郑大……”

老爸一听，更是火大。“不要跟我提郑大！”

“就是要提！我爹就是有眼光！我那苦命的爹呀——”

老爸一愣神，更是气得发抖。“难道……难道，你的意思是……你现在还和郑大有来往？”

“郑大就是比你好！咋啦？咋啦？有种你休了我呀，我正好不过了！”

老妈毫不示弱，河东狮吼。二人针锋相对，各不退让，你来我往，闹成一团。

情景之三：

许唯、许思远一人趴在一张条凳上。祥叔拧着酒壶杵在中间，气得晕乎乎，喝得醉醺醺，手执一条马鞭，左右开弓，喝一口，打一鞭。

祥婶冲进来，挡在许唯前面。“死酒鬼！你想闹出人命来？干脆把我们全打死算了！”

祥叔并不理睬，再喝一口，“啪”地一鞭，老婆也照打。

祥婶呜咽着不还手，瞧着扑在条凳上的许唯，心疼地扑到他身上。

……

波澜一波连着一波，闹剧一出接着一出。这暴风骤雨的一天，好不容易终于偃旗息鼓。

翻天覆地的剧幕拉下后，剧中的少年主角们，个个脸上挂着忧伤、身上负着创伤，垂头丧气，长吁短叹，从不同的伤心地向书院聚拢。

前方，书院隐约可见，许唯、许思远屁股疼痛，实在走不动了，扒到路边树林的树干上，一边嘶嘶嘶地倒吸冷气，一边轻摸屁股。

树林岔路边，上官澈也是一脸晦气，不情不愿地走过来。三人相顾无言。

不一会儿，只见郑阿福一边回头，一边惶恐地跑过来。“啊？你们都在这里？怎么不作声了？我们必须把他赶走，要不，简直没有活路啊！”

三人打破沉默，齐声怒喝。“岂止赶走，恨不得杀了他！”

正在咬牙切齿，发誓报仇之际，却见三个女生笃笃笃地从书院的方向跑来。凌小小几乎哭出来。“见到你们真好！带吃的没有？”

“‘烦死人’找不到我们的家长，就不让汤师傅做饭给我们吃。”肖潺道。

郑阿福赶紧从怀里掏出两个大饼。

“有……有，这是我冒着生命危险从家里偷出来的。”

“阿福，你真好！”肖潺感动地接过饼，分给沈千若、凌小小。

三个人顾不得淑女形象了，当场大嚼吞咽起来。

“这个‘烦死人’！他怎么不变成乌鸦飞走啊？”凌小小边吃边骂。

“最好是头悬梁的时候吊死！”肖潺继续诅咒。

正在齐声声讨，这时，从林中小道上走来了一个老和尚，竹杖芒鞋，背着包袱，慈眉善目，风尘仆仆。

“吊死谁呀？各位小施主。”

“当然是‘烦死人’啦！不知道从哪里来的烂人。”肖潺回头道。

沈千若打量着老和尚，作了一个揖。“……您是？我认得您，您是后山莲溪寺的主持智障法师。前年和家里人去烧香见过您，您云游回来啦？”

法师笑着还礼，点头。

上官澈做出神道诡异的表情，靠近老和尚。“法师，我们书院最近出了一个叫做‘烦死人’的妖孽！祸害人间，您能不能帮忙作法，把他赶走？”

“怎么回事？”

“我来讲！”凌小小抢先一步，施展伶牙俐齿的功夫，语速飞快地陈述樊士仁的种种恶性和罪状。

“我再讲！”许唯、郑阿福继续悲愤、委屈地补充各种细节。

智障法师越听越生气，变了脸色，终于勃然大怒！

“这个孽畜！的确该死！不治治他，简直淆乱人间、祸害无穷！”

众人一听，更是同仇敌忾、群情激奋。“对！一定要治！治得他抱头鼠窜，消遁于无形。”

“出家人理当拯救苍生。你们说，想怎么治?!”法师环视众人。

“叫他不能再告状！”

“叫他不要在书院教书！”

“叫他不准体罚我们！”

“叫他不能凶神恶煞！”

诸位纷纷提出要求。法师不住连连颔首。“这种误人子弟、残暴成性的人，就不应该站在讲堂，就应该被赶走！”

法师从怀里摸出一个小瓶子。“我这里有一种药，无色无味，连续服用十天，可以让人嗓音变哑，不能讲话，行动无力，不能打人。”

众人如暗夜见到曙光一般，满心欢喜，仰着头，满怀憧憬地打量着药水。

“这太好了！真是天无绝人之路啊！您真好！您太好了！真是为民除害啊！没见过哑巴还能教书、告状的，嘻嘻嘻。”肖潺喜道。

“赶走他后，他若是不改好，解药免谈。”法师道。

“好！大快人心啊！”众人齐声赞同。

上官澈皱皱眉，思忖着。“但是，咱们怎样才能让‘烦死人’连续吃上十天呢？”

法师郑重地将各位召集到身边。

“这就一定要讲究方法，你们不能引起他一点点的怀疑，事后也绝想不到是你们。所以，你们在给他下药的时候以及平时，态度和表现一定要非常非常之好，非常地谦恭有礼，无条件地以尊师之礼待之，否则一定功亏一篑、后患无穷！”

众人严肃地颔首。

法师继续叮嘱。“记住！我只能帮到这里，后面小不小心，成不成功就看你们的了。如果十天后仍然不见效，你们再到这里找我。”

众人接过药瓶，感激涕零，深深地鞠躬再鞠躬。

“我们一定按您说的做！绝不出现丝毫闪失，保证不留后患。谢谢您！”

连日的阴霾终于过去，太阳从远山的背后再次露出脸来。书院里，树木、房舍、庭院都被镀上了一层明媚的柔光，一切看上去都是那么的和谐、亲切。

樊士仁心事重重，凶气巴巴地走进讲堂。

眼前展现的竟然是一副严整、积极、向上的景象。每个人都规规矩矩地端坐着，教室打扫得窗明几净，先生的座位上放上了新坐垫，讲台上放着一束鲜花。

樊士仁大为意外，惊讶地走下讲台，仔细地巡视了一圈。

“这是……”樊士仁疑惑了片刻，猛然一拍桌案！“你们休想骗过我！又想耍什么手段？”

肖潺温和、讨好地笑着，假装谦卑、小心地站起来，鞠了一躬。“不是的……尊敬的樊秀才，经过您的一番教导，我们已经深深地懂得了尊师重礼、克己复礼的重要。”

樊士仁瞪着众人，嘲讽地一笑。“真的？你们会这样好？”

许唯再接再厉，继续鞠了个弧度最大的躬。“您教诲得是，我们以后一定非常听您的话，帮您做事，好好孝敬您！”

“告诉你们，别想玩什么花样，否则，我照样去告你们家长！”樊士仁斜睨着众人，切齿威胁道。

台下的众人钢牙几乎咬碎，极力按捺心中的怒火，纷纷摆出纯真的笑脸。

“现在开始上课！”樊士仁翻了下白眼。

正要去翻书，却发现戒尺端正地摆在一边，握手的下端用粉红色毛线细细地绑了个套。

“谁干的？”樊士仁举着戒尺。

沈千若站起来，谦卑地行礼。“秀才先生，是我，这样您用的时候手就不容易被硌着了……”

“这个，倒也是……”樊士仁瞧了瞧戒尺。“不过，这本来就是你应该做的。”

沈千若本来示好地笑着，听闻此言，双手在袖子里攥成了双拳……脸上仍然保持笑容，使劲地笑。

樊士仁开始上课。“本课温习《论语》。子曰：学而时习之，不亦说（悦）乎？有朋自远方来，不亦乐乎……”

每个人都正襟危坐，很认真地听，专心地抄笔记，一声不响。

直到樊秀才宣布下课。大家一齐鼓掌！

“樊秀才，您可真有学问，书背得这样流利、生动！”许思远冲樊士仁竖起大拇指。

樊秀才冲许思远不屑地耸耸肩。“现在晓得了吧！我十四岁的时候就能这样背，你们比起我，差得太远，你们可是笨多了！”

“是啊，是啊！我现在也是这样觉得。您是谁呀？高山仰止，景行行止！”肖潺赶紧凑上去继续奉承。

第二节课，樊讲得更加起劲，“之乎者也”、掉书袋子、滔滔不绝，一套又一套，大家虽然不甚听懂，但是仍然注意假装勤奋，挥动毛笔抄笔记，时时注意保持热烈的掌声。

不知不觉中，樊的兴致越来越高，昂扬直上，仿佛一下子登上了珠穆朗玛峰……寻着一个机会，凌小小及时地倒上一杯热水捧到讲桌上，樊士仁抓起水杯一饮而尽！

见“烦死人”浑然不觉，众人心下十分振奋！

第二日，正是早餐时间，厨房待客的餐厅擦拭得一尘不染，光润透亮，可以当镜子来照。众人留出长桌中的首席位置，虚位以待，正襟危坐，忍着饥饿等待。终于，樊士仁板着脸，阴沉地走进来。

上官澈赶忙起身连连作揖。“终于盼来了樊秀才先生，您请坐，专门给您留的座儿。噢噢，主要是您的课上得好极了，简直一鸣惊人，胜读十年书啊。我是越听越爱听啊！”

郑阿福从厨房里笑呵呵地出来，双手捧着一碗热腾腾的面放到樊士仁的面前。

“樊秀才先生，请您尝一尝，这是我们家声名远播的早餐品种，我自己亲自下厨给您做的，精选上好的牛肉，用的是我们家酒楼祖传的佐料、配方。这碗牛肉面能亲自被您吃上，真是它三生有幸啊！另外，我还有个不情之请，若您还算满意，还想请您评点评点。”

面条色泽诱人、芳香四溢。樊士仁忍不住拿起许唯递过来的筷子，尝了一口。

“啊！简直是太……不过，面粗了一点。”

郑阿福连忙道歉。“不好意思！是弟子学艺不精，下一次一定改进，一定精益求精！”

“啊？还能再吃……？”几口之后，樊秀才已经开始埋头苦吃。

“如果您不嫌弃，弟子天天给您做。”

樊秀才“啊……呜……”地喝着汤。“这还差不多！”

郑阿福藏到樊秀才的背后，气愤地往拳头上哈气，手臂飞快地转着圈儿，作势要打。上官赶快制止。

上官澈绕到樊秀才前面，恭敬地拱手。“秀才先生，听人说您的书法一流，弟子很想向您求一幅字！”

樊秀才埋头吃面，心不在焉。“哦……可以。”

第三天，下药计划依旧进展顺利，气氛更加和谐。小鸟儿在香樟树枝头叽叽叫，樊秀才拿着书本踱进讲堂。

讲堂的后墙上，一幅新裱的横幅十分别致、惹眼。正是樊秀才新写的书法：“宝剑锋从磨砺出，梅花香自苦寒来。”

红木作框，金边衬底。樊秀才盯着字欣赏了半天，终于高兴地一笑。讲桌上，事先摆好了上好的茶叶、干净的水杯和水壶。

樊秀才拿起一册书卷，每册书早被女生包上了白净的书皮。

“今天我们继续讲孔圣人的思想。我觉得我们课堂的气氛太沉闷了，总是我一个人讲，大家听，今天我们是不是应该互动一下？”

许思远带头鼓掌。“樊秀才！您说得太对了，真是一个很有创意的想法。”

“我们都很喜欢！”许唯接着恭维。

樊秀才得意地又一笑。“那么，大家畅所欲言啊！俗话说，知无不言言无不尽嘛。”

许唯兴奋得就要行礼站起来，后排的上官澈用脚踢了他的屁股一下。

“别得意忘形！傻瓜！畅所欲言地讲好话！讲好话！记住。”上官悄声道。

“哦哦，先请秀才先生发表高见，弟子们洗耳恭听……”许唯赶紧道。

樊秀才满意地点点头，清清嗓子。

“那么，今天我们讲《先进篇》中的一章。今天改变下教学方法，我先用白话文浅显地讲一遍，然后大家发言。”

大家鼓掌欢迎，连连称赞。

樊秀才继续。“有一天，孔子对他的四个学生说：你们这些人，平时总是说‘没有人理解我！’，现在，如果有人要理解你，你们会怎么做？”

上官澈作恍然大悟状。

“哎呀，孔子说得多好啊！您讲得更清楚，更好懂。那他们该怎么做呢？怎么样表白呢？”

“首先是子路发言：他希望能够去一个饱受战乱之苦的国家，抗击侵略，激励士气，保卫人民。”

张必行积极行礼发言。“那他是想做一名很威风的将军吧。志向这样远大，那孔子一定大大地表扬他！”

樊秀才不以为然地一笑。“你看，你不知道吧！孔子没有，而是很不以为然地笑了一下。”

“嗯？为什么？……洗耳恭听、洗耳恭听。”张必行谦逊地行礼坐下。

“第二个学生叫冉有，他说：他希望能够治理一个小国家，让百姓富足，人人有钱花。”

郑阿福眉开眼笑，行礼站起来。“这个理想好，我喜欢，当将军好恐怖！要杀人的，孔子当然不喜欢。他一定会非常赞成冉有的说法。”

樊秀才摇摇头。“看看，不知道吧，你们又错了！孔子也不赞成。第三个学生叫公西华，他希望成为一个国家掌管礼仪祭祀的国相，接待外宾，教化民风。”

上官澈鼓掌站起来，行拱手礼，并鞠了一躬。“这回孔子应该赞成了吧，因为儒家是最讲究礼仪的了。”

樊秀才忍不住笑起来。“哈哈哈……你们又上当了！孔子照样否决。”

众弟子愣住，并作苦思冥想、不知所措的迷茫状。

樊秀才得意扬扬，居高临下地环视众人。“最后一个是曾皙。他说，我的理想和他们都不太一样。我是希望在一个暮春的时节，沉重的冬衣已经脱下，人们都换上了轻薄的春装，这个时候，叫上几个知心的好朋友，带上一群天真无邪的孩子，大家一起去沂水河中游泳，再到舞雩台上吹吹风，然后一起唱着歌回家。”

众人集体注视着樊秀才，作无限向往状。“好美！”

樊秀才感慨地端起茶水喝了一口。众人十五个吊桶的心暗暗放下了——当天的计划又顺利完成啦，看来目前为止，没有脱离计划的轨道。

郑阿福疑惑地行礼发言。“秀才先生，这种事情是我这种差生最喜欢的，孔子一定不同意的。”

“又错！孔子非常感慨地说：我和你想得一样，我举双手双脚赞同！”

一听此言，众人再次愣住了。“为什么啊？”

樊秀才又呷了一口茶。“因为，前面那些人全都急功近利，又是想当官，又是想发财，孔子当然很藐视。”

“可是我天天和孔子一样，只想游泳、吹风、玩耍、游戏，为什么反而会被骂呢？”许唯有些不解道。

樊秀才皱了下眉头。“这个，孔子讲的是劳逸结合嘛……”

沈千若也纠结地行礼站起来。“秀才先生，前面几个人，他们好像并不是仅仅为了个人的利益。而且保卫国家、教化礼仪、接济天下都是很伟大的理想，难道不比出去游玩更重要吗？”

“这个嘛……”樊秀才两眼望天，再次皱了皱眉。

上官澈、肖潺着急地向沈千若、许唯使眼色。凌小小看到，急忙站起来。

“樊秀才先生！您的字写得真好！我带了上好的宣纸来，想目睹您挥毫的风采！请您现场给我们演示一回，好让我们回去挂在寝室里，日日观摩，天天学习！”

上官澈也赶紧在书案里往外掏着笔、墨、纸。“是啊，是啊！我也带来了，再向您求一幅字，能挂在家里，令我陋室添彩、蓬荜生辉！”

“行行，你们通通拿上来。”樊秀才豪迈地招招手。

上官澈快速捧着笔墨纸砚，第一个冲上讲台。凌小小毫不示弱，插到上官澈前面。

“我先！”

“我先！”上官澈扯住了樊秀才的袖子。凌小小扯住了另一只袖子。二人争执不下。

“嗤——”的一声，樊秀才的衣服被扯破。众人大惊失色！

第五日的清晨，鸟儿叽喳，风摆杨柳，晨光透过树梢，温柔地拥抱着台阶上的石板。樊秀才正准备开门，忽听外面有响动，打开门走出去一看，台阶上并无一人。门前地下是一桶热水，正冒着热气；对着的廊下石台上是一碗面，芳香四溢；还有补好洗净的衣服，工工整整地叠放着。

樊秀才探头四面打量……

庭院的树下，清风拂面，晨雾未散。三个女生和许唯、阿福在跳绳。两个人在两头甩，三个人在中间轮流跳。热闹清新，生机勃勃。樊秀才走过来，望着这个场面，若有所思。

“樊秀才，您和我们一起跳啊！”郑阿福、肖潺朝着樊秀才热情招手。

樊秀才犹豫片刻，忍不住放下手里的书，跑过来冲进圈圈里，跳起来。

“哇！樊秀才，您真棒啊！身姿矫健，跳得比我们好多了！”肖潺赞道。

樊秀才一边跳，一边感慨。“老啦，不行了……”

“您才32岁，正青春年少、年富力强啊！正值人生最黄金的季节！”沈千若一边甩着绳子，一边热烈赞扬。

凌小小发现了什么。“请您停一下，樊秀才！您的鞋带掉了。”

樊秀才停了下来。肖潺赶忙乘机送上一杯水，沈千若凑到一边给樊秀才扇扇子，凌小小蹲下来替樊秀才系鞋带。

樊秀才怔怔地呆了一刻，忽然动情地蹲下，握住了凌小小的手！凌小小顿时吓呆了！樊秀才眼望远方，目光迷离，神情幽远，自言自语。

“很久很久以前，我也爱玩这个游戏……某一天的早晨，也是这样的风景……咱们一起到河边去，春水绵绵，芳草萋萋……凌小小，等会到我房间来一下。”

樊秀才突然匆匆走开。

“什么意思？”凌小小傻在那儿。

许唯盯着樊秀才逐渐远去的背影，压低声音。“这还不明白，他看上你啦！”

肖潺着急地朝凌小小摆手、挤眼睛。“小小，不行啊，绝不能答应！他太老了，人又坏！”

樊秀才走出了一段距离，忽然想起什么，又折回来。

“沈千若，等会你也来……”

樊秀才再次走远，郑阿福倒吸一口凉气。“啊?！两个都要?太贪心了吧?”

沈千若踢了郑阿福一脚。“再乱说，下一个准用哑巴药灌死你！”

西厢客房的拐角，樊秀才的房间就在前面。张必行、郑阿福等几个男生护送着沈千若、凌小小。

“妹妹们，你们大胆地去，万一有事就叫一声。我们就在外面，路见不平，定会拔刀相助！放心，去吧！”

沈千若、凌小小点点头，鼓起勇气走过去，门半掩着，二人敲了敲门。

“你们过来，我有一事相求。”樊秀才朝二人招手。

二人站在门口，不敢进去。

“您有什么要求就请直接吩咐吧，我们一定帮您做……我们的确有事，马上要去，对不起……”

樊秀才有些惆怅地望着二人。“难道我的一番心意，又要负之东流?”

“不会的、不会的……没事我们先走了。”二人挤出笑容，连连安慰。害怕地转过身，就要跑开。

“别走！”樊秀才叫道。二人吓一跳！

“这是不是你们干的?”樊秀才跟了过来，手里拿着补过的衣服和一双白色的新袜子，白袜子上绣了一朵花。

“是啊，是啊，衣服补得不好，花绣得不好！请您千万别见怪……”二人局促不已，连连道歉。

凌小小悄悄拧了沈千若一把。“就是你，绣什么花？马屁拍得太响亮了。”

樊秀才低下头，黯然地盯着衣物沉思。“已经很久没有人给我补过衣服了。特别是绣的那朵花，很像我的娘子……”

二人吓得连连摆手。“我们不是您的娘子……我们还小，不适合做娘子的……”

“请过来。”樊秀才放下衣物，走到窗户边的案几上。二人紧张地不敢过去。

樊秀才从案几上拿过来一叠新画的画。

“看看这幅画。”

沈千若、凌小小面面相觑，眼神交流，示意着是否合适进屋。

然后两人心一横，用劲手牵手，小心地靠近画前。一个婀娜端庄、顾盼生姿的美女跃然纸上。

“这位，就是我的娘子。”樊秀才瞧着画，温柔地说道。眼神竟然如月光般柔和，声音如梦呓般飘忽。

“啊？您真的有娘子？漂亮！漂亮！……画得好、画得好！”二人夸张地拍手赞美。

“这里有三幅，你们三个女生一人一幅，以后若见到这个人，请一定告诉我。”

三幅画虽然神态各异，但都画着同一个人。樊秀才将画递给二人。

“啊？您的娘子不见了。哪里去了？”凌小小不解地问道。

樊秀才叹了口气。“在我考举人第十五年的时候，走了，不知道去了哪里。”

凌小小卷起画，立刻作出横眉怒目、怒火万丈的模样，狠狠跺脚。

“原来是这样！您一定是想找她报仇了！好！这事就包在我们身上，我们一定帮您找！这种坏女人，不守妇道，就是应该把她揪出来！打翻在地，再踏上一万只脚！”

樊秀才惊讶地瞪着凌小小。“有这么严重吗？”

沈千若也气呼呼地点头、帮衬。“当然！像您这样的大好人……又帅又有学问，世上罕见，打着灯笼也难找。她竟然背叛你！她一定是嫌贫爱富、名利熏心、趋炎附势、狗眼看人低！看您一时没考上……”

樊秀才摇摇头。“不对，她从来都没有叫我去考过，也从来没有提过考试的事。昨天晚上我想了很久，许多本来忘记了的事，忽然又记起来……”

“那她一定是非常霸道，好吃懒做，骄横跋扈，天天欺负您！”凌小小气道。

樊秀才做了个制止的手势。“也不是，这世上除了你们，就只有我的娘子一个人对我这样好过，而且好了很久……”

“她好？那么是谁不好呢？”沈千若追问道。

“那么应该是……其实是我自己不好，从前我好像不是这样的……因为一直考不上，怕人笑话，怕她瞧不起……于是故意清高自傲，拒人千里，尖酸刻薄，愤世嫉俗，处处挑剔。”

樊秀才低下头，似乎在愧疚地追忆和反省。沈千若赶紧安慰。“没有、没有……您其实也很好的……”

凌小小瞧见椅背上搭着的另一件打皱的衣服。“樊秀才，您不介意的话，这件衣服我们也拿去洗。”

“这怎么好意思?”

“没什么不好意思的,您对我们这么好!”凌小小麻利地收起了衣服。“一日为师,终身为父!伺候、孝敬您是我们应该做的。而且有机会孝敬您,是我们三生有幸。”

沈千若再次展开美人图欣赏着。“真好看,我们回去把这幅画照样画很多份,发送给我们的朋友,她们一定会帮忙打听,您请放心。”

樊秀才感激不已。“谢谢、谢谢!”

晚间的男生馆舍,众人正在专心完成樊秀才布置的功课,一丝不苟。沈千若、凌小小敲门进来。

肖潺在外面盯梢,众人围坐到烛光下。

“‘烦死人’好像还不是很坏,其实挺可怜的。我们的计划是不是应该取消?”沈千若犹疑道。

“他这两天竟然学会了说‘谢谢!’,好像有点变好了。”凌小小也有些动摇。

上官澈不相信地摇摇头,满脸的苦闷、担忧。“哎,江山易改,本性难移啊。不能只看一时的面目。说不定哪天他又要发飙,搞得我老爸把我死打一顿,把我妈给休了。”

许唯摸摸屁股。“是呀,我的屁股到现在还坐不了板凳。”

郑阿福则是一副不甘心和犯难的样子。“唉……我老爸威胁说,再有下次就打死我。再说,计划要是取消,面岂不是白做了,水也白打了。”

张必行回想片刻,也不赞成。“已经七八天了,再过两天就一劳永逸,不用天天装模作样地讨好他了。看,瞧瞧我的脸颊,多生硬啊，都是天天挤出的笑容给整的。容易吗?”

忽然，肖潺“咚咚”敲了两下门框。众人赶紧闭嘴。

外面传来樊秀才的声音。“这么晚了，你们还不去睡觉，叽咕什么？小心挨板子!”

“是、是，马上就熄灯。”许思远赶紧吹灭了蜡烛。

郑阿福不放心，冲着外面温和、恭敬地叫了声。“谢谢您的关心！您辛苦一天，也早点睡啊!”

樊秀才站在廊外继续交代。“你们听着！明天早晨谁也不许吃早餐，直接去教室，否则一定会非常后悔！听见没有?!”

众人怀疑地面面相觑，有些惶惶不安。许唯赶紧作出非常乖巧的声音。“听见了，我们一定听您的话，早早去教室，勤奋学习，决不吃饭!”

上官澈吐吐舌头，做了个鬼脸。“听到了吧？凶相又毕露啦!”

“什么意思？失心疯又犯了？间歇性的?”郑阿福低声道。

漫漫长夜，无边无际，终于在猜疑和忐忑中慢慢过去。

上课时间又到，讲台上依然摆放着芬芳的鲜花、新上的茶水。樊秀才带着卷宗，拎着一个大布包进来，神情十分严肃。

郑阿福小声捅捅上官澈。“阿澈，他是不是要打包走人了？药效发挥了?”

众人紧张地盯着前台。终于，樊秀才开口说话，声音有些发抖，有些沙哑。

“不知道该怎么说……我真是想不到……竟然会有这样的事!”

一言既出，所有人的心都紧缩了起，随即悬挂在空中。空气突然凝固了，听不到任何声音。郑阿福害怕地紧紧抓住桌角。肖潺心虚、紧张地盯着水杯。

“这简直太意外了！”樊秀才声音有点变调，从怀中一下子抽出一叠试卷，清清嗓子，镇定了片刻。“想不到我教书还真……昨天的考试，你们猜怎么啦？每个人都是满分！”

众人简直不敢相信，怔了片刻，一齐欢呼起来！

“这真是空前未有！樊秀才，您是我们先生中的第一人啊！”肖潺赞道。

“您真是个天才！”上官澈使劲拍手。

“您可以和我们的孔圣人相比了。”凌小小干脆吹个大气球。

“等尤院长知道了，他一定大大地赞扬您！而且名载史册！”许思远兴奋地大喊。

樊秀才那个晕哪！几乎快要长出翅膀飞起来！

上官澈捂着嘴笑，小声凑近郑阿福。“看来恭维是可以成为习惯的，现在每个人张口就来。”

张必行站起身，毕恭毕敬地行礼。“这是秀才先生您严格要求的结果，是您书教得好！”

樊秀才的眼泪都快迸出来。“谢谢！主要是大家的努力。成绩是你们自己考的！没想到你们竟然这样听话，这样勤奋，这些天来，大家的表现都很棒！简直无可挑剔！”

众人听到此言，更是激动不已。

“看来恭维不但可以成为习惯，还可以传染。”上官澈悄声道。

樊秀才忽然想起了什么，快速地打开带来的包袱。却见里面琳琅满目，各色食物香气四溢！众人发出一阵惊呼！

“大家不是想吃水果、点心、猪蹄、牛扒吗？今天，我请客，庆祝满分！来，一人一份。”

樊秀才亲自下到每一个人的案几前，将食物分发给大家。

“大家敞开肚皮吃！不够的话我再买。”

可是众人低着头，却并没有开始吃。樊秀才感动地环顾着众人。

“从前的事，我们都不要再提了。这些天和大家在一起相处得很快活！特别是这次考试，各位弟子，是你们让我重新找回了一种成就感，这种感觉自从十四岁考上秀才以后……就再也没有了……现在，当年的信心好像又回来了。以前是我错怪了大家，也看错了自己，请大家别往心里去……吃吧！吃吧！今天是个值得纪念的好日子。答谢大家一直以来对我的尊重和支持！”

众人有些心虚地低着头，开始不声不响地吃东西。

樊秀才坐回讲桌后。

“各位，我们书院的学习气氛很好，大家都很努力。但是太沉闷了，每个人都好像很压抑，束手束脚。明天，我决定停课一天，找个风景好的地方，去做孔子最赞成的那件事！”

沈千若欣喜地抬起头。“就是……浴乎沂，风乎舞雩，咏而归？”

樊秀才笑着点点头。众人集体仰起头，齐声欢呼。

“噢噢哦！樊秀才万岁！”

首次在学堂里集体会餐，而且是先生请客，大家精神振奋，胃口大开，狼吞虎咽，大快朵颐，真是精神食粮和物质食粮双丰收啊！这个早餐实在是太丰盛、太特殊了。

青山碧绿，河道蜿蜒。美丽的河岸边有人在放风筝，有人在水中赤脚玩耍。毛茸茸的草坂上，樊秀才举目遥看远处的烟岚。

郑阿福拿出一瓶酒，招呼几个男生，一起坐到樊秀才身边。

“这是我家酒楼自酿的米酒，请秀才先生品尝。”

郑阿福摆好酒和杯子，敬了樊秀才几杯。几名男生继续恭维。

“樊秀才，您的酒量真棒啊！在溪州镇都很难遇见对手。”许唯又倒上一杯，奉上。

樊秀才接过酒杯，感慨万千。“很多年都没有这样开心过……要是听我叔叔的话，早点来这里就好了，白白浪费那么多年。”

“这不怪您，都怪万恶的科举制度！”上官澈做愤愤不平状。

樊秀才凝神思索片刻。“其实这不关科举制度的事，是我自己的问题……我不想考科举了，今后就留在书院好好教书。”

“我们非常欢迎，不过您还是考考吧。”上官澈劝道。

许思远也支持地点头。“对！一边教书一边考。一个月后，您再按期报考。没考上我们欢迎您，考上了我们欢送您！”

樊秀才将面前的杯子都倒上米酒，回敬各位。

“是啊，是应该这样，早这样，我的娘子就不会走了。实话告诉你们吧，不怕大家笑话，这次不是尤院长请我来的。我的娘子走了以后，我整天无所事事，游手好闲，一直在叔叔家蹭饭，叔叔受不了了，去找尤院长好求歹求，才有了这个临时差事。”

“樊秀才，您不必告诉我们这些的。”许思远同情道。

“没有关系。”樊秀才却是十分坦然。“你们和我娘子对我最好，我信任你们。自欺欺人这么久，该是讲实话的时候了。还是孟夫子讲得好：‘人无恒产，即无恒心’，人只有自食其力，有一份差事有一份事业才有自信，才会去关注、理解别人。”

“樊秀才，我会记住您的话。”上官澈恳切道。

“噢噢噢——”一阵欢快的呼喊从山坡上传来。山坡上的小亭中，凌小小、肖潺冲着草坂上的人们招手。

“樊秀才、各位同门，快来呀，好好的风啊！孔子说的‘风乎舞雩’就是这样的吧？”

樊秀才带着几名男生一路跑到小亭，遥望远天，迎风而立。

女生们则随风轻舞飘扬，随心所欲，甚是快活、自由。

“是啊，是啊，浩浩乎如冯（凭）虚御风，飘飘乎如遗世而独立，羽化而登仙！”樊秀才正在大发感慨，忽然停下来，若有所悟。

“郑阿福，快去把所有人都叫上来！”樊秀才对郑阿福道。

很快，所有人都集中到了飞檐朗轩的小亭中。

樊秀才面对着众弟子。“大家还记得沈千若的问题吗？‘保卫国家、教化礼仪、接济天下都是很伟大的理想，难道不比出去游玩更重要？’《论语》我早就会背，实不相瞒，但这个地方却一直不懂。上次承蒙大家抬举，没有当场拆穿，让我再次蒙混过关，给我留了脸面，这个人情其实我是知道的，很感激诸位！”

沈千若优雅地行了个拜礼，细声细语地说：“樊秀才，您真聪明，我们更加敬仰您了！其实是您让我们明白了更多关于人情的道理，这些是在书本上学不到的。”

樊秀才感动地还了一礼。“沈千若这个问题其实我一直在想，想了好多年……后来干脆不管了。可是今天，就在刚才临轩吹风的一瞬，忽然觉得自己又像个人了，一个真正意义上的人！我当时感觉全身灌注了生气，想起了一个一直被我忽略的问题：游玩是什么？游戏是什么？究其实质，是一种最自由、最人性化的状态，是真性情的表达。而失去了这种率真、美好、轻松、坦荡的心态和境界，失去了无拘无束的解放，那么，任何建树都易丧失人类本性的根基，即使为将为卿为相都很难达到最为人性的目的，甚至会适得其反，造成更大的破坏。真正的幸福是来自于人内心最纯洁、最坦诚的愿望，而不是心为形役……”

许思远眼巴巴地仰望着樊秀才，充满无限崇拜。“原来是这样……难怪我们都爱陶渊明的诗：‘采菊东篱下，悠然见南山。’”

“我们刚才都怔住了，只是傻傻地觉得此中有真义，欲辨已忘言。高人啊！”凌小小不由插话，由衷赞叹。

樊秀才望着远方，自嘲地笑了笑。“难怪我考不上，还一直蜗居一隅，活在自己一个人的狭小空间里，钻牛角尖，悬梁刺股，追名逐利，蝇营狗苟，原来一直误解了儒学的真义。”

“樊秀才，谢谢您！您告诉了我儒学推崇的最高境界还是内心的率真、自由和美感！”沈千若真诚道谢。

“我会永远记得您的话！”张必行道。

樊秀才欣悦地走到亭边，面对山外广大的空间，一片花红柳绿，茂林修竹映入眼帘，微风习习，甜美的空气沁人心脾。樊秀才深深地吸了口气，仰着头，任凭清风拂过，微闭着双目，大声说道："谢谢你们！感谢这段美好的经历！感谢圣人伟大的胸襟！"

夕阳西下，晚风清爽。一行人三五成群，蹦蹦跳跳，唱着歌儿回家。

第十日到了。书院远处的树林里，男生女生躲闪着，焦急地等待着。似乎盼了很久，盼星星盼月亮，盼到了终于姗姗来迟的智障法师。

"师父，您终于来了，我们昨天就去莲溪寺找过您，没找到。"上官澈急得一个箭步跃上前去。

法师微微一笑，双手合十。"阿弥陀佛！怎么样？没有功效吗？"

沈千若急得快把辫子揪下来。"您变哑巴的毒药是有解药的吧？我们急死了！"

"急什么？坏人就应该遭到报应、受到惩罚！毒药用完了？是否还需要？"法师眯缝着眼睛，不紧不慢，慈眉善目。

郑阿福急得在原地打转，抓耳挠腮，打着手势。"没有，大概用了七八天，后来忘记了，也可能是下不了手啦，但是现在我们害怕会有后遗症。"

"怎么会下不了手？之前你们个个小脸蛋还咬牙切齿、苦大仇深的样子。"法师满脸狐疑，惊诧道。

"不知怎么的，他忽然又变好啦，而且很好啊！现在想想，当初都是我们不好，我们再也不敢做这种事了。"凌小小道。

"他是怎么变好的？"

"因为我们假装对他很好，时刻拥护他、尊重他、赞美他，这是您教我们的方法——以尊师之礼对待，而且成绩也提高了，表现非常好，他乐死了，于是喜欢上我们了，于是我们也喜欢上他了。”

“那你们为什么又会喜欢上他？”法师促狭地眨眨眼，一丝神秘的笑容掠过嘴角。

郑阿福抢着解释。“因为我们假装喜欢他，他以为我们真的喜欢他，于是他就真的喜欢我们。我们因为他真的喜欢我们，所以我们也不再假装喜欢他，而是真的喜欢他，于是他又真的喜欢我们，我们又……”

法师痛苦地拍拍脑门。“佛祖啊！你这是什么一个绕口令，我的脑浆都被你搅浑了。”

沈千若笑了起来。“法师，难怪你法号智障，这有什么难懂的？好吧，说得简单一点，就是我们大家，用尊重换来了尊重，用喜欢换来了喜欢。”

许思远受此启发，脑门里蹦出了一句流行的歌词，赶紧哼唱起来。“因为爱着你的爱，因为梦着你的梦，所以悲伤着你的悲伤，幸福着你的幸福……”

大家被这突如其来的陌生词曲弄得哈哈大笑。

法师也呵呵笑起来。

“正是，这正是‘礼’的含义。投之以桃，报之以李。恨只能换来恨，爱才能收获爱，对吧？”

众人狠狠地点头，如鸡啄米般，并不忘赶紧讨要解药。

法师拿出一个与上次一模一样的白色瓶子，却没有递给众人，兀自仰起头，将里面的液体一饮而尽。

“哈哈哈……小施主，告诉你们，没有什么解药，因为根本就没有什么毒药，瓶子是老衲喝水用的，里面装的只是一瓶清水罢了！”

众人惊诧。“一瓶清水?！法师，你竟然骗我们，但是……这真是太好啦！”

“善意的谎言，不过效果挺好，多谢您了！”许思远恍然大悟，钦佩不已。

“您真是个天才！哦，是个活菩萨！”沈千若伸出两个大拇指，上下舞动。

“您是我们效仿的典范……天哪，恭维不但能传染，还会上瘾！”上官澈一说，又把大家逗笑了。

郑阿福闷着头直接窜上前，以迅来不及掩耳之势亲了法师一口。“我们喜欢您！”

法师瞧着众人，作出严肃正经的样子。“看来你们是真的喜欢我。那好，跟我回去吧，男生剃度为僧，女生削发为尼，同意的留下来。”

“啊？不行啊！”

“不可以——”

众人快乐地尖叫着，一哄而散。

许思远日志

6月30日　天气：晴

自来到这个上上书院，每天经历的生活真是丰富多彩、跌宕多姿啊！如近段时间的经历，深有感触的是“礼”的文化内涵——尊重换来了尊重，用爱心换来爱心。

“礼”的字体之起源和演变，在历史的长河中，经历了较大变化：

甲骨文至金文的“礼”写作“豊”，下从豆，食器、行礼之器；上从花饰，两串玉。本指敬神、祭神以致福。后为突出祭祀的含义，在“豊”的左边加了一个礻字旁。造字者从起源处对“禮”作出的解释是这样的：“禮”字的甲骨文形体，表示在鼓乐声中向神灵敬献双玉。无怪乎《左传·昭公二十五年》有云：“禮，天之经也，地之义也，民之行也”；《管子·心术上》也说：“禮者，因人之情，缘义之理，而为之节文者也。”“禮”的重要性可见一斑！因为，“因人之情，缘义之理，而为之节文”的“禮”，正是起源于礼敬神灵之仪节的；而礼敬神灵之仪节，就孕育着、表现着社会制度、行为规范、价值观念等等要素。造字者作出这样的解释选择，不仅便于建构生动的意象以作表征，而且以简驭繁，并能引导和启发人们进行思考和联想。

后来祭祀的“礼”的范围进一步扩充，泛指仪式、礼节、礼貌：可用于社会生活中由于道德观念和风俗习惯而形成的仪式和礼节，如婚礼，丧礼，典礼，礼尚往来；可用于人们日常行为交往中表示尊敬的态度和动作，如礼让，礼遇，礼赞，先礼后兵，有礼有节；可用于表示礼节、敬意、庆贺、友好所赠之物，如礼物，献礼，礼金。由此可见，在中国古代文化中，“礼”的地位十分重要，它是仪节，是制度，是物质，是行为规范，是核心价值观念，甚至是中国古代王朝重要的政治理念和道德哲学（例如：礼教、礼治、礼道、克己复礼）。

“礼”的观念起源很早，古人崇尚祭祀及其礼仪，拜天拜地拜山川，既是一种原始的宗教行为，也体现了对人类赖以生存环境的敬畏之心。到了周朝，周公鉴于商纣王淫乱暴政无道、传统的礼仪失去维系人心和稳定社会的作用，为重新建立一个有序、规范、和谐的社会及其关系，对传统之“礼”进行改良或创新，引入了“德”这一政治观念，“援德入礼”，并制礼作乐，完善周朝宗法之礼。这些“礼”实际上就是周代的“法”，是为统治者制定的一套系统的行为准则，更是制定出的一套全新的政治制度，从此开启了儒家推崇礼乐的社会理想。

春秋战国时期儒家学说的奠基者们，面对战乱纷争、礼崩乐坏的社会危机，从不同角度，对“礼”的必要性和合法性进行辩护，并进一步强化、突出了“礼”在日常生活、社会治理、政治理念和道德体系等方面的重要性。于是，“礼”从庄严肃穆、富丽堂皇、等级特权的国家、氏族、宗族的典仪文化，逐渐走向世俗化、政治化、伦理化。孔子提出“仁”的概念（“仁者，人也”；“仁者，爱人”），并“援仁入礼”，首倡人伦之礼。在两千多年的中华帝国中，礼，不仅成为统治者的行为准则，而且成为“君子”的行为准则，并且甚至随着社会的发展，成为每一个社会成员应遵循的行为准则。孟子在此基础上发展出以“仁义”为核心的礼学思想，孟子“援义入礼”，提倡道德之礼；荀子则在“礼”中融入“法”的概念，荀子“援法入礼”，注重“礼”与“法”的关系，提倡法治之礼。春秋战国儒家的思想资源，丰富了礼的文化内涵，扩充了礼的实用性，奠定了我国古代以礼治国的基础，并使礼在古代中国成为一个具有哲学意义的重要概念和博大系统。后来汉代将“礼”纳入“五常”（仁、义、礼、智、信）之一，成为当时和后世推行教化的重要内容，形成“礼教”。宋明时期，“礼”成为天理的表现形式，守礼即是循天理，失礼就是悖天理。

从春秋战国时期到封建制度的结束，“礼”在社会价值体系中具有极高的地位——“人无礼则不生，事无礼则不成，国家无礼则不宁。”（《荀子·修身》）“礼”涵盖了政治、经济、社会、文化、教育、军事、法律、日常生活的方方面面。它既是个人思想行为的基本准则，又是治国安邦的根本纲领；既是道德评判与法律制裁的最终依据，又是社会机构运作精神的体现。所以“礼”在中国古代社会，既是一个政治的概念，也是一个伦理的概念，还是一个文化的概念。“礼”的观念经过不断改造与提倡，为历代统治者所重视，流响千世，浸沉人心，成为中华民族几千年来政治文化传统中最稳固最持久的思想观念之一。

究其实，“礼”从最初的祭祀典仪推演和扩展为区分贵贱亲疏的行为规范和等级名分制度。儒家所称颂的“礼”是指以宗法制度、君君臣臣父父子子（《序卦传》曰：“有夫妇，然后有父子。有父子，然后有君臣。有君臣，然后有上下。有上下，然后礼义有所错。”）的等级制度为核心的政治制度、道德行为规范及各种礼节仪式，是古代帝王和统治阶级维持专制统治的强有力的工具和社会润滑剂，也同时从某种程度上不可避免地戕害了人性的平等和个性的自由。但是，从社会治理、人际关系、人伦道德的实际层面看，作为“经国家，定社稷，序民人，利后嗣”（《左传/隐公/卷四/传十一年》）的礼，的确起着治理国家、调整社会关系、维护社会秩序、惠及后世安定的作用。况且，儒家提倡礼仪文化，其原初目的是为了建立一个和谐社会、“大同”社会。

在儒家的思想理论中，“礼”是两个“本”——立国之本、为人之本。

礼是立国之本。礼在中国古代是社会的典章制度，也是社会政治制度的体现，是维护上层建筑以及与之相适应的人与人交往的礼节仪式。在孔子以前，已有夏礼、殷礼、周礼。夏、殷、周三代之礼，因革相沿，到周公时代的周礼，已经比较完善了。从孔子时代始，儒家认为推行礼治即是为政的根本，“为政先礼，礼其政之本欤!”极其重视“礼”在治理国家上的作用，并提出礼治的口号。

为什么要提出礼治的口号？因为“礼”的本质就是制定规则，使之有秩序，客观上有利于国家的稳定、政权的巩固和社会的安定。《礼记》曰：“居处有礼，进退有度，百官得其宜，万事得其序。”当起居有礼仪，进退有分寸，官员人尽其才，这样的话，各种事情都会在其规则的前提下，井然有序了。《礼记》又言：“礼之于正国也，犹衡之于轻重也，绳墨之于曲直也，规矩之于方圆也。”礼仪对于治理国家意义重大，犹如秤对于衡量轻重、墨线对于度量曲直，圆规和曲尺对于画方圆一样。究其实，礼就是一种规矩、规则和制度。

《春秋说题辞》曰：“礼者，体也。人情有哀乐，五行有兴灭，故立乡饮之礼，终始之哀，婚姻之宜，朝聘之表，尊卑有序，上下有体。王者行礼得天中和，礼得，则天下咸得厥宜。阴阳滋液万物，调四时，和动静，常用，不可须臾惰。”产生于奴隶社会和封建社会的周礼文化，是为当时的统治阶级和贵族阶级服务的，“礼不下庶人”，具有鲜明的等级性质和阶级性，“礼”用于别贵贱，别上下。《资治通鉴·周纪·周纪一》曰：夫礼，辨贵贱，序亲疏，裁群物，制庶事。非名不著，非器不形。名以命之，器以别之，然后上下粲然有伦，此礼之大经也。名器既亡，则礼安得独在哉？由此可见，“礼”就是用于别贵贱、别上下的名分，并且这种“名正言顺”后面是和一系列礼仪、规格、规制、制度等是相配套的，让每一个人都在“名”下，按照相应的礼仪规制来行事，无论是君还是民。孔子说：“安上治民，莫善于礼”，《礼记》云：“礼者君之大柄也……所以治政安君也。”

基于“礼”有“名”和“别”的政治功效和社会功能，儒家认为，“礼不行则上下昏”，如果人人遵守符合其身份和地位的行为规范，便“礼达而分定”，那就能够达到孔子所说的“君君臣臣父父子子”等级差别了，也得以遵守后期儒士所谓的“三纲五常”的社会伦常了。由此带来的贵贱、尊卑、长幼、亲疏有别的理想社会秩序便可维持了。

但是，在道家创始人老聃（老子）看来，只有“道”才是本，只有“道”才是不变的。对于大自然来说，天道是不断运动变化的，其变化是自然进行，没有谁在主宰。孔子对老聃说：“我研究《诗》《书》《礼》《乐》《易》《春秋》六经，自以为很久了，而且熟知其中的故事，以此求见当今世上七十二位君主，向他们讲述先王之道，阐明周公召公治理国家的种种业绩，但是没有一位君主接受和采纳。”老聃回答说：“讲礼义法度应随着时代不断变化，孔子你不懂得这个道理，却取先王之陈迹在当代推行，这如同在陆地上推船行驶，是根本行不通的。”（庄子的《天运》)因为天道是不断运动变化的，所以时代也在不断变化，而与时代相适应的礼义法度也应该随着时代不断变化。

道家认为，道体现在人类身上，就是天然纯朴的、无差别的人心和本性。既然人类本性就是纯朴的，没有坏心和人为差别化后造成的各种消极的心态和情绪，所以，统治者和道德家们所需要做的，是如何完好地呵护和保守人类的本性，而不是有意而为之地推行什么用以差别化的礼仪道德了，到处去宣扬和教化。老聃对儒家到处宣扬“仁”不以为然，他对孔子说：“吾子使天下无失其朴，吾子亦放风而动，总德而立矣。又奚杰然若负建鼓而求亡子者邪？夫鹄不日浴而白，乌不日黔而黑。黑白之朴，不足以为辨；名誉之观，不足以为广。”意思是：您要使天下不丧失其本性，您自己要像风一样顺化而行，执性而立，又何必用力到处宣扬仁义，像背着大鼓敲打以寻求丢失的孩子一样呢！这正如天鹅不用天天洗浴而羽毛自己洁白，乌鸦不用天天染色而羽毛自己漆黑。黑与白作为物之本性，用不着去辨别它们的美丑；名誉之壮观，也不足以使自己的本性增加什么。庄子的《天运》还记载：孔子向老聃多次问道后终感叹：“久矣，夫丘不与化为人！不与化为人，安能化人。”老子曰：“可，丘得之矣！”意思是：“我孔丘不能成为随着事物的变化而变化的人，已经太久了！如果不能随事物变化而作出相应变化，怎么能使人的行为与变化的情况同一呢！”老子说：“可以了，孔丘获得大道了。”老聃这里所说的“大道”，就是纯朴的人心和人的自然本性——民心纯朴无分别(“黄帝之治天下，使民心一。”)大道是不变的，易变的是事物的变化、时代的改变，环境的变迁。

因此道家认为，要顺应天道，无为而治。如果人世之帝王一定要有治，那就是必须与道相顺应。与儒家的观念相反，道家否定礼教、礼法。在中国传统文化中，道家常常以儒家的对面而存在，或者说作为儒家思想的补充而彰显其智慧的光芒和人文的温度，共同构筑了中华民族传统的思想文化。

从历史实践层面看，在封建时代，儒家张扬的“礼”维持社会、政治秩序，巩固等级制度，调整人与人之间的各种社会关系和权利义务的规范和准则。从某种意义上说，礼实际上升到国家法律的层面：礼既是中国古代法律的渊源之一，也是古代法律的重要组成部分。

中国自古就称为礼仪之邦。礼仪之邦的国家机器威严、社会秩序井然、民众温良恭谦，演绎着两千多年绵延不绝的中华文明，也在国际上留下了良好的形象。但是中国数千年的礼制、礼数和礼教仍然有许多值得扬弃的地方。比如，各种等级规定、阶层划分、仪式区分、礼数差别，实际上都是建立在不平等和不公正的社会基础上的，阻碍了个体的人权和自由，尤其是要求民众心甘情愿地接受这一套被称为天经地义的礼数，变成统治阶级的忠实奴仆和统治权力的驯服对象，自觉或者不自觉地维护封建等级制度。

礼是为人之本。《释名》曰：“礼，体也。言得事之体也。”礼是人之为人的根本，也是人之所以为人的一个重要标准，亦即一个人为人处世的根本。故《论语》曰：“不学礼，无以立。”人不学习礼节，就无立身之处。《论语》又云：“不学礼，无以言。”懂得礼貌、礼节、礼遇，礼尚往来，才能待人和交流。孔子曰：“夫礼，先王以承天之道，以治人之情，故失之者死，得之者生。《诗》曰：‘相鼠有体，人而无礼。人而无礼，胡不遄死。’是故夫礼，必本于天，　于地，列于鬼神，达于丧、祭、射、御、冠、昏、朝、聘。故圣人以礼示之，故天下国家可得而正也。”孔子强调礼本于天，　(效)于地。

不过，“礼”作为本，并非终极意义上的最后的根本。儒家认为，天地、先祖、君师以及忠信等，都是“礼”的本。“礼有三本：天地者，生之本也；先祖者，类之本也；君师者，治之本也。”(《荀子·礼论》)可见礼的核心意义在于人与天地关系的明确、人伦关系的构建和政治体系的稳固。

《礼器》曰：“忠信，礼之本也；义理，礼之文也。无本不立，无文不行。”礼为人之本时，从更深层次的本质和表现形式来说，还有本有文——“忠信，礼之本也；义理，礼之文也。无本不立，无文不行。”(《礼记·礼器》)这就是古人所说的礼必兼“文”“质”，先“质”后“文”。所谓“礼之本”，即是内心道德之本质，“礼之文”，则为外在行事之规范。内心之规范以人心内在之忠信等德行为其内涵，也就是“质”；外在之行事规则则以礼乐制度约之，即为外显内容的“文”。忠诚守信是行礼的根本。义理，是礼的形式。没有根本，礼数就不能端正；没有形式，礼数就不能施行。对人有礼，遵守礼节和礼仪，其根本是对人怀有一颗忠正诚信的心，言谈表达要彬彬有礼，只有内外兼修、内外和谐了，才能真正“有礼”。否则就是虚与委蛇，表面客套、内心虚伪、言不由衷。生活中，这样的假客套的人实在太多！大家似乎在意的是表面的客套和漂亮话，听着自己觉得有面子就非常高兴。说的人巧舌如簧，巧言令色，虚伪至极。

“礼”作为立人之本，是从“礼”作为人的基本道德规范的角度来讲的，即“礼”是中国传统社会民众必须尊崇的价值规范。由礼节之礼扩充为道德之礼，缘起于孔子。孔子建立了以“仁”为核心的思想体系中，“礼”成为一个重要因素，并与仁密切结合起来。孔子说：“人而不仁，如礼何?”他主张“导之以德，齐之以礼”（《论语》），打破了“礼不下庶人”的限制。到了战国时期，孟子把仁、义、礼、智作为基本的道德规范，礼体现了“辞让之心”。荀子著有《礼论》，论证了“礼”的起源和社会作用。他认为礼使社会上每个人在贵贱、长幼、贫富等等级制中都有恰当的地位。

礼虽是为人处世之根本，但是礼的具体规则和表现方式需根据时代变化而变化。鲁太师金对前来请教的颜渊谈到“礼”的一段话，非常有道理。被称道甚至视为圭臬的三皇五帝之礼义法度，在鲁太师金看来，“不矜于同而矜于治”。而且用了一个非常贴切形象的比喻——“其犹柤梨桔柚邪！其味相反而皆可于口。”具有实用价值和实践效用的礼义法度，“应时而变者也”。在孔子时代以及后世的封建时代，若“礼”的规制和当时的时代具体情况和社会文明发展状况不相符合，那么，推行的礼义法度就需要调整和变革了。当人类文明的车轮行驶到现代社会，三叩九拜、鞠躬下跪等古代礼节，与现代社会的平等、尊重等价值理念不符，因此这些糟粕的形式必要被摒弃。同时，礼还要和所处的区域、环境相符合，即使世界变成一个地球村，即使进入了全球化社会，西方的拥抱、接吻等礼节，因不符合中国人的文化心理，自然无须广泛推行为好。

在长期的历史发展中，礼作为中国社会的政治制度、道德规范和生活准则，对中华民族精神素质的修养起了重要作用，但与此同时，也以压制个性的“吃人”（20 世纪初五四新文化运动先驱鲁迅对此专门撰文《狂人日记》进行揭露和批判）方式，给国民的性格、精神、心理造成了较大的扭曲，形成了非健全的人格体系。

封建专制结束以后，旧礼制也随着专制独裁和旧道德一起被摒弃到历史的垃圾堆里，随之兴起的是民主、科学、新道德和新文学。“礼”脱离了原先为封建王朝森严的等级制度服务的性质，但是作为一种体现人类文明程度的道德规范，继续发挥着维系社会良好风气的作用。

可惜在20世纪90年代以来，信仰缺失、道德坍塌的现象非常严重，甚至到了触目惊心的地步！越礼、无礼、非礼的现象时有发生，甚至成为一种社会常态：

狂妄自大，傲慢无礼；

目无尊长，犯上欺下；

僭越规则，暗箱操作；

唯我独尊，毫不谦让；

铺张浪费、浅薄虚荣。

……

人类文明程度越发达，越需要突出“礼”的地位，并且要随着时代的发展，重新建构“礼”的价值体系，并使之成为公众自觉遵守的“道德律令”。

礼在生活中是多么重要啊！礼是社会规范，规定了人们在特定场合下该说什么？该干什么？该如何说如何干？行为举止、言辞表达该遵循社会约定俗成的规范，若按照这套规则行事，便不会有大错，关键令人容易理解和接受，易于促成人与人之间的和谐。而当无礼时，会是怎样呢？正如孔子所曰：“恭而无礼则劳，慎而无礼则葸，勇而无礼则乱，直而无礼则绞。”一旦不遵循礼仪，谦恭得心力疲惫，谨慎得胆小懦弱，勇敢得盲目闯祸，直率得尖刻伤人。恭、慎、勇、直，本来都是良好的品德，却因为没有礼节可循，却可能造成劳、葸、乱、绞。

但“礼”并不是生硬的、僵化的外在标准，而更是吸引人心投入和情感感化的美德。古人明确意识到这一点，提出礼和乐相互补充，内外兼修。《礼记》：“乐所以修内也，礼所以修外也。礼乐交错于中，发行于外，是故其成也怿，恭敬而温文。”音乐等艺术是用来提高内在修养的，礼是用来规范外在的行为的。礼节和音乐交互作用于内心，又通过外在的行为表现出来，因而能够造就一个快乐、恭敬而温文尔雅的仪态。

那么，具体来说，哪些方面可以说是有“礼”呢？

首先，要做出是否合乎礼节的道德判断，也就是是否体现或者拥有“忠信”这些道德本质，如果有，还要在礼节的形式上得以体现。也就是说，真正的“礼”，是从内心对忠信等肯定性价值判断后继而在礼仪礼节等行动上得以适宜体现。那么，内心如何对忠信等做肯定性价值判断？在儒家看来，肯定性价值判断的坐标还是仁，《论语》记载颜渊问仁的故事很有意思。子曰：“克己复礼为仁。一日克己复礼，天下归仁焉。为仁由己，而由人乎哉？”颜渊曰：“请问其目。”曰：“非礼勿视，非礼勿听，非礼勿言，非礼勿动。”颜渊曰：“回虽不敏，请事斯语。”显然，上述颜回请问四项“非礼”之“礼”即是出于内心道德本质的价值判断——视听言动等不合礼之本质，所以“勿”。还有，如何体现才是事宜的呢？宋代大儒朱熹在《论语集注》云：“礼贵得中，奢易则过文，俭戚则不及而质。二者皆未合礼，然凡物之理，必先有质而后有文。”所谓适宜的礼，既不是没有发自内心对德性的价值认同所做的形式上的礼节，也不是铺张的招待和仪式。我们中国人往往爱面子，为所谓的面子工程所累，为了偿还人情债或者为了体现“有来有往”的交往原则，大张旗鼓、铺张浪费、讲排场、好夸耀的现象屡见不鲜，殊不知，早已背离了“礼”的真实内核。

这里，我不得不专门多花些笔墨来展开谈谈儒家认为达到仁的境界的修养方法——克己复礼。因为这四个字影响了中国两千多年！

“克己复礼”出自《论语·颜渊》。“颜渊问仁。子曰：‘克己复礼为仁。一日克己复礼，天下归仁焉！为仁由己，而由人乎哉？’”颜渊向孔子询问什么是仁以及如何才能做到仁，孔子做出了这种解释。

“克己复礼为仁”思想的推崇和发扬，首推宋代大儒朱熹，尤其他那句最为后世诟病的“灭人欲”与“复礼”之间互为消长的关系。朱子言曰：“克是克去己私。己私既克，天理自复，譬如尘垢既去，则镜自明；瓦砾既扫，则室自清。”又曰：“克己复礼，间不容发，无私便是仁。”又曰：“天理人欲，相为消长，克得人欲，乃能复礼。”又曰：“敬如治田灌溉，克己如去恶草。”朱子“克己复礼”章还有更有详尽的阐发如下：

仁者，本心之全德。克，胜也。己，谓身之私欲也。复，反也。礼者，天理之节文也。为仁者，所以全其心之德也。盖心之全德，莫非天理，而亦不能不坏于人欲。故为仁者必有以胜私欲而复于礼，则事皆天理，而本心之德复全于我矣。

朱子所谓“己者，人欲之私也；礼者，天理之公也”。这里，克己，就是要驱除人欲、私欲；复礼了，自然就恢复了天理之公了。

朱子大部分以天理和人欲相对，朱子认为天理和人心的欲望必定是不同的、不一样、相反的，甚至是矛盾的。果真如此？

人心就没有先天性的向善的欲望吗？记得有次翻看妈妈书柜里有本名叫康德的一位德国哲学家，写了一本书叫做《判断力批判》，他多处声称“人同此心，心同此理”，是不是说人类对于一些普遍的向善的愿望、情感、体验等心理，同天理、道理、真理一样有相同之处呢？否则为什么当我们看到别人的苦痛时，仿佛发生在自己身上，也不由得悲伤和同情起来？并且还有股冲动的欲望去帮助别人、保护他人呢？

或者换句话说，仁德、仁行，一定非得战胜自我的私欲吗？唯有损己利人才值得选择和实施吗？即使有虚荣心、自私等私欲，在行仁之时，顺便能够稍稍满足下这种与他人无害的私欲，无伤大雅，利己利人，两全其美，各取所需，不也是一件很好的事情吗？那至少也是一件不坏的事情吧？

此时的我赶紧在书院藏书阁里翻看浩如烟海的典籍，幸好朱子反对的“私”和“欲”有较为明确的范围。朱子在《语类》中与学生有如下的问答：

“非礼勿视听言动，则耳目口鼻之欲多。”“私”概念主要指耳目口鼻之欲。那么，“欲”是什么？是不是所有的“欲”要克掉？朱子的“欲”之概念乃出于“情”，而“情”又非皆恶。情有善恶，欲有好坏。朱子常以水比喻人性，“欲是情发出来底。心如水，性犹水之静，情则水之流，欲则水之波澜。但波澜有好底，有不好底。欲之好底，如我欲仁之类；不好底则一向奔驰出去，若波涛翻滚。大段不好底欲则灭却天理，如水之壅决，无所不害。”

原来如此，朱子要驱除的是不好的、太过的欲。而善欲、合适的欲并非朱子反对的。

又言为仁由己而非他人所能预，又见其机之在我而无难也。

当然，朱子强调“克己复礼”，警惕的是“为仁由己”，因为此时为仁的动机不纯正、不纯净，其出发点不是为人、为天理，而是自己的私欲。的确，在现实生活中，许多的恶性、恶行都是由人的不洁净的欲望产生，比如坐享其成的欲望，比如占为己有的欲望，比如轻松玩乐的欲望，当我们的大脑被这些欲望缠绕和控制，我们的躯体发生的种种行为，自然背离天理越来越远，贻害自身，最严重的甚至祸国殃民，遗臭万年。当然也不排除一些动机是为己、结果为人的现象，但的确这种主观上私欲、客观上为人，并不是值得彰扬的懿行。

《圣经》里说上帝对人的要求是“爱人如己”，爱自己是人之本性，自然而然，极其简单，但是将一切除我之外的人，视为自己，去无私地、自发地去爱，是一件极为困难的事情。耶和华上帝对理想子民的要求，无疑是遴选那些能够与他同在、能够永世享受天堂幸福的人上之人，当然他的要求要很高很高了，否则人们随便进入天堂，天堂有那么多容量吗？而朱子对人的要求比上帝更高，更严苛——他要求行仁义、顺天理的前提条件是你压根儿就不要有任何“为己”的私欲。这样对人性提出巨大挑战的宏伟目标，不知道自从有人类文明以来，有多少道德模范能够实现？

又言一日克己复礼，则天下之人皆与其仁，极言其效之甚速而至大也。

按照朱子的标准，做一件好事容易，做一辈子好事太难，严格地讲几乎不可能。

再看朱子有更加不可思议的愿望：

日日克之，不以为难，则私欲净尽，天理流行，而仁不可胜用矣。

其次，行礼的人有发自内心的真心实意，并能够以“礼”的形式体现出来。林放曾向孔子请教询问“礼之本”。子曰：“大哉问！礼，与其奢也，宁俭；丧，与其易也，宁戚。”礼仪是要讲的，但是繁文缛节、奢侈浪费的并不好，还不如简易朴素的礼。子曰：“质胜文则野，文胜质则史。文质彬彬，然后君子。”内心的质朴和外在的礼节是什么关系最好？孔子的“文质彬彬”谆谆告诫了我们，如何兼顾内心的真诚与社会的礼仪。朴实是美德，斯文是修养，但过于朴实，便是粗野，而过于斯文，则成虚伪。二者相得益彰，和谐一致，尺度合适，方为君子。

现在生活中，有些粗放、质朴、不羁，如涉世未深的儿童，纯真而浪漫，率性而为之；有些人胆小慎微、唯唯诺诺，感觉敬而远之。前者是“质胜文”，后者则是“文胜质”。前者太过开放，放纵自己；后者太过保守，牵制于他人，都让人不好接近。只有朴实中不失文雅，斯文里浸透朴实，为人处世考虑他人，自己也轻松自由，真诚坦率又温文尔雅，这样才令人乐与之交往。

《论语》还有一处做了关于质朴与遵礼的关系阐述。子曰：“先进于礼乐，野人也；后进于礼乐，君子也。如用之，则吾从先进。”刚刚学习礼仪的人，质朴天真，仿佛乡村野夫；而学礼已久的人，则彬彬有礼，像贤士大夫了。如果让孔夫子选人，他会选初学者。为什么？这就是遵守礼仪而不忘初心。人性本善，人的真诚和质朴，犹如未经雕饰到璞玉，闪着纯真的光辉。初学者没有陈规陋习，如正确引导，必有所成；成熟者可能固执保守，故步自封，可能形式大于内容。孔夫子欣赏那些学习礼仪仍然保有质朴之心的人。

是否有“礼”，不是看形式是否繁复，而是看行礼的人是否有真心实意，因此，就丧礼而言，形式完备的，不如内心悲戚的。因此，礼的实质是敬重、尊敬、真诚、用情和顺其自然。古人云“千里送鹅毛，礼轻情意重”便是这个意思。当然，隐藏真心实意但有悖于礼节、与彬彬有礼相左，也并非完全的礼。比如，主动与人打招呼，绽放热情和善意的微笑，恭敬地鞠躬，与人为善并尽可能主动为他人提供便利，乐于助人……总之，礼需要有一定的形式依托和行动表现。如果大家口头上都大谈礼仪，而行为上并没有任何显现，那其愿望和观念总是令人怀疑的。认清了真心实意和礼节形式之间的关系，我们就知道如何行礼，如何做一个懂礼貌，有礼节的人了。

再次，体现的是“有来有往”的礼节，正所谓“礼尚往来，往而不来，非礼也，来而不往，亦非礼也”（《礼记》）。当人人待人接物都有礼节，真心从礼，那么，这个社会必然是“我爱人人，人人爱我”；以尊重换取尊重；送人玫瑰，手留余香；投之以桃报之以李。例如，我们厚待亲人，亲人自然会善待我们；我们不弃旧物，旧物自然也跟随我们；我们对人热情，对方自然不会冷漠回应。礼，正如一种化学反应物，你的有礼有节的行为，必然激起对方对你友好的情感和行为，如春风化雨，润物无声。当然，“礼”的初衷并非僵化的礼教、呆板的等级，而是一种促成文明的仪式，它帮助人类启动善意并更好地相互沟通。

最后，通过以礼相待的行为举止来彰显自身的良好品行。曾经有一个小孩子就有这样相反的经历：他向孔子传递信息，有人问孔子对这个小孩子的看法。孔子听其言观其行后，说，这个小孩子坐在正位上，和长辈齐肩并行，年纪轻轻，却不知道侧身而坐，不知道让长辈先行。这显然是不懂礼节，狂妄自大之徒。这样的人，不尊重长辈，不虚心求教，自以为是，狂妄自大，看来这个小孩子是不求上进的。礼，最明显地表现在遵从、实行一种社会约定俗成的一套礼仪，形成符合社会规范的、礼貌的待人接物的行为举止。从这个角度讲，礼是一种外在的约束。同时，礼不仅取决于自己的态度和举止，而且也影响别人对你态度和言行。“山有木，工则度之；宾有礼，主则择之。”（《左传》）山上有树木，工匠就会度量它的材用；宾客有礼貌，主人才会选择合适的礼仪招待。现代社会仍需讲求礼，究其实，礼是一种令大家都感到舒服的一种待人接物、行为处事的规则、规矩。不成规矩，无以方圆。因此当“礼崩乐坏”，也就是天下无道之时。

以礼相待的行为，其实最重要的是“谦”。只要做到了“谦”，离“礼”的行为就不远矣！《礼记》有云：“礼者，自卑而尊人，虽负贩者，必有尊业也。”以礼行事，就是要自己谦卑，尊重别人。即使是面对挑着贩子做买卖的小商贩，虽然他没有显赫地位，才智平平，甚至平凡琐碎，但一定有令人尊敬的地方，我们也要尊敬他。“无礼而好陵人，怙富而卑其上，弗能久矣。”（《左传》）待人傲慢无礼又好盛气凌人，依仗财势而不尊重自己之上的人，是不能长久的。撙节辞让，淳厚优雅，它是我们真正成为“礼仪之邦”的精华。

弄清楚了有关“礼”的这么多知识和道理，还有很重要的一点是：现代社会，为什么仍然要提倡“礼”？“礼”为什么成为现代文化价值之一？现代意义的“礼”和中国传统文化中的“礼”有何联系与区别？

子曰：“礼之用，和为贵。”礼节的作用，有助于实现人与人之间的和气、和谐。《礼记》：“君子有礼，则外谐而内无怨。”当君子以礼行事，就能与外人和谐相处，在家庭内部也不会有什么怨隙了。有礼，达到内外和谐。一个有秩序、和谐的社会，必然是人与人之间自觉遵守礼节，有礼貌，讲秩序，行规矩。

如果大家都讲礼貌、讲究礼节，那么你我他所生活的这个星球就是一个充满和气、和谐的星球。我见到的美国人绝大多数都非常热情，无论是否熟识，都热情地、主动地打招呼“Hi”。此时，我的心里总会涌过一阵暖流，而这种热情、友好的图景，在中国却很难见到。我不喜欢充满戒备、充满隔阂、拒人千里之外的防备心理。人类历史的快车驶到21世纪，人性却越来越冷漠和自私，有人遇难旁人无动于衷的事情时有发生，也常常曝光于媒体。在日常生活中，我们也不乏遇到无礼粗暴、自私自利之人——态度倨傲，爱理不理，随心所欲，粗鲁庸俗，没有礼节。见利就争，见功就抢；甚至出口伤人，大打出手。这样的人，实则莽夫，没有修养。

四　后妈故事（孝）

麦香四溢，林木茂盛。一个月的假期过去，众人纷纷回到书院。除了郑阿福明显瘦了一圈，并为此中沾沾自喜，其他人并无二致。

根据凌小小打听、搜集的线索，樊秀才欢喜地踏上了寻妻的征途。蒋先生则一如既往，端坐讲堂，宣讲《史记》《二十四孝》。

“《二十四孝》最早取材于西汉刘向编辑的《孝子传》，由历代二十四个孝子在不同环境、不同遭遇的情境下，从不同的角度行孝的故事集合而成，有著名的大舜感动天地，老莱子戏彩娱亲，王祥卧冰求鲤，缇萦舍己救父……”

郑阿福的眼睛不时地瞟着抽屉。

终于，趁蒋先生眼睛瞟到窗外的光景，郑阿福以武林高手点穴的速度，手伸进抽屉的一个纸袋里，随即将一块枣花糕扔进嘴巴。

“郑阿福，你起来讲讲，何为孝行?”蒋先生转头正望，逼视着阿福。

郑阿福赶紧将糕点压到舌头下，含含糊糊地支吾。“哦哦，据说不孝有三，无后为大……就是生孩子吧。”

众人低头吃吃发笑。蒋先生皱了皱眉头。“这八个字，是后世陈腐儒士对孟子的曲意附会。联系前后文，无后为大，是指不孝以没有尽到后辈的职责为大。不然，也不会有《二十四孝》中的郭巨埋儿奉母、刘明达卖子行孝等极端行为。凡是咱们书院的弟子，学问上需寻根追谛，独立思考，不得如世俗之人人云亦云……”

“感谢……感谢先生教诲！”郑阿福赶紧点头应承。

不料，“啪嗒”一声，枣花糕从舌头下面滑了出来，掉在案几上。蒋先生抬起头，“啪！”一戒尺擂在讲桌上。

“郑阿福！”

凌小小及时地掏出《操行录》，用黑色笔记上郑阿福一笔。糕点袋被沈千若当场没收。郑阿福按例领罚三大板。

蒋先生气呼呼“施刑”完毕，余怒未消，瞪着郑阿福。“本次假期功课，属郑阿福完成得最差！本旬的出勤和操行，也属你倒数第一，你自己掰起手指头算算，还有什么不在最差之列的？”

“啊？”郑阿福咧着嘴，拉扯着被打痛的手，努力反思。

“先生，我想到了。”郑阿福脸上划过一道红光，兴奋地叫起来。众人眼光刷地聚焦在他身上，疑惑地静听谜底。

“我吃东西比别人快呀！”

课间时分，许唯十分痛心、百分不解，扯着郑阿福的衣角，把他拉到墙根一边。

“那么高级的一袋枣花糕都白给你了。干吗这么馋，忍不住，非要上课吃？你不是夸自己假期减肥，帅了一倍吗？”

“是啊，所以我现在以吃零食为主。自觉地将厨房的伙食减少了一半呢!”郑阿福得意地答道。

上官澈笑嘻嘻地将脸凑过来，诡谲地说:“是你表姑妈的主意吧? 瘦一点，以后定亲的彩礼可以少几成? 至少一半吧?”

“这样也不错，是吧。”郑阿福暧昧地笑着。

午间中饭后，照常是半个时辰的休息时间。整个书院一片宁静，夏蝉仍在枝叶间唧唧欢叫，汤师傅倚靠在大门口的大树，在树荫下打盹儿。

后院厨房的门被轻轻推开，郑阿福蹑手蹑脚地溜了进来，迅速打开封着的炉灶，烧开水，将一把面条扔进了锅里。很快，一碗热气腾腾的面条出锅。

郑阿福十分麻利地将一切收拾妥当，端着面条跑到了一处僻静的角落，开始稀里哗啦地狼吞虎咽，很快风卷残云，一扫而光。

“好啊! 郑阿福，好好的饭钱不交，跑到这里偷吃面条?”

郑阿福吓了一嘚瑟。却见汤师傅已经站在了身后。

“没……什么也没吃。”郑阿福忙将碗藏到衣摆下。

汤师傅鄙视地咧了咧半边嘴。“呵呵，也不看看你汤叔是干什么的? 你汤叔的鼻子那是经过千锤百炼的! 比狗鼻子还灵光。还敢抵赖? 走，去见先生。”

“不不，叔。”郑阿福急忙求情，“叔，只要您不告诉先生，洗碗、烧菜、劈柴……帮您做啥都行!”

汤师傅皱着眉头，思忖了一下。“也好……不过既然决定减肥，就要有毅力。只减给别人看，那有什么用?”

“是是。”郑阿福继续赔着笑脸。

随后是下午课，讲完《孝经》，继续讲《名贤故事》。下课时间已到，蒋先生意犹未尽，仍旧眉飞色舞，大讲书圣王羲之如何痴迷、苦练书法，误将馒头蘸墨汁吃的轶事。

郑阿福瞪着案几上的墨块，悄悄掰下一小块，放进嘴里。

“喂喂，阿福，纸也是可以吃呢……”上官澈小声道。郑阿福点点头，撕下半张纸，放在嘴里慢慢嚼。

上官澈张大了嘴，不可思议地盯着郑阿福。“真吃啊？就没见过减肥减得像你这么痴狂的……”

晚饭时分，郑阿福继续减肥，坚定地保持只吃以往一半的分量。在众人不得其解的关注之下，飞快地吃完，满足地抹着嘴。

“每餐吃一半，又瘦三两半，呵呵！”

沈千若吃得最慢，为难地盯着碗里还剩下的一个馒头。

“千若，咱可不能浪费粮食，我帮你解决！”郑阿福不由分说，一把抓起馒头，两口吞了下去。

许唯等人再次惊诧莫名、大惑不解。“郑阿福……快被你整成疯癫了。你到底是减肥，还是想揩油啊？”

郑阿福抱歉地讪笑着。“这不，心里想着减肥，就是管不住自己的嘴嘛。”

“多吃点没事，吃了才有力气减肥。嘻嘻……”许思远揶揄道。

“小心越减越肥哟。”肖潺笑道。

夜半无人，悄然无声，院门虚掩。却见星光树影下，一个黑影背着个大口袋，鬼鬼祟祟，溜进了书院，直奔汤师傅所在的门房。

许思远从外边回来，正好撞见，好奇地跟着黑影，摸到汤师傅的窗外。

来人二十岁左右，伙计的打扮，正将一大袋东西放到汤师傅的面前。

“汤师傅，我是郑大老板家的伙计，阿福经常向我提起您。”

汤师傅点点头，客气地递上一杯水，望着地上的袋子。“请坐请坐，幸会！敢问您深夜送米和面来，这是怎么一回事啊？”

伙计歇歇气，坐下喝了口水，无可奈何地摇摇头。“这事也不瞒您了。咱们老板本丧妻多年，前一阵，终于听表姐叨咕，续弦了一个夫人。谁知道，根本就不是个善茬。平时就瞒着老板，明里暗里刻薄少东家。这一回，趁老板去了西域做生意，数月回不来，竟然变本加厉，克扣阿福少东家的伙食。您也知道，咱这少东家，一向傻乎乎的，也不会吱个声，尽吃哑巴亏。”

汤师傅听得唏嘘不已、感慨万千。“哎……还真没想到。”

伙计客气地拱拱手。“拜托了师傅！我也是看不过去。您也别说是我送的，就说是他家亲戚，您也不认识。不然，日后我在老板娘那儿待不下去了。”

汤师傅闻言，敬佩地执手还礼。“您是有情有义之辈。您请放心，在下一定保守秘密，做到滴水不漏。”

许思远躲在窗外，如听小说，一惊一乍的，原来以前看到的《灰姑娘》和《白雪公主》中的后妈真的有啊？！

伙计起身，就要告辞，许思远赶紧在夜色的掩护下偷偷溜走。

长夏仍未过去，东厢圆洞门外的花园姹紫嫣红、芳香四溢。

栀子花、茉莉花、月季、芍药争奇斗艳、各领风骚，小池塘里的荷花亭亭玉立，清新醉人。

拂晓时节，暮色和晨曦双重笼罩下的故事还在继续上演着续集。郑阿福早早从床上爬起来，一溜烟儿跑到了花园里。环顾四周，确定无人，揪了几朵带露珠的栀子花、茉莉放进嘴巴砸吧着。很快，大朵粉红的荷花吸引了郑阿福的注意，其赶紧从篱笆上抽出一根竹条，钩上来几朵荷花，捧在怀里，坐到岸边上，高高兴兴地往嘴里塞，大口大口咀嚼起来。

“哈！阿福，起得真早，在吃花呀！”许思远打着招呼跑过来。

“嗯嗯，吃荷花可以清肺护肝，益智减肥。”

“真的？给我也吃一朵吧。”

郑阿福递给许思远一朵。二人一道坐在岸边吃花。两人嘴里正散发出荷花的清香，可偏偏这时候郑阿福的肚子“咕咕咕”地直叫唤，打扰了这片刻的清幽和高雅。许思远侧过身子，同情地瞄了他一眼。

“哎，减肥不易啊……”郑阿福提高声调，妄图掩饰。

许思远犹豫了片刻，伸手搭在郑阿福的肩膀上。“嘿，阿福，我觉得这样下去，不是个办法。你是因为你后妈的缘故才不得已减肥的吧。”

“哦，我妈很漂亮的，我也应该俊一点嘛，不然，一家人显得多不匹配，让妈妈很没面子。”

郑阿福仍旧兴高采烈地吃荷花，嘴巴里发出的吧唧吧唧的声音异常清脆响亮。许思远实在看不下、吃不下了，一把扔掉吃了一半的荷花。

“郑阿福，你这个傻瓜！你后妈对你不好，你就一点感觉和办法也没有？不晓得伤心，不晓得反抗？”

郑阿福不解地盯着许思远。“我妈让我减肥，对我很好啊。”

“傻瓜，人家减肥都是适可而止、无损健康的，有谁减肥减得整晚上饿得睡不着，饿到吃墨汁，吃纸，吃蝉蜕下的壳，吃各种各样的花？哼，她分明是克扣你的口粮，心存歹意虐待你！你说，你手上还有剩下的钱没有？”

郑阿福面露难色，声音怯怯的。“嗯，没……我妈那是对我严嘛，严母出孝子。”

许思远霍地一声，气呼呼地站起来。“哎，真是气死我了！明明是侵犯未成年子女的权益嘛！……好，你不说，我立马告诉蒋先生去，再告到衙门里，让他们治你后妈虐待继子的罪！”

“千万别告！不能告！”郑阿福脸色通红，揪住许思远的衣襟，死活不放。

许思远义愤填膺。“傻瓜蛋，猪头！要拿起法律的武器保护自己！连自己正当的权利都不知道捍卫，你还有脑子吗？你后妈就是看你傻，朝死了整你！”

“没有啊！别瞎说！再说，这关你什么事吗？”郑阿福撇了撇嘴，不满道。

“保护人权，天经地义！伸张正义，人人有责！你要是不敢，我来做。等你爹一回来，我就去揭露你继母的虚伪和恶行。”许思远怒道，为榆木脑子急得直跳脚。

“发疯啊你？你才是猪头呢！”郑阿福也来气了。“我爹很喜欢我妈妈，如果我爹知道了这些事，一定会很生气，一定会惩罚妈妈，这样他们的关系就被破坏了，不会再好了。俗话说，覆水难收，破镜难圆。从此，我爹就没老婆了，也没幸福啦！”

郑阿福情绪激动，涨红了脸，高声噼里啪啦一顿……许思远一时愣住了，没想到郑阿福隐忍委屈的背后有如此逻辑，竟然既有人情味又颇有道理。思远陷入了沉默，缓缓地坐下来，撑着脑袋不再发话。

郑阿福仍旧不放心，靠近思远也坐下，用肩膀碰了碰他，以示友好。“喂喂，兄弟，就算为了我好，为了我爸好，为了我们的家庭幸福着想，可不许去告我妈，行不？”

许思远幽幽地望着远方的地平线，沉思良久，终于点点头。

门洞口，汤师傅远远地朝着郑阿福招手。郑阿福一边跑过去，一边扭头强调。“可不许告啊！君子一言，驷马难追！”

许思远仍坐在池塘边，发呆地凝视着满池的绿荷、花朵。荷花出淤泥而不染，濯清涟而不妖。亭亭玉立，高洁清雅，难怪无数骚人墨客为之倾倒。思远怔怔地回忆起妈妈所在的那个时代——每个人都自觉维护着自己的权益，却很少有人去保护他人应该享有的权利；每个人都努力让自己强大、精明，却不了解一个“傻子”拥有的看似弱势的善良。

“哎——”一声长长的叹息从池塘边的蒿草丛外传过来。“思远，你说郑阿福是个地地道道的傻瓜，还是个不折不扣的智者啊？”

许思远忙起身，转到高高密密的长草后，见是沈千若。其正坐在草地上，支着一幅画板，描绘水光中各色昂首挺立的荷花。

“应该是一个特别聪明的奇人吧。”许思远叹道，“……我觉得我无权评价他。”

“是啊，吾非鱼，安知鱼之乐？”沈千若感叹道。

“是啊，我们都往往自以为是、自作聪明，以自我为中心，缺乏这般包容的胸怀。”许思远顺着沈千若目之所及，凝视着水中颤动的天光云影。

“阿福经常冷不丁做出些让我们意想不到的善事、好事！”沈千若轻轻地说道。

许思远颔首应和。“阿福这样的做法很了不起，可我总觉得还是有什么问题……”

“是啊，阿福的良苦用心不一定能换来他后妈的基本良心。坏人是不理解好人的善心的，只会以为自己占了大便宜，背后还笑人白痴，自鸣得意。”沈千若忧郁道。

“嗯，他那个后妈，绝对会这样，还可能变本加厉……可是，我已经答应了郑阿福，不去管这件事的。”许思远又陷入苦恼、矛盾中。

沈千若也纠结地点点头。“说真的，我也不知道该怎么做好。不过，我相信因果报应。你瞧着吧，恶人总有恶人磨，多行不义必自毙，定有天理循环的一天！”

天理运行，恶有恶报，而且竟然来得如此之快。

才过了三五天，沈千若的话当真应验了。晌午时分，一名衙役装束的人出现在上上书院，指名要见郑阿福。

“呃？二表叔，出啥事啦？”郑阿福有些慌张地跑过来。

“别慌，听我慢慢讲……”衙役拉着郑阿福，在庭院边的一张比较僻静的石凳上坐下。

“是不是我家出事情啦？”郑阿福急道。

“别急……你家不是有一个专门收藏客人失物的储藏间吗？一向清誉远播。”

郑阿福点点头。衙役表叔晦气地苦着脸，啐了一口。

“可是就在昨天早上，你那后……你那新妈看见人家丢失的东西贵重，竟然破了规矩，私自藏了起来。结果失主回来讨要，你新妈死活不承认，还蛮横无理，泼皮耍赖，恶语相向。失主大发雷霆，一脚将你后妈踢到街上，你后妈当场吐血。”

“啊？我妈没事吧？”郑阿福急得直搓手，吐着气。

衙役不屑地“哼”了一声。“伙计们见状，赶紧报官。你后妈竟然说东西是伙计们私藏的……因为涉及的物品较贵重，事情闹到了衙门里，失主愤怒，伙计冤屈，你后妈装死撒泼，总之是闹得不可开交。此事在镇上一下子传开了。后来有几名客人知道此事，实在看不过去了，就主动去衙门里做证人，东西的确为你后妈私藏。你爸店里的伙计们经过这番亲见和折腾，忍无可忍，一气之下，全散伙了。”

“啊？大家都散伙了啊？”郑阿福惊讶不安。

“说等你爹回来再理论。你那作孽不争气的后妈本该收监，可她断了三根肋骨，伤势太重。我一时着急，就以你家酒楼做抵押，典了一笔银子才保了她出来，暂时被允许在外就医。”

“谢谢，谢二叔！”郑阿福手足无措，连连鞠躬。衙役表叔却长吁短叹。

“酒楼封了，你爹又不在，她如今正赖在我家呢……你表婶一见她，就烦得不行，成天和我大吵大闹。”

“这这……”郑阿福一时蒙了。

衙役表叔苦着脸，继续抱怨。“哎，这一回，你爹几十年的声誉全败在这混账娘儿们手里了。”

郑阿福抓耳挠腮、心急火燎，不知如何是好。惶惶然良久，终于稍稍平静下来。“这样吧二叔，不能叫婶婶为难了，我去求求先生，先生平日里最鼓励咱们行孝，我去把我妈接来书院，亲自照顾她。”

二表叔瞪大眼睛，惊讶地望着郑阿福。“这个、这个……这样也行？现如今也只能试试了……”

书院西厢，僻静清爽。一个高颧骨、尖下巴、薄嘴唇、三十多岁病歪歪的女人被安置在接待女眷的客房里。郑阿福送饭、熬药，在食堂和客房之间穿梭，跑前跑后地张罗。

时辰临近子夜，正是睡大觉的时辰。距离西厢房最近的男生馆舍里，个个倒霉蛋儿们辗转反侧，被吵得一点睡不着觉。

“哎哟——疼啊，哎哟——你个凶煞砍头鬼，掉进粪坑淹死才好！哎哟——”呻吟和诅咒一声接一声，连绵不断地传过来。“啊啊——咒你十八辈子不得好死！”

许唯钻进被窝，用枕头痛苦地捂住耳朵。

上官澈也往耳朵里塞着棉花。“上个月听说郑阿福的爹娶了个漂亮、精明的女人，原来全是谣言、假象。我现在知道了，什么阿福减肥？就是被她迫害的。”

“我要让她的劣迹、罪行如不散的阴魂，飘荡在街道上每一个角落。”张必行蹲着马步，呼气吐气，凝神运功，仿佛真能挪动乾坤、物转星移。

“小人得志，猖狂毕现！多行不义必自毙！阿福父子两个都被她骗了。”许思远怒道。

张必行忽然笑了起来。“郑阿福还没回来。你们说他是不是被‘二十四孝’的故事迷惑、鼓舞，正在外面卧冰求鲤呢?”

“很可能，可惜现在是夏天，没有冰。”许唯道。

正说着，一阵断断续续的呵斥又由远而近地传过来，继母雌威大发，河东狮孔。“郑阿福！你才借到这么一点银子！存心饿死我吗?……没良心的贱种！滚，重新倒洗脚水去!”

夜深人静，众人听得龇牙咧嘴，头皮发麻，心惊肉跳。

“都这样了，哪来的淫威?！依然盛气凌人?”张必行怒道。

“别搞什么卧冰求鲤了，还是卖身葬父……哦葬母比较好，咱们就能睡觉了。”上官澈忍无可忍，用被子蒙住头。

两三个夜晚终于煎熬过去。后妈的怪叫略微消停了些。晚饭过后，开始尝试在郑阿福的搀扶下下床走动。

“妈，先生说您的病主要靠养，不过稍微活动活动筋骨有利于恢复。”郑阿福边小心搀扶着，边小声安慰。

肖潺路过，见状啧啧称赞。

“阿福，你处心积虑的减肥终于见到显著成效了，果然比以前帅多啦!”

“呵呵，多谢潺潺夸奖!”郑阿福喜悦地答道。

后妈拧着眉头，狠狠盯着肖潺的背影，然后碎了口唾沫。“郑阿福，你就是个白痴。那浑蛋丫头是在讽刺、笑话你！……哼，一群没教养的东西。就除了两个先生来问候过，这群猴崽子们全当没我这个人!”

“妈，他们平时都很忙的……”郑阿福解释道。

“忙个屁！压根就是看不起你！尿货!”

后妈一边数落、唠叨，一边倚靠着郑阿福哼哼唧唧地挪动。

正往前走着、走着，忽然，后妈的两眼睁得灯笼一般大，开始灼灼放光。只见前方，在女生馆舍的廊外，晾晒衣服的杆子上，一件质地罕见的衣物辉煌夺目、五色斑斓、神光流转，在夕阳的照耀下几乎亮瞎人的眼！

“那……是什么东西？”后妈嘴巴有些发干。

“哦，是咱书院一位女同门的衣服。平时先生不让穿。今天，大概是怕放久了生虫子，拿出来晒晒。”

“真浪费！这么好的东西不让穿。傻师傅教出傻徒弟！你本来就傻，让这儿的傻瓜先生越教越傻！赶明儿等你爹回来，赶紧退学，回家挣钱去。”

“这……妈，您也累了，我扶您回去休息。”郑阿福把话岔开。

二人慢慢吞吞，朝着客馆挪回去。后妈仍盯着那件翠鸟羽毛编织的美妙衣服，一步一回头。

申时之后，亥时之前，照例是各位书院弟子在藏书馆自修的时间。时辰已到，汤师傅前来宣布关门。众人赶紧收拾东西回馆舍。

沈千若等几名女生正往东厢走。肖潺忽然想起了什么。“坏了，千若姐，你晒的银狐裘羽毛衣好像忘记收了，可别被露水打湿了。”

“嗯嗯，赶紧回去。”

三人匆匆回到馆舍。门外，只剩下一根光溜溜的晾衣竿，哪儿还有羽毛衣的影子？三人急得四下角落寻找，仍旧找不见。

“不会吧！难道咱们书院进贼了？以前从来没出过这种事啊……”沈千若发愁地坐到廊檐下回环的木凳上。

“会不会是那些男同门的恶作剧？可是他们也才从藏书馆出来呀……”凌小小也不得其解。

肖潺想了想，忽然回头朝西厢看了看，诡异地朝二人招手。

“过来过来……我想起来了，今天我见到郑阿福扶着他的后娘朝这边过来。那后娘贼眉鼠眼，眼睛发光，垂涎欲滴、贪得无厌的样子，极为令人可疑。”

凌小小厌烦地想打断。“别提那坏女人！……啊？真的？”

“小潺，没有证据，可不能乱说。”沈千若严肃地制止二人。

“我呸！你和郑阿福一样，就会滥好人，吃瞎亏！”凌小小不满地反驳，“你以为这是善心啊？这个叫纵容恶行、包庇犯罪！”

沈千若闻言，低下头，沉思了片刻。“我不是这个意思。我是想，要是弄不好，郑阿福会替他后妈抵罪。”

凌小小一愣，顿时噤声。

“嗯！一旦事发，这坏女人肯定赖到郑阿福或别人头上。”肖潺气道。

“而且，郑阿福这个愚孝的傻瓜肯定不仅不敢申辩，而且还不说定主动揽罪。可有些歹人，往往把好心当做驴肝肺，你就是把心掏给她，她还嫌有腥味呢。”凌小小作出掏心并作呕的动作。

沈千若猛地一捶凳子，忽地咬牙站了起来。

“哼！是该治治这个坏女人的时候了，竟然到我们书院乌烟瘴气来了？颐指气使之人最是欺软怕硬。走，咱先进屋商量去！”

一大清早，天刚破晓，雄鸡鸣唱。女生馆舍中，众女将已准备就绪，沈千若大元帅开始调兵遣将。

“男同门那边已经安排好了。肖潺，你去把郑阿福绊住，别让他事先过来。完事以后，让他后妈有所比较后，见到郑阿福的孝心。”

“千若，这要是万一不是后妈偷的怎么办？”凌小小问道。

“那咱们就扮一回恶人，给她一次严厉的教训，让她日后收敛一些，同时也能明白郑阿福对她的好。”

一切就绪，沈千若、凌小小杀气腾腾，戴上所有的首饰，画出一幅小嘴红腮的尖酸刻薄装，威武出发，直捣西厢客房的门口，敲门。

后娘闻声，骂骂咧咧，睡眼惺忪地来开门。二人毫不客气，推门而入，居高临下，双手叉腰，凶悍、傲慢、闪亮登场，挺立在后妈面前。

后妈一时没愣过神来，不自觉地塌坐在桌边的凳子上。

“喂喂！你知道什么是《大明律》？”沈千若咄咄逼人。

后妈打量二人一番，有点儿醒过魂来，拿过桌上的梳子开始梳头，不屑地白了二人一眼。“哼，女子无才便是德，我才懒得知道！”

“哼，正因为你那点儿‘德’，才会沦落到寄人篱下、鬼哭狼嚎、形同鬼怪，并且马上就要伏法受刑、毁容游街、千刀万剐。”

“哼，有屁快放，吓唬谁呢？老娘可不是被吓大的。”后妈扭扭脖子，仍旧不紧不慢地梳头。

“啪”的一声，凌小小将一本展开的《大明律》扔到桌面上，其中一部分被划了一条条醒目的粗红杠。后妈不由得瞟了一眼。

“不认识字吧？告诉你这是我大明皇帝陛下颁布的法令，好些违反法令的贪官已经被剥皮抽筋、枭首示众！红杠的部分就是关于你昨天行为的惩罚规定。”沈千若义正词严。

后妈扭头瞧了瞧书上摄人心魄的官印，道道触目惊心的红线，有些激动了起来。“你们两个死丫头，血口喷人！老娘什么也没偷！给我滚！”

凌小小掂掂书本，冷笑了一声。“你怎么知道我们丢东西了？不打自招了！这红杠划的是关于造反、欺君之罪的惩罚。我们以为你犯的是造反罪呢！”

后妈又气又急，脸涨得通红。“臭丫头……你们竟敢阴我？”

沈千若瞥了她一眼，将《大明律》翻到另外一页，拍在她面前，又是一行鲜红如血迹的粗杠。

“这一行才是偷窃，现在念给你听：‘凡拾遗、偷窃屡教不改者，割鼻刺字，游街示众，再按情节轻重决定死刑方法’，绞刑、斩首、车裂任你选。”

后妈打了个哆嗦，握紧了梳子，惶恐不安。“老娘什么也没干！……臭丫头，这里，情节轻重……什么意思？”

“你前面犯的事情，全县早已人尽皆知，且是戴罪之身。这一次，你知道那衣物有多贵重吗？那是藩王贡品，皇后娘娘御赐之物，全天下仅此两件，万两黄金也不够！就这个数额，足够凌迟你一百次！”

后妈吓得手一抖，梳子“咣当”掉在地上。

“我什么也没做！全是郑阿福那猴崽子做的……”

“啪！”的一声闷响，凌小小捡起梳子，一把怒拍在桌子面上。

“全书院的子弟都可以做证，郑阿福案发当晚，一直在藏书阁，一步也没离开过！你擅自诬陷、诽谤，罪加一等！”凌小小怒不可遏。

后妈还想争辩，却见沈千若指指窗口，两三名男生的影子投射在窗户纸上，其中俨然还有一名戴着官帽，扛着腰刀的衙役。

“你刚刚所说的一切，外面的人全记下了。行窃加诬陷，证据确凿，全都会成为呈——堂——证——供。”凌小小冷若冰霜、一字一顿。

“你们……你们竟然欺负我一个病人，郑阿福……你死哪儿去了？肯定是这个坏小子告发我、陷害我。天啊！这世道怎么这么居心叵测啊……”后妈搅乱头发，拍着大腿，就要干号撒泼。

“郑阿福并不知道此事。你若不想被割掉鼻子，秋后凌迟，就得听我们的。否则，我们立刻开门，喊人报官，外面的衙役立马冲进屋内，翻箱倒柜搜索，到时人赃俱在，你想赖都赖不掉，后、果、严、重、啦！”沈千若一字一顿。

后妈吓得呆愣住了，嘴巴消停，面目呆滞，眼神惶恐。“那……你们……你们想干什么？”

凌小小拿出一张写好的文书，放在后妈面前。

“只要你画押、捺手印，承认此事，并从此放弃对郑大酒家的经营管理权，将理财权交还郑大老板和郑阿福，终身不得过问酒店事务，善待郑阿福，咱们可以如约网开一面，不予起诉。”

“你们是何居心？太欺负人了！”后妈气鼓鼓地说。

“郑大老板的酒店几十年诚信经营，声誉远播，是咱们全县的骄傲，不能毁在你手里！你若是画了押，我们会替你瞒着郑老板和郑阿福。他父子俩心地仁厚，你伤好服完前一次刑罚后，应该还可以继续做你的夫人，有好饭吃好衣穿。若是不肯，就别怪咱们不客气！”

沈千若犹如青天判官，威严凌厉。

后妈气馁了大半，可仍眨巴着眼睛，企图想折儿顽抗。沈千若朝着凌小小做了个手势，凌小小返身就要开门。

“等等……”后妈慌忙制止。

凌小小拿出笔墨印泥，不容置疑地摆在她面前。后妈终于泄气服软，乖乖地按照指示签字画押、捺手印。

“记着，必须照做，随时会有人监督你。一式三份，由咱们收好了，记着，这可是你一辈子的把柄！”凌小小冷酷地朝后妈晃晃文书。

二人带着文书，包好索回的羽毛衣，开门离开。后妈咬着嘴唇，气歪歪地瞪着二人的背影，流下泪来。

过了良久，天光已大亮，只听西厢门外一阵急促的脚步声，郑阿福捧着个筐子，欢欢喜喜地跑过来，门口就开始叫唤。

“妈！你还好吧？刚才肖潺带着我去采了好多草药，说这种药治疗跌打损伤最有效！”

郑阿福推门进去，却见后妈一如既往，一脸怨愤，瞪着自己。

“妈，你脸色不太好，我赶紧把药熬上。”郑阿福走到廊檐下，麻利地点炉子，熬药。

“郑阿福，你过来。”后妈冷冷道。

郑阿福闻言，回到屋里。“妈。怎么啦？不舒服吗？”

后妈阴沉地瞅瞅外面，压低声音。“你敢不敢去女生馆舍偷几份文书？偷到后，不许看，直接交给我。”

“啊？偷？不行啊，会被肖潺打死的……”郑阿福吓得退后一步。

“尿货！懦夫！”后妈骂道。忽然沉吟了片刻，又想起一个更要紧的问题。“我问你，那个最漂亮的女生，是个什么来头？怎么会有那么贵重漂亮的银狐裘羽毛衣？”

“哦，您说的是沈千若吧。”郑阿福想了想。“她好像是知县大人的远房亲戚……而且啊，据说是当朝宰相的女儿。”

“啊！”后妈大惊失色，忽然捂着胸口咳嗽起来。

郑阿福着急地拿来扇子，在旁边不停地扇着。“妈，您别怕，沈千若是淑女，挺和气的，也挺有教养，从来不欺负人。”

后妈仍然噎住一般，说不出话。郑阿福伺候她躺到床上。“妈，什么文书啊？您想要，我去找她要就好了……”

“千万别去！就当我没说过，这样的人咱惹不起。算了，算了。”后妈仍旧哆哆嗦嗦，惊恐的样子。

看来，不认栽是不行了。后妈终于偃旗息鼓，对郑阿福的公开喝骂也消停下来。母老虎只敢关起门来发威。

“郑阿福，这两天顿顿馒头，你存心想整死我，不让我好活是不是？”后妈将装着馒头的饭碗狠狠地顿在桌子上。

郑阿福眼馋地看着馒头，咽了咽口水。“妈，您不是让我减肥吗？我厨房预定的伙食本来是按照一半的量付的伙食费。幸亏有个亲戚，前一阵给咱们送了米和面，咱们这些天才能有好吃的。可是，最近亲戚送的也吃光了……”

“亲戚？什么亲戚？你再找他借点去。”后妈不耐烦地催促。

郑阿福为难地摸摸脑袋。“我也不知道是谁……汤师傅接待的，他描述得稀里糊涂，我也实在想不起来他是谁。”

“蠢蛋！废物！罢了，你赶紧去街上买点好菜，送回来。”

“哦……好的，您等着。”

开阔敞亮的庭院里，沈千若抱着书目不斜视朝前走，郑阿福一路颠颠地跟着。

“千若，谢谢你啊！多亏你借钱给我，我妈才能请郎中、买药，才能好得这么快！”郑阿福连连拱手。

“好的，知道了。”沈千若瞟见了拐角处乘凉的后妈。

郑阿福仍旧跟着沈千若。“千若，你好人有好心。再借我点钱好不好？等我爹回来一并还给你。大不了，你今天吃不了的饭，我继续帮你吃。”

沈千若偷偷一笑，继续昂着头走到后妈可以偷听到的区域范围内。

“咱现在遇到了难处，粮油供给用完了，伙食费没钱交了，零花钱也花光了，我妈需要补身体……”

“呵，你妈又不是我妈，关我什么事？再说，又不是亲妈，搞得跟真的似的，要换了是我，就让她伏法受处，蹲一段时间的牢房，把自己家的酒店换回来。”

“不行不行！”郑阿福连连摆手，苦苦哀求。“千若，先生不是让咱们要讲孝道吗？她愿意当我妈，我就是她儿子，我就应该尽孝！”

“母慈子孝，天经地义，我赞同。可是她对你那么凶狠、恶毒，你没有必要死守什么孝道，不值得……”千若不解和责备道。

“千若，好千若，你听我说，话虽这么讲，可好歹我爸养我这么大，我妈是他的妻子，退一万步讲，看在我亲爹的面子上，也要对我妈尽孝。”阿福从身后跑到千若面前，连连恳求。

“你一直吃咱们的剩饭，好的全留给了她。钱我是绝不借的！你要是不想死，就早点把这个累赘甩掉！你已经仁至义尽了，牺牲自己来保全她。要不是你，她早就该拖着残躯，入狱服刑，刑满释放后，无人理睬，沿街乞讨了！”

不等郑阿福反应过来，沈千若面无表情，大步走开。后妈躲在朝阴的角落里，气得两眼冒火！很想发作，却又不敢。

郑阿福正不知所措，只见前方树荫下，上官澈甩着一个钱袋子，不停转圈，一步一摇，晃晃悠悠地走过来，袋子里银钱叮叮当当，清脆而美妙地欢叫。郑阿福眼睛一亮，像看到救星一般，撒起腿来奔跑过去。

“阿澈，快借给我用用！你真有钱啦，我知道你是大好人，天下第一慷慨的君子！”

郑阿福就要伸手去拿。上官澈把钱袋高高举起，又胖又矮的阿福够不着，踮了踮脚，无奈还是扑了个空。“郑阿福，咱们亲兄弟，明算账。钱可以借给你，但是，丑话说在前头啊，要收三倍利息的！”

“啊？你……好吧，三倍就三倍！”

“还要给我作三个揖，毕恭毕敬、心悦诚服地说，‘老大，小弟随时听候吩咐！’”

郑阿福犹豫了，磨蹭着不肯叫。“这个……”

“不肯是吧？那就让你那个鸡鸣狗盗、半死不活、面目可憎的什么……什么妈饿死得啦！”上官澈甩着叮当悦耳的钱串子，施施然地就要往前走。

“好！我叫……老大，小弟随时听候吩咐！”郑阿福快速地作了三个揖。

“哈哈哈！”上官澈笑得前仰后合。

郑阿福就要拿钱，上官澈仍是不给。“最后一个条件：拿到钱以后，还要听我教育你。”

“你？……好吧。”郑阿福使劲忍一忍，答应了。上官澈将钱袋子递到郑阿福的手里，把他拉到一边，摁在石凳子上。

“现在，乖乖坐好，听老大教育你。小弟，难道你没听先生讲汉代的《十三经注》吗？先生说第一不孝，就是曲意阿从，陷亲不义。对长辈拱伏无违地屈从，纵容他们做没有道德的事，这样等同于将他们陷于不仁不义的境地，实为最大的不孝！”

拐角后面，后妈气得鼻子眼睛拧成一团，鼻孔直冒烟。眼瞅着钱袋子已经到手，一跺脚，气势汹汹地冲了出来，双手叉腰，立刻开骂。

“谁谁？谁不道德啦？郑阿福，走，别听这小白脸儿在这儿放屁！”

后妈拉起郑阿福就要走。

“逼得继子挨饿，虐待继子，你当然不道德！”上官澈直着脖子，振振有词。

“喂喂！警告你，不许你这样说我妈！我妈最善良了，从来没有虐待过我！”郑阿福生气了。

后妈闻言，笑嘻嘻地扭过头，斜睨着上官澈。“你个绣花枕头、饭桶加白痴，听见我家阿福说什么了？咱们母子从来就好得不得了，是你妈不道德，把你虐待得这么瘦瘦弱弱、苍白无力的，而且得了妄想症，哈哈哈……！”

后妈一手挽起郑阿福，一手亲昵地摸了摸郑阿福的头。郑阿福的脸蛋开心地绽放出了一朵花。

“呵呵，是啊，我妈最关心我，对我可好了！”郑阿福搀扶着后妈，鄙视地扫了上官澈一眼。

“以后离这种人远点，小白脸，心眼最坏、最阴暗！”后妈“谆谆教诲”。

郑阿福连连点头。“正是！正是！还是妈有眼光，他就是个妄想狂！”

郑阿福朝着上官澈啐了一口，后妈高兴地在郑阿福的脸上亲了一下。

上官澈看着眼前的这一幕，惊天大逆袭啊！变化太快，毫无心理准备，只是目瞪口呆，张着嘴愣在那儿。

继子搀扶着后妈，亲密有加，温馨和谐。还一边不时回过头来藐视下上官澈，一边说说笑笑着走远。

午间的女生馆舍里，外表一如往日波澜不惊，实则暗流卷涌。肖潺在廊下悠闲地吃苹果，实际上是望风放哨。屋里的前厅中，上官澈、许思远、张必行、凌小小和沈千若聚在一处。

“哈哈，老张假扮的衙役把那后妈吓得够呛！”凌小小笑道。

“今天，阿澈的贡献也很大，没想到后妈还挺会演戏，这个结果我万万没有预料……”沈千若也忍不住笑个不停。

上官澈哈哈笑了半天，终于止住。“没想到阿福那小子是真的愚孝到家了，不过还真有趣！哎……可惜，他后妈并不是真心维护他，是为了面子在演戏呢，肯定本性难移，日后还不知道要整出多少风波来。”

沈千若皱着眉头揪着辫儿，沉思了一刻。“对，肯定回去就翻脸，尤其是背着我们的时候，不知道阿福要受多少呵斥呢。不过也不是没有希望，咱们要加大点力度，说不定还真能让后妈领悟到郑阿福的可贵！”

众人赞许地点头。

“怎么加呢？”

正在想折儿，凌小小忽然咯咯地笑起来。“咱们可以从先生讲的‘二十四孝’里面找灵感嘛……比如谢定柱‘打虎救母’。”

“啊？可哪儿去抓老虎啊？况且郑阿福也打不过呀……”张必行惊讶道。

“傻瓜，不一定非要老虎的，记得前面我整樊秀才的那条蛇吗？没有毒的水蛇。”凌小小道。

“嗯嗯，这个好，小小新养了一条，郑阿福没见过。”沈千若点头赞同。

许思远有些担忧。“郑阿福挺怕蛇的，这对他可是个严峻考验，不知道他还绷得住吗？”

凌小小拿出个哨子。“我会埋伏在外面，绷不住了我就吹哨子把蛇叫回来。就算失败，也让后妈知道，郑阿福对他是巴心巴肝的好！”

下午课时间，郑阿福被蒋先生特许，提前下课。此刻，西厢的客房外，后妈正坐在门前的水槽边，支使郑阿福用铜盆洗着几个大桃子。

忽然，“趴”的一声，房檐上一个什么东西掉了下来。

“啊！妈呀——”郑阿福吓得大叫一声，哧溜一下，躲到了廊柱后。

“郑阿福！”后妈气恼地正要大骂，忽然顾忌地四面看了看，压抑地低声呵叱。“白痴，你发羊角风啊？跑什么跑？”

“哦……妈，我不是跑，是拿武器呢……”郑阿福抄起了生炉子的火钳，抖抖地绕了一个圈子，捡起地上的铜盆，护在后妈身边。

“有蛇！”后妈乍一看到，也是心惊肉跳。却见那条蛇足有三尺多长，黑斑褐纹，盘成一团，头翘起，瞪视着二人。

二人大气不敢出。郑阿福按捺惊慌，咧咧嘴角，对蛇扮出友好的笑脸。

“笑什么笑？你以为自己是许仙哪……还不快点把它引开。”后妈又气又怕，低声呵斥。

“好的，妈……你慢慢往后退。”

“我才不退，谁动咬谁……你倒想得美！”

郑阿福哆嗦着举起铜盆。“妈，我是想抓住这条蛇，蛇是最滋补的良药……咱们酒店不就买过蛇肉？挺贵的……”

“哦……要抓你抓，等我退走先。”后妈想了想，藏在郑阿福后面，悄悄地慢慢地退远。

郑阿福继续举着盆子，抖抖索索，牙齿打战，颤颤巍巍地朝蛇靠近。正要闭着眼睛往下罩，忽然一声哨子响，那蛇“哧溜”一下，身体绷得笔直，箭一样地溜走了。

二人出了一口长气，赶紧逃回厢房，飞速地关上房门。

“郑阿福！这蛇肯定是有人故意放的，想害咱们。你想想，会不会是和咱吵架的小白脸？我得找你先生告状去，开除他！”后妈坐在椅子上，怒气冲冲，惊魂未定。

郑阿福赶紧倒上一杯水。“哦……他才胆小呢。那些女孩，她们倒是养过蛇。”

“啊？女孩养蛇？”后妈大吃一惊，脸色惨白。“不会是那个宰相的女儿？”

“嗯嗯……妈您就别告状了，她们可能是无意的。”

后妈惶惶然地喝了一口水，用郑阿福递过来的毛巾擦了一把汗。“真的欺人太甚！……不过既然是相国千金，你先生大不过宰相，看来告状也没用了。”

“嗯嗯，是的。不过先生才不怕宰相，谁犯错都照打不误……”

后妈摇摇手。“另外一个臭丫头看起来家世一般，咱就去告她！你知道她爹妈是干什么的？”

“啊……妈，不告吧，不好吧。”

“说？是干什么的？”后妈瞪着郑阿福。

“她爹……是一名算命先生，据说是有名的相术大师，精通易经星座紫微斗数什么的。”

“噗——”后妈正喝水呢，一下子喷了出来！掉了魂一般愣了片刻，无比震惊。“啊？这个……比宰相还厉害！咱不仅不能告，还绝不能说破。他要是在咱们的命理上动点手脚，咱别说这阵子，八辈子都得倒霉了！”

“啊？妈，您信这个？”

“不行……得逃，赶紧逃，逃得远远的。”后妈两眼发直，惊惧地喃喃自语。

事不宜迟。后妈扶着郑阿福，赶紧收拾东西、打理包袱。

“郑阿福，把你借的那些银两携带好，虽然不多，但够咱们支撑到你爹回来。赶紧离开这里，到镇上租房子去。”

“啊？这么严重吗？”

后妈狠命白了郑阿福一眼。“你懂什么？这些个算卦、相术、巫术、降咒、蛇虫蛊道是最灵验、最凶恶的，咱们已经被惦记上了，惹不起，躲得起！”

当天傍晚，趁着夜幕的掩护，后妈缩头缩脑，蹑手蹑脚，在郑阿福的搀扶下，不辞而别，匆忙逃离。

第二天上课课间休息时，众人问及此事。郑阿福谦虚、谨慎地解释为“不好意思继续打搅大家”。

“难道你后妈真的洗心革面重新做人了？对你转变态度了？”上官澈怀疑道。

“呸！我妈本来就好。”

世界终于又清静了下来。书院又恢复了往日的气息。

数日后的中午，肖潺、张必行串街过巷，按照郑阿福吞吞吐吐提供的线索，带着一篮子新采的草药，找到镇上后妈的住处。

小院独门独户，藏匿在溪州镇最东头，一条斜斜的窄巷连接着镇外的大道，延伸到远方。二人敲敲门，唤了一声。

院子里，后妈正躺在靠背椅上蹙着眉毛想心事，闻声，惊得立马坐直，想要躲起来……转念一想，又稳住了。赶紧回屋，摸出郑阿福的一件衣服，坐到庭院里，假模假样、夸张地忙着缝补……

“哦，请进来吧。”后妈定声说道。

“呵呵，婶婶，手还真巧啊！”肖潺赞道。

“过奖了，郑……儿子的事……那不就是我的事吗？”后妈费力地挤出笑容来，僵硬而扭曲。

张必行将草药放在后妈面前的小桌子上。“婶子，您在书院的时候，我们做得不够，有不敬之处，还请多多谅解、多多担待！”

“不不，你们都很有礼，很孝敬，和我儿子一样。”后妈掩饰着怀疑、慌张。

三人正说着，郑阿福拧着一篮子菜回来。后妈一眼瞅见，赶紧上前递水、递毛巾。郑阿福莫名其妙，受宠若惊，感动不已。

“妈，您身体还没好，别太劳累了，快坐下休息！”

“不累、不累。”后妈凑上去，作势给郑阿福擦了一把汗，“给儿子做点事是应该的。”

望着这幅母慈子孝的幸福画面，肖潺、张必行一时犹如幻觉，还真有些恍惚，怀疑自己的眼睛。

郑阿福和二人打招呼。后妈又连忙接过菜篮子。

“你同学来了，今天就在咱家吃饭！”后妈拧着菜篮子，往厨房走。“阿福，你陪他们聊聊，妈去做饭……”

“不了不了，您歇着吧，谢谢婶子！”张必行、肖潺赶紧告辞。一番行礼道谢之后，二人迅速离开。

后妈站到大门边，亲切地挥手，目送二人走远……然后，四处观望确认一番，紧紧关上大门。

“我呸！妈的，肯定是来监视老娘的！”后妈嘀咕着，将菜篮子生气地蹾在地上，啐了一口。“郑阿福，一定是你小子泄露了住址！”

“不不，妈，我没告诉。张必行，他打小就是这镇上的人，轻车熟路的……”郑阿福慌忙解释。

“竟然阴魂不散……老娘一定得要快点好，走远点，摆脱这群小王八羔子。妈的！不是老娘心狠，是你们逼我出绝招的！”

后妈面色阴森，目露凶光，面目狰狞。郑阿福沉重地拾起菜篮子，忧心忡忡。

“妈，什么啦？什么绝招？”

后妈瞅瞅郑阿福，狡黠地转了转眼睛，忽然捂着胸口哼哼唧唧起来。“嗷嗷嗷，好痛啊……看来这病真的好不了了！我还是早点死了干净！”

郑阿福急得手足无措。“妈，您别多想，更别担心，儿子我就算把自己卖了，也要把您的病治好！”

“真的？”后妈假作痛苦状。“这世上，妈就只有你一个依靠、一个指望了，这一阵子要不是你，妈早就沿街讨饭去了，早就病死了，早被人整死了，被蛇咬死了……”

后妈脑门里快速运转，搜索着各种打动人心的词儿，回忆着前番的处境、受到的处罚，竟连自己也感动了，心酸得流出了真的眼泪。郑阿福更是感动得热泪盈眶。

“妈，您说哪儿的话？都是您儿子应该做的！”

“想要病快点好，现在就只有一个法子，你愿意帮妈去做吗？”

“您只管吩咐，儿子赴汤蹈火，在所不辞！”

郑阿福慷慨激昂地发誓。后妈点点头，神色诡异地指了指一处墙角边倒药渣的桶。

“以前，咱村里有个神汉，曾经教给我一个消灾祛病的方法。

找一个阳气足的童子，晚上将这些药渣倒在众人必经的大道上，然后吐三口唾沫，和病人一起发一个咒：凡是踩到药渣的人，沾上晦气，染上痼疾，把病带走！这样妈的病就能好得快了！”

“啊？妈，这……”

郑阿福正想发言，被后妈气恼地抢先打断。“怎么？不愿意？你想出尔反尔？这个非常灵，从前我奶奶的病就是这样治好的！”

“哦哦，不是……”郑阿福被后妈瞪得发怵，支支吾吾。

入夜已深，乌云蔽月，四下无人。在后妈的逼迫、呵斥下，郑阿福终于磕磕巴巴地完成了布咒的任务。后妈满意地瞧着地上铺着的药渣，长出一口气，身轻如燕，高兴地回房睡觉。

子夜时分，风云变色，忽然呜呜地刮起了大风，狂风将几处窗扇拍得“啪啦”响，后妈被吵醒，紧张得四处张望。

“郑阿福，快，快起来关窗户！”后妈咚咚地怕打着隔间的门板。

无人回答，后妈不耐烦地又喊了几声，仍是不见动静。后妈只得裹上衣服，爬起来。

“去看看……有没有被人踩上。”后妈忽然想起药渣之事。

才走到门边，却见门从外面被扣住了。后妈诧异地拉开条门缝朝外边看，只见夜风中，一个人影在外面打转，一脚接一脚，稳稳地踩在药渣上。

人影敦实、较胖，一边走一边念念有词，神色十分的虔敬……

“病啊病，你快走吧！你不嫌弃，就跟我走吧。让我妈的病快点好，跟我走吧，我有钱，带你去吃好东西……”

那不是郑阿福又是谁？郑阿福在药渣上转了一圈又一圈。后妈着急地拿了根铁丝，将外面的门勾挑开，冲着郑阿福走过去，一把把他拉到药渣外。

“傻瓜！你作死啊！你跑来踩个甚？”

“妈，我是怕别人……哦，我是看今天刮大风，怕不会有人晚上出来，就自己踩了。”

后妈吃惊得快要噎住一般。“白痴！你这么转悠，谁会过来踩？如果是很多人踩，病就会分成很多份，就算他们得了，也不过是小病。可是，你一个人踩，病会压到你一个人身上，病来如山倒，你想作死是不？”

“不是妈，我是想您快点好起来。我身体棒，年纪轻，扛得住，没事的，您放心吧！”

后妈怀疑、生气地愣了片刻。“呆瓜！你要有事，谁来照顾我？……你成心这么干？想咒我不成？不想照顾我是吧?！你到底是什么动机？快说！”

“动机……”郑阿福开始认真地想动机。“是因为我很小就没有妈，可您愿意做我妈，除了帮着我爹，还帮我补衣服、端水、擦汗，督促我要减肥、要省钱，不许阿澈欺负我。长辈里面，除了我爹和先生，只有您这么上心地注意我，上心地教育、关心我……我爹和先生还动不动就打我，您从来都没打过我，您就是对我最好的人！”

郑阿福扳着手指，娓娓道来。后妈沉默不语。

“别说了……咱回去吧。”

“好的，妈，我再踩踩……”郑阿福不放心地瞧着药渣。

“不许踩！你不能有事，咱们不能再有事了！这阵子，我也看清楚、瞧明白了，除了你，谁也靠不上，谁都看不起我，都想我踩几脚。妈少不了你……你要有事，那两个臭丫头……”

后妈正说得动情，差点说漏嘴，连忙打住。

“哦，对了，沈千若和凌小小今天还说挺惦记您呢。”

“啊？……哦。”后妈一惊，慌忙掩饰。

一阵风把一片药渣卷了过来，郑阿福赶忙上去，又踩了几脚。后妈想上去拉，郑阿福又跑到了另一处。

后妈急得一声怒吼：“混账！你还不踩不罢休了……你就想着怕别人踩，你不顾你妈我了是不是？去，拿扫把，把那些药渣扫掉。”

“可是……那您的病？”郑阿福左右为难。

“那也比被人算计、作法整蛊强吧……妈打小在乡下，穷，就老被人欺负，谁也不敢信。就从没见过你这么傻，这么实心眼的，你这要是有个啥三长两短，我能指靠谁去啊……妈就你一个救命的指望了……”

后妈喉咙一阵哽咽，疼痛不已，一股气郁结心中，不禁悲从中来，坐到街边的石条上，呜呜地哭咽起来。

以下是大半年之后的一幕场景。

一个小雨淅沥的午后，酒店里客人稀少，一名账房先生正在拨着算盘珠。门口，后妈正和伙计采购回来，却见郑阿福欢喜地跑回家。

“妈，凌小小、沈千若让我送给你一封加密的鸡毛信！说是不许我看，说是表扬您呢！”

“阿三，快给阿福倒杯水，再把点心端上来。”

后妈一边吩咐伙计，一边接过信，秘密地匆匆地出门，飞快地找到一处替人念信、写信的摊子，取出其中附着的字条。

“知错能改，善莫大焉。若能再接再厉，一以贯之，另外两张文书会先后在适当的时候奉上。”摊主念道。

信中另外一份，正是和沈千若、凌小小立的三份字据之一，已经被撕成了两半。后妈百感交集，将信捂在怀里。

“果真是善有善报，坏心眼果真是动不得……凌丫头，不愧是相术大师的女儿，道行高深，算无遗策；沈丫头，不愧是宰相的女儿，不出门也能知天下事，赏罚分明，明察秋毫！”

许思远日志

10月3日　天气：多云

世上之人，形形色色，良莠不齐，为人父母之人也无例外。阿福的事情之所以最终能圆满地收场，一者在情，阿福天性善良忠厚、胸襟开阔，无条件地孝顺继母，以情动人；二者在理，沈千若、凌小小威严公正，恪守原则，以理服人。不过，最令我唏嘘感慨的是憨厚的阿福，他真是不折不扣的大孝子啊！那么，何为孝？我该如何认识“孝”的真谛？

“孝”是我国传统美德之一。“百行孝为先”，反映了中华民族极为重视孝。“孝”，由儒家首倡，受历代封建统治者推崇，并以此来教化民众，成为治理国家、安定社会的重要法宝和选拔人才、评估美德的重要标准。两千多年来，“孝”的观念深入人心，成为历朝历代民众普遍接受的伦理价值。直至今日，在遍布全球的华人社会，即使信仰不同、教育不同、文化背景不同、政治观念不同，但是孝的观念在华人之间是相通的，是最能够引起共鸣的价值认同点。史学家裴达礼 (Hugh D. R. Baker) 甚至断言：对家庭的尊重的观念，是各种信仰的华人间唯一的共同点。

自上古以来，孝就被称颂为美德善行，中华先民倡导孝，重视孝，将其视为道德的基础。孝的典范当属五帝之一——虞舜。虞舜自幼受家人诸多陷害，仍然保持孝心，即使当父亲、后母和弟弟欲除之而后快且实施毒计的情况下，依然恭敬地孝顺父母，友爱兄弟。不仅感动邻里，还感动了天地万物，因此也获得了尧帝的赏识，并继承了王位。“舜年二十以孝闻。三十而帝尧问可用者，四岳咸荐虞舜，曰可。于是尧乃以二女妻舜。”（《史记·五帝本纪》）为什么虞舜能以“孝”成为一代帝王？正如孔子所言：“夫孝，德之本也，教之所由生也。”“先王有至德要道，以顺天下，民用和睦，上下无怨。”原来，天子拥有“孝”这种人类至德，便可上行下效、安抚天下。在《中庸》中，孔子盛赞舜：“舜其大孝也欤”，并将虞舜之“孝感动天”列于“二十四孝”之首。

孝的观念由来已久，根深蒂固。“孝”字，甲骨文就已出现。

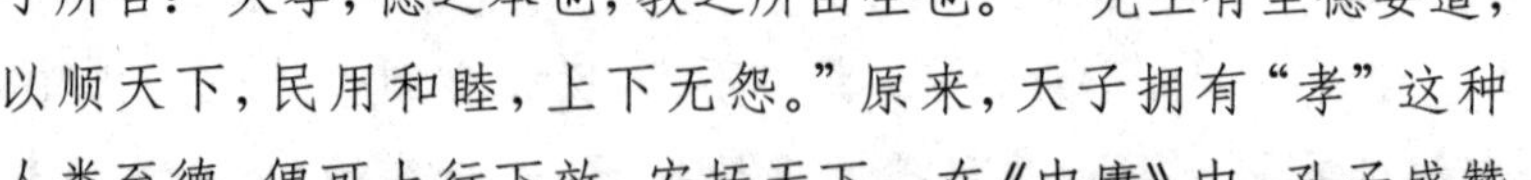

甲骨文 金文 篆书 隶书 草书 楷书 行书

甲骨文=（是“老”的省略，长发长者）+（子，后代）。

造字结构里，老人在上，孩子在下。商代金文从“老”者，用手扶小孩“子”，同时有子扶老。甲骨文尤其金文里，不仅表示出了长者的地位在晚辈之上，更描摹出了一幅家庭关系温馨图——一位老人，将手搭在儿子的肩上，儿子则扶持着老人慢慢前行。无须多加解释，造字者建构的这一生动意象，用于所表征的道德观念和所倡导的孝行，就是长辈充满怜爱地倚靠晚辈，晚辈尽心尽力地扶持长辈。这是所有人都容易理解、都能欣然接受的家庭和谐关系！

孝，在儒家的伦理价值体系里，是地位极高的美德。孔子思想的核心是仁，仁是人行为的最高准则，是一种普遍原则，仁不仅是孝的人性根源，而且是孝要努力实现的终极目标。对于以血缘关系为中心、宗族、家庭观念深重的农耕民族来说，尤其对华夏子孙来说，孝，无疑是至高无上的家庭伦理。《礼记·中庸》云：“仁者，人也，亲亲为大。”并且，孝还是万德之本，“夫孝，德之本也”。孔子倡导“仁、义、礼、智、信”，但又说孝悌是仁之本。孔子认为为人子女，孝顺父母，是天经地义的不二法则，无论是贵为天子还是贱为平民，都应该身体力行。《孝经》中，子曰：“夫孝，天之经也，地之义也，民之行也。”甚至，大张旗鼓宣扬“百善孝为先”“人之行，莫大于孝”。在家庭伦理道德体系中，孝位列其首，名至实归。

父母给我们生命，并且含辛茹苦地养育我们成长，的确是我们生命中最值得尊敬和感恩的人！他们在漫长的人生岁月里，毫无怨言、不求回报，但是我们不能不存孝心、尽孝道。如果连父母都不孝顺，何谈此人还有仁义和良心？如果是恶语相向、冷漠待之乃至驱逐遗弃，那更是可见其人性之恶了。

儒家思想认为，孝不仅在于有一颗拳拳孝心，还需要表现为“敬”和“礼”。

“孝”一定要建立在“敬”的基础，遵守礼节，不随意以轻慢和不敬的态度故意冒犯长辈。现在很多人认为赡养父母就是孝了，可古人不这么认为。子游向孔子问孝，子曰：“今之孝者，是谓能养。至于犬马，皆能有养；不敬，何以别乎？”（《论语·为政》）孔子认为孝敬父母要真心实意、敬心诚意，只是单纯在物质上满足父母，尚不足以为孝。更重要的是做到“敬”——尊敬的心、敬重的态度。“敬”是孝道的精神本质，唯有态度和行为上做到“敬”，才能使父母得到人格的尊重和精神的慰藉。

晚辈无论自己心情怎样，总要在神态上不厌其烦、持之以恒地对长辈表现出尊敬、恭敬的样子，的确不是一件容易的事情。《论语》曰：“色难。有事，弟子服其劳；有酒食，先生馔，曾是为孝乎？”有事情年轻人去做，有酒食父兄来享用，这些行为实现起来还不是很难，在父母面前总是展露和颜悦色的神态，的确是最难的。还有，古人认为内心的“敬”最好的表达就是“顺”，凡事尽量按照父母的要求来，尽量顺从父母的心意，尽量听从父母的话语。因此，古来已久，“孝”和“顺”“敬”往往连用，即“孝顺”“孝敬”。

由“敬”进行扩展，孔子对孝子的孝行提出了系列要求：“孝子之事亲也，居则致其敬，养则致其乐，病则致其忧，丧则致其哀，祭则致其严。五者备矣，然后能事亲。”

“礼”如果说孝道的精神本质是“敬”，那么如何表达出这种“敬”呢？《左传》云：“孝，礼之始也。”把行孝与守礼结合在一起。中国是礼仪之邦，自古就讲究各种礼节。礼节根据不同场合和不同身份而区别对待，礼制不一。子女对父母的孝，也必须体现在一些重要的礼节上，无论父母生前或死后，都应按照规定的礼数、礼制来行事。鲁国的大夫孟懿子向孔子问孝，子曰："无违。"这里的无违，是不违背礼的规定。事后孔子向其弟子解释："生，事之以礼；死，葬之以礼，祭之以礼。"（《论语·为政》）不仅父母生前要以礼来侍奉，死后的葬礼和祭礼也要遵守礼数，两者皆不可偏废。中国自古以来就有拜天拜地拜祖先的礼节和习俗，终年或者在重要节日通过奉献供品祭祀祖先，也是尽孝的必要体现，即使是已经去世的长辈。拜祭这种孝礼，除了具有庄严肃穆的仪式性质外，还富有宗教的形式和色彩。

在中华文化框架里，孝，不仅是一种美德，而且还是一种义务——包括尊敬、抚养、送终、祭祀等，这是传统社会的基本道德。在中国，孝的观念源远流长，要求后辈尽到孝敬和供养的责任。后辈对父母应尽赡养这一义务和责任，这是中华传统文化的特色，在西方文明字典里没有一个专有词汇能够与具有中华文化内涵的"孝"这一词汇相匹配的。如果把"孝"的丰富内涵翻译成英语，需要同时用"loving""respectful""obey""duty""support"等数个词汇同时叠加。也就是说，在中国传统文化里，"孝"是子女对父母的爱、尊敬、顺从父母的意愿，且履行赡养的义务。

"孝"，作为一种家庭伦理道德，对有血缘关系的父母知恩图报、热爱敬顺，天经地义，做起来也相对容易些。"孝"还推广到一个家族或者宗族内部，所有晚辈对年长的人都应该尊敬与和顺，比如媳妇对公婆，晚辈对长辈亲戚（比如爷、奶、姑、伯、叔、舅、姨等），等等。对有血缘关系的长辈如此，对社会上其他的为师者、年长者的态度也如此："年长以倍则父事之，十年以长则兄事之，五年以长则肩随之。"（《礼记·曲礼上》）将天下人视为同一个大家庭的成员，都予以尊重和礼貌，做一个有修养的人、一个道德高尚的人。

"孝"以血缘关系为原点和核心，逐渐延伸和推演到全社会。《论语》中多次以孝悌连用，把"孝"与"悌"结合起来，如："弟子入则孝，出则悌。"所谓"出则悌"，就是要求人们将家庭血亲中的等级推广到社会关系中去，作为处理社会关系的准则。"孝"这种家庭伦理所体现出的品质和修养，延伸到社会，表现为尊敬、礼让、仁爱、互助等美德。比如，对父母的孝敬推演到对家庭长辈、家族长辈、宗族长辈乃至天下所有长者的尊敬、礼貌和帮助，甚至将此仁爱扩展到天下所有需要帮助的人——爱人如己、大爱无疆。"故人不独亲其亲，不独子其子，使老有所终，壮有所用，幼有所长，鳏、寡、孤、独、废疾者，皆有所养。"（《孟子》）此可到达"大同"社会。在"大道通行"的时代，人们不单是亲近自己的父母，也不单单亲近自己的子女，能够把家中长辈的孝敬美德和对孩子的怜爱之情，推己及人、感同身受，普惠于社会上所有的老者和孩童，使老人得以颐养天年、青壮年得以施展才能、孩童得以顺利成长。使死了妻子的丈夫、死了丈夫的寡妇、失去父母的孤儿、失去儿子的独老、有残疾的人都能有所供养，此情此景，是何等的其乐融融、幸福和谐！

总之，孝，是美德、是信仰，同时包含着公正与善意的智慧。

在“家国天下”的中华帝国视野里，儒家思想把“小家”（家）的孝推演到“大家”（国），把家族伦理扩展为社会伦理，“教民亲爱，莫善于孝”。又把“孝”向上延伸为臣民对君主的“忠”，把兄弟之间的“悌”横向延伸成朋友间的“义”，把儒家家族中的父“慈”向下延伸为君主对臣民的“仁”。总之，孝又成为了社会伦理和忠君思想的核心因子，《劝孝歌》用五言诗演绎儒学最基本的观念，其目的是使“古今忠与孝，开卷即在目”，自然将“忠”与“孝”相提并论，极言“天网虽恢恢，难容不忠族。明则有王诛，幽则有鬼戮”，劝世人“勿以不孝头，枉戴人间屋。勿以不孝身，枉着人间服。勿以不孝口，枉食人间谷”。总之，不忠不孝之徒，必将自食恶果。

孔孟时期，出现了假托孔子之言，阐发儒家孝道观的经典著作《孝经》。《孝经》大约成书于秦汉之际，其作者至今无定论，有说是孔子、曾子、曾子的门人所作。《孝经》不足两千字，却多次将“孝”“治”“顺”紧密结合起来——行孝道就能“治天下”“顺天下”，将孝的思想泛化和政治化，使儒家的孝道理论在政治上的创造达到了顶峰。《孝经》开篇即有：“夫孝，始于事亲，中于事君，终于立身。《大雅》云：‘无念尔祖，聿修厥德。’”揭示了通过“事君”而达到“立身”的孝道，才是宣扬孝的真正目的。《孝经·开宗明义》指出，假若能够以孝治天下，便会得到“万国之欢心”“百姓之欢心”，达到“天下和平”，灾害不生，祸乱不作的地步。

西汉统治者总结秦亡的教训，采纳“罢黜百家，独尊儒术”，儒家思想中的“以孝治天下”成了封建统治思想的重要组成部分，汉王朝提倡“以孝治天下”。从此，孝登堂入室，成为古代中国在政治、经济、文化、社会、日常生活中一以贯之的核心价值观。历代儒学之士都大力宣扬孝道，帝王也利用孝道来为自己的统治服务，常宣称“以孝治天下”，“教民亲爱，莫善于孝”。(《孝经·广要道》)因为向民众广为宣传孝，可以起到使民忠顺的作用：“君子之事亲孝，故忠可移于君。事兄悌，故顺可移于长。居家理，故治可移于官。是以行成于内，而名立于后世矣”(《孝经·广孝行》)；也可以起到使天下太平的作用：“教以孝，所以敬天下之为人父者也。教以悌，所以敬天下之为人兄者也。”(《孝经·广至德》)

孝的标准还用在政治人才的选拔上。汉朝以后公开强调“忠臣必于孝子之门”，汉朝选拔官员把“孝”作为一个标准；唐朝时参加医学、算学、律学考试的人不用考五经，但是《论语》《孝经》都不能不读；唐玄宗曾亲自为《孝经》作注，令《孝经》成为唯一一部由皇帝注释的《十三经注疏》之一；梁元帝写《孝德传》，其在《上忠臣传表》中有言：“资父事君，实曰严敬，求忠出孝，义兼臣子”；清朝康熙帝也大力提倡孝道……

在追求“独立之精神，自由之思想”尤甚的人类21世纪，我们该如何辩证思考“孝”？

一方面，我们要坚决反对和批判不孝行径。《劝孝歌》中所谓的“儿行十里程，母心千里逐。一娶得好妻，鱼水情如睦。看母面如土，观妻颜如玉。母若责一言，含嗔怒双目。妻若骂百句，陪笑不为辱。……人不孝其亲不如禽与畜。乌鸦尚反哺，羔羊尤跪足”。俗话说，娶了妻忘了娘，甚至把妻和娘视作对头，这种情况在现实生活中不在少数。自秦代后，“不孝”被定为十恶大罪之一，遗弃父母、拒绝抚养、辱骂殴打父母或者祖父母者，都要受训于官府，甚至处以绞刑和腰斩等酷刑。现代社会不孝行为当然不至于受此严厉处置，但是仍需受到道德的谴责，若涉及伤害罪和遗弃罪的，该绳之以法。

另一方面，我们要果断摒除“愚孝”。首先，孝并非非理性。有人对“孝”注入了一些非理性的、反人性的东西，流传甚广的《二十四孝图》，竟然提倡“郭巨埋儿”这类荒诞不经的做法，真正的孝心和孝行是建立在人道主义、价值理性、人文性和科学性等基础之上的。其次，孝并非盲目顺从。“父要子亡，子不得不亡”，这种极端说法的背后，彰显了父辈在家族中的绝对权威，而这种权威背后是父权制社会的权力欲与控制欲，但是儒家经典反对晚辈一味地顺从与盲从。汉代的《十三经注》中讲：第一不孝，为曲意阿从，陷亲不义。对长辈不论原则，拱伏无违地屈从，也是不孝之举，因为晚辈的盲从，有错不纠，必然会令父辈陷于不义。所以父母有不对的言行，就应该与之争论，不过要注意和颜悦色。此原则同样适用于师生关系，“吾爱吾师，吾更爱真理”（亚里士多德）。再次，孝并非首善。“孝”必须是符合善的，或者说应当是符合义的，其根本是合乎仁的，还有和其他美德懿行相得益彰。一个为了赡养父母的人，去偷盗、抢劫，贪污、受贿，不仁不义，何来善？盲目听从父母的话，离经叛道，以身试法，诓骗天下，身陷囹吾，如何孝？最后，尤其令现代人警惕的是，孝文化已经成为权力主义泛滥的工具，成为蚕食子女自由权利的借口，对此，作为子女和晚辈的，除了尽可能本着“理解和尊重”与长辈充分展开交流和对话外，还是要以公义为原则，去追求个性的解放以及人生的自由。

五　寻找宝藏（节）

时光流逝轻快，书院的日子紧张有序，同时奇遇不断，趣味盎然。

近日，文学课目正讲到传奇、志怪、神异小说一节。众人谈鬼论神，一时成风。

当晚，月黑风高，树影幢幢，肃杀萧索。女生馆舍的前厅，许唯正憋着沙哑的腔调，阴阳怪调，张牙舞爪，讲鬼故事。三个女生吓得缩成一团，瑟瑟发抖，牙齿打战。不过真是好奇害死猫，越害怕，越是难以按捺一颗颗好奇的心，一边身体筛糠，一边竖起耳朵听。

“一个阴森恐怖、黑漆抹漆的夜晚，沼泽里面鬼火跳动，就像一双双眼睛，非常无比的邪恶……小女孩吓得六神无主，眼前一黑，忽然！就在她的背后响起一阵疯癫的笑声，哈哈哈……转过来……转过来！你看看我的牙齿……是不是金色的？”许唯用蜡烛往下照着脸，龇着牙，露出一副颇为恐怖的脸。

“啊——”凌小小一声尖叫，和沈千若抱在一起，紧紧闭上眼睛，肖潺抱住了门帘，头使劲儿埋进去。

“嗯嗯……”许唯得意地忍住笑。“各位淑女，就此打住吧？要是今天晚上做噩梦就不好了。”

凌小小直摇手。“不……不……继续，继续……”

许唯暗自发笑，干脆站了起来，靠在窗户边。“嗯哼——既然各位喜欢，那我就恭敬不如从命了！我接着讲一个，叫做第三只手。有一次戏院散场很晚，两个女孩结伴回家。路上必须要经过一段十分荒僻的老城墙，这里有一个废弃的刑场，是以前专门砍头的地方……四周阴森森、黑黢黢，空无一物，不见一人。忽然！传来两声闷闷的咳嗽，两个女孩汗毛倒竖！背靠城墙抱在一起，恐惧地张望……就在这时，她们中的一个人忽然感觉到，除了同伴抱着自己的两只手外，还有第三只手在她的身上窸窸窣窣地摸索着，毛乎乎、硬邦邦、瘦嶙嶙……”

“啊！”凌小小和沈千若突然一下子把对方推开，垂着自己的双手，不停发抖。

肖潺抱着帘子，结结巴巴，指着许唯。“第三只手……”

一只惨白的毛茸茸的手从窗外伸进来，向许唯腰间摸去……许唯兴致正高，得意忘形，并未觉察。

“大家听得真是投入！各位小姑娘不要害怕，本公子会保护你们的，看看我多么英勇、潇洒，堪比鬼见愁，任何妖魔鬼怪见了我都会仓皇……”

许唯忽然感觉不对，伸手一摸，整个人都僵硬了——长毛的手！

“啊——！”许唯慌不择路，撒腿就跑，跌跌撞撞，凳子被掀翻，拐到姑娘们聚集的一边，一把紧紧抱住肖潺，像抓到救命稻草般。

等他再回头看，手却不见了……却见门上窗格纸上渐渐漫上来一个飘忽忽的黑影。四人吓得大气不敢出。

“咚”，门环响了一声……许唯连连作揖、恳求。

“大仙，请您不要进来吧……我正在传颂您的英雄事迹，传播您的美名，一定让您流芳百世、永垂不朽……您请回吧！”

沈千若也吓得面色如土。“请回吧……请回去吧，您进来的话，小心……小心我们用火烧死您。”

“谁?！谁胆敢要烧我?”门外的黑影恶狠狠道。

凌小小赶忙解释。“不是，不是，是烧纸，给您，烧很多很多纸钱……”

“烧纸?！有什么不对，你们可以当面说。”

肖潺吐了吐舌头。“完了！好像是蒋先生的声音。”

肖潺赶紧打开门，只见蒋先生背着手，站在门外。尤香提着个灯笼跟在后面。

“听见屋里鬼哭神嚎的，我们过来看看怎么回事?”尤香道。

沈千若赶紧走到前面行个礼。“哦，没有什么事，我们在讲鬼的故事，把你们错当成……”

“小小年纪竟然如此迷信，志怪作品都是虚构和想象，世界上根本就没有鬼！昨天还告诫过你们：‘子不语怪力乱神’，孔子一直极力反对迷信妖魔鬼神这种事，因为会把人心搞乱，人心一乱，就要出事……”

众人连连点头，毕恭毕敬一字排开，谨听先生训斥。许唯则盯着蒋先生的手发愣。

“尤香，你领许唯回馆舍，别让他再神神道道、装神弄鬼的！”

尤香点头称是。蒋先生交代几句，离开了。

走廊里，许唯紧跟尤香，一会儿扯着尤香的衣角，害怕地四处张望……忽然，他注意到尤香另一只手一直藏在袖子里，于是伸手拉了拉尤香的衣袖，在尤香的手上摸了摸。

“许唯！你干什么？”尤香怒道。

“对不起，对不起！尤老师。”

“小小年纪，动手动脚，思想不要这样复杂！”

此时夜晚的男生馆舍，正叽叽喳喳，争执不下，热闹非凡。许唯心有余悸，悻悻地进门来。郑阿福举着一个大苹果，正带劲儿大声地嚷着：

“谁？谁？是谁把我的苹果咬了一口？谁咬的谁请我吃宵夜啊！”

张必行则四面打转。“喂，喂，谁拿了我的手套？那可是我表妹送给我的，有谁看着羡慕嫉妒恨的请直说啊，不要私藏。”

上官澈刚进门，怪怪地笑了。“嘿——！你还真以为她会专门送给你？一定是觉得不够好，自己不想要了……”

正取笑着，忽然看到了自己的床。“啊？是谁在我的床上打滚？好脏！这怎么睡人哪？许唯，跟你说多少遍了，怎么总当做耳边风呢?！啧啧啧，真是的！”

许思远则心疼地从水桶里捞出一本书。“哥，不要把我的书扔到水里嘛。”

许唯惊讶地环视着众人，指着自己的鼻子。“你们……原来，你们竟然都在怀疑我？”

“当然，我们都去了藏书馆，就你没去，你干什么去了？”上官澈问道。

许唯仍旧惶惶不安。“我……我遇到鬼了！”

张必行顿时就笑了。“我好怕呀……我呸！这种理由都想得出来！你一定为了吓唬女生，志怪、鬼故事看多了，神经受到刺激，导致血气逆行、走火入魔、产生幻觉了！”

众人都各自发笑。许唯却是神情严肃，一本正经。

“绝对不是！肖潺她们也看见了，那只毛茸茸的手在我身上摸呀摸……不信你们去问！”

“啊？真的？”众人有几分相信了。

“那只毛茸茸的手，你看清楚了还是摸清楚了，那毛到底有多长多粗？”郑阿福急切切地追问道。

“还有，你在黑暗中有没有发现一道绿光？据说鬼的眼睛跟狼的眼睛一样，闪着绿幽幽的光。”张必行边说边眨巴着眼睛，想象着能透射鬼火的眼睛到底会是怎样。

许思远想了想。“如果是鬼，咬苹果干什么？众所周知，鬼吃人，不吃水果的。”

上官澈也发现了不对。“老张，你的宝贝手套就是那天你戴了半天戴不进去的、兔毛的？”

“你什么意思？我表妹哪儿知道我的手会忽然长这么大！”张必行不满道。

“既然许唯没说谎，就只有一种可能：我们书院进贼了。”

众人皱着眉，点头认同。

“对，……可是他想要什么呢？”许思远道。

“非财即色，你去作贼难道是为了保卫国家？但是，仅仅咬了苹果一口，拿了双非常女性化的手套，值钱的东西并没有要……”上官澈皱着眉，一一分析。

“是啊，目前为止，也没有情报说女生们遭袭击、受骚扰了。”许思远继续分析道。

众人也是不得其解。许唯忽然高兴起来。

“难道是个女贼？而且她看上我啦？”

“完全有这个可能。”上官澈点点头，故作沉思状。

郑阿福很是不满，吃醋地瞧着许唯。“她为什么偏偏看上你？看不上别人？我的条件就比你好嘛。”

“就是！我们一定要抓住她问清楚！”上官澈一拍桌子。

许唯得意地冲郑阿福做鬼脸。

上官澈捂着嘴一笑，冲着许唯。“她一定还会来找你，你就等着吧，那只毛茸茸的手忽然长出尖尖的爪子！”

许唯吓得变了脸色，缩了缩头。

“我们应该把她抓住，谁叫她找相好的同时还破坏公物……想想我们应该怎么抓？”郑阿福抬头仰望，直瞪眼珠，拍着脑袋。

“有了许唯这个美男子当诱饵，还不简单？”上官澈拍拍许唯的头。

子时已过，万籁俱寂。男生们正在睡觉，郑阿福发出了轰隆隆的鼾声。大门只是靠上，并未插牢，一个黑影溜进来，一个床铺一个床铺，一直寻到许唯的床前。

正要伸手摸索许唯的外衣，许唯猛地鼓起勇气，噌地一把握住了黑影的手，黑影使劲挣扎，结果被扯下一只手套。

“天网恢恢，大胆狂徒往哪儿逃？接招！”张必行敏捷地从床上跳过来，张开被子，一把将黑影套住！

许思远快速地点上一支蜡烛。上官澈跑过去，锁住大门，拉下窗帘。

郑阿福也揉揉眼，飞快地爬下床来。

“升堂——”上官澈端坐在桌子前，一拍鞋刷子。所有人都围了过来，被子里的人瑟瑟发抖。

郑阿福清清嗓子，压低声音，厉声喝道："青天大老爷在上，小贼还不快快从实招来！"

上官澈又夸张地拍了下鞋刷子。"本官问你，为什么只喜欢许唯？我们有什么不好？你看上他什么？竟值得冒如此风险，竟然深入虎穴、舍生取义、行同盗匪？"

"哈哈哈，我喜欢他？你们……"被子里的人咯咯直笑。

郑阿福听了听，觉得甚是耳熟，一下掀开被子，却是个八九岁的小孩子。

"狗狗?!"

狗狗抬起头，看见了郑阿福。"阿福哥?"

"你们认识?"上官澈打量着二人。

"报告青天大老爷，他是我在镇上租房子时邻居家的小孩。狗狗，你找许唯做什么?"郑阿福道。

"因为我看见你们的值日表上写着：许唯明天值日。"

"值日怎样?"

"谁值日就会有讲堂的钥匙，就是放在他衣服兜的那个!"

"你去讲堂干什么?"郑阿福不解。

"哎呀！你们不知道？你们的讲堂里隐藏着一个惊天动地的大秘密!"狗狗神情严肃地咋呼着。

众人顿时瞪大眼睛，竖起耳朵，等待下文。狗狗瞧着众人，忽然一拍脑袋。

"对了！秘密是不能说的，差点就说出来了。"

上官澈再次一拍"惊堂木"。"赶快招供！不说就把你送到官府去！告你胆大包天、私入民宅，偷吃苹果、还拿东西!"

狗狗耸耸肩，满不在乎。“送就送呗——无所谓啦——反正我只有八岁，打板子，还不够年龄。入狱呢，更是八竿子打不到……”

“那我告诉你爹！”郑阿福继续威胁。

“哈哈，我爹刚好不在家！”

“你年纪小是吧？你爹可不小，官府会把你爹抓去，打八十大板！”上官澈声色俱厉。

狗狗咧着嘴，拍着手直笑。“真的？太好了！我告诉你们，要保密啊！我爹的金钟罩铁布衫功夫已经练到了第九乘，打八百大板都没有问题！他一直不让我告诉人家，你们把他拉去一打，哈哈！大家就都知道了，再不会笑我吹牛……”

“闭嘴！你小子还真是刀枪不入啊？我就不信治不了你！”上官澈生气道。

郑阿福忽然灵机一动。“狗狗，你不说，我就把你八岁还尿过床的事说给梅阿姨听，至于梅阿姨会不会告诉梅梅……”

此招甚灵。狗狗顿时满脸通红，急得快哭了。

上官澈严肃地冲着郑阿福，义正词严地呵斥。“郑阿福！怎么能拿人家的终身大事开玩笑？这种事要是被人家女孩子知道，那还了得！太严重了！后果不堪设想！”

狗狗见到救星一般，冲着上官澈磕了个头。“大人！您一定要为小民做主啊！只要你不让阿福哥告诉梅阿姨，我就全部从实招来！”

上官澈神色顿时缓和了许多，亲切地摸了摸狗狗的头。“这就对啦！听话啊，说吧，本大人替你做主，前次、今天，一切保密！”

狗狗回忆了一刻后，开始讲述。“这是关于一个宝藏的。昨天，我在旧书摊上买了一本书，上茅房正看呢，不知道从哪个夹层里飘出一张纸，掉到茅房里。我开始没注意，后来偶然低头一看，上面竟然有字！可惜我识字不多，认了半天只认得六个：金子、书院、中心。”

“那你还不赶快捞起来?”郑阿福急道。

“我也想啊！可是字迹很快在消失，看不清了，正好淘粪的大伯又进来，一桶水！不见了。”

整个房间陷入了一片寂静。听得见“怦怦”乱跳的心跳。

上官澈率先反应过来，打破沉默。“狗狗，你买的那本书是不是很旧很破？封面都没有了？那纸是不是一张发黄的纸?”

“对呀，前几页都没有了，但是非常好看，第一页用毛笔写了几个字，山……什么经。”

“是《山海经》，讲一些山川鸟兽的神奇故事。”

“是啊！大人！你怎么知道?”狗狗惊讶道。

“当然知道了！因为那是我的书，狗狗，你白忙活了。字条是我去年写的，说在某个书院的中心有财宝，而且用的是一种药水，见水才看得见，看完自动消失，本来想给大家开个玩笑，没想到真有像你这样的傻瓜，果然上当了！真的跑来了！哈哈……不信你回去问问杂货店的赵嫂子，她就有这种药水卖！”

狗狗闻言，十分地失望、沮丧。

“我以为讲堂在书院中间，财宝在那里呢。”

“笨蛋啦——我们每天在那里上课，要是那里有宝藏，我们还用得着天天去上课吗？还轮得上你来吗?”许唯反问道。

“原来是这样！没想到我狗狗聪明一世，糊涂一时！多少大风大浪都经历过了，竟然栽在了厕所沟里！”狗狗郁闷地嘟着小嘴儿嘟囔。

郑阿福亲切地牵起狗狗的小手。“算了、算了，天很晚了。你家里人一定又像寻宝一样到处找你，我送你回家去吧。这么晚回去，家人若问起，你什么都不要说。切记！”

狗狗鸡啄米似的点头。

郑阿福打开书院大门，一路护送狗狗回家。

上官澈激动地跑到空旷的庭院里，双膝微屈，举手向天，挥舞呐喊。“天哪！我一直以为自己是一个人才，现在才发现我完全错了，我是个天才！”

第二日，白昼终于消逝，夜晚姗姗来迟。讲堂中，女生们早已离开。当天的值日生上官澈请汤师傅留下门锁给自己，声明要继续刻苦攻读到子夜。

此刻，上官澈正拿着书假装阅读，作渐入佳境状。另一边的座位上，许思远作冥思苦想状，张必行瞪着眼睛发呆。郑阿福、许唯终于撑不住了，头一抖一抖地往桌子上磕。

“喂喂，你们怎么还不走？都赶紧地，回去睡吧。今天我值日，要锁门，你们赖在这里不走，我咋整？”上官澈举着钥匙和锁，故意摇晃着，令钥匙和锁撞击在一起，发出清脆的声音。

郑阿福清醒了一点，打了个哈欠，伸了个懒腰。“明天我值日，你把钥匙给我，我帮你锁。刚才我已经睡足了，现在的我特别想多看一会儿书，感觉从前被荒废的时间太多了，很可惜！”

“读书不能一曝十寒，贵在天长地久，明天再看吧！身体要紧！”上官澈催促道。

“明日复明日——明日何其多——我生待明日——万事……”郑阿福一边吟诗，一边去抢上官澈的钥匙。

张必行忽然一拍桌子，跳着直直地站起来。“拜托——受不了啦！看着咱们一个个虚伪透顶的表演，我简直要崩溃了！”

“是啊，是啊，大家还是活得真实些吧！我以为只有我一个人看穿阿澈的鬼话呢。原来就骗走了人家小朋友一个人。”许思远笑道。

上官澈掩饰着尴尬，挤出几分笑容。“我……那是不想节外生枝嘛。财宝本来是书院的，我这不就是想先来找一找，再和大家一起分享嘛。”

“那咱们现在要不要告诉蒋先生？”张必行问道。

“千万不能告诉！狗狗见到的藏宝秘籍还不知道是不是真的，先生肯定要骂咱们捕风捉影，头脑简单！而且要是万一找不到，咱们这翻箱倒柜的动静、掘地三尺的代价，先生非挨个拍死咱们不可。”

上官澈认真严肃地分析得失，晓以利害，众人都赞同地点头。

“这样吧，咱们先暗地里找，找得到，算是给先生们一个惊喜；找不到，也就当从没发生这回事。”郑阿福建议道。

众人一致同意。纷纷起身，就要动手开始寻宝。

上官澈不耐烦地做了个“停止”的手势。“找什么找？难道人家会把财宝像古董一样摆在架子上、收藏在柜子里？中心——就在我现在坐着的地方。”

郑阿福乐不可支。“难怪人家说‘书中自有黄金屋’，原来是这个意思！看书可以发现秘籍、宝藏！读书真好……有了这些钱，大家就可以不用读书了，赶快散伙，回家买房置产、成家立业、养儿教女、养老送终……啊？一辈子就这样交代了？这样好不好？”

“不知道。”张必行迷惑地摇摇头。

“好像没什么意思……”许思远想了想。

“你们有病哪？还不快点挖！”许唯一声大喝。众人停止讨论，纷纷从身边的书袋里拿出各种工具。

正要开始动手掀地板，张必行忽然想起了什么，叹了口气。“你们大家不是溪州镇附近的人，可能不知道，讲堂这边是几年前新建的，怎么会是书院的中心？再说了，狗狗说的那张纸还不知道是哪朝哪代的遗物，我们手头上又没有与之时间相对应的书院地图。”

众人顿时愣住了。

上官澈放下工具，点点头。“说得有道理，大家先别慌，一定要提前好好研究研究，所谓的‘中心’究竟在何方？”

明月如霜，凉风如水，清景无限。夜茫茫，重寻无处，觉来小园行遍。

书院的一角，有一处隐秘的竹林，竹林中，是厕所的所在。

次日凌晨，凌小小起得极早，飞快地跑过庭院，一溜烟钻进厕所里。就要出来，忽然感觉，厕所在震动。

厕所墙外的竹林中，已经被刨出了一个挺深的坑。郑阿福和许唯正用一把大锤将一长铁棍钉入坑底，撬起了一块大石，结果一无所获，啥也没有。二人失望地放下石头，许唯赶紧回填，将地抹平。

郑阿福狐疑地环顾四周，眼光落定在那堵古老的厚砖墙。“也许，应该在墙上试试……”

郑阿福拿起了凿子和锤子，在墙上凿了，抽下两块砖。

“啊——”墙洞里，阿福和凌小小四目对视……同时爆发出一声惊叫。

“你！你竟敢偷看女厕所！”凌小小操起一把淘粪工留下的大粪叉，怒气冲天，追赶出去。

郑阿福狼狈不堪，东躲西藏，凌小小气急败坏，穷追不舍。

“叫你偷看！叫你偷看！”

次日傍晚，正是开锅做饭的时辰。却见厨房里忽然浓烟滚滚，烟熏火燎。沈千若和肖潺跌跌撞撞地从里面逃一般地飞奔出来，满脸烟灰、剧烈咳嗽，发髻东倒西歪，十分狼狈。

“我偏不信！我堂堂大小姐一枚，就不能点燃炉子一个！”

沈千若气愤地望着浓烟，跺了下脚，又要往屋里冲，却被肖潺一把拉住。

“学长大小姐呀！投降吧，认命吧！就算是你亲自发起的互助活动日，也不用这样牺牲惨烈啊……”

沈千若一掌将肖潺推开，义无反顾地冲了进去。

书院门口，汤师傅发现了浓烟，急急忙忙跑过来。厨房的另一边，男生们正揣着饭碗，成群结队来吃饭。

突然，浓烟里跳出两个完全被熏成黑漆的怪物，汤师傅吓了一跳！

“啊呀！我的小姐呀！原来是你们。”汤师傅终于认出来了。

“汤师傅，你放心！这顿饭包在我身上，我就不信我干不了这些小事！”沈千若朝汤师傅行了个礼，再次冲进去。

汤师傅连喊带叫，也跟了进去。很快，二人眼泪长流，满脸黑漆漆，像被抹成的黑糊，逃了出来。

“千若，点不燃不是你的错，不懂得炉子也不是你的错……咳咳，因为我们的灶台被人给拆了……烟囱被砖堵上了。”汤师傅咳得东倒西歪，上气不接下气。

肖潺满脸黑灰，气恼地瞪着拿着饭碗围观过来的男生们。

“肯定是你们男生干的好事！”

上官澈连连摆手。“不……不是拆灶台，是修理，学长号召咱们助人为乐、互相帮助的嘛……”

一大排男生站在面前，张大眼睛瞧着沈千若。

沈千若瞧瞧对面肖潺又脏又傻的模样，又看看自己耷拉的乱发、脏兮兮的模样，忽然双手掩面，夺路而逃。

庭院寂静，正是午间休息的时间。男生们心里根本无法平静，他们从寝室里撒腿跑出来，兴奋地聚到花园中一棵大柳树下。上官澈看看四下无人，从怀里掏出一张陈旧的地图，小心翼翼地铺到石桌上。

“根据最新调查结果，也就是我在藏书馆另找到的一份六十年前书院的地图，很清晰！你们猜得出中心位置竟然在什么地方吗？”

众人紧盯着地图。上官澈指指中央的一个位置。

“中心的所在，不是厕所，不是厨房，也不是其他地方，竟然是女生寝室！”

“啊?!”郑阿福打了个冷战。“那难度太大了！我们刚刚把她们得罪得稀里哗啦，这回竟然要端她们的老巢！非被叉死不可!”

许思远环视着大家。“要不，我们把宝藏的事告诉她们，寻求她们的支持，并一起寻宝。”

上官澈头摇得呼呼响。“不行、不行，你们还不知道凌小小那张嘴？官府有什么大大小小的事都不用贴告示，告诉她一个人就可以了！再说，我们又不知道能不能寻到宝，找到当然好，找不到又要被她们笑掉大牙。”

许唯忽然冒出个主意。“这样吧，明天放旬假，没课，我把她们引开，请她们上街去玩，算是赔礼道歉，留下两个人在女生寝室秘密行动。”

“这个主意好！明修栈道、暗度陈仓。如果不知不觉地完事了，就在小山上点燃一堆烽火，我们看见烟就知道可以领着姑娘们回来了。”张必行道。

“对，就这样!”上官澈一敲石凳，定下来。

这里风景一片大好！市井繁茂，车水马龙。溪州镇的一处酒楼上，上官澈、张必行、许唯拿出浑身解数，陪着三个女生吃啊、聊啊、笑啊，一直熬到太阳落山。

肖潺一时兴起，叫了一小瓶酒，一口气喝下去。然后，逛街。很快，三个男生的背上、肩上，脖子上都挂满了大包小包的东西。

凌小小笑嘻嘻地望着三人。“好劳力啊！既然你们这样有诚意，从前的恩怨就一笔勾销了。”

肖潺满脸通红，醉意有点上来。伸手拉了拉张必行束发的带子。“公子——我们该回去了。你看，日头都偏西了……东篱把酒黄昏后——有暗香盈袖。”

“表妹来啦——”许唯大叫一声。

张必行赶紧扯回发带，紧张地四处张望。“潺潺，不好啦……我表妹家就在附近。”

上官澈不时地瞟着书院的方向，山坡上仍然云淡风轻，丝毫没有烽火升腾的迹象。上官澈赶紧拉拉张必行。

“咱不能回去，没有看见烽火！……老张，还有钱吗？继续请客。”

张必行点点头。见肖潺又要过来，张必行放下各种包裹、袋子，飞快地跑到一处买糖葫芦的摊子，买了三串大大的糖葫芦。

“各位淑女，冰糖葫芦，请吃——”

沈千若连连推辞。“哎呀，这个怎么好意思？你们陪我们买东西，请我们吃饭，还买零食……你们真好！从前真是对不住啊！惭愧惭愧……”

“应该的、应该的！我们都是好同门、好姐妹……不用见外。”上官澈甜美地笑道。

三名女生坐到街边吃糖葫芦。三名男生掩饰着，踮着脚朝山坡上张望，仍然不见盼望已久的烽火。

糖葫芦很快吃完了，沈千若往往夕阳的余晖。“天色不早了，我们该回去了。”

三名女生朝男生们打了个招呼，就开始往书院走。上官澈等人急得咬牙、冒汗、跺脚。

上官澈推推许唯。“许唯，我们没钱了，该你请了！”

许唯摸遍口袋，仅仅掏出三文钱。“不行了，只剩三文钱了，不够请啊……”

“不管。”

眼看女生们越走越远，上官澈赶紧大声喊。“淑女们请留步！许唯还要请客呢！”

许唯无比紧张，焦急地四处张望，忽然看到某处的一个牌子：收费如厕，一人一文。许唯高兴得眼泪都快涌出来了，立刻冲着女生们兴奋地大叫。

“三位淑女请留步！想不想撒尿？我请你们上茅厕！”

街上行人闻言纷纷惊讶地侧目，忍俊不禁，“哈哈哈哈”的笑声此起彼伏。三个女生又惊又羞又气，恨不得长出四条腿，飞快地跑掉。

同一时刻，书院的女生馆舍中，三块松木地板被拆掉，郑阿福正在挥汗如雨地挖土。许思远扶着筐子接应。

“还是什么也没有，思远，时间不早了，去点烽火吧。”

许思远点点头，搬着筐子离开。

郑阿福正从挖出的洞里往外爬，忽然听到一阵急促的脚步声，和女生们叽叽喳喳的讲话声。阿福吓得急忙躲回洞内，用地板盖好洞口。

“这个许唯！傻小子、二百五！”凌小小的声音。

“就是！本来是很美好的一天，都被他最后给破坏了！”沈千若气呼呼的声音。

肖潺看到了桌上的书本。

“哎呀！先生布置的任务还没有做，明天一早要交呢！”

三人停止了抱怨，赶紧围着桌子做起功课来。

上官澈敲门进来，将逛街买的各种商品一一放在椅子上。“月上林梢头，人约黄昏后，不知各位淑女是否有雅兴，随我一同出去散步、赏月？……”

郑阿福本躲在洞里，不敢动弹，听上官澈一说，顿时充满希望。

“还要散步？我们不是刚刚跑步回来了吗？还嫌不够累啊！”肖潺问道。

沈千若为难地指指桌面。“谢谢你的好意……可是功课怎么办？好多啊！”

“啊？功课！”一语惊醒梦中人，上官澈飞快地转身跑了。

郑阿福弓着背，缩着身子，蜷在洞里，心头几秒前闪起的希望之光猛地被浇灭，沉重的阴霾霎时笼罩过来，把其紧缩的心裹紧，不知这漫长的煎熬何时才是一个尽头。

三个女生在油灯下一丝不苟地做作业。郑阿福藏在洞里，大气不敢出，动弹不得，心急火燎，却毫无办法。

“天灵灵、地也灵……大慈大悲、救苦救难南海观世音菩萨，各路神仙，功德无量、法力无边，请让凌小小、沈千若、肖潺快快睡着，快快睡着，呼噜呼噜到天亮……”

郑阿福双手合十，悄悄念起催眠咒语。

女生们正专心做功课，忽然听到脚下传来打鼾的声音，还此起彼伏！顿时面面相觑，震惊无比！赶紧四下寻找，终于循着声音掀开地板，发现了躲在洞里酣睡的阿福。

“好啊！郑阿福，竟然躲在这里挖陷阱！肯定是被我打了，想暗算我们！叫你反击！叫你报复！”

凌小小恼怒地端来一盆水，就要兜头泼下。

沈千若拦住凌小小，促狭地笑了笑。“不如这样……这样。”

郑阿福由于挖坑太累，睡得死沉死沉，鼾声浓郁，嘴角流涎。三个女生用九牛二虎之力，费力地把他从洞里拖出来，拿来张草席裹起来，抬了出去。

第二天一大清早，书院斜对面的大路边，郑阿福仍旧甜甜地睡着觉，身上盖着一条破棉絮，一张草席。周围被白灰画了个圈。圈圈外摆着一个牌子，后面是一个写着“募捐箱”的纸盒。

牌子上写着：“孙子暴毙，无钱收殓，特此募捐。”

张必行正早起练功，好奇地跑过来。

“哈哈，还真挣了不少钱！”

张必行看看募捐箱，瞧瞧郑阿福，大笑不止。这时，却见蒋先生快步走来，劈手掀起草席，狠狠揪了揪郑阿福的肥屁股。

“打什么打？本公子美梦还没做完……”郑阿福翻了个身。

“郑阿福！你搞什么鬼?！起来！”蒋先生一声怒喝。

郑阿福惊得跳起来。“啊?！先生！啊?！我怎么会在这里?”

“假扮死人，丢人现眼！还不赶紧滚进去！”

早课时间，书院讲堂里，正继续讲授小说、平话课目。众人正老老实实，并手并脚，听蒋先生讲《三国故事》。很快，讲到了诸葛亮“空城计”。

后排的座位上，许唯正两眼望天，一边兀自发呆，一边莫名地发笑。

蒋先生皱皱眉。“许唯！你说说，为什么诸葛亮在城墙上弹奏一曲，竟然吓跑了魏军十五万？”

许唯一惊，怔怔地站起来，发了会儿愣。“那……那一定是因为诸葛亮弹完以后就开始收钱，不能白听啊！魏军开始以为是免费的，后来一听要收费，那还不赶紧撒丫子快跑！”

众人忍不住捂住嘴，一阵吃吃发笑。蒋先生的脸气得变了形，“啪！”的一戒尺打在讲桌上。张必行坐在第一排，被吓得一抖，藏在课本底下的一本书“咚”掉到了地上。蒋先生弯腰拾起来。

书的封皮上赫然写着：《寻宝奇闻》。

“啪啪啪”，干净利索地打了张必行三板子之后，蒋先生恼火地将书拍到讲桌上，用戒尺指着众人。“小小年纪，一个个都钻到钱眼里面去了！看你们一个个最近十分反常！钱就这么重要吗?！看看你们这两天的功课，乱七八糟、荒谬透顶！……屈原自刎乌江，豆腐七步成诗……尤其是你们几个男弟子，不要睡觉了，这几天的成绩为零，功课全部重做！”

一顿训斥，男生们𡳞𡳞地耷拉着脑袋，像霜打的茄子。蒋先生说起了另一件事。

“还有，明天下午，本县著名富商贾先生要来。”

本来低着的一个个小脑袋，刷地抬起来，眼睛发亮，闪着金光，颇为神往。

“啪！”蒋先生又是一板子，摔在讲桌上，打得屋子一震！

“在贾先生的面前，希望你们能够保持读书人的气节！态度大方，不卑不亢，有礼有节。不要流露出一点奴颜婢膝的样子，以免贻笑大方！”

书院的会客室，是一间十分雅致的厅堂，紧挨议事厅。蒋先生正与贾先生一道品茶。贾先生红光满面，圆润饱满，颇为肥硕巨大。

“贾先生，你真是达则兼善天下，致富不忘乡梓，如此热心支持教育事业，真叫人心生敬佩！”蒋先生拱手赞道。

贾先生摆摆手，不过得意之情还是从每个举手投足中露出。“自从沈万三倒台之后，天下富户，也就是贾某等四五家了。不就是修缮藏书馆吗？就是稍微地修一下嘛！这点小事，对我贾有才来讲，那真是九牛一毛、不值一谈的。”

“那就谢谢了！本书院的藏书馆是本县藏书最丰富的馆，本是院长夫人家传的祖产，不仅为学生提供资料，也有一部分向全县定期开放。只是年久失修，有许多安全隐患……”

贾先生用肥厚的手掌一拍桌子，发出沉闷的“咚”的一声。“没有问题！此事包在我贾某人身上，不必客气。明天我就带手下的工头过来看看，即刻动工。”

蒋先生施礼道谢。“这太好了！事成之后，我和弟子们一定登门道谢！”

贾先生闻言，掩饰不住兴奋之色。“啊，那就先谢谢啦，这件事就这样说定了……”

贾先生志得意满地起身，正要起脚。忽然，脚下的木地板“哗啦”一声，整个地塌陷下去，贾先生掉站立不稳，随之掉进了一个洞里。

蒋先生大惊，连忙过来，吃力地将贾先生拉了出来。“对不起、对不起，我一直不知道地板下面竟然有个洞。”

“没事、没事……”贾先生爬出来，整整衣服，和蒋先生一起往外走。

二人来到了长廊外。

贾先生继续交代。“你和学生们去道谢的时候最好带上一块牌匾，上面就写‘德才兼备’，或者‘造福乡梓’，唔……还是‘德财兼备’比较好，‘财’是‘财产’的‘财’，去的时候注意走官道大路……如果再放上一挂响鞭，吹吹喇叭那就……”

正说着，忽然，地面再次塌陷。贾先生“咣当”一下，又掉进了一个深洞里。

“啊?！这……”蒋先生急忙再拉。

贾先生又惊又气又怕，艰难地爬出来，抑制不住情绪，逼问蒋先生：“这又作甚？如何解释?”

“这……这……没法解释，可能是年久失修，待我去查……”蒋先生尴尬地解释。

贾先生气恼地一挥胖手。“算了！今天真是见鬼了!”

蒋先生往前走了几步。“这样吧，为了保险起见，我走在前面，您跟着我走。”

眼见蒋先生走了出去，贾先生却不敢跟过来。不过，一直见蒋先生走到书院的大门口，也没有出任何问题。

蒋先生回头，微笑着朝着贾先生招手。贾先生还是心存狐疑，心惊胆战，小心翼翼地挪着步子，屏住呼吸，侧着身子，蹲着马步，慢慢移动后，立马降低重心，随时做好塌陷跳下的准备。花了十多秒，终于摩挲快到大门口。

书院大门口，男生女生早已排好队，正等待着欢送贾先生。贾先生看见了沈千若等几个女生，高兴得满脸堆笑，冲着她们亲切地挥手。然后，又看到一排男生在一旁等候与接应，于是又开始两眼朝天，端起了架子，器宇轩昂，昂首阔步朝前走。

突然，又是一个急速的趔趄。地面再次塌陷，贾先生掉进了一个更大更深的洞里！泥巴、木板、稻草纷纷掉下来，几乎把贾先生盖住。

贾先生跌坐在洞里，气急败坏。“蒋——爱——国！你他妈竟然阴我——！”

蒋先生匆匆跑过来，急得语无伦次。“这……这……这绝对不是……”

“你就是故意的——，你叫我来就是为了取笑我、陷害我，我知道，你见我成功、暴富，一直都在嫉妒我、恨我，现在还想谋财害命……”

贾先生拍着满身的泥巴、稻草，瘪着嘴，快要哭出来了。男生女生一起跑过来，站在蒋先生身后，依次排开，排成长队，拔萝卜似的，使劲儿拉贾先生。

“我这辈子最痛恨的就是有人拿我的贵体福相开玩笑，你叫我以后怎么见人——”贾先生终于费力地爬了出来，气喘吁吁，坐在地上，灰头土脸，恼羞成怒。

蒋先生赶紧道歉，将贾先生扶起来。“实在对不住！对不住！在下赔礼了！明天来的时候，我向你保证……”

“不用保证了，也不会有明天了！你这鬼地方，我还敢再来吗？下辈子都不来了！我就此和你绝交！”贾先生咬着牙，跺着脚，甩开衣袖，气鼓鼓、心颤颤地走出门外。

在两名侍从的接应、保护和搀扶下，贾先生终于登上华丽的马车，逃一般地跑了。

蒋先生想追，却终于没有迈开脚步，沮丧地坐在门口的石凳上，唉声叹气，指着地上逐个塌陷的洞，有气无力地询问。

“解释一下，怎么回事?”

郑阿福愧疚地走上前，小心翼翼地行礼。“先生，对不起，是这样的……”

上官澈在背后狠狠拧了郑阿福一把。“事情就是，我们本来想打一口井，给您一个惊喜，让您高兴高兴，结果却总是挖不出水来……”

蒋先生叹了口气。“打井就像做学问、做功课，要深挖，像你们这样东挖西挖，永远打不出一口有水的井。”

“我们确实不知道贾老爷要来，而且比我还重。”郑阿福抱歉道。

沈千若也走上前，行礼。“先生，我觉得贾有才不像好人，您这样的高士为什么求他呢?”

蒋先生抬起头，幽幽地望着北厢的藏书馆。“还不是因为这座藏书馆，这是我们书院最早的建筑，是院长已故夫人的祖居，两间楼阁年月太久需要修葺，工程又太大，需要银子哪……”

夜幕降临，众男生聚拢一起，关门闭户，兴致勃勃，神秘兮兮地在油灯下谋划。

“看来，真正的藏宝地点应该是藏书馆。蒋先生说了，那才是书院最早的房子，也就是古地图的中心!”上官澈拍腿乐道。

“嗯嗯，等有了大把的钱，咱们就不用求贾有才这个死胖子了!”郑阿福道。

许思远也兴奋地点头。“蒋先生不是要我们连夜补作业吗？天赐良机！我们这几天夜里就探宝、觅宝，麻烦大家再辛苦几晚。”

“可是……好累呀。”许唯愁眉苦脸。

“累不累，想想抱着元宝的英雄泪。”上官澈不忘趁机给大家下点猛药。

大家撂开膀子，为方便起见，先从供自修的藏书馆前间动手，干了好几个时辰。半夜时分，瞌睡虫来袭，所有人的睡意被勾引到极点。

由于连夜紧赶功课，兼做望风的人写着、写着就不知不觉睡着了……在两处书架之间挖洞的人挖着、挖着就稀里糊涂地躺坑里睡着了……

一阵风，从大门口直吹进来，呼啦一下将书架上的蜡烛撂倒了！

干燥的书本一经火苗舔舐，立刻精神抖擞，呼啦上蹿，在风的捣鼓下所向披靡、摧枯拉朽……

许思远和上官澈被浓烟呛醒，大惊失色！四周已是一片火光……

“啊！救火呀——”

二人赶紧打醒张必行、许唯，郑阿福根本打不醒，张必行只得快速背起郑阿福，逃出火海一片的藏书馆。

众人赶紧打水救火，可惜，木质的房舍、纸质的书籍，全是燃火的上好质料，完全没有挽回的余地。整个夜晚，众人奋力救火，却仍只能止住火势向藏书馆后院蔓延。前院的藏书与自修室已无可挽回！

众学子和先生痛心疾首、热泪喷涌，胸中堵着厚厚的棉絮，沉重、湿漉而且结块，令人窒息和疼痛。一边抚着生疼的胸口，一边眼睁睁地望着古香古色、藏书数万的馆舍被烈火吞噬，直至最后灰飞烟灭。

不幸之中有万幸！书院格局开阔，各个场馆比较独立，在众志成城的坚守防护之下，火势并没有肆意蔓延至收藏古籍的后院和其他建筑物。

第二日天色放亮，众人仍留在藏书馆的废墟前，心痛之至，啜泣不已。

“都是我们不好！太不小心了，闯了这么大的祸，使书院蒙受如此灾难。该死！真是千古罪人啊！”上官澈狠狠打了自己两个耳刮子。

肖潺哭了起来。“这下，举国上下都要知道……这么多的书，该值多少钱啊！”

“先生，都是我们的错，该怎么责罚，全听您和院长发落。”

张必行、许思远痛悔地跪在蒋先生面前，泪流满面。蒋先生将二人拉了起来。

“不怪你们，都是我的责任，不该叫你们熬夜补功课。前天也不该顾着面子，让贾有才走。老房子起火本就很难救，况且全是书。”

“书全没有了，很多我们还没有看呢……”沈千若呜呜地哭起来。

蒋先生担忧、痛心地望着尤子谦院长院落的方向。

“最难过的该是尤先生了，这个藏书馆是他和他夫人以及好多代先辈的心血和成就，为了启发公众的智慧，他们家族先后投入得不计其数。……现在却烧了一大半。每次你们放假回家期间，尤先生都要把屋内受潮的书籍一本一本清理出来，然后搬出来，一一打开，放在太阳底下晒，又和尤香把散了线的书重装好。担心别人查找困难，按照‘经’‘史’‘子’‘集’整理归类。常常要赶在你们回来之前完成这一切，六十多岁的人啊，日以继夜，夜以继日……这次事故，全是我的失职，我愧对他老人家啊！”

正说着，尤子谦院长和尤香一道，从花园的圆洞门进来了。

“孩子们没事吧？”尤先生顾不上观察还在冒余烟的藏书馆，径直奔众弟子而来。

蒋先生歉疚地鞠了个九十多度的大躬。

“禀先生，学生们没事，这件事全是因我而起……”

尤先生举手制止。“没事就好，谁都有犯错的时候，这件事实在怪不了任何人。书没有了可以重新慢慢买，孩子们没事就好！大家放心，最有价值的孤本存在我的草堂中，并无缺失……”

尤先生一边说，一边挨个走到每一位学生身边，仔细端详，慈爱地擦去他们脸上的烟灰和眼泪。郑阿福再也绷不住了，深藏的秘密终于一泻千里，扑通跪倒在地，和盘托出。

“尤院长，这件事和蒋先生无丝毫干系，完全是我们的罪责，是我们瞎胡闹，利令智昏，轻举妄动，大大地辜负了您的期望与厚爱！”

其余男生见状，也羞愧地齐刷刷地跪下。

尤先生赶紧逐个扶起他们。“起来起来，孩子们，你们能这样说，我们做先生的已经感到十分欣慰！”

“不，要不是我们到处打洞，贾老爷就不会走，书馆也不会烧。”许思远伤心地大哭起来。

“打洞？”

“是的，因为我们想寻宝，我们都以为书院里有财宝，我们想挖出来，这样大家都可以发财，就不用求贾财主，就可以修缮藏书馆……”上官澈坦白道。

“原来竟还有这种事？你们！”蒋先生气得想发作，终于忍住。

尤先生笑了笑，和善地瞧着大家。“傻孩子，哪有什么财宝？你们才是书院的财宝，你们好好念书，好好做人，将来个个定能成为大材，成为稀世珍宝！比什么金子银子都珍贵得多。”

男生女生全都感动得热泪滚滚，感慨不已。

随后的十几天，每个人长大了许多：专心读书，用心做事。书院又是一派琅琅书声、熙熙和畅、欣欣向荣的和谐欢欣景象。

一天，蒋先生正准备宣布下课。只见门廊外，尤院长高举着一封信，神色凝重，按捺着激动，快步疾走进讲堂。

“孩子们！我的藏书馆又有了，而且会更好更大！这里有一封信，请蒋先生念出来，大家一定要记住这一天！”

所有人的视线齐刷刷地聚焦到那封信上，屏住呼吸，无数个惊叹号在跳跃。

蒋先生郑重地接过信，郑重地展开，郑重地念道：“恩师尤子谦先生雅鉴：弟子林尚文叩首……”

“啊！”上官澈发出一声惊呼。“是翰林院大学士、当朝皇帝的老师！”

蒋先生微笑颔首。

“可是林大学士为官清廉，怎么会有那么多钱出资建馆呢?”沈千若忍不住说出了疑惑。

蒋先生继续念出下文。“弟子听闻书院藏书焚毁，十分心痛焦急。吾忽然忆及三十年前所遇一奇事，故特着快马加鞭来信告知，忘恩师切莫忧虑！书院东南大柳树下有藏金三坛，如果仍在，恩师可用于购买图书、重建书馆，并可设立专资以奖掖上进、诚实、孝敬、贫寒等弟子……”

蒋先生一字一句，清晰在耳，回响良久。众人百感交集，双目星月般点点闪烁。

轩敞的庭院中，东南面一棵古老的大柳树迎风起舞，摇曳多姿，如梦似幻。

满满的三大坛金子，稳稳地放在大石桌上。按照封泥上的数字，一坛未少、一锭未取。

“原来真有宝藏……”郑阿福似乎还在梦中尚未醒来，使劲儿揉了揉眼睛。

尤子谦院长望着远方，感慨万千。“小文，尚文先生，原来他早就知道这里有金子，却一文未取，想当年他多么需要钱！”

众人好奇地想询问，却又沉默了，只是期待地望着尤先生。

尤先生继续讲述。“林尚文两岁丧父，母亲改嫁，十岁时他一个人单过，没有任何经济来源。他一边做工，一边读书，一天只有两顿粥。信上说，某天晚上，他在月光下看书，发现石桌上多了一块饼。这块饼本是我放的，见他读书，没有打搅。他当时一定肚子饿得咕咕叫，不过因为不知道是谁的饼，所以没敢吃。未曾料到，饼后来被一只老鼠叼走钻进洞里，他赶忙挖洞寻找，却发现了这批金子。因为不知道是谁埋在这里，又不愿这些财物影响了专心求学的志向，于是原封不动，把金子留在原地……后来，他学问渐长，我介绍他到我好友在洛阳的书院中继续求学，又过的是同样半工半读的艰难日子，苦熬五年，终于得中进士。”

庭院中寂静无声，众人沉默良久。

“原来还有这等高洁之士！早就发现了宝藏，却分文未取，这世上如此多比金钱更重要、更宝贵的……”上官澈如梦呓一般。

“原来……我们蝇营狗苟、到处打洞、弥天大谎、荒废学业、偷偷摸摸、孜孜以求的，竟然是人家三十年都不要的东西！”许思远深受震撼，瞠目结舌。

许唯惶惑地面对着张必行。“我头皮发麻、喉咙发紧、脸上发烧、眼泪打转……这种感觉叫什么？”

“叫羞耻感，我也一样。”

郑阿福继续唏嘘，感叹。“哎，我以前只是觉得贾财主富有，沈万三富有……可现在似乎觉得什么人才真正叫富有，钱应该怎么花才有意思……”

沈千若连连点头。“原来……高风亮节这个词，蕴含这么多故事和感动！”

尤先生仍旧凝视着远方。“是啊！云山苍苍，江水泱泱，君子之风，山高水长……你们都是冰雪聪慧的孩子，林先生这样高旷的精神气节和人生境界才是我们书院真正的宝藏。”

美丽的庭院清风和煦，流云在天空中挥洒，柳枝在阳光下跳舞。一簇簇的金子溢彩流光，奇异璀璨，辉煌夺目。

许思远日志

9月20日　天气：多云

上上书院里这些耳闻目睹的情景，让我深刻明白：慎独自律、高洁清雅的精神气节比黄金可贵得多！

中国古代不乏节义之士；忠孝节义，也被统称为中国传统社会提倡的道德价值。那么，究竟什么是被古人津津乐道的“节”呢？

金文　篆文　隶书　草书　楷书　行书

金文，⺮（竹）＋（即，就餐），表示用一截竹节为底部而制作成的竹制餐具。远古先民们习惯用的餐具和盛具中，有一种是以竹结为天然碗底做成的，并且餐具和盛具也常常用于盛放祭品供以祭祀所用；同时，像一些陶器（如缶）作为打击乐器一样，远古时代的这些竹碗也被用作打击乐器。隶书将偏旁“竹”连写成“⺮”，表示“节”作为植物的特征。草书字形将正体楷书的“即”省略成“卩”，于是现在通用的简化字便成了“节”。

“节”的造字之初，由“竹节”这一本义，关联和引申出了如下诸多词语。

节与枝。由竹节而泛指草木枝干间坚实结节的部分，所以，“节”和“枝”之间似乎总是“剪不断理还乱”复杂关系。世间万事万物之间原本就存在盘根错节的关系；繁枝细节、细枝末节，既不能无视，又不能过于关注，尤其力戒“一叶蔽日”“只见树木不见森林”；不过，无论世界如何风云变幻，世间如何光怪陆离，我们总要慧眼识主干，避免节外生枝、横生枝节，规避舍本逐末。

节处于两段之间。物体的分段是必然，两段之间连接的部分至关重要，故我们分析问题要条分节解，行事要打通关节、捎关打节。时间也讲求分段，因此古中国古代历法把一年分为二十四段的节气，是中国人通过观察太阳周年运动而形成的时间知识体系及其实践，传神地描述了一年四季的气候变化，显示了中国先民的伟大智慧，已列入联合国教科文组织人类非物质文化遗产代表作名录。对于那些具有纪念意义或者庆祝宴乐的日子，比如中古古代的三节两寿等，逢时遇节都得聚集庆贺一番，体现了中国礼乐文化的特色。

节可区隔。引申为做事的尺度、法度、礼度。尺度很重要，欲壑虽难填，但仍需节制；法度必须有，进退需有节；礼度即礼节，若限于繁文末节（繁文缛节），无异于格局逼仄作茧自缚，豪气者不拘细节，不修小节，但是大节不夺。故古语云：“节者，制度之名，节止之义，制事有节，其道乃亨。”人的行为需坚守一定的“立场”或者“底线”，往往以制度、道德、法律来约束。

竹节约也。竹节紧缩竹身，如缠束之状。引申为紧缩、克制、省减、限制、自律。中国传统价值观里，向来厉行节约，躬行节俭，节衣缩食，缩衣节口，真可谓东撙西节，从想方设法取予有节。

同时也力求开源节流、增收节支。荀子云:“强本而节用,则天不能贫。”(《荀子·无论》)从国家治理的层面讲,节用裕民、节用爱民,是封建帝王“仁政”的体现之一。而对于个人修身养性而言,好廉自克曰节,需常常反省,谨身节用、修身饬行,“去甚,去奢,去泰。”(《道德经》第二十九章)去除极端、奢侈与过度。

松筠之节。松与竹材质坚韧,岁寒不凋,“松筠之节”比喻坚贞的节操、自律的品德。在中国文化里,梅、兰、竹、菊并称为“四君子”,被赋予了特殊的内涵与意蕴——高雅、纯洁、谦逊、有节、刚直、坚强等精神文化象征,成为历代骚人墨客笔下借景抒情、托物言志的象征。而代表中国古人最崇尚的气节的植物是竹。竹子空心、挺拔、葱茏、耐寒、常青等生长特征,成了高风亮节的精神文化符号。例如,竹喻直节:“此君林下静无尘,苗裔生来便逸群。头角崭然圆玉峙,养成直节要凌云。”(宋·袁燮《咏竹》);比喻劲节:“自结高人伴,雅无俗士缘。驱之傍城市,劲节非所便。示论傲霜雪,试欲藏风烟。愿留旧青眼,岁晚相周旋。”(宋·仲并《咏竹》)“中虚洞无物,节劲老更清”,(宋·袁燮《咏竹二首》);比喻高节:“无人赏高节,徒自抱贞心。”(南北朝·沈约《咏竹诗》)

作为操守和志向的“节”,为古代士大夫所孜孜以求。贞风亮节、高节清风、高风亮节、清风峻节、高风峻节、高风劲节、英风亮节、清风亮节,犹如饮泉清节,是高尚、廉政、清白、磊落的清操。《孟子》云:“君子不怨天,不尤人”,“吾善养吾浩然之气”,“富贵不能淫,贫贱不能移,威武不能屈”。此等气节宣言,召唤和激励了一代又一代的华夏子孙,在天地之间写出了大大的“人”字。

至诚高节，非一日之功。日日砥节砺行，砥砺名节，砥砺风节，方可保持高尚的人品和节操。为此，有人终其一生，方正廉恪，躬俭安贫，白首一节，年虽老而志节不衰，正所谓晚节黄花，陶渊明是也；有人身处乱世，为保全节操，辞官归隐，成就箕山之节，箕颍余芳，许由、巢父是也；有人仗节死义，蹈节死义，坚守节操，以死全节，文天祥是也。

中国不乏民族的脊梁，不乏古人节义事。他们竭诚尽节，守节不移，大节不夺，完名全节，"秉节持重，有不可夺之志"。(《后汉书·伏湛传》)甚至不惜以宝贵的生命来实践道德价值追求，留下一首首"人生自古谁无死，留取丹心照汗青"之慷慨悲歌。

但是，二三其节、晚节不终、改操易节、卑躬屈节、屈节辱命、丧身失节，甚至隳节败名的小人和奸贼也大有人在。

明朝许仲琳在《封神演义》第二十回中写道："民知有忠孝节义，不知妄作邪为。""忠孝节义"，是中华民族精神及价值追求的重要表现，体现了百姓日常生活的道德价值取向，是几千年来维护中国传统社会和谐及民族凝聚力的重要因素。从特定意义上说，中国一部卷帙浩繁的二十四史，就是一部气节与信念写成的忠孝节义列传，我们从中不难感受到古圣先贤为人处世的原则、智慧和胸襟。

但是也含有不少封建糟粕。比如推崇女子守贞节、做节妇，女子应当对爱情专一、从一而终，即使死了丈夫也要守节不嫁，将女人的命运绑在依附于男人的十字架上。宋·朱熹在《与陈师中书》中大赞："朋友传说，令女弟甚贤，必能养老抚孤，以全柏舟之节。"对一些守节典范的节妇孝女，古时官府常常奏准为表扬她们而立节孝牌坊。民间甚传“饿死事小，失节事大”这种极端的、反人性、非理性的不平等观念。

不过那些秉持气节的民族脊梁，总让我唏嘘感叹、感动不已。

古圣先贤意志坚定，胸襟伟大，珍视人格，恪守良知。他们秉持的正是“富贵不能淫、贫贱不能移”的风骨；是坚持正义、有所不为的气节。

“君子之志，不苟容也。”(何晏)

“芝兰生于深林，不以无人而不芳。”(《孔子家语》)

“节”所表达的这个字，是古代精神信仰中的关键。它代表的是一种不屈不挠、高贵深远的人生境界。

子曰：“君子坦荡荡，小人长戚戚。”堂堂正正、光明正大、敢作敢当、率性而为的人，是值得信赖的；而那些鬼鬼祟祟、心术不正、蝇营狗苟、满腹阴谋的人，总是令人怀疑。坦荡的君子活得率真、潇洒，犹如光明灿烂、明净通透的蓝天，虚伪的小人活得猥琐、患得患失，犹如雾霾深重的污垢之地。一个有独立之人格、自由之精神的人，决计是不会让自己活在戚戚小人的身边的。小人的虚伪和算计，胆怯和贪欲，犹如有毒的空气般传染到每个毛孔中，让人无时无刻、无处不在被这种偏狭、自私、固执而狂妄的气氛所萦绕。

近朱者赤近墨者黑，为此，我们要亲贤者远小人，养“浩然之气”！

六　世界完了？（敌）

霜降之后，秋日依旧慷慨施与温暖。藏书馆在众人的鼎力协助下，基本竣工。搬运和放置好新书后，众弟子心情大好。

此刻，大家正各自端着一碗饭，在厨房前的小草坪上晒太阳，轻松惬意。你一句我一句，讲着各色趣事新闻，个个眉开眼笑。

“林大学士真了不起！在京城给咱们订购了这么多好书。”沈千若赞叹道。

“嗯，蒋先生可开心了！还有毛秀才、中了举的樊秀才、各位的家长们都给咱们捐了不少好书。”许思远喜形于色，兴奋地嚷道。

“哎——”张必行忽然幽幽地叹了口气。“可惜，我找了半天，一本武功秘籍也没有。”

郑阿福想起了什么。“啊？老张，还别说，咱们镇上刚来了个卖武功秘籍的呢，听说还是孤本，三十文钱一本。真是太便宜了！我毫不犹豫地拿出所有的积蓄买了两本，真是天上掉馅饼啊！”

“真的?！什么秘籍，快快分享？”张必行停止吃饭，关切地询问。

“一本《天山神功》，一本《昆仑降龙掌》。”

“啊？才三十文钱！这等好事怎么不早说?!快帮我拿下碗……”张必行把饭碗径直往郑阿福怀里一塞，一溜烟朝大门跑去，霎时无影无踪了。

“喂——回来！”凌小小急忙朝他喊，可不见了踪迹。“三十文还便宜！你们这些糊涂虫，完全不会砍价，难道不知道对折再对折的还价规矩？还特意送上门给人家宰。”

许思远狐疑地环视众人。“多少钱倒在其次啦，先要看看是不是真正的秘籍吧?”

上官澈捂着嘴，偷偷笑。“嗯，阿福买的秘籍我看过。我以郑阿福的性命担保，绝对是真的！”

郑阿福也得意地笑起来。“就是，阿澈可以做证！”

“只有老天知道到底是不是傻瓜。”沈千若惊讶地瞅了瞅郑阿福，小声嘀咕。

郑阿福瞧着张必行碗里剩下的鱼，大方吃起来。“嗯哼，今天的鱼做得真好吃！我帮老张也吃了，也算是助人为乐吧。何况不能浪费，多吃鱼不仅皮肤变白，还可以变聪明。”

“如果多吃鱼可以变聪明，你至少要吃两头鲸鱼！”肖潺嘻嘻笑。

众人收拾好碗筷，越过庭院，正准备各自散去。忽然大门口传来一阵剧烈的咳嗽声，继而是一阵吵骂声。

众人纷纷侧目。只见书院门口来了一乘小轿。尤香正扶着一名白发老者下轿。老人又咳又喘，指手画脚，喋喋不休……众人好奇地靠拢过来。

老人用手绢擦着咳出来的鼻涕眼泪，对轿夫怒目相向。

“什么？你们还敢要钱？这一路上差点被你们折磨死，颠簸死，吵闹死！”

轿夫惊讶、无辜地盯着老人。“啊?！事情似乎恰恰相反……”

老人气得又是一阵咳嗽，吐出一口痰。“你们？信不信我到衙门去告你们！……地址，姓名，说！”

尤香去拉老人，老人跳起来冲着俩轿夫继续发火。“你们以为我老糊涂，啊？……咳咳，你以为老头子好欺负，想讹诈我，和我吵?！告诉你，老子从前买过菜的！老爷我活了八十九，够本了，气死了正好带上你……”

尤香赶快把钱币塞给轿夫，示意快快离开。轿夫不敢恋战，抬上轿子，仓皇逃去。

尤香扶着老爷子，一步一步，朝着圆洞门走去。

“曾祖爷爷，您一路上没有消停，累坏了吧。您看您年事已高，身体欠安，精神不济，我扶您老回屋去休息，啊。”

老爷子瞧着庭院里的一群学生。

“香儿，我先过去和他们讲几句。……喂喂，你们！看什么看?”

尤香赶忙劝止。“曾祖爷爷，不好啦！外面风大，太阳也大，您年纪大了，又病成这个样子，万一有个什么闪失……您还是回屋歇歇吧，还有，我们要去吃药的，一定要小心啊！”

老爷子点点头，立刻恢复老态龙钟、百病缠身状，弯腰驼背、低眉顺眼、扶着尤香蹒跚而行。

“哎……是的、是的，吃药，吃药。精神不行了，精力也差了，要注意要注意，刚才被那两个小子气得差点忘了，真是世风日下，一代不如一代啊。哼……哼，哎……老了，老了，身体有恙，总不见好……”

深秋的东墙外，落叶、残花悄无声息，一夜铺满地。凌小小和肖潺正提着袋子，搬着撮箕、扫帚拾掇枯枝败叶。

却见前日来的老爷子正躺在不远处回廊躺椅上，唉声叹气，长吁短叹。

“这个世界真是不可救药了——年轻人都没得教养，世风日下……街上的包子越做越小，什么东西都贵，什么东西都不如从前好啦！……哼……哈……快点死了吧，不想再看到这个世界了，这个世间没得什么事可以留恋的了——死了就好了——哼……哈……”

老爷子说着说着，发出了忽高忽低奇怪的鼾声。

看着这一幕，肖潺忍不住笑起来。正好尤香带着件毛毯寻过来，盖在老爷子身上。

“尤姐姐，这位是谁呀？”凌小小问道。

尤香做了个噤声的手势。“是我的曾祖爷爷，年纪大了，这段时间情况越发不好，我和爷爷不放心，把他接到身边照料。现在看这个样子，恐怕……看到人老了，是这样的可怜、凄凉、惨淡……心里面真是……好伤心、好无望……”

尤香流下了眼泪。

凌小小大为感染，内心的忧愁像乌云一样聚拢。“将来我们老了，也会这样吗？”

尤香悲凉地点点头。“看来是的，每个人都会有这一天，无论从前怎样……”

“好可怜……”肖潺嘴巴一扁，鼻子一酸，也哭了起来。

三个人伫立在盖着毛毯的老爷子旁边，仿佛遗体告别一般，陷入不可名状的哀伤和委屈中……

接近正午，琅琅读书声从讲堂中传出。庭院的南墙边，阳光正灿烂。

汤师傅的一张躺椅仍支在墙下，没有收。花园的圆洞门外，老爷子慢慢挪了过来。驼着背，勾着手，夹着拐棍，耷拉着眼皮，窝到躺椅上去晒太阳，闭上眼睛，哼哼唧唧。

“哎……这个世界没得救了，没得什么可以留恋的了——死了就好了，哼……哈……江河日下、时代倒退，这个世道只会越来越差——哎……”

“什么话？”忽然，一个反驳的声音在忽然响起。“世道在进步，时代会发展，这个社会只会越来越好！”

老爷子一惊，一下子坐直！只见一个衣衫褴褛、须发张扬的老人巍峨挺立，居高临下地瞧着自己。

“胡说！这个世道只会越来越差！”老爷子气恼地大声反驳。

乞丐模样的老人嘴角边抖动了两下，揶揄地笑了笑。“这是因为你以为自己没几天好活了，才如此悲观、愤世嫉俗，生怕自己死后人间越来越好，你占不到便宜。”

“你……”老爷子怒目圆睁、咬牙切齿。“混账！讨厌鬼！我恨你！”

老乞丐淡定地耸耸肩。“不要再自欺欺人、自艾自怜了，和我一样面对现实吧，潇洒、快乐，过好每一天！”

老爷子不屑地“呸”了一声。“哼，像你这种样子还快乐？穷鬼……嗯，你好像不是书院里的吧？”

“是啊，我是来讨饭的。”老乞丐坦然回答。

“这门房是咋回事？又让叫花子进来了，真是……”

“有没有什么可以施舍的？比如一个馒头，半个也可以。”

“没有！”

“那有没有一点米饭，红薯什么的？一碗剩汤也行。”

“没有！”

老爷子斩钉截铁，老乞丐大为惊诧。“啊?! 什么也没有？那你还坐在这里哼哼唧唧做什么？还不和我一起去讨饭拉倒?!”

老爷子闻言，气得跳起来，抡起拐棍就要打。乞丐连忙用打狗棒边抵挡，边后退。老爷子没打着，猛地把手中的茶壶扔过去，未中，于是挥舞着拐杖继续追赶。二人你追我逃，你进我退，从南墙打到庭院，鸡飞狗跳，乱成一团。

此刻，刚好下课的铃声清脆地叫起来。学生们拥到庭院里，见到如此热闹的场景，高兴地喝彩鼓掌、呐喊助威。

“曾祖爷爷，加油！老爷子，加油！”

“尤老爷子！抓住他！抓住他！”

女生、男生笑哈哈。二人眼看裹到一起了，就要扭打一团，尤香和蒋先生赶忙冲过来，分别拉住两位老人。

尤老爷子一边挣扎，一边斥骂。“你这个没有廉耻的东西！和你去要饭？呸！我老尤家门庭清白，书香门第，你竟然侮辱我！糟践我！我死也不会去讨饭！”

老乞丐冲着老爷子做了个鬼脸。“你那个样子和死有什么两样？是你自己在糟践自己。谢谢你陪我玩儿，再见！”

老乞丐大摇大摆，昂首阔步走出了书院。“我是清都山水郎，天教懒慢带疏狂。曾批给雨支风券，累上留云借月章……”

老乞丐一边吟诗，一边哼唱，快乐洒脱，悠然走远。

尤香搀扶着老爷子，语重心长地叮咛、嘱咐。“曾祖爷爷，千万不要动气啊，小心身体，您老有病……激动不得，万一有个什么……”

被尤香一提醒，老爷子立刻恢复没精打采、老态龙钟状。

“哎……我有病，怎么又忘了。这个世界真是没得救了，人心不古，连要饭的都自认为有理了，还耀武扬威的……唉——末日来临了，没得救了……”

凌小小在一边静静围观，忽然拉了拉肖潺。

“潺潺，我忽然想去做乞丐。”

“是的，我也一样。”

秋风凛冽地刮起来，夹杂着冷冷的夜雨。正所谓一场秋雨一场凉。男生馆舍中却是暖意融融、其乐融融。桌子拼在一处，篮子里装有各色各样生熟佳肴。

男生女生们一起欢天喜地，准备做火锅吃。有人择菜，有人洗菜，有人切肉，有人洗锅碗……只有上官澈一人在旁边假装聚精会神地看书。

“阿澈，帮帮忙啊，把锅拿去洗一洗。”郑阿福道。

“嘘！别作声，我正看到要紧的地方，秘籍马上可能破译。”

“大家都干活，你非要这个时候看？”

“是啊，正是在这样的环境中才能磨炼一个人的意志，我是一个非常注重精神世界的人。”

凌小小白了上官澈一眼。“阿福，我去洗，对于注重精神世界的人我们应该高度尊重！”

不多一会儿，火锅熟了一波，发出一阵一阵的浓香。大家纷纷拿着碗和筷子围拢来，就要开吃。

“喂，就吃了，怎么不叫我呀？”上官澈放下书。

“因为你精神上已经在吃了呀。”许思远道。

上官澈呵呵地笑了笑。“这样，不大好吧……咱们自己人就不说了，那万一给人家看见，还以为我们闹矛盾，不团结，多不好……我还是自觉一点，以大局为重，避免不必要的误会。”

上官澈自己跑去拿来筷子，凑到火锅边埋头苦吃。

肖潺惊讶地瞪着上官澈。“这个……老天！我还没见过这么……唉——这个世界真是没得救了。”

“嗯？这话听着怎么这么耳熟……”张必行抬起头。

正说着，忽听门外传来两声夸张的咳嗽。众人一愣，郑阿福过去开门，只见尤老爷子拄着拐儿斜靠在门边。

“啊，是曾祖爷爷来了，欢迎！欢迎！来，一起吃。”

郑阿福热情地过来拉老爷子，老爷子犹豫了片刻后，进门来。

“闻着挺香的啊。”

“当然，用的是咱们家祖传的底料，老爷子一定饱食一顿。”郑阿福主动热情地介绍。

肖潺赶忙拿来一幅干净的碗筷，帮老爷子夹菜。老爷子诡异地瞅瞅外面。

“把门关上，小心被尤香看见。”

张必行关好门后，老爷子开始大快朵颐。“嗯，不错、不错！活了这么一大把年纪……真是世上少有的美味呀！”

老爷子边吃边赞美，嘴巴闲不住。

“阿福家的酒楼是咱们县鼎鼎有名的头号招牌，也不远，以后常光顾啊。”许思远道。

“对对，常去。”

上官澈对着老爷子竖起了大拇指，并夸张地啧啧称赞。“曾祖爷爷，今天您和老叫花子的那一场大战，真是惊天地、泣鬼神啊！气壮山河，龙腾虎跃啊，看得我们个个荡气回肠、激情澎湃。晚生实在佩服！佩服！”然后特意匐倒地上，虔诚地行了个跪拜礼。

“您是如此神勇，我们大家都看傻了。”张必行笑着夸道。

“过奖，过奖！”

老爷子喜滋滋的，花白的眉毛和胡须也欢欣地微微雀跃起来，朝各位拱拱手。

上官澈站了起来。“我们大家以茶代酒，祝贺老爷子击败丐帮长老，大胜而归，为咱们书院争光！英雄气概永远流传！”

大家纷纷为老爷子敬“酒”。老爷子乐得眉毛胡子都凑到一块。

“谢谢！谢谢！还是年轻人的生活丰富多彩，前途无量，只是可惜，唉——”

沈千若将郑阿福叫到一边，两人窃窃私语，密谋合计了一番。

老爷子继续大快朵颐，开怀畅饮，仿佛自己就是一个西北壮汉，大口吃肉，大碗喝酒……郑阿福凑到他身边。“老爷子，等会吃完了，您别走，咱们还有更有趣的更有意义的事。”

老爷子眼睛一亮，十分好奇。“什么事？”

“咱们男人的事。”郑阿福神秘地耳语。

老爷子严肃而慎重地点点头。

天色已晚，吃完火锅，大家收拾妥当后，三名女生正要告辞离开。

“曾祖爷爷，我们送您回去休憩吧。”肖潺对老爷子道。

“我不能走。”

凌小小笑了笑。“我知道，您想留下来和他们一起打牌、玩耍。”

“不是打牌，是关于男人的事……你们先走吧，告诉尤香，就说我出门了，晚点回去。”

女生们答应下来，偷偷掩着嘴巴走了。沈千若回头瞧了一眼。“我看老爷子精神得很，就是被自己灌输了很多行将就木的观念。”

“嗯嗯，还有尤香，也是小题大做、过度消极。蹴鞠老爷子大概玩不了，不过许思远告诉大家玩一种纸牌的游戏，有点像马吊牌，有很多古怪的名词。‘男人的事’？一定是郑阿福说的，故意吊人胃口。”肖潺一番絮絮道道、东扯西拉。

凌小小忍不住咯咯笑。“我都忘了老爷子也是男人，只觉得像个老小孩。”

三人笑成一团。

男生馆舍的大蜡烛闪闪发光，威力不小。大家一起凑到桌子前。老爷子坐在上席，正紧张而兴奋地搓着手，神秘、激动地等待着。

“喂，‘男人的事’是什么？”

“一种新式的纸牌游戏。是许思远教会我们的。很有趣的！”郑阿福道。

许思远拿出一套自制的画着古代帝王将相的纸牌。将之前自己玩过的西式纸牌改造成秦始皇、汉高祖、韩信、曹操、关羽、赵云等等形象。

“这个……男人的事是打纸牌？”老爷子盯着被画得花里胡哨的纸牌，眼睛里闪出一丝犹豫、一点狐疑。

“是啊，男人的事就是打牌呀，女生们都不喜欢打牌，她们比较喜欢琴棋书画什么的。”郑阿福道。

“这个不行……我家三代书香门第、诗礼传家，一向循规蹈矩，为人表率……从来不会参与牌局……不行。”

老爷子起身要走，却没有挪开脚步，郑阿福赶紧过来拉着他的手。

“老爷子，我知道您是一个学富五车的高洁之士，趣味高尚，高端、大气、上档次。不过，我们平时也不玩纸牌，今天就是想和您套套近乎，热闹热闹，正好也从您身上沾染点高雅之气。”

上官澈也过来劝。“曾祖爷爷，你知道吗？这个纸牌啊，最早是汉代的韩信大将军发明的，唐代的奇女子叶子青发扬光大，里面兵书战法，奇门遁甲，学问也很深呢。”

“哦？”老爷子摸了摸胡子，作思忖状。

“是啊，我们一直都是瞎打，希望有高人能够给我们指导和总结。”

“是这样啊……”老爷子坐了下来，目光透出一种坚毅的光芒。

上官澈挤到老爷子身边。“就打一次，下不为例，保证您战无不胜攻无不克。来来来，您和我一边，我先教教您，您很快能学会。”

大家开始你来我往，酣战不已，欢声笑语，其乐融融。

第二天，仍旧是一个刮风的阴雨天。几名男生诚惶诚恐、紧赶慢赶，终于完成功课。哆哆嗦嗦地从讲堂自修回来，却发现房间里亮着灯。老爷子正端坐在桌边微笑着，在等着他们。

众人开始高高兴兴地斗纸牌。

第一局，老爷子获胜，开始抚摸着长胡子，踌躇满志地做总结。“本王的胜利，不仅在于手中的粮草和武器比较充足，更主要的在于判断准确、计算精确，善于利用小牌凑成顺子，并总揽全局、出奇制胜！”

“是的，是的，老爷子神机妙算，进步神速！看来姜还是老的辣！”许思远连连称赞。

“学识高深就是不一样，脑子好，上档次，一学就上手，上次我教汤师傅，差点没被气死。”郑阿福道。

上官澈输了一局。“不行、不行，再来、再来！我就不信不能扳回来。”

老爷子呵呵笑。“兄弟，别急，越急越错。”

不幸，因为太得意，老爷子第二局输了个底朝天。但是并不灰心，又开始指点江山来评论，激扬文字做总结。

“本王的失误就在于没有算出阿澈手上有一个滚石加飞

弹。唉——我可怜的诸葛元帅，出师未捷身先死，长使英雄泪满巾！你哥俩别得意，下一轮我一定卧薪尝胆、发愤图强、报仇雪恨，待从头收拾旧山河……打得你们丢盔弃甲、落花流水、鬼哭狼嚎！”

说干就干，一鼓作气，不出所料，老爷子很快扳回一局。

上官澈已经打起了瞌睡，强撑开眼皮子说：“果子兄弟，你太厉害了！真是青出于蓝胜于蓝，师傅我心中十分安慰……”

“哪里、哪里，是师傅教导有方。”老爷子朝上官澈拱拱手。

几名男生全都开始东倒西歪，昏昏欲睡。老爷子仍旧意气风发、兴致盎然。

“喂，兄弟们！起来！起来！这一次的失误就在于……喂，听到没有？总结经验是非常重要的！”

“果子哥——我实在撑不住了……”许思远趴在桌上，迷糊地哼哼。

“果子哥，小弟我……明天再打吧，晚上好冷。”

郑阿福靠在椅背上，开始打呼。老爷子摇摇身边的张必行。“不行，不行！老张，起来！”

张必行勉强坐直了。老爷子又去摇上官澈。“阿澈，阿澈！”

见摇不醒，老爷子一时着急，顺手拿起手边的茶杯，含了一口凉水，“噗”的一声喷到上官澈脸上。

初冬的一个晌午，正是日头微醺，空气清冽，阳光时隐时现，扭捏造作，欲现还隐。花园的圆洞门中，尤香着急地四处张望，正好撞见凌小小。

“小小，你见过我家曾祖爷爷没有？”

"看见了,早上出去了。"

尤香急得跳脚。"可是他到现在都没有回来,你不知道,他来了四天,就丢了三回了!人老了,记性就不好,稀里糊涂的……担心死了!不好好躺着,跑到哪里去了?"

尤香东张西望,急急忙忙地到处寻找。

凌小小望着尤香大惊小怪的样子偷偷发笑。却见老爷子气急败坏,径直从书院大门口走进来,经过庭院,直接往花园前的躺椅上一坐。

"这个世界真是没得救了!什么东西都涨价!这个世道真是要不得了!"

凌小小关切地走过去。"老爷子,谁欺负你了?告诉我,我给你出气!"

凌小小威风地挥舞着拳头。

"你?"

"对!谁欺负老爷子就是欺负我凌小小,我就与谁势不两立!"

老爷子狠狠地朝镇子的方向啐了一口。"呸!还不是帽子店的那个糟老头子,想宰我!一顶帽子竟然卖三十文,气得我哑口无言,一怒之下,拂袖而去!"

"原来是这样,好办、好办,来来,我陪你去,一定让人家十文钱卖给你,你就按照我教你的……"

"真的?"

说干就干,凌小小拉着老爷子,气势汹汹,往溪州镇的集市奔赴而去。

店铺很多，凌小小四处打量、东瞅西瞅，机灵古怪地挑了一家店。店里站柜台的是一个眉清目秀，气质婉约的漂亮老奶奶。

凌小小郑重其事地向老爷子交代。“您记住，一定要记住，耐心、信心、温文尔雅，风度翩翩，装作很内行的样子。如果您忘了，就看我的提示。”

“是！”

“现在，进行第一步：评说市场行情。记住，上！”

凌小小信心十足地把老爷子的背一拍。老爷子很配合地整理一下衣冠，清清喉咙，牵着袍边，摆了个很文雅的姿势，进入店中。

“这位奶奶，这一阵生意可好？”

“托您的福，还行。”老奶奶热情地一笑。

老爷子假装熟练地翻看着架子上的帽子。“现在国泰民安、世道稳定，而且正值市场旺季，正是销货的好时机！如今可是不像咱们从前，现在的东西一过时就淘汰。”

“是啊，咱们从前多好，现在的人就知道浪费……”

“可不是！咱们从前……”

见老爷子东扯西拉，凌小小着急地打手势。可是老爷子正在兴头，只顾着说话，根本不理会。凌小小四处张望找对策。忽然看到许唯正在街上晃荡，于是冲着许唯的方向，大叫一声。

“喂！你！偏题啦！”

许唯吓了一跳。“啊？凌小小，你怎么知道的？是不是我的补考又挂了？”凌小小望着天，不理。许唯担忧地围着转。

老爷子被凌小小这么一咋呼，猛然醒悟。“奶奶，请问这帽子多少钱一顶？”

“三十文。”

老爷子作出高深莫测之状，假装懂行地摸着帽子。“不会吧，是不是可以让一点呢？薄利多销嘛。”

老奶奶犹豫了片刻。“看来这位老哥是行家，好吧，二十文，不能再少了！”

老爷子暗自高兴，几乎就要答应下来。“这个嘛……这个……”

与此同时，许唯也正喋喋不休地追问凌小小。“我偏题不是很严重吧，至少可以得一个‘乙’等吧，小姑奶奶、美女，你实话告诉我实情吧！再大的打击我也扛得住！”

凌小小继续望天，忽然又是大叫一声。“喂！对折再对折！”

许唯吓得一下子后退几步，靠在墙上，手掌锤着额头。“天呐！难道是一个‘丁’！”

老爷子一个激灵，狠狠心，咬咬牙。“我看七文钱一顶，应该是可以的吧。”

老奶奶震惊地说：“你莫吓我！不卖，不卖……”

老爷子急得几乎挠墙，一边掩饰，一边偷看凌小小。

凌小小再次发出号令。“引经据典！”

许唯悲哀地叹了口气。“哎！居然还是被发现了。好惨哪！……咳，还是怪我自己偷懒，根本没有查资料，那些名言和典故都是我自己胡诌的……比如‘秦始皇说：想吃大饼，就把馒头拍扁’，刘邦爬到辣椒树上思考人生……”

店里面，老爷子得令，再次冷静下来搜肠刮肚。

“哦，俗话说，商人不做亏本的买卖，只有买错的、没有卖错的……凡事好商量嘛。”

老奶奶有点不耐烦。“这样吧，十五文，你要就要，不要就算了。”

老爷子一听，甚是高兴，恨不得立马答应。“这个嘛……”

忽然听到凌小小大声咳嗽。

“动之以情！”

老爷子赶紧换上一副发愁的表情，令人不由心生怜悯。“是这样的，这帽子我看上了，给孩子们买的，连我一共九顶，五男三女。天气凉了，孩子们上学被风吹得直哆嗦，很可怜……我是诚心想要，您就给个实价吧。”

许唯不解地看着凌小小。“小小，你竟然以为我们先生……还有一丝人情味？他可是声名卓著的铁石心肠、黑面包公，算了，我还是做好回去再补考的准备吧。”

店里的老奶奶显然被打动了。“看你这人还满有情有义的，对晚辈如此疼爱有加，说得我这心里……好，你说多少？”

“十文，再多就买不了了。”

“不行，不行，再加点。”老奶奶仍不松口。

老爷子眼看就要加，凌小小大喝一声：“苦肉计！”

许唯一哆嗦，悲哀地摇摇头，垂头丧气地走了。这边，老爷子咬牙切齿，愁云漫步，拖着沉重的步履，转身便走。老太太追了上来。

“这位大哥，服了你啦！真是厉害，几十年都没有见过你这样厉害的男人，就十文吧。”

老爷子拿着九顶帽子，得胜而还。回头看看……在拐弯的地方和小小会合，二人激动地跳起来。“哇！哈哈哈……”

“我们打了一个大胜仗！小小真聪明！”

“是老爷子发挥出色。”

“不过心里好像很过意不去，好像对不起人家耶——”老爷子愧疚道。

“在商言商，人家婆婆说不定挺佩服你的。我把帽子给您戴着试试，哎哟喂——简直年轻了四十岁！”凌小小大吹大擂。

“真的？我觉得也是！呵呵。”

正午时分，太阳亮堂堂地蹦出来了，暖烘烘地包裹着大地。庭院前面的小草坪上，几名男生无精打采，一边背书，预备下午课检查，一边止不住地打瞌睡。

老爷子背着手，哼着小曲儿过来。众人看见，几个人本能地往后靠，想躲。

“兄弟们！你们猜我给你们带什么礼物来了？”

男生们听说有礼物，又凑了过来。老爷子拿出帽子，发给每一个人。

“一个人一顶。”

众男生欢天喜地地戴上。“果子哥，你真好！”

“真激动！我妈都不记得给我买呢！”张必行喜滋滋地戴上。

上官澈左扭右看，欣赏着地上自己的影子。“真漂亮，本来就帅，这一下更加妙不可言！”

老爷子也是笑眯了眼。“这样，晚上既不容易感冒，又能保持头脑清醒。今天打牌的时候，就不会出错误了。”

众人一听，面面相觑，重新东倒西歪，颓丧地坐下来。老爷子也坐在了大家对面，欣欣然发笑，笑意背后似乎隐藏着啥神秘的玄机。

上官澈感觉有些奇怪。

“果子哥，除了打牌，你还有没有其他爱好?”

“爱好？谈不上，我们世代读书人家，管几亩地，读几卷书，开几个学堂，一生足矣！力求为人师表，堪称楷模。数代以来，在众人眼里，几乎无可挑剔。”

老爷子神情略带唏嘘，似乎话中有话。许思远的好奇心被高高地吊起。“那你最想做的是什么？不是别人喜欢你做的，而是你自己真正想做的。”

听闻此言，老爷子一愣，忽然有些惆怅、感慨。“哎——那也是不能实现的愿望吧。嗯……我们都这么熟了，没什么不好意思的，不瞒你们说，还真有两件。”

众人大为好奇，赶紧追问。“是什么?”

老爷子忽然有些语塞，面露尴尬、害羞的神情。

“自古英雄美人每每被人讴歌！这辈子太平淡了，八十九岁了，还没有和人约会过……所以，愿望就是谈一场恋爱，做一次英雄!”

“啊?！您有三个子女，还没有谈过恋爱?”众人错愕不已。

老爷子低着头，羞涩地笑了笑。

“唉，不是那一种……是另一种，不是生活中的那一种，是诗里和歌里的那一种。”

郑阿福陷入了沉思。“诗里的？诗里的有很多种……是‘衣带渐宽终不悔，为伊消得人憔悴’，这一种吗?”

老爷子想了想，摇摇头。

“是‘东边日出西边雨，道是无晴却有晴’，这一种吗?”上官澈问道。

老爷子思索半天，不置可否。

“是不是这样的？”许思远眼望晴空，很抒情地开始朗诵。“‘其实我只是想要和你一起走上那条美丽的山路，有柔风、有白云，有你在我身旁倾听我快乐和感激的心。其实我的要求很微小，只要有过那样一个下午，走过那样的一次。’”

老爷子大大地点头。“对对！就是这样子。”

上官澈拍拍胸脯。“好！真是高端、高雅、上档次。只要你不再叫咱们打牌，这件大事包在小弟身上！”

“为什么不打牌呢？”

“因为……你说得对，打牌比较低档次，而且女人都不喜欢打牌的男人。”上官澈道。

老爷子把新帽子正了正。“是这样？唉——鱼和熊掌真的不可兼得吗？”

“还是得熊掌的好！”许思远呵呵直笑。

“果子哥，你是不是看上什么人了？”郑阿福笑道。

老爷子神秘而甜蜜地一笑。“……猜中了。”

“谁？什么时候发生的？”张必行好奇地瞪大了眼，眼珠子差点掉下来。

“就是今天买帽子的时候，在林记帽店。本来以为老伴去世都十几年了……”老爷子害羞地扭过头。

“啊？是她！”郑阿福大惊。

“对，是她。”老爷子脸红得再也绷不住，爬起来闪人了。

郑阿福嘴巴长得圆圆的，深吸了几口气。众人期待地瞅着他。看看从他嘴里能透露点什么惊天霹雳的大新闻。

郑阿福摁住心脏，摸了摸。“果子兄弟好新潮！闪电式恋爱！惊世骇俗的爱情！我刚刚看到他和小小一起买了帽子回来，两人有说有笑，兴奋异常。”

“不会吧?！果子喜欢凌小小？可是他们相差七十五岁啊!”张必行也几乎噎住，捂住胸口。

上官澈不屑地撇了二人一眼。“土老帽！爱情——是不受时间和空间限制的。”

许思远肯定地摇头。“凌小小一定不会答应。”

“不试试怎么知道？这就看咱们怎么说了，就凭俺这巧舌如簧，牛皮吹破，把稻草说成金条的三寸不烂之舌……一定让她高高兴兴地答应下来。”上官澈一番吹嘘。

“噢！天哪！这是一出什么浪漫剧啊！不忍直视。”张必行捂住眼睛。

郑阿福犹犹豫豫。“谁叫咱们给果子打了保票。果子好歹也是大我们七十多岁的老哥了。他这辈子就这两个尚未实现的愿望了，就当是我们积德行善、够哥儿们义气吧。不过，那万一小小要是答应呢?”

“要是她答应了，这个世界就没得救了……”张必行、许思远齐声宣告。

东北厢的女生馆舍，门虚掩着。凌小小正坐在桌边，嘚瑟地拿着大剪刀，对着花样子剪纸玩。

上官澈和郑阿福拉拉扯扯、你推我搡，好不容易凑到凌小小身边。

上官澈开口发言，脑门禁不住开始流汗。“小小，问你个问题，你理想中的相公是什么样子的？”

凌小小狡黠地一笑，打量着二人。“什么意思？是不是你们俩忽然喜欢上我了？”

郑阿福连连摆手。“误会、误会……大家都是好朋友，你说给我们听，我们好帮你留心一下。”

“是啊，现在大家生活的圈子这么窄，应该互相帮助的嘛。”上官澈擦了一把汗。

“这个嘛——找相公，可是个很严肃的问题！让我好好想想……第一，首先家里要有一定数量的田产，至少应该是个地主。”

郑阿福一拍巴掌。“太好了，这个你放心，绝对是地主！”

“喂，可不是我庸俗哇，蒋先生才讲了《孟子》。孟子说过：人无恒产、必无恒心，无恒心者，百事可为。”

上官澈连连称赞。“小小真是有学问！这不是庸俗，是智慧。”

凌小小继续思考。“其次，人应该成熟稳重，比我大，有社会阅历，有耐心……你们知道我这个人无心无肝，脾气也不好，所以想找一个互补型的。”

郑阿福激动地一拍大腿。“绝对互补！不仅有阅历、有经验、有耐心，而且很熟很熟，比老柿子还熟，可以做柿饼了，而且绝对比你大！”

“嗯。”凌小小点点头。“这第三嘛……要有知识、有学问、有教养，不能重男轻女。”

上官澈也激动不已。“这太好了！绝对没有问题！这个人诗书传家、名闻四方，家里还开了一家有名的书院。书院有教无类，不论男孩女孩都能读书学习，一视同仁。事实证明，他男孩女孩都喜欢！”

“真的?”凌小小高兴得两眼星光闪闪。“有这等优秀之人?！既然这样优秀，那外表本姑娘就放宽一点了……比我高，有胡子就行，我喜欢有胡子的男人，有沧桑感。”

郑阿福头点得发酸，语无伦次。“哎……哎，这太好啦！简直是天公作美，天作之合！胡子是非常非常的有……十分十分的长！”

凌小小喜悦地沉吟片刻。“对了，还有一点，感情要专一，要顾家，不能到处乱跑。要陪着我一个，从一而终！”

上官澈眼泪都激动得快要流出来。“这真是天意啊！他岂止不会乱跑，到处跑也一定不会，要是娶了你，他一辈子都不会再喜欢别人的，一定陪你到他终老！”

郑阿福冲着上官澈傻乎乎地一笑。“我们还以为小小不会答应，看来是我们错了，差点误了好姻缘。有句话说得好：凡事皆有可能，没想到姻缘天定！”

“是啊是啊。我们又做了一件善事，两情相悦，双方满意，你们一定会很幸福的！”

望着上官澈羡慕的表情，凌小小赶忙追问。“真的？那真是谢谢你们，快告诉我，那位先生是谁?”

“他叫尤果子！”

“尤果子？尤果子是谁？这个名字好有趣好亲切好可爱哟！”凌小小掩面而笑，含羞草似的。

“尤果子就是——尤老爷子。”

凌小小望着二人，一时没反应过来。忽然，凌小小牙齿咬得咯吱响，一把抓起大剪刀，伸缩着吱吱响。

“你们两个精神病！吃饱了饭没事做，找姑奶奶寻开心！去死吧！”

凌小小高举大剪刀，气势汹汹，就要插过来。上官澈、郑阿福吓得魂不附体，落荒而逃。

阿福冒着生命危险仍然回头叫了声。“他是真的喜欢你……”

凌小小气得发狂，满脸通红。“有种不要跑，变态狂！流氓！”

整个下午，上官澈、郑阿福哆哆嗦嗦，缩在男生馆舍里距离门口最远的地方。其余的几位，正围着桌子，捧着卷册猛背书。

上官澈看了看天色。“看来，果子不来打牌了。”

“是啊，怪想他的。”许思远道。

郑阿福忧愁地嘀咕。“果子失恋了……他一定在山上等了一下午，都没有等到凌小小去。”

“都怪你们自己，搞砸了。我下午看见凌小小两眼喷火，手持大剪刀一直在操场上逡巡，好像冷血的女杀手。”张必行道。

“是啊，吓得我和阿澈一直躲在馆舍里，大气不敢出，更不敢出去给果子报信。”郑阿福又是一阵战栗。

“果子一定痛苦不堪，要不然他不会不来打牌的，得想办法好好宽慰他才行。”许思远建议。

上官澈转了一圈眼珠子。“有了，虽然老爷子没有得到美人，我们还可以让他做一回英雄啊！”

“别出馊主意了，每次都是因为你。”许思远抱怨道。

上官澈并不介意，兴致盎然地招呼大家聚过来。“这次只许成功，不许失败。咱们书院后山果园的果子熟了，咱们就求果子帮忙去看果子。而咱们呢，就扮成小偷去偷果子。果子一定会为了保卫公共财产——果子，而和我们打起来，咱们就拣人多的地方跑，让人家看到我们被果子打得落花流水！哈哈！”

“老爷子和我们太熟了，万一认出来怎么办？”郑阿福道。

“倒也是——对了，老张，请你表哥出马吧，老爷子没见过他。”上官澈瞧瞧张必行。

“没好处的事，我表哥他老人家是绝对不做的。”张必行为难道。

郑阿福大方地抽出两本书。“和你表哥说，只要他帮忙，我就把刚买的两本崭新的武功秘籍《天山神功》和《昆仑降龙掌》全部送给他！”

第二天上午，花园边的一角，落叶无言，寒意萧瑟。老爷子又躺到了廊边的躺椅上，唉声叹气，拐杖斜在一边。

“这个世界没得救了……没有什么好留恋的了……怎么还不死啊，死了就好啦……什么都不如从前了……”

凌小小和沈千若见到，一道走了过来。

“谢谢曾祖爷爷送给我的帽子啊！”沈千若乖巧地鞠了一躬。

“老爷子，怎么啦？昨天打牌输了吗？他们太坏了，一定是他们捣鬼！”凌小小恨恨道。

“不是，他们很好，只是并不完全有共同语言哪……”

“共同语言？我觉得您和我们没有什么两样。”沈千若道。

老爷子坐了起来。“也是，不过这么漫长的时光，也不可能是空白吧。从前的日子只有我一个人知道了……你们知道什么是老吗？”

二人摇摇头。

“从前的那些亲人、朋友都不在了……七月半、重阳节的时候，我去墓地烧纸，放眼看过去，那些墓碑上的名字个个都是熟人，全搬到那里去了。从前的那些日子，那些活生生的人……不由感叹生死两茫茫啊，不思量，自难忘。几里孤坟，无处话凄凉，哎……”

老爷子神情悲戚。

沈千若也是十分伤感。“难怪您这样悲伤，难怪您总是认为……”

“可是您没有和他们一样，您本来就和他们不一样。”凌小小不同意。

“有什么不一样，还不是迟早的事。”

“那谁不是迟早的事呢？老叫花子说得对！您还活着，说明老天爷特别关照您，让您有更多的机会，看更多更有趣的事情。您为什么不感谢老天爷的安排，非要把自己弄成他们一样。既然您迟早可以和他们一样，为什么现在就要和他们一样而不和我们一样，多划不来呀！”凌小小一通辩驳。

老爷子沉吟一番。“嗯，说得有理。只是想，要是有一个人能够一起分享从前往后的时光就好了……小小，那天我真的年轻了四十岁吗？”

“当然啦！”

三个人正说着，许思远和张必行一道走过来。张必行打了声招呼。

“果子爷爷，我们想求你件事。”

老爷子站了起来。“自家兄弟，有什么求不求的，是不是晚上打牌？”

“不是这件。我们马上又要旬末测查了。山坡上园子里的水果熟了，您能不能帮我们看几天？我们可能顾不过来，因为实在怕考试过不了关……”

老爷子一蹾拐杖。“兄弟们的事就是我的事！行！我现在就去巡视，你们在学堂安心学习备考好啦。”

“哥们！真够义气！”张必行拍了拍老爷子的肩。

老爷子受到鼓舞，夹着拐杖，精神抖擞地走了。

沈千若疑惑地盯着老爷子的背影。

“我觉得老爷子刚才讲话好奇怪，好像有心事，好像恋爱了耶——”

张必行有几分忌惮地看看凌小小。“是啊，可惜凌小小你太小了，悲剧是在所难免的……”

凌小小生气地踢了张必行一脚。“你再胡说！老爷子说了，他要的是共同语言、分享时光的人。”

许思远开始回忆。“这是怎么回事？对了……老爷子是买了帽子回来以后，就开始不正常了。”

凌小小思忖了一会儿，忽然深吸一口气。“哦！……我知道了，难怪他连我的指点和暗号都忘记了，原来是惦记着人家帽子店的林妹妹。”

“就是你提过的那个风情万种的单身老婆婆？”沈千若奇道。

“对，就是她！”

许思远眨巴了几下眼睛，很快计上心来。

“这样，我们来个一箭双雕，明天你们请林妹妹和其他婆婆们来摘苹果，然后……”

计划没说完，几个人都一道点头，笑起来。

山坡上的小果园，杨桃、青枣、柑橘红红黄黄，圆圆滚滚，甚是可爱。

几名镇上的婆婆打扮得花团锦簇，挎着篮子，在肖潺的热情指引下，正从山坡边的小草径走过来。

“小蟊贼！哪里跑？”

忽然一声大喝，只见老爷子犹如猛虎下山，挥舞着拐棍，追打一名偷水果的盗贼。俨然一副“老夫聊发少年狂”“千骑卷平冈”的豪迈气势。

小贼逃进了树林，挽着一篮子橘子，吃力地跑。

“小贼！看你跑！把柑橘放下！”

林子里，老爷子出手抓住了小贼。小贼坐在地上，气喘吁吁。

“英雄啊！饶了我吧！下次再也不敢了！我把橘子分一半你，如何？”

小贼讨好地拿出了几个橘子，献给老爷子。

老爷子一拐杖掀到一边。“你好大的胆！竟敢贿赂我！一定要把你送交官府，法办！”

“啊?！不行吗？那我只好再跑了。”小贼爬了起来，继续跑。老爷子穷追不舍。

跑出一段，小贼再次踉踉跄跄，累得坐在地上。

“英雄啊！我实在跑不动了……把水果连同篮子全送给你

好啦！……这下该放我走了吧？凡事好商量……”

“没得商量！这不是水果的问题，而是道德品质的问题！一定要送去官府，打板子、受教育！”老爷子威风凛凛、义正词严。

“啊？打板子？那我只好再跑了。”

小贼无可奈何地爬起来，跌跌撞撞，辛苦地继续跑。很快，被追上来的老爷子拦住去路，举起拐杖就要打。

小贼可怜巴巴，累趴在地上，哭了出来。“英雄啊！实在想不到你是如此剽悍、神勇，早晓得我秘籍不要了，就不接这活了……你一定要抓我吗？”

老爷子喘着气。“当然！……从小偷针、长大偷金，现在放你是害你！”

“英雄啊！我服了你了，难道你非逼我讲实话吗？这会叫你非常失望，非常伤心，何必呀！”小贼汗流满面，摸了把灰扑扑的脸。

老爷子闻言，甚是奇怪。

“什么意思？讲！有半句假话。小心你的脑袋！”

老爷子拐杖举得高高，就要凌空砸下来。小贼喘着粗气，绝望地望着书院的方向。

“表弟呀！诸位啊！这可是你们骗我在先，他哪里八十九岁？完全是十九岁呀！大我两岁呀，不要怪我，我受不了了，我招啦——”

傍晚的庭院里，老爷子吹胡子瞪眼，正砰砰砰跺着拐杖，向几个女生气愤地申述。

“这个世界真是没救了！这群小子，完全不讲义气！竟然合伙骗我……害得我像个疯子一样跑了一下午，简直斯文扫地！还是你们女孩子好，以后，我只和你们女孩子讲话，只和你们玩，从此和他们划清界限！太过分啦，欺骗！赤裸裸的欺骗！”

沈千若、凌小小想乐，强忍住，尽量作出同情和理解的样子。

“虽然他们偷东西是假，但是您的英雄行为是真呀！”沈千若敬佩地称赞。

凌小小眼睛睁得圆溜溜。“哎耶——你不知道，当时您那个英姿，真叫飒爽！据说，几个摘果子的奶奶，看得眼睛都直了！想不到您真能把橘子完璧归赵呢。”

老爷子绷不住，抿嘴笑起来。

“是不是啊？真的吗？”

肖潺敬仰地行了个拱手礼。“面对年轻力壮的小蟊贼，您能穷追猛打，见义勇为，勇敢地冲上去和他搏斗。这充分说明您本来就是一个英雄！一个大大的英雄！蟊贼只不过从反面帮您证实了这一点而已。”

“对，关键是您自己的态度和行动。”沈千若道。

老爷子按捺不住，欢欣雀跃！正说得欢，尤香忧心忡忡、一惊一乍地跑了过来。

“哎呀，曾祖爷爷，您不好好躺着，到哪里去了？您年纪大了，一定要小心哪！您身体不好，本来就有病，小心伤风感冒，腿脚也不好，精力也不好，却不注意休息，万一有个什么……”

老爷子和女孩子们默契地互相看看，忽然一齐哈哈大笑。

庭院的另一端，茂密的大柳树前，上官澈等人正和张必行唧唧歪歪、争执不下。

“老张，你表哥太不够义气，竟然把我们全出卖了！”

张必行面露难色。“咱们哪儿知道，咱老爷子实在太强大了！没想到他穷追不舍、威猛无比啊，还要送我表哥见官。我表哥还骂我呢？咱们谎称老爷子八十九岁，完全是赤裸裸的欺骗！”

许思远蹲到一边。“哎……老爷子一定生气了，再也不理我们了。”

“哈哈哈！”一阵响亮、爽朗的笑声像一阵风一样飘过来。

老爷子正带着沈千若、凌小小大步流星地走过来。

“怎么会呢！兄弟我不是那样鼠肚鸡肠的人。”

郑阿福见状，十分高兴。“果子哥！担心死我了，我还以为你又会躺到椅子上去……”

郑阿福故意学着老爷子从前的样子，蔫不唧、缩头缩脑地靠在柳树上。

“哎——，这个世界没得救了，哼……恩，再也不想见到这个社会了……我有病……”

众人和老爷子瞧见，一道嚯嚯爆笑起来。

老爷子终于停下来，忍住笑。“真要感谢各位，各位兄弟、姐姐妹妹，其实这个世界从来就有活力和奇迹存在，永远有趣永远奇妙，只要我们愿意，随时都应该去寻找，永远也不晚！”

众人称许地点头。

沈千若轻快地跳起来。“是呀，所以我们永远都不要让自己的感觉不灵敏、不敏感，永远都不要失去热情、泯灭希望。”

张必行继续欣然回顾。“果子爷爷兄弟，你不知道，据我表哥说，当时你的形象无比地高大，无比地英武！他完全震惊了。

您站在那里，朔风凛冽，层云列阵，身后飞起了无数的鸽子、沙石和枯树叶子，就像大将军出场一样。”

众人正在乐着，肖潺从学院门口笃笃笃地跑过来。

“果子爷爷，外面有个婆婆找您!”

老爷子忽然收敛了笑容，愣住了。

许思远双掌抵住老爷子的后背，推着老爷子向前走，憋着嗓子发出尖细的女声。“果子哥，行啊！还记得吗？‘我一直想要和你走上那条美丽的山路，有柔风、有白云，有你在我身旁，’一起讲述快乐的岁月……”

大家来到书院大门口，见到的却是另一个婆婆，挽着一个水果篮。老爷子定定神，有些失望。

婆婆恭敬地将篮子递给老爷子。“尤老先生，很感谢你能够帮大家夺回水果，您的行为让我们十分敬佩。这篮香橙是我们的一点心意，一定要快点吃，否则就不新鲜了，水果不新鲜了，就不能吃了，为了不让它不新鲜，就必须快点吃，如果不快点吃，这个水果就不能吃了，为什么呢？因为不新鲜了……”

众人听得面面相觑、忍无可忍。

上官澈用帽子遮住耳朵。“噢！请您别……，谢谢您！我们马上吃，您还有事吗?”

婆婆连忙摆手。“没有了，没有了，我很忙，就不多说了……”

婆婆转身就走，众人有些泄气。谁知，走出了一段，婆婆顿了顿，忽然又转过头来。

“哦，还顺便说一句，香橙是林婆婆送的。今天晚上我们几个约好打马吊牌，就是唐代才女叶子青发明的叶子牌，三缺一，不知道您是否兴趣?”

老爷子按捺住兴奋,故作镇静。

“既然是三缺一,到时一定登门向诸位高手请教。”

婆婆十分高兴。“一定要来呀,地点就在林记帽店。”

众人目送着婆婆走远。

“嗷嗷噢——耶!这简直太美好啦!”男生、女生和老爷子一道跳起来,帽子一齐扔到天上去!

许思远日志

11月17日　天气:多云

多么没大没小,老少合欢、妙不可言的一件事啊!

“敬”:敬爱、恭敬、敬重、敬慕……

西周的“敬”字,像狗看守器皿,后加攴(pū)(扑旁),表示以手执杖或执鞭,敲打、督促狗守器。郭沫若在《两周金文辞大系图录攷释》中考证“敬”字:“苟用为敬,《大盂鼎》又以为之,余谓乃狗之象形文……其用为敬者,敬即警之初文,自来用狗以警卫,故字从苟从攴。省之,则单著狗形作若苟。”《说文·苟部》:“敬,肃也。”《玉篇·苟部》:“敬,恭也。”后由警戒、肃、恭等义引申为敬重、有礼貌地对待。

孔子非常重视“敬”。孔子所称道的“敬”，是一种态度，亦是一种修养，适用于所有人之间，无论高低贵贱，老少男女，贫富尊卑。人与人之前相互尊重、礼让，保持谦卑心态，是中国博大精深文化的一部分。

在最基础的社会组织——家庭里，敬首先体现在子女对父母的孝上。孝，不仅是物质上的供养、奉养，更应是精神层面的敬爱、尊重、虔敬的态度，当子游问孝时，孔子曰：“今之孝者，是谓能养。至于犬马，皆能有养。不敬，何以别乎？”（《论语·为政》）曾子也云：“孝有三，大孝尊亲，其次弗辱，其下能养。”（《礼记》）无论父母是否在世都应做到孝敬，父母在世时，子女对其态度温和敬重、嘘寒问暖、赡养扶持；父母去世时，子女以恭敬肃穆的方式展开祭祀礼仪活动。《中庸》第十九章中孔子说：“践其位，行其礼，奏其乐；敬其所尊，爱其所亲；事死如事生，事亡如事存，孝之至也。”

在国家政治机构中，君臣关系犹如父子，臣之于君，犹如子女对待父母，既忠也敬。《大学》曰：“为人君，止于仁；为人臣，止于敬。”《孝经》也说：“资于事父以事母，而爱同；资于事父以事君，而敬同。故母取其爱，而君取其敬，兼之者父也。故以孝事君则忠，以敬事长则顺。”（《孝经·士章》）同时，君臣、君民之间“敬”的关系是相互依存的，“上好礼，则民莫敢不敬”（《论语·子路》），反之，若臣民对君主不敬，不排除是因为君主的行为不当而导致的，由此促使君主反思自己的行为，若长此以往，“道千乘之国，敬事而信，节用而爱人，使民以时。”（《论语·学而》）

在社会上人与人交往的关系网络中，秉持恭敬、认真、积极、谨慎之心待人接物、为人处世，是取得他人信任和尊重的必要条件。俗话说得好：以尊重换来尊重。樊迟曾向孔子问仁，孔子曰："居处恭，执事敬，与人忠。"（《论语·子路》）恭、敬、忠，既体现在外在的态度、言行和举止，更是人内心的情感和养成的道德，基于此，敬即为仁。孔子弟子司马牛曾因为自己没有亲生兄弟而感到担忧："人皆有兄弟，我独亡！"子夏对曰："君子敬而无失，与人恭而有礼。四海之内，皆兄弟也，君子何患乎无兄弟也？"（《论语·颜渊》）只要对人恭敬有礼，朋友自然会聚而来，以真心换来真心，广交天下好友。

在个人道德修养的实践中，孔子认为"敬"还是提高个人修养的方法——"修己以敬"，即敬修、修敬，提高个人道德素养，第一步就是学会如何尊重别人、礼敬待人。宋代的程颐也认为"敬"对个人修养具有重要的作用，"涵养须用敬，进学则在致知。"（《程氏遗书》卷十八）朱熹所定义的"敬"也是一种重要的修身方法，"敬是戒慎恐惧之义"（朱熹：《朱子语类》卷六十九）；"身心收敛"，"不敢放纵"，做到"内无妄思，外无妄动"（《朱子语类》卷十二）。敬即保持恭敬和庄重，剔除放浪不羁的狂思妄想和胆大妄为，达到一种自律和自觉的精神状态。

儒家思想中的"敬"与"仁""善"紧密相连，"仁者爱人，有礼者敬人。爱人者，人恒爱之；敬人者，人恒敬之。"（《孟子·离娄下》）可以说，"敬"缔造了中华民族精神"己所不欲，勿施于人"的稳重、谦逊的性格，成就了中华民族"礼仪之邦"的美誉。

但"敬"的思想控制着我们中华民族的创造性和进取心，让我们难以打破传统、超越权威、除旧布新，甚至为了创新和创造而“大不敬”，勇于“犯上作乱”。

那么，该如何看待“敬”？如何做到“敬”？一言以蔽之，辩证唯物主义。

《礼记》有云：“贤者狎而敬之，畏而爱之。爱儿知其恶，憎而知其善。”对待贤者，既要亲近他，又要尊敬他，既要敬畏他，又要爱戴他。并且对所爱的人，要能清醒地知道他的短处；对所憎恶的人，也要知道他长处。俗话说得好：金无足赤人无完人。我们无论对谁，首先是怀着一颗谦卑的心，尊重每个人的性格和意愿。我们尊敬值得尊敬的贤者，保持敬意，同时又要保持适当的距离。如果说敬而远之，敬容易让人产生距离，那么，心底就保持对他的爱吧！

这不是敬畏，而是敬爱！而且即使是我们敬爱的、尊崇的偶像，他的身上也一定有缺点和缺点，人无完人嘛。所以呢，我们对敬爱的人身上的缺点的了解，能够让我们更加清醒地、理性地对待，否则，我们很容易成为疯狂而痴迷的粉丝，成为残粉大军中的可怜的一员了。最令人感叹的是，《礼记》告诉我们，对于那些我们不敬的对象，他们身上同样也有好的一面，虽然我们感情上仍然不能接受他，但是理性上还要能了解这一点，那就是——金无足赤、人无完人。

《礼记》：“好而知其恶，恶而知其美者，天下鲜矣。”喜欢一个人而知道他的缺点，讨厌一个人却知道他的长处，这样的人天下少有。

敬老爱幼、尊老敬贤是中华优秀美德。

真正是敬意并非仅仅在于恭敬、严肃的外貌，或者外在周到的仪式。而是真正能够深入到对方的心灵深处。

《左传》云："敬，德之聚也。"

"敬"这个字，不应该是刻板的界限，也不是有距离的远离，而是交流、是关爱，是日日常新、青春永驻的生动成全。

愿每个人都能得到心无芥蒂的尊重与幸福！

尾声

小雪初降，溪州镇的远远近近，群山旷野，被点缀装扮得一片银白，仿佛王维、夏圭画笔下清远的溪山。

上上书院正值一年一度的初雪讲会，除溪州镇之外，来自临县等地学者们，从四面八方会聚到书院。沈千若、凌小小、上官澈、郑阿福……正从不同的方向或匆匆忙忙，或磨磨蹭蹭，朝着新藏书馆的方向会集。

主宾交欢，“披雪之访”，畅谈各家学问。暮云拥树，雨霰交集，歌颂咸和，庄生可谓天乐者也！尤先生举酒谢众宾，千里远来，四海一堂，衣冠之盛，会古今之良夜也。

月亮已在东山升起，空中凝聚着烟雾一般的白霜。山坡上，一棵云杉拔地高耸，似乎能够穿透时空。山下的书院，人声渐歇。

古木深深，庭院寂寂。热闹喧嚣后再次宁静下来，书院镶嵌在丛山与原野中，仿佛一颗色彩深郁的珍贵琥珀。

上上书院以真心性、真骨气、真学术、真事功，吸引八方，人文之联翩、习俗之醇美，令许思远如梦入幻、真假难辨。

今晚夜深人静，许思远习惯性地拿出日记，撑开快黏合在一起的眼皮，下意识地书写：

妈妈，我是在做梦吗？应该不是，但为什么每段经历都这么新鲜而且充满戏剧性？我现在已经强烈地爱上了上上书院，爱上了这里的生活，爱上了这里的人。如今我深刻地感觉到，这个民族之所以能够延续千年，生生不息，确是因为我们的文明具有精粹的内涵、自我更新的活力。

这是一种将情感、信仰和理性融合成一体的文明。

仁、义、礼、智、忠、孝、节、义、诚、信、敬、谦……天地至平，道德之正。

纵然在历史流衍的过程中，出现过诸多局部性的曲解，或者有意的歪曲。但是，它的源头是纯净的。希望能继续寻溯根源、回归原点，深悟我们的文化中蕴藏的理性与道德觉醒的力量。

在我们的那个时代，文化断层……人类还能具有道德自觉的能力吗？今晚，我恐怕回答不出您这个问题了。不过希望有一天我能当面给您回答这个问题，并且和无数人一起共同努力，再造天地中的人与自然、人与自身的和谐世界。

就此搁笔，未完待续……

致谢辞

在世界上许许多多的民族文化之中，中华文化不但历史悠久，而且从未中断，总是在传承中发展，在传承中吸收异族文化的有益成分，这足以让中华民族感到骄傲！中华文化传承奇迹的根本动因何在？应该说，中华先民传承的价值观念是中华文化绵绵不绝的基本原因之一。中华优秀传统文化是中华民族安身立命的精神家园，传承和发展中华优秀传统文化，是中华民族伟大复兴的支点和动力。我们的目标是：一本家长和孩子共同阅读的好书。

《幻想私塾志》这部小说，选取中华道德条目关键字为每章的主题，以故事 + 日志的综合形式，希望读者在生动有趣的故事情节中领悟，又能在日志中受到启发。我们的创作，得益于以下机构和良师益友的支持和帮助：

感谢中国科学院自动化研究所智能技术与系统工程中心的大力支持，其承担的 2014 年度中央文化产业发展专项资金项目“汉字数字化技术产业应用项目”是本书的创作缘起和出版保障；感谢中心负责人王健博士的热情鼓励和辛勤指导！感谢湖北工业大学的相关领导、老师对本项目的支持。

感谢华中师范大学张玉能教授从美学和哲学的高度，为我们提供了丰厚的思想理论资源；感谢华中师范大学周光庆教授从汉字文化学的角度，为我们开启了一扇新奇的窗户，让我们看到了别开生面的汉字文化世界！

感谢北京乐动花开影业有限公司的刘鹏先生、编剧毛云飞女士、四川腾龙影业有限公司的史可先生对此书的原初策划！感谢湖北工业大学艺术设计学院研究生璩书予同学绘制插图！感谢人民出版社洪琼编审的辛勤付出！

感谢我们的家人在前行的旅途中，给予的信任和信心，尤其感谢我们的孩子雪扬、君仪，他们视妈妈为其榜样的骄傲，是今生足以化一切荆棘为鲜花的强大动力。

还有许许多多值得感谢的人，感激之情在此难以一一明示。

祝愿大家的明天会更好！

黄卫星　季芳